Já disse que sinto sua falta?

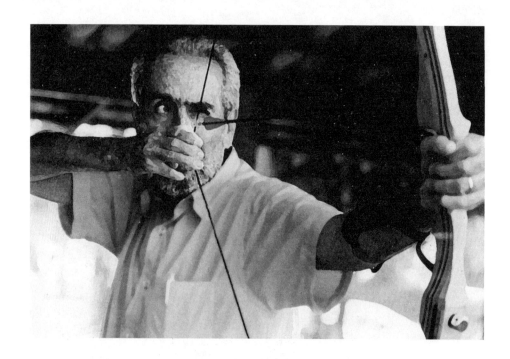

O Arqueiro

GERALDO JORDÃO PEREIRA (1938-2008) começou sua carreira aos 17 anos, quando foi trabalhar com seu pai, o célebre editor José Olympio, publicando obras marcantes como *O menino do dedo verde*, de Maurice Druon, e *Minha vida*, de Charles Chaplin.

Em 1976, fundou a Editora Salamandra com o propósito de formar uma nova geração de leitores e acabou criando um dos catálogos infantis mais premiados do Brasil. Em 1992, fugindo de sua linha editorial, lançou *Muitas vidas, muitos mestres*, de Brian Weiss, livro que deu origem à Editora Sextante.

Fã de histórias de suspense, Geraldo descobriu *O Código Da Vinci* antes mesmo de ele ser lançado nos Estados Unidos. A aposta em ficção, que não era o foco da Sextante, foi certeira: o título se transformou em um dos maiores fenômenos editoriais de todos os tempos.

Mas não foi só aos livros que se dedicou. Com seu desejo de ajudar o próximo, Geraldo desenvolveu diversos projetos sociais que se tornaram sua grande paixão.

Com a missão de publicar histórias empolgantes, tornar os livros cada vez mais acessíveis e despertar o amor pela leitura, a Editora Arqueiro é uma homenagem a esta figura extraordinária, capaz de enxergar mais além, mirar nas coisas verdadeiramente importantes e não perder o idealismo e a esperança diante dos desafios e contratempos da vida.

Título original: *Did I Mention I Miss You?*

Copyright © 2016 por Estelle Maskame
Copyright da tradução © 2022 por Editora Arqueiro Ltda.

Todos os direitos reservados. Nenhuma parte deste livro pode ser utilizada ou reproduzida sob quaisquer meios existentes sem autorização por escrito dos editores.

tradução: Marcela Isensee

preparo de originais: Angélica Andrade

revisão: Rachel Rimas e Suelen Lopes

diagramação: Abreu's System

capa: Stuart Polson

imagens de capa: Shutterstock – Josemaria Toscano (Portland, Oregon), shadow_girl (garota de óculos escuros), Khorzhevska (casal); iStock – Lulamarina (Píer de Santa Monica, Califórnia)

adaptação de capa: Gustavo Cardozo

impressão e acabamento: Lis Gráfica e Editora Ltda.

CIP-BRASIL. CATALOGAÇÃO NA PUBLICAÇÃO
SINDICATO NACIONAL DOS EDITORES DE LIVROS, RJ

M367j

Maskame, Estelle
Já disse que sinto sua falta? / Estelle Maskame ; tradução Marcela Isensee. – 1ª ed. – São Paulo : Arqueiro, 2022.
288 p. ; 23 cm.　　　(Já disse que te amo ; 3)

Tradução de: Did I mention I miss you?
Sequência de: Já disse que preciso de você?
ISBN 978-65-5565-356-4

1. Romance escocês. I. Isensee, Marcela. II. Título. III. Série.

22-78625

CDD: 823
CDU: 82-31(410.5)

Meri Gleice Rodrigues de Souza – Bibliotecária – CRB-7/6439

Todos os direitos reservados, no Brasil, por
Editora Arqueiro Ltda.
Rua Funchal, 538 – conjuntos 52 e 54 – Vila Olímpia
04551-060 – São Paulo – SP
Tel.: (11) 3868-4492 – Fax: (11) 3862-5818
E-mail: atendimento@editoraarqueiro.com.br
www.editoraarqueiro.com.br

Para todos os Tylers e Edens por aí.
No te rindas.

1

A água está gelada, mas isso não me impede de entrar, mesmo que só até a altura dos tornozelos. Levo os All Stars na mão, os cadarços enrolados nos dedos, e o vento está ficando mais forte, como sempre. Está escuro demais para ver além das ondas baixas, mas ainda consigo ouvir o mar quebrando e revolvendo ao redor, e quase esqueço que não estou sozinha. Também ouço os fogos de artifício, as risadas e as vozes celebrando. Quase esqueço, apenas por um segundo, que é Quatro de Julho.

Uma garota passa correndo por mim pela água, interrompendo o fluxo calmo e suave. Um cara a segue. O namorado, provavelmente. Ele espirra água em mim sem querer, rindo alto antes de alcançar a amada e puxá-la para si. Em um instante estou rangendo os dentes e apertando os tênis. Os dois têm mais ou menos a minha idade, mas nunca os vi antes. Devem ter vindo de alguma cidade vizinha para celebrar o bom e velho feriado da Independência em Santa Monica. Não sei por quê. As comemorações do Quatro de Julho não são nada de mais por aqui, pois não é permitido soltar fogos de artifício, a segunda lei mais idiota que já vi na vida – a primeira é a do Oregon, que proíbe que você mesmo abasteça seu carro. Então não tem fogos, apenas os da Marina del Rey, ao sul, e os do Pacific Palisades, ao norte, que são visíveis daqui. Já passou das nove da noite, e os fogos acabaram de começar. Ao longe, o colorido ilumina o céu em um trecho pequeno e fora de foco, mas é o suficiente para satisfazer turistas e moradores.

O casal está se beijando na água, no escuro, sob as luzes do Pacific Park. Desvio o olhar. Começo a me afastar, andando devagar pelo mar enquanto me distancio de toda a comoção. No píer há muito mais pessoas. Aqui na praia não está tão cheio, então tenho espaço para respirar. Este ano, não estou tão animada com o Dia da Independência. Há lembranças demais atreladas a este dia, coisas de que não quero me lembrar, então continuo andando, me afastando mais e mais pela praia.

Só paro quando Rachael me chama. Tinha esquecido que estava esperando que ela voltasse. Na água, me viro e vejo o rosto da minha melhor amiga enquanto ela meio que saltita e corre pela areia. Está com uma bandana da bandeira americana na cabeça e segura dois sundaes. Quinze minutos atrás, Rachael foi comprar os sorvetes na Soda Jerks, que hoje à noite, como a maioria das lojas próximas ao píer, está aberta depois do horário normal.

– Eu cheguei lá bem quando eles estavam para fechar – diz Rachael, um pouco sem fôlego.

Seu rabo de cavalo ainda balança quando ela para e me estende o sundae, lambendo um pouco do sorvete que escorre pelo indicador.

Saio da água e me aproximo, agradecendo com um sorriso. Fiquei quieta a noite toda e ainda não consigo fingir que estou bem, que estou feliz como todas as outras pessoas. Então, pego o sundae com a mão livre, meus All Stars vermelhos ainda na outra – usar tênis vermelhos é o máximo de patriotismo que vou conseguir demonstrar hoje –, e dou uma olhada no sorvete. É um Toboggan Carousel, uma homenagem ao carrossel do Looff Hippodrome, no píer. O Soda Jerks fica na esquina. Nas três semanas que passei aqui, compramos sorvete lá mais de uma vez. Acho que, ultimamente, saímos mais para tomar sorvete do que para tomar café. É muito mais reconfortante.

– Todo mundo está no píer. A gente podia ir para lá – sugere Rachael, soando quase cautelosa, como se esperasse que eu a cortasse de cara e dissesse não.

Ela baixa os olhos azuis para o sorvete e dá uma lambida rápida.

Enquanto ela saboreia seu sundae, meus olhos vagam até o píer. A Pacific Wheel está apresentando o show anual de Quatro de Julho, com seus milhares de luzes de LED programadas para exibir sequências de vermelho, azul e branco. Começou pouco depois das oito horas da noite, no pôr do sol. Passamos quinze minutos assistindo, mas logo ficou muito chato. Agora, contendo um suspiro, volto o olhar para o calçadão. Está cheio demais, mas não quero testar a paciência de Rachael mais do que já testei, então concordo.

Voltamos pela praia, andando por entre as pessoas que estão passando a noite na areia, e tomamos nossos sundaes em silêncio. Depois de alguns minutos, paro por um momento para calçar os tênis.

– Você já encontrou a Meghan? – pergunta Rachael.

Olho para Rachael enquanto termino de amarrar os cadarços.

– Ainda não.

Para ser sincera, nem a procurei. Embora Meghan seja nossa amiga há muito tempo, parece que essa amizade ficou no passado. Mas ela veio passar o verão aqui também, então Rachael está se esforçando para reunir nosso ex-trio.

– Mais cedo ou mais tarde vamos acabar encontrando a Meghan – diz ela, e muda de assunto quase imediatamente: – Você soube que a roda está programada para se mover ao ritmo de uma música do Daft Punk este ano?

Ela pula na minha frente, girando na areia e dançando. Busca a minha mão livre e me puxa para si, abrindo um sorriso enorme e encantador enquanto me gira. A contragosto, danço um pouco, apesar de não haver música tocando.

– Outro verão, outro ano – sentencia minha amiga.

Eu me afasto, com cuidado para não deixar meu sundae cair, e a observo. Rachael ainda está se balançando, dançando ao som de alguma música em sua cabeça. Quando ela fecha os olhos e gira outra vez, penso nas suas palavras. *Outro verão, outro ano.* Já somos melhores amigas há quatro anos e, apesar de alguns desentendimentos ano passado, estamos mais próximas do que nunca. Não tinha certeza de que ela me perdoaria pelos erros que cometi, mas perdoou. Deixou para lá, porque há coisas mais importantes com que se preocupar. Como comprar sorvete para mim e me levar em viagens de carro para me distrair e fazer com que eu me sinta melhor. Tempos de desespero exigem melhores amigos. Apesar de eu ter precisado voltar para Chicago, onde passei o último ano sobrevivendo aos primeiros períodos da faculdade, continuamos melhores amigas. Agora que vou ficar em Santa Monica até setembro, temos alguns meses juntas.

– Você está atraindo público – digo.

Abro um discreto sorriso quando os olhos dela se arregalam e suas bochechas ficam coradas ao olhar ao redor. Várias pessoas próximas estavam observando a dança silenciosa.

– É hora de dar o fora – sussurra ela.

Rachael agarra meu punho e começa a correr. Ela me puxa pela praia, chutando a areia sob nossos pés, nosso riso ecoando ao redor, já que minha única opção é sair correndo ao seu lado. Não vamos para longe: apenas alguns metros, distantes o suficiente para afastá-la de seus espectadores.

– Em minha defesa – ela bufa –, se fazer de idiota é permitido no Quatro de Julho. É um rito de passagem. Enfatiza que somos uma nação livre. Você sabe, porque a gente pode fazer o que quiser.

Queria que fosse verdade. Se tem algo que aprendi nos meus dezenove anos de vida é que quase sempre a gente *não* pode fazer o que quer. Não podemos abastecer o carro sozinhos. Não podemos soltar fogos de artifício. Não podemos tocar no letreiro de Hollywood. Não podemos violar os direitos de propriedade. Não podemos beijar nossos irmãos postiços. Quer dizer, até podemos fazer essas coisas, mas só se formos corajosos o suficiente para encarar as consequências.

Reviro os olhos para Rachael enquanto subimos os degraus até o píer, a música do Pacific Park ficando cada vez mais alta à medida que nos aproximamos. A roda-gigante ainda está piscando com luzes vermelhas, azuis e brancas. O restante do parque de diversões também está iluminado, embora não de forma tão patriótica. Avançamos em zigue-zague pelo estacionamento superior, nos espremendo entre os carros, quando vejo Jamie com a namorada, Jen. Eles estão juntos há quase dois anos. Estão se pegando, obviamente, apoiados na porta de um carro velho e acabado no canto do estacionamento.

Rachael deve ter visto os dois também, porque para ao meu lado e fica assistindo à cena.

– Ouvi dizer que ele é bem encrenqueiro – murmura ela. – Tipo uma versão em miniatura loura do irmão quando tinha a idade dele.

Quando Rachael menciona o irmão de Jamie, que também é meu irmão postiço, lanço um olhar de alerta para ela, quase no automático. Não falamos sobre ele. Nunca dizemos seu nome. Não mais. Rachael nota a tensão repentina no meu rosto, porque, ao se dar conta do erro, murmura um rápido pedido de desculpas e tapa a boca com a mão.

Um pouco mais relaxada, olho de novo para Jamie e Jen, ainda se beijando. Revirando os olhos, jogo fora o resto do sorvete em uma lixeira próxima, então pigarreio e grito:

– Não se esqueça de respirar, Jamie!

Rachael ri baixinho e dá um tapinha no meu ombro. Quando Jamie olha para a gente, os olhos brilhando e o cabelo bagunçado, levanto a mão e aceno. Ao contrário de Jen, que quase cai morta de vergonha quando me vê, meu irmão postiço só fica irritado, como sempre acontece quando tento dizer qualquer coisa a ele.

– Não enche, Eden! – grita ele do outro lado do estacionamento, a voz grosseira ecoando entre os carros.

Pegando a mão de Jen, ele se vira e a puxa na direção oposta. Deve estar se esforçando para evitar Ella hoje à noite, afinal, quando queremos nos agarrar com alguém, a última pessoa que desejamos ver é nossa mãe.

– Ele continua sem falar com você? – pergunta Rachael quando para de rir.

Dou de ombros e continuo andando enquanto passo os dedos nas pontas do cabelo. Está logo abaixo dos ombros. Cortei no inverno.

– Na semana passada, ele me pediu para passar o sal quando a gente estava comendo. Isso conta? – respondo.

– Não.

– Então acho que a gente ainda não está se falando.

Jamie não gosta muito de mim. Não porque é um adolescente de dezessete anos com sérios problemas de comportamento que surgiram do nada no ano passado, mas porque ainda sente nojo de mim. E do irmão mais velho. Não suporta nós dois, por mais que eu tente convencê-lo de que não há mais nada com que se preocupar. Ele se recusa a acreditar. Geralmente fica furioso e bate uma porta ou duas quando o assunto surge.

Frustrada, suspiro enquanto Rachael e eu vamos para o calçadão principal, que continua tão lotado quanto algumas horas atrás. Há muitos pais com filhos pequenos e muitos cachorros se esquivando da grande quantidade de carrinhos de bebê. Também há muitos casais jovens, como o que estava na praia. Não suporto olhar para nenhum deles. As mãos entrelaçadas e a troca de sorrisos fazem meu estômago revirar. Hoje, mais do que em qualquer outro dia, mais do que em qualquer outro lugar, eu detesto cada casal que vejo.

Depois de alguns minutos, Rachael encontra algumas garotas com quem estudou e engata num papo. Tenho apenas lembranças vagas de passar por elas na escola ou no calçadão anos atrás. Não as conheço. Mas elas me conhecem. Todo mundo me conhece agora. Eu sou *ela*. Sou *aquela* Eden. Sou a garota que recebe olhares de nojo, a garota de quem zombam e de quem riem aonde quer que vá. É exatamente o que está acontecendo neste momento. Não importa quanto eu me esforce para oferecer um sorriso simpático, não sou bem recebida. As garotas me lançam um olhar penetrante de esguelha e ficam longe de mim, se aproximando de Rachael e me deixando completamente de fora. Pressiono os lábios e cruzo os braços, dando chutinhos no chão de madeira enquanto espero Rachael.

É esse tipo de coisa que acontece sempre que venho a Santa Monica. As pessoas não gostam mais de mim aqui. Acham que sou esquisita. Há algumas exceções, como minha mãe e Rachael, mas só. O restante julga, mas não conhece a história de verdade. Acho que foi pior no ano passado, quando vim para o feriado de Ação de Graças. Foi a primeira vez que voltei para casa desde que me mudei para o dormitório da faculdade em setembro, e a notícia se espalhou, se alastrando feito um incêndio no pouco mais de um mês que estive fora. Então, no Dia de Ação de Graças, todo mundo sabia. No começo, não entendia o que estava acontecendo e por que as coisas estavam diferentes de uma hora para outra. Não entendia por que Katy Vance, uma menina com quem estudei na escola, baixou a cabeça e foi na direção contrária quando acenei para ela. Não entendia por que a menina que me rondava na mercearia riu para o colega quando eu estava saindo. Não tinha ideia do motivo, não até chegar ao Aeroporto Internacional de Los Angeles no domingo, antes de embarcar para Chicago, e uma garota que eu nunca tinha visto na vida me perguntar tranquilamente: "Você é aquela menina que namorou o irmão postiço, né?"

Rachael não fala muito. A cada poucos segundos, olha para mim com cautela, como se tentasse avaliar se estou bem ou não. Embora eu dê de ombros de forma relaxada na tentativa de reafirmar que estou tranquila, ela interrompe a conversa e diz às garotas que precisamos ir a algum lugar, mesmo sendo mentira. É por isso que amo Rachael.

– Nunca mais vou falar com elas – declara em um tom de voz decidido assim que as duas vão embora, enquanto joga o sundae fora e engancha o braço no meu.

Ela me gira tão rápido em direção ao Pacific Park que quase fico com torcicolo.

– Sério, isso não me afeta mais – falo.

Estamos vagando pela multidão, que, na verdade, não parece mais tão densa agora que fazemos parte dela, e eu a deixo me puxar pelo calçadão.

– Sei – diz Rachael com uma voz distante.

Estou prestes a elaborar meu argumento mais um pouco, dizendo que *não, sério, tudo bem, estou bem, de verdade*, quando nossa atenção é fisgada antes de eu abrir a boca. Do nada, Jake Maxwell surge correndo na nossa direção, deslizando até parar na nossa frente, deixando-nos atônitas. Ele é nosso amigo há ainda mais tempo do que Meghan e já falamos com ele hoje, algumas horas atrás, quando ainda estava quase sóbrio, mas agora já está meio bêbado.

– Aí estão vocês!

Pegando nossos braços enganchados, ele nos separa, segura nossas mãos e dá um beijo molhado nos nós dos dedos.

É o primeiro verão que Jake volta de Ohio, e, quando nos encontramos mais cedo, pela primeira vez em dois anos, fiquei surpresa ao descobrir que sua barba cresceu, e ele ficou ainda mais surpreso ao descobrir que ainda moro em Santa Monica. Por algum motivo, achava que eu tinha voltado para Portland há uma eternidade. Mas, fora a barba e as suposições, não mudou nada. Ainda é mulherengo e nem tenta negar. Quando Rachael perguntou como ele estava, respondeu que não muito bem, porque suas duas namoradas tinham terminado com ele recentemente e Jake ainda não sabia o motivo. Dava para imaginar o motivo.

– Onde você está conseguindo cerveja? – pergunta Rachael, franzindo o nariz enquanto puxa a mão que ele estava segurando.

Ela precisa falar mais alto que a música do Pacific Park para poder ser ouvida.

– Com o TJ – responde Jake.

E, como se a gente não soubesse, olha por cima do ombro e aponta o polegar para trás. TJ tem um apartamento em frente à praia. Nem dava para esquecer. Meu estômago revira só de pensar nisso.

– Ele me mandou aqui para reunir as tropas. Vocês vão no *after*?

Seus olhos se iluminam, e eu tenho dificuldade de levar a sério a regata que ele está usando. Tem uma águia estampada. Em cima de uma bandeira dos Estados Unidos. Com LIBERDADE escrito em letras maiúsculas nos pés da ave. É ridícula, mas não tanto quanto a tatuagem temporária de águia que Jake está orgulhosamente ostentando na bochecha esquerda. Começo a imaginar se está sob o efeito de alguma coisa além de cerveja.

– *After*? – repete Rachael.

A gente se entreolha, e já sei que ela está a fim de ir.

– Isso – confirma Jake, a voz transbordando entusiasmo. Ele sorri para nós, o rosto emoldurado pela barba. – Tem barril de cerveja e tudo! Vamos, é Quatro de Julho. Fim de semana. Vocês têm que ir. Todo mundo vai estar lá.

Franzo a testa.

– Todo mundo?

– TJ e os caras, Meghan e Jared já estão lá, Dean vai chegar mais tarde, eu acho que Austin Camer...

– Dispenso.

Jake para de falar, e seu sorriso se transforma em uma carranca. Ele encara Rachael e, por um breve momento, tenho certeza de que acabou de revirar os olhos. Quando seu olhar injetado volta a se focar em mim, ele segura meus ombros com gentileza e me sacode.

– Alôôôô? – De forma dramática, arregala os olhos e finge vasculhar cada centímetro do meu rosto. – Cadê a Eden? Eu sei que não te vejo há muito tempo, mas tenho certeza de que você não ficou chata *assim* em dois anos.

Sem achar graça, retiro as mãos de Jake dos meus ombros e dou um passo para trás. Ele não é um grande amigo, nem mesmo só um amigo agora, então não sinto a necessidade de me explicar. Fico calada, olhando para meus pés, e espero que Rachael intervenha e me salve, como sempre, pois é só com isso que tenho contado nos últimos tempos. Dependo de Rachael para lembrar a todos que nunca *namorei* meu irmão postiço e nunca vou namorar. Dependo dela para me tirar de situações em que eu possa encontrar Dean. Ainda estou muito envergonhada para encará-lo depois de tudo o que aconteceu, e duvido que ele queira me encontrar também. Ninguém quer contato com uma ex-namorada, muito menos com uma que o traiu.

Como de costume, ouço Rachael dizer a Jake:

– Ela não tem que ir se não quiser.

Continuo fitando meus tênis, porque sempre que Rachael me resgata me sinto mais fraca e patética do que antes.

– Você não pode evitá-lo para sempre – murmura Jake.

Ele usa um tom solene e, quando ergo o olhar, percebo que é óbvio para ele que o motivo de eu não ir à festa é Dean. Não posso negar, então apenas dou de ombros e esfrego a têmpora. Há um segundo motivo, claro. O mesmo motivo que fez meu estômago revirar. Só fui à casa de TJ uma vez, três anos atrás. Fui lá com meu irmão postiço. Hoje, mais do que nunca, não quero voltar lá, de verdade.

– Pode ir – digo a Rachael após um momento de silêncio.

Dá para perceber que ela quer muito, mas sei que provavelmente vai recusar o convite para não me deixar sozinha. Isso é o que melhores amigos fazem. Mas melhores amigos também cedem, e Rachael já tinha passado a noite cuidando para que eu ficasse bem neste dia horrível, então quero que ela vá se divertir. Afinal, neste ano o Quatro de Julho caiu em uma sexta-

-feira, então muitas pessoas estão aproveitando ao máximo. Rachael deveria aproveitar também.

– Vou encontrar a Ella ou algo assim – comento.

– Não ligo para a festa.

Sei que ela está mentindo.

– Rachael – digo, firme. Aceno com a cabeça para o prédio de TJ. – Pode ir.

Apreensiva, ela morde o lábio inferior e reflete por um tempinho. Está com pouca maquiagem – raramente usa agora –, então mal aparenta ter dezessete anos, muito menos vinte.

– Tem certeza?

– Tenho.

– Então vamos! – grita Jake, o sorriso dominador de volta ao rosto com a tatuagem de águia enquanto puxa a mão de Rachael. – Temos uma festa para ir!

Ele começa a levar minha amiga pelo calçadão e para longe do píer. Ela consegue fazer um aceno de despedida antes de desaparecer na multidão.

Depois que eles vão embora, olho o celular pela primeira vez. Já passou das nove e meia da noite. Tanto os fogos da Marina del Rey quanto os do Pacific Palisades já acabaram, então muita gente está voltando para casa. Abro os contatos e ligo para Ella. Infelizmente, minha mãe e o namorado estão trabalhando hoje à noite, então somos só eu, meu pai e minha madrasta celebrando o Quatro de Julho no píer. Vou pegar carona com os dois, então só me resta ir procurá-los. Ainda mais lamentável é o fato de que tenho que ficar no meu pai esta semana. A pior parte de ter pais divorciados: ser jogada de uma casa para outra. Odeio ficar na casa do meu pai, e ele detesta mais do que eu, principalmente porque a situação é tensa e estranha demais. Assim como Jamie, meu pai só fala comigo se for absolutamente necessário.

O celular de Ella está ocupado, então a ligação cai direto na caixa postal. Não deixo recado, apenas desligo o mais rápido possível. A idcia de ter que ligar para o meu pai me apavora. Rolo a barra de contatos, encontro o número dele e ligo. Começa a tocar, e fico tensa esperando sua voz áspera atender.

No entanto, enquanto estou no calçadão com pessoas em volta e o celular pressionado na orelha, algo me chama a atenção. É o meu irmão postiço mais novo, Chase. Está sozinho no restaurante Bubba Gump, mas não deveria estar. Apesar disso, não parece muito preocupado, apenas entediado, andando para a frente e para trás devagar.

Desisto da ligação para o meu pai e vou em direção a ele. Quando me aproximo, ele me vê e para de repente, parecendo envergonhado.

– Cadê seus amigos? – pergunto quando o alcanço.

Olho ao redor, procurando por um grupo de futuros calouros, mas não encontro nada.

Chase enrola uma mecha espessa do cabelo louro no dedo indicador.

– Eles pegaram o ônibus para Venice, mas eu não fui porque...

– Porque sua mãe disse para você não sair do píer – concluo, e ele concorda com a cabeça.

O círculo de amizade de Chase tende a se meter em confusão com frequência, mas ele é esperto o suficiente para saber quando não quebrar as regras. Tenho certeza de que os pais dos amigos dele não gostariam que seus filhos fossem escondidos para Venice no Quatro de Julho. Está tudo bem turbulento por lá agora, então fico feliz que Chase tenha decidido não ir com eles.

– Quer ficar comigo?

– Quero.

Passo o braço pelos ombros dele, saímos do restaurante e vamos em direção ao Pacific Park. Chase adora fliperama, mas antes mesmo de chegarmos perto do Playland Arcade, tenho que parar, porque meu celular começa a tocar. Antes de atender, preciso de um momento para me preparar mentalmente ao perceber que é meu pai ligando.

– O que você queria? – É como ele me cumprimenta, o tom áspero. É assim que ele tem me tratado ultimamente.

Eu me afasto um pouco de Chase e pressiono o celular ainda mais na orelha.

– Nada. Só queria saber onde vocês estavam.

– Bom, estamos no carro – responde, como se esperasse que eu soubesse. – Se apresse e nos encontre aqui, a menos que queira pedir uma carona para seu irmão, mas tenho certeza de que não vai dar certo.

Desligo sem responder. A maioria dos telefonemas com meu pai termina assim, com um de nós desligando de repente, e a maioria das conversas cara a cara termina com um de nós indo embora em um rompante. Tenho que admitir: sou eu que desligo e meu pai é quem vai embora em um rompante.

– Quem era? – pergunta Chase quando me aproximo.

– Temos que ir para casa – respondo, me esquivando da pergunta.

Chase sabe que meu pai e eu não nos suportamos, mas é mais fácil manter a tensão em níveis mínimos quando se trata do restante da família. Seja lá o que for família. Puxo-o para mais perto e o viro, agora para longe do Pacific Park e em direção à cidade.

– Sem fliperama esta noite.

Chase dá de ombros.

– Já ganhei muitos tíquetes mais cedo.

– Quantos?

Um pouco presunçoso, ele sorri e dá um tapinha nos bolsos de trás do short. Os dois estão cheios de tíquetes amarelos.

– Mais de setecentos.

– Não é possível. Para que você está guardando?

– Estou tentando juntar dois mil.

Conversamos sobre fliperamas, tíquetes, a Pacific Wheel, fogos de artifício e Venice enquanto voltamos pelo calçadão e saímos da Ocean Avenue, seguindo até o carro. Estacionar na Fourth é sempre incrivelmente frenético, e depois de passar alguns minutos discordando de Chase sobre onde meu pai estacionou mais cedo, percebo que estou errada. Ele não estacionou ao norte da rodovia como eu tinha pensado, mas ao sul, na Pico Boulevard com a Third Street. Fica a uns oitocentos metros de distância, então andamos bem rápido. Meu pai não gosta de ficar esperando. Nunca.

Quando chegamos, dez minutos depois, o Lexus está na calçada, entre outros dois carros, e, para minha surpresa, meu pai está do lado de fora, com os braços cruzados, o pé batendo no chão com impaciência, a mesma expressão carrancuda de sempre.

– Ah, ótimo, você encontrou seu irmão – diz ele de maneira brusca, enfatizando a última palavra.

Jamie e Chase não são mais apenas "Jamie e Chase". Desde o ano passado, meu pai sempre se refere a eles como meus irmãos, como se para provar alguma coisa. Jamie odeia isso tanto quanto eu; já Chase acho que nem percebeu.

Mantenho a calma e, em vez de ficar irritada com o tom desdenhoso, olho por cima de seu ombro, fitando Ella, que está no banco do passageiro, virada para a janela. Mesmo assim consigo ver seu celular junto à orelha. Deve ser a mesma ligação em que ela estava quando telefonei mais cedo. Olho para o meu pai.

– Trabalho?

– Aham.

Ele se inclina e dá uma batidinha dura e rápida no vidro da janela, assustando tanto a esposa que o celular quase voa de sua mão. Ela se vira no assento e olha para o meu pai, que aponta para mim e Chase com a cabeça. Ella assente, coloca o celular de volta na orelha, murmura alguma coisa e desliga. É quando meu pai finalmente nos diz para entrar no carro.

Chase e eu nos sentamos no banco de trás e colocamos os cintos de segurança enquanto meu pai se acomoda no banco do motorista, me olhando feio pelo retrovisor, mas eu ignoro. Quando ele começa a dirigir, Ella estica o pescoço para trás.

– Não quer ficar mais um pouco? – pergunta, o cabelo louro emoldurando o rosto.

Já são dez da noite, então não sei bem se ela estava esperando que eu ficasse ou não. A última coisa que eu queria era ir à festa do TJ, então estou feliz por voltar para casa.

– Na verdade, não – respondo.

Não menciono a festa. Nem o fato de que a noite inteira foi péssima.

– E você, rapaz? – interrompe meu pai, acenando com a cabeça para Chase pelo retrovisor. – Achei que vocês iam para a casa da mãe do Gregg mais tarde.

Chase para de digitar no celular. Ele me lança um olhar rápido de soslaio, então penso por um segundo antes de dizer ao meu pai:

– Ele não estava se sentindo muito bem, então falei que era melhor voltar para casa com a gente. – Para parecer convincente, olho para Chase com uma preocupação falsa e pergunto: – Como está se sentindo agora?

– Melhor – responde Chase, colaborando, enquanto pressiona as costas da mão na testa e esfrega de leve. – Acho que a Pacific Wheel estava me dando enxaqueca, mas estou bem melhor agora. Podemos parar e comprar hambúrguer? Por favor, pai! Estou morrendo de fome. Você não quer que eu desmaie, né?

Ella revira os olhos e volta a olhar para a frente. Meu pai só diz:

– Vou pensar no seu caso.

Já que nenhum dos dois está prestando atenção em mim nem em Chase, fecho a mão e a pouso no assento do meio. Ele bate o punho no meu de imediato, e sorrimos um para o outro de maneira discreta. Se meu pai soubesse das confusões em que os amigos de Chase se metem, nunca mais o deixaria sair com aqueles garotos. É melhor nem tocar no assunto, até porque Chase sempre faz a coisa certa.

No caminho de casa, acabamos parando no drive-thru do Wendy's da Lincoln Boulevard. Meu pai e Chase compram hambúrgueres. Eu, um sorvete de baunilha. Grande. Passo o resto da viagem tomando o sorvete, olhando o céu escuro pela janela e ouvindo meu pai e Ella conversarem sobre a música dos anos 1980 que colocaram para tocar. Estão se perguntando se Jamie vai estar em casa antes do toque de recolher, à meia-noite. Meu pai acha que ele vai chegar uma hora atrasado.

O trânsito melhorou um pouco, então chegamos à Deidre Avenue em dez minutos. Meu pai estaciona ao lado do Range Rover de Ella. Com o pote de sorvete vazio na mão, abro a porta e saio assim que meu pai desliga o motor. Estou quase na porta de casa quando Ella me chama.

– Eden, você pode me ajudar a pegar umas compras? – pede, com a voz firme, e acena com a cabeça para o Range Rover.

Como gosto de Ella, vou até o carro sem hesitar. Ela me segue enquanto tateia em sua bolsa à procura das chaves até achar, então abre o porta-malas.

Olho para baixo, pronta para pegar sacolas de compras, e fico perplexa ao descobrir que o porta-malas está vazio. Imaginando se Ella se confundiu, levanto uma sobrancelha e a encaro. Seus olhos de repente estão arregalados e receosos, e ela observa pela lateral do carro disfarçadamente, vendo se meu pai e Chase já entraram em casa. Assim que isso acontece, seus olhos se fixam nos meus.

– Tyler ligou – conta ela.

Dou um passo para trás, na defensiva. O nome soa como uma arma. É por isso que não o pronuncio mais. É por isso que não quero mais ouvi-lo. Sempre dói muito. Minha garganta parece se fechar; esqueço de continuar respirando e um arrepio percorre meu corpo. A ligação de mais cedo não era do trabalho. Era Tyler. Ele sempre liga para Ella, uma vez por semana mais ou menos, e sei bem disso. Ela espera a ligação desesperadamente, mas nunca comenta sobre o assunto com a gente. Até agora.

Ella engole em seco e olha de novo para a casa antes de falar novamente, com receio de que meu pai possa ouvir. Ninguém tem permissão para mencionar o nome de Tyler perto de mim. São ordens expressas do meu pai, claro, e acho que é a única coisa com a qual concordamos. Mesmo assim, Ella continua, me olhando com pena e tristeza ao mesmo tempo.

– Ele me pediu para te desejar um feliz Quatro de Julho – diz ela, baixinho.

A ironia quase me faz rir, mas me enfurece a tal ponto que é impossível achar engraçado. Há três anos, em um Quatro de Julho, Tyler e eu estávamos nos corredores da Culver City High School durante a queima de fogos. Foi quando toda essa confusão começou. Foi quando percebi que estava olhando para meu irmão postiço de um jeito que não deveria. Naquela noite, fomos presos por invasão à propriedade privada. No Quatro de Julho do ano passado, Tyler e eu não estávamos na queima de fogos. Estávamos no apartamento dele em Nova York, sozinhos, no escuro, enquanto a chuva encharcava a cidade. Ele citou um versículo da Bíblia. Escreveu no meu corpo, disse que eu era dele. Esses foram os outros Quatro de Julho. Muito diferentes deste. Desejar um feliz Quatro de Julho hoje é quase uma piada. Não o vejo há um ano. Tyler foi embora e me abandonou quando eu mais precisei dele ao meu lado. Não sou mais dele, então como ousa me desejar um feliz Quatro de Julho quando não está aqui para passá-lo comigo?

Enquanto minha mente tenta processar tudo, sinto uma onda de ódio me dominar. Ella está esperando uma resposta, então, antes de me virar e entrar em casa, estendo a mão e bato o porta-malas.

– Pode dizer para o Tyler que hoje está longe de ser um dia feliz.

2

Recebo uma ligação de Rachael logo após a meia-noite. Ainda não estou dormindo, mas quase, então fico meio irritada. Alcanço o celular e atendo, esfregando os olhos e lutando contra a vontade de revirá-los quando a música e o falatório ecoam do aparelho.

– Deixa eu adivinhar. Precisa de carona? – pergunto.

– Eu não – responde Rachael um segundo depois, a voz alta e, para minha surpresa, nada arrastada. – Seu irmão.

É a última coisa que eu esperava que ela dissesse. Isso me pega tão de surpresa que me sento às pressas, já procurando as chaves do carro na mesa de cabeceira.

– Jamie?

– Isso. TJ quer que ele vá embora – explica ela. Soa quase sóbria, e posso sentir que está fazendo cara feia. – Jamie resolveu brincar com o conjunto de facas na cozinha e acabou de vomitar.

– Em primeiro lugar: o que ele está fazendo aí?

– O irmão do TJ está aqui e convidou uns amigos, então tem um monte de garotos do terceiro ano fazendo merda, e estou me sentindo velha demais perto deles.

Rachael para de falar por um momento quando alguém ao fundo grita para ela calar a boca, provavelmente alguém do ensino médio citado na conversa e, depois de xingar um pouco, ela coloca o celular de volta na orelha.

– Na verdade, posso ir com vocês? – pergunta ela. – Isso aqui está meio ridículo.

– Chego em cinco minutos.

Depois que desligo, suspiro e me arrasto para fora da cama, acendendo a luz e pegando meus tênis vermelhos de mais cedo. Ainda de pijama, coloco um casaco de capuz e saio.

A casa está quieta – não porque meu pai e Ella estejam dormindo, mas porque saíram. Estão do outro lado da rua, na casa de Dawn e Philip, pais de Rachael, que decidiram dar algum tipo de festa de Quatro de Julho a noite toda. Já posso imaginar: pais e mães de meia-idade bebendo cerveja e drinques, socializando ao som de música ruim que consideravam boa quando tinham minha idade. No entanto, fico feliz por estarem lá, porque facilita minha fuga para resgatar Rachael e Jamie sem enfrentar um interrogatório do meu pai.

Desço para o térreo sem ter que andar na ponta dos pés e não me preocupo em avisar Chase porque não quero acordá-lo. Antes de sair, pego um balde no quintal e levo comigo. A última coisa que quero é meu irmão postiço vomitando no assento. Tranco a porta e dou uma corridinha até o carro, apenas para o caso de meu pai ou Ella estarem perto da janela da sala de Rachael. As luzes estão acesas, e por trás das cortinas fechadas vejo sombras se movendo. Não hesito, apenas me jogo dentro do carro junto com o balde e saio.

As ruas não estão cheias a esta hora, então levo apenas cinco minutos para chegar à casa de TJ pela Deidre Avenue e pela Ocean Avenue, ao longo da orla. Com o píer fechado, tudo parece muito quieto comparado a algumas horas atrás. O condomínio de TJ, por outro lado, está longe de parecer silencioso. As ruas estão cheias de carros, incluindo a BMW de Jamie, e é impossível estacionar, então espero no meio da rua, pronta para sair se eu me tornar um obstáculo noturno. Envio uma mensagem para Rachael para avisar que cheguei e também escrevo para Jamie, dizendo que é bom ele parar de beber e vir até o carro agora mesmo.

Enquanto espero, meus olhos se dirigem para o apartamento no segundo andar. É o único com todas as luzes acesas. As janelas enormes vão do chão ao teto e permitem que eu veja a parte de dentro, mas tudo que enxergo é uma massa de corpos. Não me lembro de o apartamento ser tão grande assim, nas minhas recordações de três anos atrás, mas parece que TJ acabou tendo convidados demais em casa. É capaz de Jake estar tentando convencer alguma coitada a transar com ele. Dean provavelmente está se certificando de que ninguém faça nada idiota. E Meghan e o namorado, Jared, devem estar lá fazendo seja o que for que Meghan e Jared fazem. Eu não quero saber.

Não demora muito para Rachael e Jamie aparecerem. Através das portas de vidro do prédio, vejo os dois saindo do elevador, Jamie aos tropeços enquanto Rachael quase o arrasta para fora. Ela lança um olhar exasperado ao me ver, então abro a porta do carro e saio para ajudá-la.

– Espero que você tenha uma ressaca dos infernos amanhã – digo a Jamie, segurando seu braço e o apoiando nos meus ombros para mantê-lo em pé.

Seus olhos estão meio fechados, o cabelo, bagunçado, e as pernas e os braços, imóveis. Está tão bêbado que mal consegue se mexer.

– Espero que *você* vá para o inferno – é o que ele consegue, de alguma forma, retrucar.

No entanto, não fico ofendida nem profundamente magoada com a resposta. Jamie lança comentários como esse para mim com frequência, já me acostumei com sua atitude desdenhosa.

Por trás dos ombros de Jamie, Rachael franze as sobrancelhas para mim com muita preocupação, mas não diz nada. Segura Jamie enquanto abro a porta do carro, e, juntas, o empurramos para o banco de trás, tendo que dobrar suas pernas e braços para fazê-lo entrar. Brigo com o cinto de segurança, tentando prendê-lo em Jamie, mas ele me afasta, então logo desisto e bato a porta.

– Ele com certeza odeia você – murmura Rachael enquanto vai até a porta do passageiro.

Seu cabelo não está mais preso em um rabo de cavalo, mas caído nos ombros em ondas longas e emaranhadas, e sua bandana, em volta do punho. Rachael está completamente sóbria.

– Ele pode me odiar, mas de manhã vai ficar feliz por ter sido eu que o levei para casa, e não nossos pais. Jamie ficaria de castigo pelo resto da vida.

Abro a porta do carro e me sento ao volante enquanto Rachael se senta no banco do carona. Ela pega o balde e mostra para mim com a sobrancelha erguida e, quando dou de ombros, ri e o coloca no banco de trás. Jamie o agarra de imediato, mas não sem resmungar alguma coisa baixinho.

– Seus pais foram para a minha casa? – pergunta Rachael quando começo a dirigir, deixando a festa e todo o tumulto e embriaguez para trás.

– Foram.

Checo Jamie pelo retrovisor. Ele está curvado, com o balde no chão, atrás do banco do passageiro, a cabeça balançando de um lado para outro. Franzo as sobrancelhas e peço a Deus que ele não vomite, voltando os olhos para a estrada à frente.

– Eles ainda estão lá. Todo mundo está.

Rachael apoia a cabeça no encosto e geme, virando o rosto para a janela, que é banhado pelas luzes da rua.

– Vou entrar de fininho pelos fundos. Quero evitar todos os amigos dos meus pais me perguntando o que estou fazendo da vida – diz.

– O que você está fazendo da vida?

Rachael se vira para mim e estreita os olhos. Sorrio, mas não por muito tempo, porque minha atenção é atraída de volta para Jamie.

– Me deixe sair – resmunga ele do banco de trás.

Quando olho pelo retrovisor, vejo-o esticando a mão para a porta, então tranco tudo rapidamente. Ele tenta puxar a maçaneta, se sentando e batendo no vidro quando percebe que está travado.

– Não quero ficar neste carro! – grita Jamie.

– Que pena – digo, calma, com as mãos no volante, minha atenção focada na estrada enquanto voltamos para casa.

– Rachael! – Jamie se inclina para a frente e estende os braços em volta do banco do passageiro, agarrando os ombros da garota e se recusando a largar. – Sou seu vizinho desde sempre. Será que você não pode, *por favor*, me deixar sair deste carro?

Rachael consegue se livrar dos braços de Jamie, girando o corpo sem tirar o cinto de segurança enquanto se esquiva das mãos desesperadas. Em segundos, ela está o encarando, com as costas pressionadas no painel do carro, o dedo levantado.

– Não encoste em mim. Nunca – avisa pela abertura do descanso de cabeça.

– Mas você tem que me ajudar! – retruca Jamie.

Rachael dá um suspiro profundo, apertando a têmpora com o indicador, sua voz em um tom condescendente ao perguntar:

– Você precisa de ajuda para quê, Jamie?

– Para me livrar *dela* – responde ele, e quando dou uma olhada por cima do ombro, Jamie está apontando para mim, os olhos injetados se estreitando em desgosto ao me encarar. – Ela é maluca.

– Supera – digo, enquanto seguro o volante mais forte, acelerando pela Deidre Avenue e ignorando o olhar de Rachael sobre mim e Jamie.

Ela sabe que não nos damos mais bem, mas acho que não tinha testemunhado uma situação como essa antes.

Para ela, é quase impossível ficar quieta e deixar alguém azedar o clima, então chega para o lado e lança um olhar austero para calar a boca de Jamie.

– Um aviso: você está bêbado e está sendo um babaca, fica quieto.

Quase indignado, Jamie afunda no banco de trás, olhando para Rachael enquanto ousa pensar em uma resposta. Em seguida, ele soa quase indiferente, seus lábios se movendo devagar ao dizer:

– Eu estou bêbado? Que pena. Estou sendo um babaca? Que pena mais ainda. Parece familiar para alguém?

Devagar, ele se senta de novo e se inclina para mim, um sorriso embriagado e torto. Está longe de ser uma postura amigável, mas ainda assim ele coloca a mão no meu ombro enquanto dirijo, apertando forte demais à medida que seus olhos se voltam para Rachael.

– Acrescente um pouco de maconha e ela vai se apaixonar por mim também.

Imediatamente tiro a mão dele do meu ombro, jogando o cotovelo para trás e o empurrando para longe. O carro desvia um pouco, mas logo volto as mãos para o volante, e depois olho para trás mais uma vez para encará-lo com o olhar mais feroz de que sou capaz. Nem preciso me esforçar.

– Qual é o seu problema, cacete? – brado.

De canto de olho, vejo Rachael se acomodando devagar no banco do passageiro e me lançando um olhar de desaprovação. Ao mesmo tempo, coloca a mão devagar no volante, como se estivesse com medo de eu desviar o carro da estrada.

– Ele só está bêbado, Eden – diz minha amiga.

Mas não consigo escutá-la, pois não estou me referindo ao que está acontecendo agora, estou me referindo a tudo, desde o verão passado até este exato momento. Jamie não conseguiu aceitar a verdade, apesar de ter tido um ano para processar tudo, e estou começando a duvidar de que ele vá deixar isso para lá. Estou começando a acreditar que vai nos odiar para sempre.

– Sério, qual é o seu problema? Explica para mim – repito, ríspida, com gestos bruscos e irritados.

Jamie engole em seco antes de se inclinar por entre os bancos da frente e fixar os olhos bêbados em mim, cuspindo as palavras devagar:

– Você. É. Nojenta.

Fico quieta por um tempo. A única coisa que consigo ouvir é o motor do carro e o ranger dos meus dentes. Parte de mim quer chutar Jamie para fora do carro. A outra parte quer chorar. A verdade é que eu *sei* que Jamie está sendo sincero. Sei que acha que sou louca, nojenta, repugnante e sem noção, mas nunca disse isso em voz alta até agora, e por uma fração de segundo me sinto mal.

– Não sei o que você espera que eu diga – respondo calmamente. – De verdade, não sei. Não tem nada entre mim... – Paro, pigarreio e tento novamente. – Não tem mais nada acontecendo entre mim e Tyler. Faz muito tempo que a gente terminou. Então, *por favor*, Jamie. Por favor, pare de me odiar.

Jamie me encara inexpressivo e depois cai para trás no assento de novo, mas desta vez pega o balde e vomita. Rachael dá um grito, tapando a boca com nojo, e recua contra o painel outra vez, se esforçando para ficar o mais longe possível de Jamie. Meu nariz se franze, e abro todas as janelas, deixando ar fresco entrar.

– E ele ainda diz que *você* é que é a nojenta – murmura Rachael, com a mão na boca.

Jamie continua vomitando, chiando, gemendo e xingando até chegarmos em casa; felizmente o trajeto leva poucos minutos. Eu e Rachael ficamos em silêncio, apenas escutamos o vento enquanto Jamie sofre. Mas, assim que vejo a casa, ele não é mais o único xingando. Eu também estou.

Como se o próprio diabo tivesse planejado, meu pai e Ella estão voltando da casa de Rachael no momento exato em que chegamos. Os dois param no gramado quando percebem meu carro se aproximando, e meu pai imediatamente coloca as mãos na cintura e pressiona os lábios em uma linha fina, os olhos se estreitando com severidade.

– Merda – digo pela quinta vez. – Merda, merda, merda.

Devagar, estaciono o carro junto ao meio-fio e fecho todas as janelas antes de desligar o motor. Pelo para-brisa, vejo Ella franzindo a testa enquanto semicerra os olhos para ver com quem estou. Infelizmente, é seu filho bêbado que está vomitando no meu banco traseiro.

Rachael balança a cabeça e lança um olhar penetrante para Jamie.

– Alguém está *muito* ferrado.

– Com certeza – concordo.

Respirando fundo, tiro a chave da ignição e abro a porta, saindo ao mesmo tempo que Rachael. Devagar, viro para encarar meu pai e Ella.

– Rachael, acho que seus pais queriam saber onde você estava – diz meu pai, rígido, com um mínimo aceno de cabeça em direção à casa da minha amiga.

Todas as luzes ainda estão acesas, as sombras se movendo lá dentro.

– Obrigada, Sr. Munro. Vou até lá – responde Rachael com a voz mais inocente que consegue, mas ainda ouço o sarcasmo nas palavras.

Como meu pai está na casa dos quarenta, com cabelo grisalho e sem uma única memória de como é ser adolescente, não percebe o tom, apenas abre um sorriso tenso e espera que ela se afaste. Rachael se vira e vai para casa, mas não sem passar por mim e murmurar:

– Não vejo a hora de me mudar.

Fica um silêncio na rua por um momento. Não quero ser a primeira a falar. Jamie ainda está no carro, Ella ainda estreita os olhos e meu pai ainda espera Rachael desaparecer. Assim que ela some de vista, seus olhos voam para mim, e ele pergunta:

– Onde você estava?

Meu pai não é apenas o velho idiota anteriormente citado, como também bastante rápido em fazer suposições. Neste momento, pela sua expressão e pelo tom de voz, é óbvio que está imaginando que minhas razões para sair de casa são imprudentes, como se eu, aos dezenove anos, não pudesse sair de casa à meia-noite e meia sem planejar fazer besteira.

Dou meu melhor para não revirar os olhos, contorno o carro e aponto para minha roupa. É difícil esconder o desprezo em minha voz quando digo com amargura:

– Estou de *pijama*.

Abro a porta do carro e imediatamente Jamie e o balde nojento ficam visíveis no banco traseiro.

– E, só para deixar registrado – completo, olhando para meu pai enquanto fecho a porta –, eu fui buscar esse cara aí. Porque ele foi expulso de uma festa por estar bêbado demais.

– Meu Deus, Jamie! – exclama Ella com um gemido, enterrando o rosto nas mãos antes de correr pelo gramado para buscar o filho.

Ainda estou encarando meu pai, que está com um olhar penetrante e os braços cruzados. Com extrema desaprovação, ele observa Ella tentando manter Jamie de pé, mas ele tropeça no gramado. Assim que ela o segura com firmeza e consegue equilibrá-lo, sua mente embriagada decide gritar:

– Eden estava tentando me beijar!

Pega de surpresa, meus olhos voam até Jamie, e faço uma careta. Incrédula, balanço a cabeça, sem conseguir deixar de levantar o dedo do meio para ele.

– Sério, vai se foder, Jamie – sibilo.

Ella me encara, brava, e meu pai estufa o peito e abre a boca, indignado.

– Eden Olivia Munro – diz ele com uma voz baixa e, pelo uso do meu nome completo, sei de cara que está se preparando para acabar comigo. – Me dê as chaves do carro. Agora.

Ele não se move, apenas estende a mão.

– Por quê?

– Porque você acha que é aceitável sair de casa escondida e usar esse tipo de palavreado. Chaves – repete, desta vez ainda mais severo.

Vejo a fúria em seu olhar aumentando a cada segundo.

Olho para o molho de chaves na minha mão e o aperto com ainda mais força, então ergo os olhos e balanço a cabeça.

– Então ele é que está na rua depois do toque de recolher e chega em casa bêbado, e *eu* é que sou punida? – Olho para Jamie e Ella de novo, e, embora esteja caindo de bêbado, ele ainda consegue rir. Rangendo os dentes, encaro meu pai. – Punida pelo *quê*? Por trazer Jamie para casa?

– Me dê a droga das chaves – ordena meu pai, com os lábios rígidos e o maxilar tenso, então caio na risada.

Não consigo evitar. É tão típico dele. Toda vez que vim para Santa Monica no último ano, ele achou um motivo para ser babaca comigo. Não é difícil adivinhar a razão: ainda está me punindo por eu ter me envolvido com Tyler, por ter me apaixonado pelo meu irmão postiço.

– Dave – murmura Ella, e noto o modo como balança a cabeça discretamente para o meu pai enquanto arrasta Jamie até a porta da frente. – Ela não fez nada de errado.

Meu pai a ignora, como sempre, porque pelo visto Ella não tem mais voz na educação que ele dá a filha, mas meu pai sempre tem a palavra final na forma como ela educa os próprios filhos. Irritado com minha desobediência, ele começa a atravessar o gramado em passos rápidos até mim como se estivesse preparado para arrancar as chaves da minha mão.

Antes de ele conseguir fazer isso, vou até o lado do motorista, abro a porta e coloco um pé para dentro.

– Que se dane – digo antes de entrar no carro. Pode até ser a semana de eu ficar na casa do meu pai, mas não vou continuar aqui de jeito nenhum. – Estou indo para casa.

– Aqui é a sua casa! – grita meu pai pateticamente, mas até eu consigo ouvir a tensão em sua voz.

Ele sabe que é mentira. Não quer que seja minha casa, porque, para falar a verdade, deixou claro no último ano que nem me quer na família.

– Bom, não parece nem um pouco.

Eu me ajeito diante do volante, bato a porta do carro e ligo o motor rapidamente antes de meu pai tentar me impedir. Mas ele não o faz. Acho que está feliz, na verdade.

Enquanto dirijo pela Deidre Avenue, em direção à casa da minha mãe, os observo pelo retrovisor. Chase está na porta da frente, confuso como sempre, sonolento. Meu pai e Ella começaram a gritar um com o outro, as mãos se movendo em gestos raivosos. É aí que percebo, à medida que os deixo para trás, que, seja lá o que nossa família for, está longe de ser perfeita.

A verdade é que há um ano ela está arruinada.

3

A manhã de quinta-feira é igual à de qualquer outro dia: faço uma corrida pela orla até Venice e paro no Refinery no caminho de volta para casa. É a rotina que adotei desde que comecei a passar o verão aqui. No último ano, deixei de lado a corrida e passei a comer o que bem queria, ganhei alguns quilos e parei de me importar com o peso pela primeira vez na vida, mas já deu. Agora estou tentando retomar o equilíbrio. Quanto à visita ao Refinery, bom, simplesmente senti falta do melhor café do mundo.

Estou tomando meu *latte* de baunilha perto das janelas, observando as pessoas que passam sem parar. Às vezes Rachael vem me encontrar, mas ela foi visitar os avós em Glendale, então estou sozinha hoje. Não ligo. Pelo menos não no começo.

Não demora muito até que alguém me note encolhida no canto – a garota que, aparentemente, namorou o irmão. Estou usando um dos fones de ouvido, então nem sei como consigo ouvi-las, mas ouço. É um grupo de quatro garotas, mais novas do que eu, saindo do café. Uma murmura algo, e isso chama minha atenção, só porque ouvi vagamente a expressão "irmão postiço". Quando olho para elas, percebo que já estão me observando, mas rapidamente param de rir e vão embora.

Respiro fundo, fecho os olhos e coloco o outro fone, bloqueando tudo ao redor com La Breve Vita no último volume. A banda acabou no ano passado, então tudo que tenho é a música que fizeram um dia. Fico no Refinery por mais uns cinco minutos, terminando o meu *latte* e curtindo estar longe do sol por um tempo. É fácil passar mal quando está quente pra caramba lá fora e você ainda sai para correr, então sempre acho bom fazer um intervalo no meio do exercício.

Quando estou me levantando e trocando a playlist, meu celular começa a tocar na minha mão. É Ella, então não ignoro como faria se fosse meu pai. Tiro os fones e atendo, perguntando se está tudo bem.

– Onde você está? – pergunta ela de imediato, o que é muito estranho.

– Hum, no Refinery – respondo, um pouco insegura.

– Você pode vir aqui? – Depois complementa bem rápido: – Não se preocupe, seu pai está no trabalho.

Sem entender, enrolo os fones nos dedos enquanto saio do café e paro na calçada.

– *Você* não está no trabalho?

– Estou me dedicando a um caso – responde ela, e, sem uma pausa, pergunta: – Em quanto tempo você consegue chegar?

– Uns vinte minutos.

Quando estou virando a esquina da Fifth Street, acabo parando, confusa. Ella geralmente me liga para perguntar o que quero jantar, se preciso de dinheiro ou para saber como estou. Desta vez, é diferente. Ela não é de me ligar assim, me chamando para ir à casa que odeio, então fico um pouco preocupada.

– Está tudo bem?

– Tudo certo – responde ela, mas um tremor em sua voz me diz o contrário. – Só venha logo.

Quando ela desliga, volto a andar de imediato, fones no ouvido, música tocando e os passos mais rápidos do que o normal. A casa fica a mais de três quilômetros. Na melhor das hipóteses, vou chegar em quinze minutos. Ella parecia estar com muita pressa, então, enquanto passo com cuidado pelas pessoas nas calçadas, me pego listando mentalmente os possíveis motivos pelos quais ela precisa de mim tão urgentemente. No entanto, nada parece provável, logo desisto de adivinhar e foco em correr mais rápido. Quanto mais cedo eu chegar, mais cedo vou descobrir.

Acabo chegando em pouco mais de quinze minutos. Seco a testa com as costas da mão, ofegando ao me aproximar da porta. É a primeira vez que venho aqui desde sexta-feira à noite. Também não falei com meu pai desde então.

Quando entro, a casa está em silêncio. Sem Jamie, sem Chase, sem meu pai. Apenas Ella, vestida de maneira elegante com uma saia justa e uma blusa. Só noto sua presença depois de ouvir os passos leves no topo da escada. Olho para ela e passo a mão na testa suada enquanto ela me observa. Minha respiração ainda está um pouco irregular, e tento controlá-la, esperando Ella me dizer para que precisa tanto de mim.

Mas não recebo nenhuma explicação, somente uma expressão ansiosa enquanto ela faz um gesto para trás com a cabeça e pergunta, calma:

– Você pode vir aqui por um segundo?

Se eu não estava preocupada antes, agora com certeza estou. De repente, sinto medo de subir as escadas e encontrar meu quarto vazio, transformado em quarto de hóspedes e com os pertences que deixei guardados em caixas de papelão. *É isso*, penso. *Ela está me expulsando*. Não que eu me importe tanto assim.

Soltando um suspiro, com o corpo cansado e dolorido, me forço a subir a escada, lutando para não fazer muito contato visual com minha madrasta. Aposto que foi meu pai que deu a ideia de não me deixar ficar aqui. Ela é apenas a pessoa que tem que me dar a notícia. Tipo, *sinto muito, Eden, mas você é desprezível, nojenta demais e perigosamente imprudente para ficar nesta casa por mais um segundo*.

– Cadê o Jamie e o Chase? – pergunto, olhando de soslaio para ver se consigo vislumbrar alguma caixa.

Não há caixas. Fixo a atenção em Ella, mas minha madrasta apenas se vira e entra no escritório, o cômodo ao lado do meu quarto. Eu a sigo.

– Jamie está passando o dia na cidade com a Jen – responde, indiferente, os sapatos de salto alto estalando no chão – e Chase está na praia.

Entro no escritório, mas paro depois de alguns passos, não porque é o espaço de trabalho privado de Ella, em que, por motivos de confidencialidade, nenhum de nós normalmente tem permissão para entrar, mas porque o cômodo nem sempre foi um escritório. A mudança aconteceu há apenas seis meses. Meu pai pintou de marfim as paredes, mas fez um serviço tão ruim que ainda consigo ver o azul-marinho que as cobria. O carpete antigo foi retirado e substituído por piso de madeira. Mas, tirando a antiga camada de tinta que serve de lembrete, às vezes é fácil esquecer que isto aqui já foi um quarto.

– Quer dizer que Jamie não está de castigo?

Quero revirar os olhos. É inacreditável, sério. Jamie pode chegar em casa bêbado, vomitando no gramado, e se safar.

– Está – responde Ella, depois para de falar, virando-se para olhar direto para mim, seus olhos azuis intensos e gentis ao mesmo tempo. – Mas eu não queria que ele estivesse em casa hoje.

– Ah.

Pressiono os lábios e coloco atrás da orelha algumas mechas de cabelo que se soltaram do coque bagunçado. Curiosa, lanço um olhar rápido para a mesa de Ella, cheia de pilhas de papéis. Todos os casos nos quais está trabalhando, todas as informações dos clientes. Olho para ela de novo antes que perceba que estou fuxicando.

– Por que não? – pergunto.

– Porque ainda não contei para ele – diz ela devagar. Não é bem a resposta que eu esperava e, na verdade, me surpreende. Ela engole em seco e coloca a mão no encosto da cadeira e, como se pudesse ver como estou confusa, completa: – Ainda não contei para nenhum de vocês. Nem para o seu pai.

Ai, meu Deus. De repente, o motivo de eu ter vindo até aqui fica tão claro que me vejo piscando, incrédula, estendendo a mão para a maçaneta da porta para me apoiar antes que eu desmaie ou vomite, ou os dois.

– Você está grávida? – murmuro.

– Meu Deus, Eden. – Ella balança a cabeça rapidamente, e suas bochechas ficam vermelhas. Coloca a mão no peito, se recompõe e pigarreia antes de dizer: – Não. Sem chance.

Um pouco sem jeito, ela me lança um breve sorriso, tentando não rir.

Meu coração acelerado diminui o ritmo, meu peito relaxa e meus ombros cedem com alívio. Não conseguiria imaginar meu pai nessa situação de paternidade de novo. Ele não é bom nisso até hoje. Um pouco constrangida por ter tirado conclusões precipitadas, mordo o lábio e dou de ombros, ainda tão confusa e preocupada quanto antes.

– Então qual é o assunto?

Ella inspira fundo e expira devagar, a casa inteira em silêncio. Minha paciência começa a se esgotar. Não estou gostando disso. Odeio não saber o que está acontecendo ou por que estou aqui. Talvez ela esteja prestes a dizer que vão se mudar para o outro lado do país. Talvez peça demissão do trabalho. Talvez esteja planejando pedir o divórcio. Essa última hipótese, pelo menos para mim, é positiva: seria para o bem dela.

Mas Ella continua em silêncio, os lábios se mexendo bem pouco, como se tentasse formar palavras, mas sem saber o que dizer. Depois de alguns segundos, não precisa dizer mais nada. Seus olhos falam por si só.

Eles se dirigem a um ponto atrás de mim, concentrados e calmos, e então ouço a voz que tem o poder de me paralisar por completo. É impossível confundi-la com a de outra pessoa, e é por esse motivo que paro de respirar e meu estômago revira quando seus lábios pronunciam as primeiras palavras. É por esse motivo que tudo, absolutamente tudo, para quando o ouço dizer:

– Ela está falando de mim.

Assustada, me viro. Ele está ali. Simples assim, depois de um ano inteiro, está na minha frente, alto e forte, com calça jeans preta, camiseta branca, cabelo escuro e olhos esmeralda… A pessoa que já foi meu tudo, e que nunca percebi ser meu tudo até o momento em que foi embora e nunca voltou.

A pessoa que, por acaso, é meu irmão postiço, Tyler.

De costas, adentro ainda mais o escritório, na defensiva. Incredulidade e choque me consomem, e sinto um aperto na garganta e balanço a cabeça. Ele não mudou nada. Está exatamente como eu me lembro do verão passado, do nosso tempo juntos em Nova York, com a mesma barba por fazer, o queixo pontudo, os braços enormes e os olhos brilhantes fixos em mim e em nada mais. Os cantos dos lábios se curvam em um sorriso.

No entanto, no silêncio tenso que nos rodeia, não posso deixar de sentir como se tivesse caído em uma armadilha e sido atraída para cá sem nenhuma razão. Ela sabe que não suporto pensar em Tyler, quanto mais olhar para ele. Então encaro minha madrasta.

– Que droga é essa?

Ella parece estar uma pilha de nervos. Seu olhar vai rapidamente de mim para Tyler, cauteloso, e sua testa se franze de preocupação.

– Eu tenho que ir a uma reunião – diz ela com a voz vacilante.

Ela se vira, pegando o blazer e um monte de pastas, e passa rápido por mim, roçando meu braço. Quando passa por Tyler, estende a mão para apertar o ombro dele, e depois simplesmente vai embora. Os saltos altos fazem barulho nos degraus até ela chegar à porta e, depois de um baque surdo, não há nada além de um silêncio absoluto.

Fico imóvel, tentando compreender o fato de Tyler estar parado a um metro de mim, até, por fim, ser forçada a encará-lo. Nossos olhares se encontram, mas, ao contrário dos dele, brilhantes, os meus estão ardendo de raiva. Tyler dá um passo ousado para dentro do escritório, um passo para perto de mim, e faz algo ainda mais inacreditável. Abre um sorriso enorme e radiante que mostra seus dentes perfeitos e se estende pelo rosto, iluminando seus olhos.

– Eden – murmura ele.

Sua voz está calma, quase como se meu nome fosse delicado, e um pequeno suspiro de alívio escapa de seus lábios.

Isso me enfurece mais do que tudo. Ele aparecer do nada, depois de um ano, sorrir para mim como se tudo estivesse perfeito e ousar dizer meu nome é a gota d'água para me fazer surtar, um ano de raiva e mágoa explodindo de uma vez só.

Furiosa, não consigo parar de tremer e, antes de perceber o que estou fazendo, minha mão já atingiu com força a bochecha esquerda dele com um tapa nauseante. Há tanta adrenalina correndo nas minhas veias que só depois noto que minha palma está doendo.

Tyler virou o rosto para o lado e depois para baixo, os olhos bem fechados enquanto solta um longo suspiro. Devagar, leva a mão à bochecha e esfrega a pele, como se para aliviar a dor que causei – a dor pela qual ainda não me sinto culpada. Estou com ódio demais, e é por isso que, quando seus olhos se abrem e ele me encara em um silêncio atordoado, eu me vejo falando com uma voz irritada:

– O que você está fazendo aqui?

Tyler parou de sorrir. Seu choque se transforma em confusão e ele franze as sobrancelhas, a bochecha bem vermelha.

– Eu disse que ia voltar – responde ele, baixinho.

Sua voz está grave, o mesmo tom rouco do qual me lembro. O mesmo tom rouco de quando eu adorava sua voz e a maneira como meu nome soava em seus lábios. Agora, isso só me irrita.

– E eu pensei que isso significava que você voltaria em algumas semanas, no máximo em um mês…

Engolindo em seco, dou mais alguns passos para trás até encostar na escrivaninha de Ella. Não tenho mais para onde ir. Não suporto estar perto de Tyler. Nem agora, nem nunca mais. Como estou irada por ele ter me deixado, é fácil as palavras continuarem saindo, e então grito:

– … não depois de um ano inteiro!

O olhar perplexo de Tyler desaparece, e seus olhos se enchem de culpa e mágoa. É como se até agora nunca tivesse considerado a possibilidade de eu estar com raiva dele, e de repente vejo as engrenagens de sua mente girando enquanto ele me encara do outro lado do escritório, com olhos arregalados e sem saber o que responder. Definitivamente não quer mais sorrir. Não sei como estava esperando que eu o recebesse, se pensou que me jogaria em seus braços e transbordaria de alegria, ou se pensou que eu o beijaria como nunca beijei e ficaria eternamente feliz. Mas com certeza não era isto: raiva, desprezo e ausência de paixão.

Mas não quero ficar aqui e gritar com Tyler. Não quero discutir nem brigar. Não quero que ele tente se explicar nem implorar por perdão. Apenas não quero lidar com Tyler, então decido ir embora – com calma, apesar do peito apertado, mas depressa, porque, quanto mais tempo fico perto dele, mais sinto que a raiva pode se transformar em lágrimas. Atravesso o escritório sem olhar para Tyler, mantendo a cabeça erguida e os olhos à frente, e passo direto por ele. Sinto seu olhar me seguindo enquanto desço a escada e, ao abrir a porta, ouço seus passos no topo da escada.

– Eden. Espera.

Mas não quero esperar. Fiquei meses esperando, imaginando, pensando e enlouquecendo enquanto os dias se transformavam em meses e os meses se transformavam em um ano. Desisti de esperar há muito tempo. Desisti *dele* há muito tempo.

Bato a porta e saio correndo. Corro mais rápido e com mais vontade do que já corri na vida, desesperada para me afastar o máximo possível de Tyler e daquela casa, com o coração batendo forte e meus ouvidos zumbindo a cada passo. No entanto, quanto mais longe chego, mais consciente da situação fico, e quanto mais consciente fico, mais a adrenalina diminui e a náusea aumenta. Finalmente sinto uma dor na mão. Minha palma está ardendo, então fecho o punho e tento não pensar nisso.

Chego à casa da minha mãe em cinco minutos e ainda estou correndo quando passo pela soleira e entro. Ofegando, bato a porta e a tranco, fechando os olhos por um momento para tentar recuperar o fôlego. Ouço um talk show na TV e, em apenas alguns segundos, Gucci aparece e começa a mordiscar meu pé.

– Por favor, não me diga que você está correndo da polícia – diz minha mãe.

Quando me viro, ela já está se aproximando, secando as mãos em um pano de prato, uma sobrancelha levantada, desconfiada. A torneira da pia da cozinha ainda está aberta.

Brincar com a minha cachorrinha é a última coisa que me passa pela cabeça, então a afasto e olho para minha mãe. Ela imediatamente parece notar que tem alguma coisa muito errada, porque seu pequeno sorriso hesita, o calor em seus olhos castanhos desaparece e a preocupação domina suas feições. As rugas em sua testa parecem se aprofundar enquanto ela me observa.

– Eden? – É tudo que diz.

Meu lábio inferior treme. Estou me esforçando para não deixar as emoções me dominarem, mas está cada vez mais difícil. Não achei que Tyler fosse voltar. Depois de algum tempo, comecei a acreditar que ele estava feliz onde quer que estivesse e que não precisava de nenhum de nós. Nunca achei que eu enfrentaria essa situação. Estou furiosa, confusa, triste e frustrada, e meu silêncio só está deixando minha mãe ainda mais preocupada, então engulo em seco e murmuro:

– Tyler voltou.

E, assim que digo o nome dele em voz alta, começo a chorar.

4

Minha mãe me deixa dormir por um tempo. Mas não estou dormindo de verdade, só estou deitada, enrolada no edredom, com os olhos inchados, encarando o teto. Chorei por um tempo. Tomei banho, vesti um moletom e fui para a cama. Não saí do quarto desde então, embora já tenha passado da hora do almoço e eu esteja perdendo um dia de sol. Para ser sincera, não quero me mover hoje, ou talvez não queira me mover pelo resto da semana. Minha cabeça dói e está pesada demais, parecendo prestes a explodir. Então vou ficar no conforto da minha cama pelo tempo que puder, embora saiba que nem em um milhão de anos minha mãe vai me deixar ficar trancada aqui por mais de 24 horas, mesmo que eu queira.

A verdade é: acho que não consigo encarar Tyler de novo. Qualquer que fosse a esperança que eu tinha para nós no verão passado, ela se foi há muito tempo. Naquela época, talvez houvesse alguma chance de termos uma história de verdade. Estávamos tão perto de finalmente ficarmos juntos, de forma oficial e aberta, mas Tyler tornou a situação muito mais complicada do que tinha que ser. Não precisava ir embora, em especial quando eu mais precisava dele, e muito menos por tanto tempo. Mas eu entendi. Mais tarde, depois de algumas semanas, quando o choque e a dor iniciais de sua partida abrupta finalmente diminuíram. Sabia que ele se sentia bem sozinho; o que não sabia era por que eu tinha sido tirada de cena. Tentei ligar, mas Tyler nunca me atendeu. Deixei várias mensagens de voz, mas duvido que tenha ouvido. Mandei mensagem atrás de mensagem, pergunta atrás de pergunta, mas nunca recebi uma resposta sequer. Mesmo quando só queria saber como ele estava, só havia silêncio. Então cansei de tentar, e meus áudios, ligações e mensagens foram diminuindo conforme os dias passavam e, em novembro, eu não estava mais tentando fazer contato com ele. Tinha que me concentrar na faculdade: novas aulas, novas pessoas e uma nova cidade.

E isso foi ótimo para manter minha mente longe dele. Por um tempo, pelo menos. Tomar café em excesso durante sessões de estudo na biblioteca, ir a lojas de conveniência tarde da noite com minha colega de quarto sempre que nosso estoque de comida estava acabando e me esgueirar bêbada pelo campus no meio da madrugada depois de uma festa no dormitório só conseguiram me distrair por um tempo. Claro, saí com alguns caras nesses meses, mas todos pareciam superficiais, nada especiais. Em fevereiro, já estava pensando em Tyler de novo. Mas não estava chateada. Estava furiosa.

Simplesmente não conseguia entender. Por que Tyler falava com Ella e não comigo? Não conseguia entender por que ele ainda não tinha voltado para Santa Monica como dissera que faria. Já tinham se passado sete meses. Ele já deveria ter vindo para casa há muito tempo, mas não voltou, o que me deixou furiosa. Parecia que tinha se esquecido de mim, arrumado as malas, seguido em frente e me deixado para lidar sozinha com as consequências do que fizemos juntos. Eu é que tive que aguentar os olhares atravessados e os comentários murmurados sempre que voltava para Santa Monica. Não ele. Eu é que tive que lidar com meu pai e Jamie. Não ele. Eu é que fui abandonada. Não ele.

Foi por isso que minha fúria continuou crescendo: Tyler partiu e nunca mais voltou, nem teve a coragem de me ligar, estava feliz onde quer que estivesse. E onde quer que *ele* estivesse, *eu* não estava – o que significava que estava feliz e satisfeito sem mim, e isso me machucou muito mais do que eu pensei ser possível.

A primeira vez que ele me ligou foi durante as férias da primavera. Eu tinha ido a São Francisco pela primeira vez na vida, estava passeando pelas ruas com Rachael reclamando das ladeiras, quando meu celular tocou. Fiquei olhando para a tela, pensando se deveria atender ou não, antes de a ligação cair na caixa postal. Tyler não deixou mensagem, mas depois começou a ligar todos os dias. Não atendi nenhuma vez, pois na época já era tarde demais, e tudo o que eu sentia por ele era uma raiva fervilhante.

Faltam três semanas para completar um ano exato desde o dia em que ele foi embora, e é por isso que nunca esperei que fosse voltar justamente *agora*, depois de tanto tempo. Até Ella tinha perdido as esperanças e decidiu transformar o quarto dele em um escritório para não precisar mais trabalhar na cozinha. Foi aí que ficou muito óbvio para nós que nem ela achava que Tyler voltaria.

Dá até para dizer que meu pai ficou bastante satisfeito naquele dia, porque foi correndo à loja de materiais de construção para comprar a tinta marfim com a qual pintou as paredes que nem a cara dele. Se tem alguém que vai ficar mais furioso do que eu quando souber que Tyler está de volta, esse alguém é meu pai. Isso se ele já não sabe, mas acho improvável, pelo jeito reservado de Ella hoje de manhã. Na verdade, quanto mais penso sobre o assunto, mais fico irritada com ela também. Ella me colocou naquela situação de propósito, frente a frente com Tyler de novo, sem me avisar, mesmo eu tendo dito várias vezes que nunca mais queria vê-lo e que estava feliz por ele não ter voltado.

Agora tudo está confuso de novo. Não sei como lidar com a situação nem como ficar aqui sabendo que Tyler está de volta. Para o meu azar, evitá-lo para sempre é impossível. O mais triste de tudo? Um ano atrás eu estava completa e perdidamente apaixonada por ele. Agora não quero nem chegar perto, e essa é a parte que me deixa mais furiosa.

Não percebo que estou chorando até minha mãe entrar no quarto. Enxugo às pressas as lágrimas, fungando um pouco. Ela vai direto até as cortinas e as abre, permitindo que a luz do sol do meio da tarde inunde o cômodo. Resmungo e enterro o rosto nos travesseiros.

– Ok – ouço minha mãe dizer, e nem preciso olhar para saber que provavelmente está de braços cruzados. Dá para perceber só pelo tom de voz. – Levante.

Cubro a cabeça com o edredom.

– Não.

– Sim – rebate ela, resoluta. – Você teve quatro horas para chorar. Agora precisa levantar e esquecer o Tyler. Aonde você quer ir? Quer tomar café? Almoçar? Passar no spa? Você escolhe.

– Seu turno não começa daqui a pouco?

Minha voz está abafada pelos travesseiros, edredom e lençol. Praticamente me enterrei e não planejo me levantar tão cedo.

– Só começa às oito.

Ouço minha mãe andando e, um pouco depois, ela começa a puxar meu edredom, me descobrindo totalmente e me cumprimentando com um sorrisinho.

– Então se arrume, porque nós vamos sair e falar mal de homens pelo tempo que você quiser. É melhor do que chorar até morrer. Acredite em mim. Já passei por isso.

Enquanto me levanto contra a vontade, reviro os olhos. O que mais amo na minha mãe é que ela entende, ela compreende. Meu pai a abandonou também, mas isso aconteceu há seis anos. Ela é quase uma especialista quando se trata de lidar com términos. Regra número um? Chega de chorar depois de quatro horas. Não sei se essa regra se aplica à situação em que o cara vai embora e depois *volta*.

Meus olhos ardem e meu peito ainda dói, mas sei que minha mãe está certa, como sempre. Ficar na cama chorando o dia todo não vai melhorar nada. Ela aprendeu a lição da forma mais difícil. Eu me lembro. Então, por mais que não queira, me forço a sair da cama e ficar de pé. Meu cabelo ainda está úmido enquanto passo os dedos pelos fios, abrindo um sorrisinho derrotado para minha mãe.

– Calçadão daqui a vinte minutos? – sugiro.

Seus olhos estão calorosos e tristes, e ela abre um sorriso genuíno.

– Essa é a minha garota – diz, e joga um travesseiro em mim antes de sair do quarto.

Enquanto me esforço para obter uma aparência pelo menos aceitável, coloco uma música para tocar, um pop animado, uma forma de me enganar e fingir que estou muito feliz. Mas não estou, e a música me deixa ainda mais irritada, então desligo depois de cinco minutos e vou secar o cabelo. Decido deixar isso para lá. Passo maquiagem. Visto minha blusa mais nova e meu melhor jeans. Nem isso ajuda.

Minha mãe e eu chegamos ao calçadão por volta das duas da tarde. Passamos meia hora visitando algumas lojas, mas isso não está melhorando o meu humor em nada, nem mesmo quando descubro que a blusa bonitinha da Abercrombie & Fitch em que estava de olho algumas semanas atrás está com desconto. Quando a compro, dou um ligeiro sorriso para minha mãe, o que é o suficiente para deixá-la menos preocupada. Mais tarde, não demoramos muito para nos convencer de ir à Pinkberry comprar frozen yogurt.

– Sabe, talvez eu converse com Ella sobre isso – diz minha mãe.

Achamos um banco desocupado do lado de fora, em frente à Forever 21, e embora minha boca esteja prestes a ficar dormente, consigo perguntar:

– Conversar com ela sobre o quê?

Minha mãe me encara como se eu estivesse me fazendo de boba ou algo assim. Então balança a cabeça, coloca outra colherada do frozen yogurt na boca e continua:

– Não sei o que ela estava pensando. É injusto jogar Tyler no seu colo desse jeito. Ela estava doida?

– Ela não jogou Tyler no meu colo exatamente – murmuro, dando de ombros.

Meus olhos se voltam para o copo que estou segurando, e mexo o iogurte com a colher de plástico por alguns segundos. Sabor tradicional, com morangos e mirtilos, me devolvendo metade das calorias que queimei mais cedo. Mas, hoje, não me importo.

– Ela fez com que parecesse que havia uma emergência ou algo do tipo – acrescento. – Perguntei se ela estava grávida.

Minha mãe quase engasga. Ela olha para mim, horrorizada por um segundo antes de começar a rir, tapando a boca para abafar suas risadinhas infantis.

– Você não perguntou isso!

– Perguntei, sim. – De repente, minhas bochechas ficam quentes, então coloco um morango na boca e espero que minha mãe pare de rir. -- Tipo, não deixa de ser uma possibilidade. Ela não tem nem quarenta anos ainda.

– Meu Deus, nem quarenta ainda. – Minha mãe solta um assobio baixo, e suas feições voltam a ficar sérias quando ela percebe que eu a distraí. – Mesmo assim, vou conversar com ela.

– E dizer o quê?

– Vou dizer: "Será que você pode manter seu filho longe da minha filha antes que o cara com quem nós duas nos casamos mate os dois?" – responde, mas está segurando a risada de novo.

No entanto, pelo jeito como meus olhos se estreitam, ela deve ter entendido de imediato que não estou achando graça, pois pigarreia e olha para mim de maneira mais sincera. Então me dá uma resposta de verdade.

– Vou só pedir que ela cuide para que Tyler deixe você em paz. – Minha mãe levanta o copo de iogurte e me observa com atenção por cima da borda. – Se for isso o que você realmente quer, claro.

O modo como diz isso, devagar e cheio de nuances, é o suficiente para que eu erga a sobrancelha.

– Primeiro, mãe, não preciso que você se envolva na situação. Segundo, o que quer dizer com isso?

– Bom – começa ela, baixando o copo outra vez –, tem certeza de que, como disse, você não quer ver Tyler nunca, nunca, nunca, nunca, nunca mais?

Posso percebê-la observando meus olhos, como se fosse descobrir alguma verdade, e, embora eu não esteja escondendo meus sentimentos, ainda fico piscando rápido na tentativa ridícula de enganá-la. Também estou confusa e não entendo por que ela está me perguntando isso. Como se eu não tivesse passado raiva o suficiente hoje, perco a calma de novo.

– Óbvio que tenho certeza. Você é a pessoa que melhor deveria entender como é ser abandonada.

Por um segundo, minha mãe parece magoada e, no mesmo instante, percebo que as palavras não saíram do jeito que eu pretendia. Ela consegue falar sobre meu pai sem parar, desde que o nome dele seja rodeado por uma série de palavrões, como tem feito nos últimos seis anos, mas nunca gosta de conversar sobre a verdade nua e crua de que ele a abandonou. Quando se vira e se levanta, fica claro que não está feliz por eu ter tocado no assunto.

– Acho que é melhor a gente ir para casa. Como você disse, tenho que trabalhar daqui a pouco.

Quando joga o pote vazio na lixeira mais próxima e sai andando sem me esperar, solto um suspiro. Ela está brava. Depois de todos esses anos, não consegue suportar o fato de que meu pai foi embora. Estou começando a entender o motivo. Dói demais.

Fico me sentindo culpada pelo comentário, então me levanto e vou atrás dela, me esquivando das pessoas e tentando alcançá-la. Quando chego perto, me mantenho um pouco atrás e a sigo em silêncio até o carro. Quando saímos para o estacionamento, me sinto enjoada por causa do iogurte, então jogo o resto na lixeira e entro no carro sem dizer uma palavra.

Minha mãe também fica calada. Dirige sem tirar os olhos da estrada, os lábios se franzindo vez ou outra enquanto luta contra a vontade de xingar os outros carros que se aproximam demais do nosso, às vezes esticando o braço para aumentar o volume do rádio ou ajustar a temperatura do ar--condicionado.

Ainda estou chateada e odeio quando ela não fala comigo, então, depois de ficar torcendo as mãos no colo por alguns minutos, diminuo o volume do rádio até que o carro fique quase em silêncio e olho para ela.

– Eu não quis dizer aquilo.

– Você estava certa – responde ela, o tom um pouco sarcástico. – Eu sei bem como é. – Quando para no sinal vermelho, ela se recosta no assento e cruza os braços, mas não olha para mim. – Sei como é ser abandonada e passar os dias imaginando o que fez de errado, se perguntando se havia algo que poderia ter feito para evitar que ele fosse embora. Sei como é sentir que você não é boa o bastante. Sei como é perceber que ele não achava que valia a pena ficar com você. – Ela me olha de soslaio e parece estar muito zangada. – Você? Você não sabe como é.

Eu a encaro. Não sei se devo ficar furiosa, confusa ou surpresa. Na verdade, estou os três. Furiosa por ela dizer que não sei como é, confusa por causa da agressão gratuita e surpresa por ela ter se expressado dessa maneira. Nunca tinha feito isso.

– O quê? – É o que consigo dizer primeiro e, depois, com os dentes cerrados, murmuro: – Eu sei exatamente como é.

– Não, Eden, você não sabe – retruca ela, o tom áspero e firme. O sinal fica verde, e ela coloca as mãos no volante de novo, disparando pela pista. – Tyler não foi embora porque *você* era o problema. *Ele* era o problema. No meu caso? *Eu* era o problema. Então não compare nossas situações, porque eu não entendo como você se sente.

Eu achava que ela entendia.

– E você não entende como eu me sinto, por mais que ache que sim – finaliza.

Eu achava que entendia.

– Como você se *sente*? – pergunto.

Ela olha para mim.

– Sentia – corrijo.

Minha mãe nunca foi realmente sincera sobre o que aconteceu seis anos atrás. Sei o básico. Sei que ela era descontraída demais para o meu pai. Sei que ele era organizado demais para ela. Ainda não tenho certeza se foi sempre assim. Tudo de que me lembro são desentendimentos e discussões, então talvez fosse. Quando eu tinha doze anos, meu pai passou uma semana na casa do primo, Tony. Minha mãe nunca me contou o motivo, apenas sorriu e me disse que ele voltaria logo. Agora, olhando em retrospecto, percebo que não tinha certeza de que meu pai voltaria. Ele começou a ficar na casa do primo cada vez mais naquele ano. Quando eu tinha treze anos, passei alguns dias sem vê-lo e, quando perguntei se ele estava na casa do Tony de novo, ela me puxou para um abraço, os olhos brilhando com lágrimas, e disse que não. Lágrimas foram tudo que vi nos meses seguintes. Eu sabia que o fato de meu pai ter ido embora a magoou de verdade, sabia que o acordo do divórcio estava acabando com ela, sabia que minha mãe nunca mais seria a mesma, mas nunca soube como realmente se sentia. Não tive coragem de perguntar, e ela não teve coragem de me dizer. Até agora.

Fico quieta por um minuto.

– Você ainda sente que não é boa o suficiente?

– Como você espera que eu me sinta? – pergunta ela, com raiva. Frustrada, minha mãe levanta a mão, e o carro quase dá uma guinada, mas ela segura o volante de novo e estabiliza o veículo depressa. – Ella aparece, toda magrinha, advogada, com aquele cabelo louro perfeito que parece nunca ter uma porcaria de raiz grisalha e sem uma única ruga aparente, dirigindo aquele Range Rover. Isso é o que seu pai tem agora. O que tinha antes? Alguém que não saberia fazer um ensopado nem se sua vida dependesse disso, que usa jaleco em vez de terninho e que uma vez bateu na traseira de outro carro na rodovia com aquele Volvo horrível que a gente tinha. Claro que eu não era boa o bastante para ele. Seu pai é perfeccionista e, caso você não tenha notado, eu não sou perfeita.

– Você acha que Ella é perfeita? – questiono, quase gritando, com as bochechas queimando.

Sinto que tenho a responsabilidade de defender Ella. Três anos atrás, minha madrasta me recebeu de braços abertos e tem me apoiado desde então, e ouvir minha mãe falar desse jeito me deixa furiosa. Então, em vez de ficar do lado da minha própria mãe, defendo minha madrasta.

– Não acha que ela sofreu com um divórcio que nem você? Que teve que passar por várias semanas em audiências no tribunal com Tyler? Que tem que viver com o fato de que o marido estava espancando o filho dela e ela nem percebeu? Que se culpa todos os dias pelo que aconteceu? Porque ela se culpa. Ela não é perfeita e não tem uma vida perfeita, então PARA COM ISSO.

O que realmente quero dizer é: *E você é a melhor mãe que eu poderia ter. Pode ter que retocar as raízes quase toda semana, mas seu cabelo está sempre lindo. Pode ter rugas, mas é tão bonita que não faz diferença. Pode não ser a melhor motorista, mas sempre consegue chegar aonde precisa. Pode não ser advogada, mas é uma ótima enfermeira que sempre sabe como fazer as pessoas se sentirem melhores, mesmo fora do hospital. Pode não ser a Ella, mas fico feliz que não seja.*

Também quero dizer: *Você se deu melhor, no final das contas. Você tem Jack, que é muito legal, e Ella tem meu pai, que é um tremendo babaca. Então, quem é a vencedora aqui?*

Mas não digo, porque estou furiosa.

– Ah, sim. Verdade – concorda minha mãe em tom debochado, revirando os olhos e bufando, aborrecida. – Ela é sua segunda mãe. Você saberia, não é? Parece que me trocou por Ella que nem o seu pai.

Incrédula, eu a encaro. *De onde saiu isso? Por que você está tão brava?*

– Qual é o seu problema?

Minha mãe não responde. Aumenta o volume do rádio, deixando-o mais alto do que antes, de forma que mal consigo ouvir meus pensamentos. Dirige sem olhar para mim nem dizer nada, com a expressão tensa e os olhos franzidos. Faço o mesmo. Inclino o corpo para longe, cruzo os braços e fico olhando para fora. De propósito, coloco os pés no painel, porque ela odeia quando faço isso, mas não grita comigo mandando tirar, então continuo.

O rádio retumba por todo o caminho de volta para casa. Minha mãe só abaixa o volume quando para o carro na entrada da garagem. No entanto, ela não desliga o motor de imediato, logo imagino que queira se desculpar. Ergo o olhar, com os braços ainda cruzados, e espero. Suas feições relaxaram um pouco, mas agora ela parece confusa. Olha para mim e depois para trás de mim.

Eu me ajeito no assento, deixando a coluna ereta e soltando os braços, então viro a cabeça tão rápido que fico surpresa por não dar um jeito no pescoço, e aí o vejo. Sentado no capacho em frente à porta, mexendo sem jeito na barra da camiseta branca, está ninguém menos do que Tyler Bruce. De novo.

Quando meus olhos encontram os dele, ele não sorri. Apenas dá um impulso e se levanta, esperando, esperando e esperando.

– Sabe a maior diferença entre seu pai e Tyler? – diz ela, calma. Então hesita por um momento, até que completa: – Seu pai nunca voltou.

5

Ignorando todas as minhas súplicas, minha mãe não dá ré e não me leva embora. Ela desliga o carro e balança as chaves no dedo indicador, batendo no volante com a mão livre e se recusando a dizer qualquer coisa. Nenhum consolo, nenhuma palavra tranquilizadora. Mantém no rosto uma expressão séria enquanto sou forçada a sair do carro e encarar a pessoa para a qual não suporto olhar.

Preciso me esforçar muito para me aproximar. Vou quase me arrastando, olhando para trás uma última vez para enviar o maior sinal de SOS que consigo, mas minha mãe só dá de ombros e dispara pela lateral da casa, dirigindo-se à porta dos fundos para não nos atrapalhar. Tyler ainda está na porta da frente, com as mãos enfiadas nos bolsos da calça jeans preta, parecendo ansioso.

Paro a alguns passos de distância dele e cruzo os braços. De perto, dá para ver a leve mancha vermelha em sua bochecha, e logo me sinto culpada. Tão culpada, na verdade, que não quero encará-lo, então deixo meus olhos se fixarem em um ponto abaixo do ombro de Tyler.

– Desculpa ter batido em você – digo.

Tyler dá de ombros devagar e leva a mão à bochecha.

– Tudo bem.

O silêncio se prolonga e é tão inacreditavelmente esquisito e desconfortável que acho que vou começar a chorar. *Como isso pôde terminar assim? Como chegamos a este ponto?* Então me lembro do motivo, e minha vontade de chorar se transforma em uma vontade de bater nele de novo, mas, desta vez, me contenho. Continuo esfregando a ponta dos tênis no concreto. Tudo o que ouço são os carros passando.

– Pode vir comigo? – pergunta Tyler.

Eu o encaro.

– Para onde?

– Não sei. Só quero conversar um pouco – responde ele, e consigo perceber a ansiedade em seu tom de voz e a preocupação em seus olhos. – Será que você poderia, pelo menos, fazer isso por mim?

– A gente não tem nada para conversar.

– A gente tem tudo para conversar.

Não importa quanto eu queira evitar, seus olhos verdes me atraem, como sempre. Costumava amá-los, mas agora odeio o que estão fazendo comigo. Tyler tenta avaliar se vou aceitar a sugestão, só que não posso argumentar contra algo com que concordo. Ele está certo: a gente tem tudo para conversar. Eu só não quero.

Penso no assunto por alguns longos segundos e, por mais que queira correr para casa, tenho a sensação de que Tyler não vai deixar isso para lá, então é melhor resolver de uma vez. Assim, ele vai me deixar em paz logo. Não dou uma resposta, mas assinto, e ele suspira de alívio, como se tivesse passado aquele tempo todo prendendo a respiração.

Colocando a mão no bolso de trás, ele tira as chaves do carro e, ao mesmo tempo, vejo minha mãe. Ela nos observa pela janela da sala e, ao notar que a vi, se esquiva e desaparece de vista. Quando paro para pensar, percebo que prefiro conversar com Tyler a conversar com ela, então me viro e o sigo pelo gramado.

Depois de alguns passos, noto algo. Seu carro não está aqui. Até olho para a rua duas vezes, para a direita e para a esquerda, para a frente e para trás, e definitivamente o carro não está aqui. É o tipo que não passa despercebido, com um design elegante, carroceria reluzente e rodas pretas, mas Tyler continua andando, então o sigo. Ergo as sobrancelhas quando ele me leva até o veículo estacionado do outro lado da rua.

Não é o carro de Tyler. É preto, tem quatro assentos, os pneus estão cobertos de lama seca, há alguns arranhões na porta do passageiro e com certeza não é novo. No entanto, ainda é um Audi. Um modelo bem popular, do tipo que vejo por toda a cidade.

Enquanto Tyler vai até o lado do motorista e destranca o automóvel, continuo olhando para ele por cima do teto, confusa, até ele dar de ombros, indiferente, e dizer:

– Tive que trocar.

Então, se senta no banco do motorista, e eu entro do lado do carona, fechando a porta.

– Por quê?

Ele me lança um olhar de soslaio, com uma expressão solene.

– Precisava do dinheiro.

Pressiono os lábios e desvio o olhar enquanto ele liga o motor. O carro tem um cheiro fraco de pós-barba que não reconheço e também um odor persistente de vários aromatizadores de ambiente. Há três pendurados no retrovisor. Enquanto ele dirige, meus olhos continuam percorrendo o veículo para não precisar encarar Tyler. Há livros e pedaços de papel aleatórios aos meus pés, uma série de camisetas decorando o banco de trás e poeira acumulada no painel. O couro preto dos assentos está bem gasto, mas ainda é um carro bonito.

Estamos em silêncio há alguns minutos, com o rádio desligado e o ar-condicionado no máximo, quando Tyler diz, baixinho:

– Gostei do seu cabelo desse jeito.

Como ainda estou um pouco desestabilizada por estar perto dele depois de tanto tempo, não entendo do que está falando, então abaixo o para-sol. Abro o espelhinho e estudo meu reflexo. Certo. Meu cabelo. Da última vez que Tyler me viu, estava com quase o dobro do tamanho. Agora mal passa dos ombros.

Fecho o para-sol e mexo no rasgo em minha calça jeans.

– Hum.

Penso sobre todas as outras coisas que mudaram em mim. Como o fato de ter parado de usar rímel todo dia, porque cansei de borrá-lo toda vez que chorava, e o jeito como paro um minuto para respirar fundo antes de entrar na casa do meu pai. Como a mudança gradual em meu temperamento, indo de permanecer relativamente calma e controlada a perder o controle e explodir por qualquer coisinha, pois estou fervilhando de raiva. Como os quilos que ganhei.

Muita coisa mudou.

Coisas demais mudaram.

Olho para meu colo e encolho tanto a barriga que fica difícil respirar, mas não é nada com que eu não esteja acostumada. No segundo ano de faculdade, fiquei especialista nisso. Continuo um pouco assim. Às vezes, relaxo por alguns segundos, ao notar que a atenção de Tyler está totalmente na estrada. Mesmo quando meus quadris começam a doer, tudo em que consigo pensar é que não quero que Tyler perceba que ganhei peso, então mantenho os braços cruzados na altura da barriga, na tentativa de me esconder, e levanto um pouco as coxas do assento de couro para que não pareçam tão grandes.

Passamos um tempo no carro. Saímos da cidade. A hora do rush se aproxima, então o trânsito já começa a ficar mais intenso, tornando o silêncio ainda mais doloroso. Não tento iniciar uma conversa, pois não tenho nada a dizer. Tyler é quem tem muito a dizer, não eu, portanto seguimos por quase uma hora, apesar do desconforto, passando direto por Beverly Hills e West Hollywood até chegarmos a North Beachwood Drive. Olho em volta e, então, me dou conta.

– Por que a gente está aqui?

Tyler não olha para mim, apenas dá de ombros, se recostando ainda mais no assento, e solta um suspiro curto. Seus olhos param no letreiro de Hollywood, alto e distante.

– Porque, não sei você, mas faz tempo que não venho aqui. Aqui e para esta cidade.

Revirando os olhos, balanço a cabeça e digo, decidida:

– Não vou subir lá com você. Está quente demais.

– Vai, sim – responde ele, com uma ponta de confiança. – Tem água no porta-malas.

Mais silêncio, mas desta vez porque estou tentando elaborar um argumento decente para não subir a merda do monte Lee, algo como: (1) estou usando minha melhor calça jeans e uma camiseta nova; (2) não estou nem um pouco a fim; (3) está um calor danado; e, por fim, (4) não quero subir com Tyler. No entanto, o esforço que precisaria investir para defender minha posição parece maior do que o necessário para a caminhada. Então fico calada e de cara fechada.

Passamos pela placa familiar do Sunset Ranch e, um pouco depois, paramos no pequeno estacionamento na base da trilha Hollyridge. Assim como Tyler, faz muito tempo que não venho aqui. Só fiz esta caminhada uma vez, e foi três anos atrás, quando as coisas eram bem diferentes.

Quando Tyler desliga o motor, não hesita. Tira as chaves da ignição e abre a porta, saindo do carro e olhando para o céu. Saio também e dou a volta para encontrá-lo na parte de trás.

– Só para deixar claro: eu realmente não quero fazer isso – digo enquanto ele abre o porta-malas.

Com a mão apoiada na porta, Tyler olha para mim por baixo do braço, depois desvia o olhar. O porta-malas está cheio de porcarias, com mais papéis rasgados, uma jaqueta, cabos de transmissão, latas de cerveja amassadas, uma caixa de ferramentas pequena e muitas garrafas de água, que duvido que esteja fresca. Ele me dá uma e fecha o carro.

– Vamos indo – diz.

Em um ato de rebeldia, ando dramaticamente devagar enquanto passo a garrafa de água quente de uma mão para a outra, cantarolando. Se isso está irritando Tyler, ele não demonstra. Continuo por alguns minutos até perceber que estou agindo feito criança, e que ele é muito mais maduro que eu. Paro de besteira e o alcanço. Então subimos sem parar, passando por garotas montadas em cavalos e, depois, por homens de meia-idade provavelmente voltando do letreiro.

Ficamos em silêncio o caminho todo. Estou começando a me preocupar com a possibilidade de o silêncio nos engolir. Em algum momento entre julho e agora, perdemos tudo. Perdemos as piadas internas e os olhares cúmplices, os acontecimentos especiais e as promessas mais verdadeiras, a coragem e o segredo. Perdemos o amor e o desejo que compartilhávamos.

Acho que o silêncio é tudo o que nos resta.

Não paramos nenhuma vez para recuperar o fôlego enquanto subimos o monte Lee, seguindo a trilha Hollyridge e contornando as encostas, mas começo a andar de costas na maior parte do tempo. Acho que a vista fica mais bonita desse ângulo. Há algo quase empolgante em se distanciar da cidade e observá-la cada vez menor abaixo de você. Com certeza é melhor do que ter que olhar para Tyler.

Também há algo triste em estar aqui em cima, a mais de 150 metros de altitude, para ver algumas letras empoleiradas em uma montanha, avançando por curvas fechadas sob o sol escaldante. Na primeira e última vez que fiz isso, estava com meus amigos. Ou, pelo menos, com pessoas que pensava serem minhas amigas. Tudo parecia muito mais simples na época, e todo mundo, mais legal. Eu era amiga da Tiffani. Da Rachael. Da Meghan. Do Jake. Do Dean. De todos eles. Ou, pelo menos, pensava que era. Estávamos rindo, nos dando bem, trocando garrafas de água, pulando cercas e sendo imprudentes juntos. Mas entre aquela época e agora, um período de três anos, depois de discussões, desavenças e separações, acho que todos nós crescemos.

O que Tyler disse no verão passado, em Nova York, estava certo – todo mundo se distancia, todo mundo para de se falar, todo mundo segue seu caminho depois do ensino médio. Estamos espalhados em faculdades por todo o país: Illinois, Ohio, Washington e até mesmo aqui na Califórnia. Há alguns meses, Rachael me contou que Dean entrou para Berkeley. Vai começar no outono. Óbvio que ele não me contou – quem quer falar com a ex-namorada? Especialmente quando ela o traiu com seu melhor amigo. Embora Dean me odeie, ainda desejo que tudo dê certo para ele e sinto muito por tê-lo magoado. Quase sorrio ao pensar que ele entrou para Berkeley. Sei quanto queria estudar lá.

Agora Tyler e eu estamos em uma rua asfaltada, a Mount Lee Drive, nos afastando do letreiro apenas para depois dar a volta até ele. Mal me lembro deste lugar. No cume, paro e olho para a encosta ao norte. Dá para ver o centro de Burbank. Não me lembrava disso. Acho que na primeira vez que estive aqui só prestei atenção no letreiro de Hollywood, então paro e observo Burbank enquanto semicerro os olhos por causa do sol forte. Queria ter trazido meus óculos escuros. Tyler está com os dele.

– Ali é o vale de São Fernando – explica, calmo, acenando para além de Burbank.

– Eu sei – respondo, seca. – Eu moro lá.

– Ok.

Seguimos pelo caminho, passando por alguns equipamentos de comunicação, e depois fazemos a curva de volta para a encosta sul. Pela segunda vez, lá está: o famoso letreiro de Hollywood. Enorme e arrojado como sempre, atraindo a atenção de milhões de turistas todo ano, pousado orgulhosamente no lugar reservado para ele no lado íngreme, ao sul do monte Lee, e protegido por uma cerca e câmeras de segurança que destroem milhares de sonhos todos os anos quando as pessoas sobem aqui e se dão conta de que, na verdade, é ilegal tocar nesse ícone mundial.

Além da gente, não há mais ninguém aqui. Tyler vai até a cerca, engancha o dedo indicador no metal e depois suspira.

– Você vai pular? – pergunto.

Não quero passar por tudo aquilo de novo, tocar o letreiro por uma fração de segundo antes de descer o monte Lee correndo e me arriscar a ser presa ou morrer. Fico longe e me sento na trilha de terra, cruzando as pernas. O chão está quente.

Tyler olha por cima do ombro e, de repente, parece velho demais para a idade que tem. Cresceu tanto. Talvez além da conta.

– Não.

Ele se vira e vem até mim, se sentando do lado direito. Não chega perto demais, mas também não deixa muito espaço entre nós. As pernas estão estendidas à frente e as palmas estão às suas costas, apoiadas no chão. Ele irradia uma ansiedade que parece quase contagiosa, porque, enquanto espero que a conversa comece, sinto as gotas de suor na testa. Tento me convencer de que é só por causa do calor.

É incrível que, apesar da agitação da cidade, aqui em cima esteja completamente calmo e quieto. Isso me faz lembrar de Nova York e de como estar no telhado do prédio de Tyler nos fazia parecer isolados do restante da cidade por um tempo. Tenho a mesma sensação aqui em cima.

Tyler ainda está em silêncio. Paro de olhar para a cerca, virando a cabeça para encará-lo. Está fitando algo à frente, semicerrando os olhos, e, pela primeira vez desde que o encontrei hoje de manhã, paro alguns minutos para realmente olhar para ele. Seu cabelo está maior, assim como sua barba, que eu costumava achar incrivelmente atraente. A barba traça sua mandíbula de forma quase descuidada, indo até o pescoço. Meus olhos vão de seus lábios para os braços, e finalmente noto.

Não sei se não estava prestando atenção ou se estava temporariamente cega, mas vejo meu nome. Tinha me esquecido de que estava ali. Aquelas quatro letrinhas que eu achava ridículas, ainda mais agora, e que desbotaram um pouco depois de um ano. Mas não estão mais sozinhas. Ao redor, há muitos novos acréscimos, todos conectados e misturados em uma tatuagem enorme, que quase cobre o antebraço. Há um mostrador de relógio e um buquê de rosas em torno do meu nome, com muitos redemoinhos e sombras escuras. É bem bonita, mas uma pergunta ronda minha mente.

Por que ele não cobriu meu nome se teve a oportunidade?

Engulo em seco e desvio o olhar antes que Tyler se vire. Estou com as mãos no colo, então viro as mãos. Não há mais palavras ali, pois foram cobertas por uma grande pomba voando, cujo desenho copiei de um livro que li nas férias da primavera. Foi quando Rachael e eu estávamos em São Francisco. Ela estava fazendo uma tatuagem de flores no quadril. Depois que finalmente parou de chorar de dor e que eu parei de chorar de rir, ela me deu uma pilha de pastas com os trabalhos do artista. Falei que não queria fazer outra tatuagem. Ela me disse que não era o que estava sugerindo – achava que eu precisava de uma tatuagem *melhor*. E estava certa. O tatuador me explicou que a pomba simboliza renascimento, como na história de Noé na Bíblia, e, embora eu não seja particularmente religiosa, gostei da ideia de um recomeço.

Foi o dia em que desisti de verdade de Tyler, e as palavras *No te rindas* – *Não desista* – sumiram para sempre.

Coloco a mão de volta no colo e mordo o canto da boca. Parte de mim se sente culpada por ter apagado nosso lema do verão passado, só que não sei dizer o motivo, pois não tenho por que me sentir mal. Percebo que estou balançando a cabeça, mas somente para mim mesma, e tento não pensar nisso. Olho de volta para Tyler.

Ele está com a cabeça baixa, os olhos fixos na calça jeans, e, no silêncio, é fácil ouvir seu suspiro longo e lento.

– Você está com raiva de mim – diz ele. É uma afirmação. Um fato.

– E por que você está surpreso?

Devagar, Tyler levanta a cabeça e fixa os olhos amáveis nos meus.

– Não sei. Acho que nunca pensei no que esperar. Só pensei que...

– Que eu estaria feliz? – Termino a frase para ele. Estou bem mais calma do que mais cedo. Nossas vozes estão baixas e suaves, embora o clima esteja ficando mais tenso. – Pensou que eu estaria exatamente onde você me deixou? Que eu teria ficado um ano esperando?

– Bom – sussurra ele, engolindo em seco –, acho que sim. – Seu peito sobe e desce de novo quando ele solta outro suspiro, mais pesado desta vez. – Pensei que você tinha entendido.

Paro por um longo momento para repassar as palavras na minha mente antes de dizê-las em voz alta. Respiro fundo e começo a explicar:

– No começo, sim. Entendi. Tudo o que estava acontecendo era demais. Seu pai, nossos pais, nós. – Hesito na última palavra por um segundo. Meus olhos se deslocam de Tyler para se fixar no letreiro, enquanto aperto a garrafa de água, ansiosa. Fito o "H" enorme. – Mas você não parou um minuto para pensar que foi difícil para mim também? Não, você não parou. Só fugiu como um covarde e me deixou para lidar com todas as merdas em que nos metemos. – Aperto a garrafa com mais força ainda e fico olhando para a tampa. – Só consegui ir para Chicago em setembro, então tive que passar mais dois meses aqui. Não me deixaram ficar na sua casa. Meu pai não falava comigo e, quando falava, era com ameaças de parar de pagar a mensalidade da faculdade. Sua mãe não conseguia olhar para mim. O Jamie, então... Você não tem ideia de merda nenhuma, já que não estava aqui, mas ele é um babaca. E odeia a gente. Por falar nisso, todo mundo sabe do que aconteceu entre nós. Absolutamente todo mundo. Mas você também não sabe disso. Não sabe das coisas que as pessoas falaram pelas minhas costas nem sabe como olham para mim. Você não sabe de nada, porque não teve que lidar com nada. *Eu* tive que aguentar tudo sozinha, e você nunca atendeu, não importava quantas vezes eu ligasse só para ouvir sua voz, só para ouvir você pelo menos me dizer que tudo ia ficar bem ou algo do tipo.

Tyler permanece em silêncio, mas sinto que está me encarando com seu olhar intenso. Minha respiração está acelerada, e é difícil evitar a quentura nas bochechas. *Não chore*, digo a mim mesma diversas vezes, até que estou mentalmente entoando as palavras como um mantra.

Não chore. Não chore. Não chore.

Você está com raiva dele. Você está com raiva dele. Você está com raiva dele.

Não chore... Você está com raiva dele.

– Não sei o que dizer – confessa ele, finalmente.

Sua voz está tão trêmula e baixa que é quase um sussurro. Tyler puxa as pernas para si e apoia os braços nos joelhos, inclinado para a frente.

– Você pode começar se desculpando – declaro.

Outro olhar de soslaio. Uma expressão de dor em seus olhos. Uma ruga de preocupação em sua testa. Ele vira o corpo de leve para me encarar e se estica, apoiando a mão com firmeza no meu joelho e apertando com força.

– Sinto muito.

Encaro sua mão tocando meu corpo. Faz muito tempo. O toque é quase desconfortável, e não o quero. Realmente não quero. Pressionando os lábios, tiro a mão dele do meu joelho e desvio o olhar para a cidade. A tarde está quase nublada, mas Hollywood ainda é linda, como sempre. Dá para ver o centro de Los Angeles e seus arranha-céus, e meu olhar se fixa nos prédios enquanto penso o que "sentir muito" significa para Tyler.

Sente muito por ter me deixado? Por nossa família ter se virado contra mim? Por ter ficado longe por tanto tempo? Por ter arruinado o que tínhamos?

"Sentir muito" não parece suficiente para me fazer perdoar tudo que ele fez.

– Eu sinto muito mesmo – insiste, já que não respondo, e desta vez pousa a mão em cima da minha, em vez de colocá-la no meu joelho. Não entrelaça nossos dedos, apenas aperta minha mão com tanta força que quase dói. – De verdade. Eu não tinha ideia.

– Óbvio que não tinha. – Puxo a mão e empurro o peito de Tyler, sentindo o sangue ferver. – O que você esperava? Achava que simplesmente voltaria para casa e tudo estaria bem? Achou que voltaria, que eu ainda estaria apaixonada por você, que nossos pais nos aceitariam e que todo mundo pensaria "que casal fofo"? Porque não é nada disso. Meu pai *ainda* está furioso comigo. Todo mundo acha a gente nojento. – Olho bem nos olhos dele, o mais ferozmente que consigo sem começar a chorar. – E eu não estou apaixonada por você.

Tyler se encolhe, como se eu tivesse dado outro tapa em seu rosto, como se minhas palavras o tivessem atingido fisicamente. Sua expressão muda, e a confusão inunda seus olhos. Consigo ver um milhão de perguntas surgindo em sua mente de uma só vez, mas ele não faz nenhuma em voz alta. Apenas apoia os cotovelos nos joelhos e pressiona as mãos no rosto antes de passá-las no cabelo. Puxa as pontas antes de baixar as mãos de novo e inclinar a cabeça para trás. Está olhando para o céu, mas de olhos fechados.

Meio que quero ir para casa agora. Não quero mais ficar aqui com ele. Mordendo a parte interna da bochecha, pego algumas pedras aos meus pés e as junto na mão. Depois jogo cada uma em direção à cerca, em direção ao letreiro, em direção à cidade. Isso me distrai de Tyler, porque, embora eu goste de pensar que não me importo, não quero ver quanto está magoado.

– Por quê? – pergunta ele.

Minha mão paira no ar, e levanto uma sobrancelha para ele.

– Por que o quê?

– Por que você não está…? – Sua voz desaparece no silêncio, e ele simplesmente não consegue forçar as palavras a saírem. Balança a cabeça rápido. – O que aconteceu? O que mudou?

– Você está de sacanagem? – Abaixo a mão e dou uma risada, mas é mais um riso de desprezo do que de divertimento. – Você está de sacanagem, né?

Tenho que parar por um segundo para me recompor e controlar a raiva, ou vou explodir feito uma granada na frente dele. Respirando fundo, fecho os olhos e conto até três antes de abri-los de novo para encarar o completo idiota ao meu lado.

– Você desaparece por um ano e espera que eu seja o tipo de garota que fica sentada esperando por um cara? Não. Eu estudei muito, conheci pessoas incríveis, adorei ficar sozinha e, apesar de todas as merdas com que tive que lidar, meu ano foi ótimo. Então, caso você não saiba, eu consigo viver sem você. Consigo sobreviver sem o incrível Tyler Bruce.

Fico sem fôlego, então paro de falar, mesmo tendo muito mais a dizer. De qualquer forma, não quero admitir toda a verdade. Não quero contar sobre as lágrimas que derramei nos primeiros dias depois da partida dele, não quero contar que o motivo de ter engordado é que comer besteira e tomar sorvete com Rachael eram as únicas coisas que me reconfortavam, e não quero contar que quanto mais eu percebia que ele não estava lá, com mais raiva eu ficava.

A verdade é que não passei o último ano perdidamente apaixonada.

Passei completamente furiosa.

– Vamos para casa comigo – diz Tyler às pressas, as palavras rápidas e urgentes demais, a voz falhando. – Volte comigo, pelo menos por alguns dias, e me deixe mostrar para você. Me deixe mostrar o que tenho feito, me deixe mostrar como estou muito melhor, me deixe mostrar quanto eu sinto pelo que aconteceu e me deixe… me deixe… – Ele faz uma pausa para recuperar o fôlego antes de abaixar a voz quase para um sussurro: – Me deixe consertar isso.

– Você já está em casa – afirmo, inexpressiva.

Estendo as mãos e indico a cidade à frente.

– Não – responde ele, me encarando com os olhos brilhantes tão intensos que me deixa desconfortável. – Não moro mais aqui. Voltei só por alguns dias para… para ver você. Cheguei ontem à noite, e minha mãe me colocou naquele hotel chique perto da escola, nem consigo pronunciar o nome, porque não quer que seu pai saiba que voltei. Eu entendo. Vou para casa na segunda-feira.

Fico olhando para ele por um longo momento.

– O quê?

Minha mente parece lenta demais enquanto tento processar o que ele diz. Falta informação, mas ainda estou, de forma patética, tentando juntar as peças. Vai para casa na segunda-feira? Já está em casa. Los Angeles é a casa dele. Tyler deveria se esforçar para voltar a fazer parte da família, deveria ficar bravo porque o quarto dele foi transformado em escritório e deveria brigar com Jamie igual a mim. É isso que significa voltar para casa.

– Você vai embora de novo? – pergunto.

Ele assente apenas uma vez.

– Mas quero que você vá comigo. Minha vida é em Portland agora e...

– Portland? – interrompo tão bruscamente que Tyler congela, os lábios entreabertos e as palavras presas na garganta. – *Portland?*

– Foi o primeiro lugar em que pensei – admite.

Meu sangue esquenta tão rápido, com tanta fúria, que minha pele parece estar em chamas. Aperto a garrafa de água tão forte que ela quase explode. Eu me levanto, parando em frente a Tyler e o encarando.

– Você estava em PORTLAND?

Sei que odeio Portland. Sei que não deveria me importar com o lugar onde ele estava porque não deveria fazer diferença. Não importa em qual cidade passou o último ano, ele ter ido embora é que foi difícil para mim. Mas há algo na ideia de Tyler em Portland, na cidade em que nasci, andando pelas ruas em que já andei, que está me incomodando. De repente, me sinto protetora demais em relação a Portland, como se a cidade fosse *minha*. Não quero que Tyler pegue nada que seja meu. De todas as cidades dos Estados Unidos, por que ele teve que parar justo naquela em que um dia eu chamei de lar? O que me surpreende mais é eu não ter ficado sabendo de nada até agora. Passei um ano inteiro sem saber onde Tyler estava. Por um tempo, especialmente no início, imaginei que teria voltado para Nova York. Mas, pelo jeito, não voltou. Parece que a porcaria de Portland, com suas chuvas e montanhas idiotas, foi o suficiente.

– Volte comigo – pede de novo, só que agora está implorando. Tyler se levanta, dá um passo em minha direção e segura minha cintura, o toque firme nos meus quadris. – Por favor, venha comigo para Portland e me dê uma chance de consertar essa bagunça toda. Só por uns dias, prometo, e se não valer a pena ficar mais do que isso por minha causa, você volta para casa. É tudo que estou pedindo.

Olho bem para ele e passo um minuto observando-o de perto, realmente prestando atenção. Seus olhos não mudaram nada. É fácil buscar respostas neles, verdades escondidas e emoções mascaradas. Acho que sempre vou adorar isso em Tyler. Agora, ele parece totalmente exposto. Consigo ver tudo em seus olhos, desde pânico e preocupação até dor e aflição, todas as emoções misturadas em um olhar intenso e poderoso que me atrai para perto. Pensar que já fui tão apaixonada por essa pessoa é quase impossível de acreditar. Sinto tanto ressentimento, tanto desprezo, que às vezes dói.

Não quero ir para Portland com ele.

– Esta conversa acabou – sussurro, depois coloco as mãos em seu peito e o afasto um passo para trás, interrompendo seu domínio sobre mim mais uma vez. Isso é o que faço de melhor agora.

Se pensei que não dava para ele parecer mais aflito, estava errada. Seus lábios se estreitam em uma linha apertada, e Tyler coloca as mãos de volta nos bolsos da frente da calça, mas seus olhos nunca deixam os meus. Ele não tem mais nada a dizer. Tudo que pode fazer é me observar.

Por cima do ombro, olho para a cidade pela última vez. Então começo a recuar, me afastando devagar do meu irmão postiço até estar vários metros à sua frente. Pela primeira vez, minhas palavras parecem ficar presas na garganta e é difícil forçá-las a sair, mas, quando finalmente consigo, é um alívio ouvir minha voz dizendo:

– A gente terminou, Tyler.

6

A volta para casa é ainda mais constrangedora e insuportável do que a vinda. Faz mais de uma hora que Tyler e eu não falamos uma palavra. Nem mesmo desci o monte Lee ao lado dele, só caminhei à frente e ele manteve certa distância, uns quinze metros. Chegamos ao carro, e agora estamos confinados nesse espaço, sem nada para falar. Dissemos tudo o que era necessário. Embora o clima esteja tenso, me sinto aliviada. Acabou sendo uma boa ideia conversar com Tyler. Foi como se eu finalmente tivesse conseguido um desfecho satisfatório.

A hora do rush já acabou, então o trânsito não está tão ruim na volta para Santa Monica. Como ficamos fora por quase quatro horas, aproveito que Tyler está focado em dirigir para escrever uma mensagem para minha mãe, mas lembro que ainda estou com raiva dela e apago tudo antes de mandar. Olho de esguelha para Tyler. Está dirigindo com as mãos na parte de baixo do volante, os olhos distantes, encarando a estrada e cerrando a mandíbula com força. Decido mandar uma mensagem para Rachael, e ela fica grata pela avalanche de informações, porque, pelo que parece, seus avós estão a deixando louca como de costume.

Conto tudo. Conto sobre como Tyler me emboscou de manhã. Conto sobre a discussão com minha mãe. Conto que Tyler ficou me esperando do lado de fora da minha casa e exigiu uma conversa. Conto sobre o letreiro de Hollywood e sobre a conversa que tivemos. Conto que Tyler estava morando em Portland por todo o tempo em que esteve fora, e conto sobre seu pedido doido para que eu fosse com ele.

A resposta chega rápido.

COMO ASSIM TYLER ESTÁ DE VOLTA???

MEU DEUS!!! Você deu mesmo um tapa nele?

Pq ele moraria em Portland? Sem ofensa nem nada
Ele te levou pro letreiro????
Espero que você não tenha perdoado ele

Falar com Rachael torna a viagem um pouquinho mais suportável.

Quando chegamos, já são quase sete da noite. O sol está prestes a mergulhar no horizonte, embora não deva se pôr antes das oito, e mantenho os olhos focados nele com tanta concentração que não percebo Tyler parando na Deidre Avenue, junto ao meio-fio em frente à casa do meu pai e da mãe dele.

Abaixo o para-sol e me viro para Tyler.

– Vou ficar na casa da minha mãe – falo, sem expressão, depois tusso, porque minha garganta está seca por ter ficado tanto tempo em silêncio.

– Eu sei – responde Tyler, sem olhar para mim. Ele desliga o motor e tira o cinto de segurança. – Mas minha mãe quer ver a gente.

Só quando abre a porta do carro é que parece hesitar, e eu observo a maneira como seus olhos se estreitam para algo que vê pelo para-brisa. Depois de um segundo, percebo que está olhando para o Lexus do meu pai, estacionado na garagem.

Ele está em casa. Óbvio que está. Quase todo dia, meu pai chega por volta das seis, a menos que fique ocupado no trabalho. Normalmente gosto quando isso acontece. Mas hoje não é o caso, e Jamie também parece estar em casa. Sua BMW está estacionada de qualquer jeito na rua, bem à nossa frente, com as rodas grudadas no meio-fio, adicionando ainda mais arranhões ao metal já bastante desgastado. Faz meses que Ella diz para ele ser mais cuidadoso, mas Jamie não dá ouvidos porque é assim mesmo e nunca ouve porra nenhuma.

Olho para Tyler de novo.

– Espero que saiba que, se você der um passo além daquela porta, meu pai provavelmente vai mandar te prender ou algo do tipo. Se tem alguém que ele odeia mais do que eu é você.

Tyler fecha a porta do carro e, quando acho que está finalmente prestes a me levar para casa, pega o celular e liga para Ella. Continua sem me encarar. Acho que não olhou para mim desde que saímos do letreiro e descemos o monte Lee. Não consigo avaliar como Tyler está se sentindo, porque, pela primeira vez, seus olhos não me dão respostas. Não consigo dizer se está triste, furioso ou se simplesmente não está nem aí.

Mas sua indiferença não dura muito, pois assim que Ella atende a ligação, ele fica bastante tenso.

– Sim, oi, estamos aqui fora. – Faz uma pausa. – Pensei que você não fosse contar para ele. – Tyler fica quieto enquanto escuta e, por fim, pisca para mim um segundo antes de baixar a voz e sussurrar ao telefone: – Mãe, você sabe que ele vai acabar comigo se eu aparecer aí com ela. – Outra pausa. Estou muito curiosa, e não conseguir ouvir o que Ella está dizendo me deixa louca. – Beleza, mas aposto que o tiro vai sair pela culatra – conclui Tyler e desliga.

Ergo as sobrancelhas para ele, com um grande ponto de interrogação estampado no rosto.

– Precisamos entrar pelos fundos – diz ele, depois abre a porta do carro e sai. Nada de explicar por que Ella quer ver a gente.

Suspirando, também saio. A grama está seca e há alguns pedaços de terra, mas, como todo mundo que mora aqui, temos apenas que aceitar isso. Se ligarmos os *sprinklers*, provavelmente vamos ser multados por desperdiçar água durante uma seca tão incomum. Não chove desde abril.

Tyler vai em direção à garagem. Parece leve por causa dos movimentos rápidos, como se estivesse em uma missão secreta ou algo do tipo, tentando não ser pego. De certa forma, acho que é isso mesmo. Está tentando evitar meu pai. Eu também, então sigo o exemplo, passando pelo portão e indo até o quintal. A piscina está sem água, com várias bolas de futebol de Chase no fundo.

Enquanto avançamos pelo gramado seco e falhado em direção à porta, Ella nos dá um baita susto quando aparece do nada do outro lado do vidro. Freneticamente, abre as portas duplas e nos coloca para dentro, dizendo para ficarmos em silêncio, e depois segura meu pulso.

– Fique no corredor até eu falar para você sair – sussurra para Tyler, seu aperto ficando mais forte enquanto me puxa pela cozinha.

Ela ainda está de blazer. Parece alguns centímetros mais baixa sem os saltos altos, e seus passos soam silenciosos.

Ainda não sei o que está acontecendo, por que estou aqui nem por que Ella não parece desconfortável com Tyler e eu aparecendo lá juntos. Dar explicações não é prioridade para ela agora. Acho que me puxar pelo corredor é mais importante.

– Posso perguntar uma coisa? – murmuro.

Ella para de me olhar por cima do ombro por um segundo antes de levantar uma sobrancelha, como quem diz: "O quê?"

– O que está acontecendo?

– Reunião de família – responde ela, sem titubear. Fixa um olhar decidido em Tyler, que parece tão perplexo quanto eu. – Agora espere aqui.

Ele faz o que a mãe pede e se recosta na parede, com as mãos nos bolsos, nos observando com atenção. Ouço vozes do outro lado do corredor, um pouco abafadas pelo som da TV, mas é impossível ignorar a voz do meu pai, não importa quão alto esteja o volume. Ella ainda está me puxando para a sala, cada vez mais perto, até que sussurra:

– Desculpa.

Em seguida, entramos, deixando Tyler no corredor.

Não sei o motivo de ela estar se desculpando, mas isso me deixa ansiosa e nervosa. Por que está insistindo em me fazer passar por essa provação? Primeiro a emboscada com Tyler, e agora com meu pai. Mas talvez seja o contrário. Talvez esteja me usando para emboscar meu pai. Ele está no sofá, com a gravata pendurada no braço do assento, uma xícara de café na mão e os pés em cima da mesa de centro. Não se preocupa em abaixar o volume da TV.

– Olha quem decidiu aparecer – comenta ele, e com indiferença dá um gole no café como se não se importasse nem um pouco.

É a primeira vez que nos vemos em quase uma semana.

– Eu disse que ela voltaria – murmura Jamie, sentado no chão.

Olho para ele, mas Jamie nem se dá ao trabalho de devolver o olhar. Está sentado com as costas apoiadas no outro sofá, os olhos pousados de maneira preguiçosa no laptop em cima dos joelhos. Está imerso nos tópicos de um fórum.

Chase se esparrama no sofá, o celular na mão e fones nos ouvidos. Acho que nem percebeu que eu e Ella chegamos.

– Por quanto tempo você vai ficar desta vez? – pergunta meu pai, segurando uma risada enquanto se ajeita no sofá. Inclinando-se para a frente, tira os pés de cima da mesa de centro e pousa a xícara de café, então me olha do mesmo jeito de sempre, com desprezo, nojo e tristeza pela infelicidade de ter uma filha como eu. – A semana toda? Alguns dias? Algumas horas? Pode dizer, Eden, por quanto tempo você vai ficar antes de sair dirigindo feito louca de novo?

Eu o encaro do outro lado da sala com a mesma expressão, com desprezo, nojo e tristeza pela infelicidade de ter um pai como ele. Percebo Ella esfregando as têmporas ao meu lado.

– Não precisa se preocupar, pai. Não vou ficar.

– Ótimo. Então, o que está fazendo aqui? – pergunta, aliviado.

Está terrivelmente sério, com uma expressão vazia, apesar de eu ter quase certeza de perceber um pavor em seus olhos. É como se fosse impossível para ele compreender uma relação entre pai e filha em que os dois de fato *querem* se ver. Mas, para nossa sorte, eu preferiria estar em qualquer outro lugar a ficar aqui, então ele não precisa se alarmar. Não vou aparecer de repente e perguntar se podemos passar uma linda semana juntos, só pai e filha. A ideia quase me faz querer rir.

– Não sei por que estou aqui – digo, depois cruzo os braços e me viro para Ella com um olhar penetrante, as sobrancelhas franzidas enquanto espero uma explicação. – Talvez você possa me ajudar.

Ella parece ansiosa de novo, mais do que hoje à tarde, antes de decidir jogar Tyler em cima de mim, e não fico surpresa. Se tem alguém que vai gostar menos da notícia da volta de Tyler do que eu, essa pessoa é meu pai. Ella tem todos os motivos para estar nervosa, mas reúne confiança para ir até o centro da sala, puxando um fone de Chase ao passar.

– Desligue – diz ao meu pai quando para diante de nós, em frente à TV.

– Estou esperando a previsão do tempo – explica meu pai.

– Céu azul, sem chuva. Essa é a previsão do tempo – responde Ella, então coloca as mãos nos quadris. – Agora desligue.

Meu pai não parece muito satisfeito e, quando pega o controle remoto e finalmente desliga a TV, está carrancudo como uma criança que acabou de levar uma bronca. Não é muito o tipo de pessoa que gosta de receber ordens; é mais aquele que gosta de dar ordens.

– Jay – diz Ella, mas ele não tira os olhos do laptop, apesar de ter ouvido perfeitamente.

Jamie a ignora de propósito e muda de aba na tela, abrindo o Twitter e digitando tão rápido que só conseguimos ouvir seus dedos batendo no teclado. Deve estar reclamando da família disfuncional de novo. Ella pigarreia e substitui sua voz decidida pela voz severa, que seria de imaginar que fossem parecidas, mas são surpreendentemente fáceis de distinguir. A voz severa é tão cortante que, assim que você a ouve, sabe que não deve desafiá-la.

– Jamie.

Ele olha para cima, suspira de maneira dramática e fecha o laptop. Então cruza os braços e pressiona os lábios.

– Por que todo mundo tem que parar o que está fazendo só porque a Eden decidiu aparecer?

– Não é por causa disso – responde Ella.

A voz severa desapareceu. O tom ansioso está de volta.

Como as implicâncias constantes de Jamie sempre me irritam, acabo falando por cima de Ella:

– Você vai parar com isso em algum momento?

– E por acaso *você* vai? – retruca Jamie.

Ella abaixa a cabeça, pressionando as têmporas de novo, e solta um longo suspiro.

– O que isso quer dizer? – pergunto.

Coloco as mãos na cintura e olho, com raiva, para Jamie. Estou acostumada com os comentários do meu pai, em grande parte porque ele já faz isso há anos, mas ainda não me habituei a Jamie resmungando baixinho e reclamando sempre que estou por perto, então é mais fácil perder a paciência com ele. Acho que meu pai gosta quando Jamie e eu brigamos. O fato de eu ser problemática faz com que sua aversão por mim pareça ainda mais justificada.

– Vocês dois, parem – ordena Ella, sua voz tão alta e clara que paramos na hora.

Jamie e eu nos entreolhamos.

– A gente vai se mudar ou algo assim? – pergunta Chase, baixo, tirando o outro fone do ouvido e enrolando o fio no indicador. – Porque, se for isso, podemos nos mudar para a Flórida?

Ella só balança a cabeça na direção dele.

Essas reuniões de família são muito incomuns para nós – tanto que, na verdade, esta é a primeira. Acho que é porque não somos uma família de verdade. Famílias de verdade não se odeiam. Famílias de verdade não são tensas assim. Famílias de verdade não têm que lidar com os enteados se apaixonando como aconteceu comigo e Tyler.

Desde o verão passado, quando meu pai e Ella descobriram a verdade sobre nós dois, tudo mudou. Eles discutem mais. Têm brigas que duram dias. Meu pai só me deixa ficar na casa a cada duas semanas, quando estou na cidade por causa dos feriados, porque é obrigado, porque é o que pais fazem. Mas ele odeia. Absolutamente odeia e não faz questão de esconder. Se não fosse por Ella e Chase, duvido que eu ficaria aqui.

Jamie se rebelou, lutando contra nossa família bagunçada. Não quer ser associado a nós porque somos um constrangimento, um motivo de vergonha. Tyler nem estava aqui, então sei lá se ainda conta como membro da família. Acho que Chase é o único que nos mantém juntos. É o único que continua receptivo, inocente e feliz.

Acredito que, de algum jeito, somos todos cacos na esperança de nos encaixar e formar uma imagem inteira, uma família de verdade. Mas nunca vai acontecer. Nunca, nunca vamos nos encaixar.

– Não vamos nos mudar para lugar nenhum – explica meu pai para Chase, mas as palavras são ásperas, e ele rapidamente lança um olhar questionador para a esposa, como se estivesse esperando uma confirmação. Ela assente. – Então, o que é?

– Preciso que vocês fiquem calmos – começa ela.

Seus olhos viajam pela sala e pousam brevemente em cada um de nós, até em mim: como se eu já não soubesse a novidade, como se não tivesse ideia de que Tyler está no corredor. Seu olhar se demora um pouco mais no meu pai, e Ella diz:

– Especialmente você.

– Espero que você não tenha pedido demissão – murmura meu pai, mas pelo menos está prestando atenção.

Acho que está começando a ficar um pouco preocupado. Ella não gosta de anúncios dramáticos como esse.

– Carro novo? – sugere Jamie.

– Você está sendo processada? – pergunta meu pai depois de pigarrear.

Ele fala de forma mais enfática, e percebo um leve pânico em seus olhos. Chase se ajeita no lugar.

– Espera. Advogados podem ser processados?

Ella solta um suspiro alto e levanta as mãos, frustrada.

– Vocês podem parar de chutar por um segundo?

Todos se calam. A sala fica em silêncio. Nós quatro olhamos para ela. Esperamos que diga algo, mas ela não diz. Pelo menos, sei o que está acontecendo. Estaria louca se não soubesse, porque tudo que Ella faz é andar de um lado para outro. Nervosa, circula a mesa de centro enquanto murmura baixinho, provavelmente testando a verdade em seus lábios antes de revelá-

-la em voz alta. De certa forma, me entristece que esteja tão ansiosa pelo simples fato de seu filho estar em casa. Posso não suportar mais Tyler, mas ainda é desconfortável ver quanto ela está com medo de contar a verdade para o restante da família. Não deveria ser assim.

– A gente não precisaria chutar se você dissesse o que está acontecendo – comenta meu pai, seco, depois de Ella ficar andando por um minuto.

Ele se inclina para a frente, sentado na beirada do sofá, com as mãos entrelaçadas entre os joelhos.

Ella para de andar. Olha para mim, acho que querendo algum tipo de conforto ou encorajamento, mas não recebe nenhum dos dois. Apenas cruzo os braços de novo e me sento no braço do sofá, ao lado de Chase. Ele abre um leve sorriso para mim antes de voltar a prestar atenção na mãe. Todos ainda estão esperando. Parece que estou revivendo a manhã de hoje, com Ella enrolando desnecessariamente para contar sobre a volta de Tyler, que ele está aqui, esperando no corredor, e que em breve vai estourar uma guerra nesta casa.

– Bom, escutem – diz Ella finalmente, mas já estamos escutando há vários minutos. – Isto não deveria ser nenhuma surpresa para vocês, porque sabíamos que ia acontecer um dia. E vocês precisam lembrar que as coisas mudaram e que certas situações não são mais as mesmas, então não há motivo para fazer cena.

Ela me olha por um segundo, e percebo exatamente o que quer dizer com "as coisas mudaram". Quer dizer: *Está tudo bem, não há nada com que se preocupar agora, Tyler e Eden não estão mais juntos, não são malucos e voltaram a ser normais.* Gosto de pensar que sempre fomos normais.

– Ella… – Meu pai se ajeita no sofá, depois faz uma pausa. – Não me diga que… Juro por Deus. Não me diga que aquele garoto maldito está se mudando para cá.

Ela olha para o meu pai, somente para ele.

– E se estivesse? Tyler tem todo o direito de voltar para cá. É meu filho.

– Espere – interrompe Jamie. Tira o laptop do colo e se levanta. – Tyler vai voltar a morar aqui?

– Aquele garoto *não* vai se mudar para cá – responde meu pai, severo, mas seus olhos estão fixos em Ella, não em Jamie. Ele se levanta, se inclinando alguns centímetros para perto dela, enquanto a encara com um olhar feroz que apenas os mais corajosos desafiariam. – Ele não vai ficar aqui e ponto-final, então, se essa é a grande notícia que você estava prestes a dar, pode esquecer.

– Se ele quisesse voltar, eu deixaria – responde Ella, e sua voz soa forte e clara, todos os sinais de nervosismo se foram. Sem dúvida, minha madrasta está entre os mais corajosos. – Mas ele não quer. Só vai passar alguns dias e acabou.

– Quando?

– Já está aqui – informa ela, um pouco mais baixo.

Virando-se, Ella vai em direção à porta com a cabeça erguida, se recusando a recuar quando se trata de defender Tyler. Acho que vou sempre admirá-la por isso.

– Aqui? – repete meu pai, olhando para ela, incrédulo. – Ele está *aqui*?

Ella não responde, apenas olha para mim enquanto passa. Abre a porta do corredor e desaparece por um segundo. Fico imaginando que não gostaria de ser Tyler agora. Pensar nele entrando nesta sala me deixa nervosa, porque ficou bem claro que meu pai e Jamie não estão lidando bem com a novidade.

– Não se atreva a ter nenhuma ideia – sussurra meu pai para mim enquanto Ella está longe, como se realmente acreditasse que eu fosse me jogar em cima de Tyler e beijá-lo na frente de todo mundo.

Novidade, pai: já sei que ele está aqui, já me resolvi com ele e já superei isso.

– Não ligo nem um pouco para a presença de Tyler – digo.

Mas, na verdade, ligo. A volta dele ainda é desconfortável, ainda é esquisita e dolorosa. Mas tentar dizer isso ao meu pai seria perda de tempo, como sempre. Igual ao que acontece com Jamie – não importa quantas vezes eu tenha tentado enfatizar para meu pai o fato de que não há mais nada entre mim e Tyler, ele ainda não acredita em mim. Uma vez me disse que, se fomos capazes de mentir sobre nosso relacionamento antes, poderíamos mentir de novo. Na época, me lembro de pensar: *Não existe um relacionamento sobre o qual mentir.*

Ella reaparece na porta, mas desta vez Tyler está junto. Ele entra na sala primeiro, passando por mim e Chase, e depois entre meu pai e Jamie, antes de dar a volta na mesa de centro e parar em frente às janelas. Ella fica perto da porta, ao meu lado.

– Minha mãe está dizendo a verdade – afirma Tyler, com a voz firme. Olha para todos, menos para mim. – Não estou me mudando de volta. Só vim para saber como todo mundo está. Vou embora na segunda-feira. – De forma inesperada, ele dá um sorrisinho de lado. – Claro que vocês conseguem me aturar até lá, né?

Mas a brincadeira não cai bem, e logo fica óbvio que Tyler subestimou quão tensa nossa família realmente é. Ninguém ri, suspira nem revira os olhos, como se dissesse: *Bem, tanto faz. Você deixou todo mundo furioso, mas isso foi há um ano, então acho que já superamos.* Ninguém o quer aqui, exceto Ella e talvez Chase. A posição de Tyler em pé, na frente de todos nós, o faz parecer isolado, e sinto uma tristeza de novo. Sei quanto dói sentir que quase toda a família está contra você.

– Você está de sacanagem? – diz meu pai com uma voz gutural, encarando a esposa, completamente incrédulo.

Ella vai até ele, gaguejando uma série de súplicas inúteis.

– Por que esperar até segunda-feira? – pergunta Jamie casualmente, ao mesmo tempo que dá um passo ameaçador em direção a Tyler, como se estivesse se preparando para uma briga. Eles têm quase a mesma altura agora, e se encaram de frente. – Por que não ir embora agora? Ninguém aqui quer falar com você, exceto, não sei, pela minha mãe? E sua *namorada*, acho.

Por cima do ombro, ele lança um olhar enojado para mim.

A confusão e a surpresa ficam evidentes na expressão de Tyler, e seu rosto se contorce, as sobrancelhas unidas e os dentes cerrados. É difícil acreditar que, tempos atrás, ele e Jamie se davam bem.

– Qual é, cara? – Tyler olha para mim, sentada no braço do sofá, como se implorasse por uma explicação sobre o comportamento agressivo do irmão.

– Eu avisei – exclamo, mas me lembro da referência à "namorada", então me viro para Jamie, com raiva. – E, droga, Jay. Por acaso parece que estou superanimada por ele estar aqui? Porque não estou. Estou tão irritada com ele quanto você.

Jamie apenas trinca os dentes e fixa o olhar em Tyler.

– Esse não é mais um motivo para você ir embora daqui? Não precisamos de você, e tudo vai ficar bem melhor quando você for embora.

– Por que você está com tanta raiva? – pergunta Tyler, tão perdido e inseguro sobre o que está acontecendo que parece vulnerável e jovem. Está se esforçando para compreender por que as coisas mudaram de forma tão drástica em relação às suas lembranças; não esteve aqui para testemunhar as mudanças. – Quer dizer, entendo por que Dave está… – Ele franze a testa para meu pai e para Ella, que ainda estão discutindo. – Mas você? Eu não fiz merda nenhuma para você, cara.

– Você só fez a escola se transformar em um inferno. Eu sou *seu* irmão. É tudo que sou. O irmão de Tyler Bruce. – Jamie hesita por um segundo para manter a calma, soltando um longo suspiro. – Sabe o que as pessoas estão dizendo agora? Dizem que a loucura é genética, que está na merda dos nossos genes, cara. Que não temos moral. Primeiro, o meu pai. Depois, você. Adivinha? Aparentemente, é minha vez de fazer algo doentio e maluco. Uns meses atrás, um garoto que nem conheço me perguntou se eu já estava escondendo alguma coisa, porque parece que somos famosos por guardar segredos na merda desta casa.

Meu pai e Ella parecem ter baixado o tom de voz, porque tudo que consigo ouvir repetidas vezes são as últimas palavras de Jamie. Eu o observo com olhos arregalados, igual a Tyler. Não tinha ideia de que Jamie se sentia assim. Nunca havia se expressado de modo tão aberto, mas, agora que aconteceu, seu comportamento finalmente faz sentido. Não está apenas enojado ao pensar em mim e Tyler juntos; está sendo atormentado da mesma maneira que eu. Entendo tudo agora. Entendo que os garotos da idade dele, que as pessoas que Jamie vê todos os dias, devem pensar que nossa família é uma piada. Aposto que dão risada. Aposto que ficam zoando o cara cujos irmãos namoraram. Até agora, nunca tinha pensado sobre como nosso relacionamento afetaria os outros. Não posso culpar Jamie por ser hostil e distante, porque é *nossa culpa*, e agora a verdade sobre a natureza violenta de seu pai e sobre o interesse amoroso inapropriado de seu irmão está sendo usada para provocá-lo.

E pensar que passei todo esse tempo achando que Jamie e eu não tínhamos nada em comum. Talvez, no final das contas, não sejamos tão diferentes. Talvez impliquemos um com o outro porque seja a maneira mais fácil de aguentar.

Eu me levanto e, com cuidado, lanço um olhar para Tyler, tentando identificar se a referência ao pai deles causou alguma reação, mas parece que não. Se fosse o caso, ele estaria furioso agora. Desde que o conheço, nunca conseguiu lidar com esse assunto delicado, e não posso culpá-lo. Não posso culpá-lo por odiar o pai depois da violência que sofreu. Não posso culpá-lo por surtar no verão passado quando soube que o pai tinha saído da prisão.

Mas hoje, por algum motivo, tudo que Tyler fez foi se afastar de Jamie, que está com muito mais raiva do que ele. As bochechas do garoto queimam em um vermelho tão vibrante que tenho medo de um vaso sanguíneo estourar a qualquer momento. Tyler, por sua vez, parece relativamente tranquilo, mas o conheço há anos e sei que pode perder a calma em um piscar de olhos. Eu me apresso na direção dos dois.

Quero dizer a Jamie que sinto muito. Que não entendia até agora. Que não queria que as coisas ficassem tão confusas, tão irreversíveis. Quero dizer a Ella que sinto muito por arruinar seu relacionamento com meu pai. Quero dizer a meu pai que sinto muito por decepcioná-lo. Quero dizer a Chase que sinto muito pelas discussões que ele tem que presenciar. Quero dizer a Tyler que sinto muito que esta seja a família para a qual ele voltou. *Sinto muito, sinto muito, sinto muito.*

– As pessoas estão fazendo isso? – pergunta Tyler, finalmente, mas sua voz está baixa, como se ele não tivesse percebido de verdade quão séria é a situação.

Acho que ainda está em choque com a zona de guerra que essa casa se tornou. Jamie assente uma única vez, e Tyler volta a atenção para mim. Há milhares e milhares de perguntas em seus olhos, mas não me resta energia para dar uma resposta atrás da outra. Já fiz isso hoje.

– Eu avisei. – É tudo que consigo repetir.

Talvez, no letreiro de Hollywood, ele tivesse achado que eu estava exagerando. Que eu só estava sendo dramática quando contei que todo mundo sabe sobre nosso relacionamento, que meu pai está sendo ainda mais babaca do que antes e que Jamie não nos suporta. Talvez, se tivesse acreditado em mim, agora não estaria tão surpreso. Talvez, se tivesse acreditado em mim, não ficaria sem palavras.

Ouço Chase perguntar baixinho:

– Por que vocês têm que brigar? Para começo de conversa, por que estão brigando?

Só notei Chase se colocando entre mim e Jamie quando ele falou. Estamos os quatro em um círculo agora, e nossos olhos se fitam enquanto esperamos que alguém responda, porque ninguém sabe o que dizer. Não é que Chase não tenha noção – ele sabe sobre mim e Tyler, testemunhou as consequências no verão passado e ficou sem falar muitos dias depois disso –, mas a regra tácita nesta casa é que sempre o deixamos de fora dos dramas.

– Não quero que você vá embora – diz Chase, olhando para Tyler. – Você acabou de chegar. E, bem, gostei disso. – Levantando um dedo, aponta para o desenho que vai permanecer para sempre no braço de Tyler. Não parece notar meu nome entre as rosas, os redemoinhos e o mostrador de relógio e, se notou, não comenta. – Doeu?

Tyler olha para o braço enquanto vira o bíceps em direção ao irmão, como se tivesse esquecido que as tatuagens existem, então puxa a manga da camiseta para mostrar ainda mais o desenho.

– Pra cacete – responde Tyler com a voz tão baixa que é quase um sussurro, então abre um sorrisinho e estende a mão com a palma virada para cima.

Chase bate na mão do irmão e, como se o clima já não estivesse tóxico e sufocante, Tyler dá um passo à frente e puxa Chase para um abraço, envolvendo seu pescoço com os braços e o segurando com força.

– Senti sua falta, garoto. Você não para de crescer. Da última vez que te vi, você tinha, sei lá, esta altura? – Ele estende a mão até o ombro de Chase, rindo de maneira espontânea, e então solta o irmão.

Envergonhado, Chase se afasta, e a expressão brincalhona de Tyler se transforma em um olhar solene para Jamie.

– Também senti sua falta. Sério, senti mesmo.

– Nem vem – avisa Jamie.

Estou prestes a dizer algo, mas Ella segura meu ombro e me tira do círculo de rivalidade entre irmãos. Não tinha notado que a discussão com meu pai havia acabado, mas um silêncio desconfortável toma conta da sala, e ela me vira para encará-la. É como se tivesse desenvolvido anos de rugas em apenas alguns minutos, devido ao estresse da situação, porque sua expressão tensa e exaurida de repente faz com que pareça bem mais velha.

– Meu Deus, vocês todos, parem! – grita, exasperada, mas sua garganta está seca e a voz, rouca.

Fechando os olhos, se concentra em desacelerar a respiração ofegante antes de falar de novo e, como antes, esperamos.

Meu pai está do outro lado do cômodo, com as mãos na cintura, em sua postura intimidadora. Balança a cabeça, como se estivesse se recusando a aceitar o que está acontecendo. Assim como Jamie, é impossível ignorar a raiva em seus olhos.

– Tem mais uma coisa – diz Ella.

Agora presto atenção. Outra coisa? Eu sabia da volta de Tyler, mas nem imagino qual seja o próximo tópico. Nem sabia que poderia haver outro assunto. O que mais há para dizer? O que ela quer nos contar agora? Tyler e eu trocamos um olhar de soslaio, mas parece que ele está procurando respostas no meu rosto da mesma forma que procuro no dele, e nenhum de nós as têm.

– O que é agora? – pergunta meu pai, resmungando. Sua voz ainda está estridente e pesada, mas não é nada incomum. – Ele agora tem ficha criminal? Uma ordem de liberdade condicional? Precisamos pagar a porra de um advogado?

Com nojo, torço o nariz para meu pai. Se eu fosse Tyler, já teria dado um soco nele, e torço para isso acontecer. Mas não acontece. Na verdade, o comentário mal o abala, e o fato de não haver reação alguma me faz questionar se ele sequer ouviu as palavras sarcásticas do meu pai. Com o maxilar tenso, Tyler continua com os olhos fixos na mãe.

Ella suspira e, então, bem devagar, anuncia:

– Nós vamos passar o fim de semana fora. Todos nós.

E eu penso: *O quê?* Sair da cidade? Nós seis? Essa imitação patética de família? Talvez seja a ideia mais perigosa que já ouvi. Não quero ficar presa num lugar com meu pai e Tyler. *Não, não, não, não, não.* Não vou. Vou me recusar a ir.

– Como é? – pergunta meu pai, gaguejando.

– Olhe em volta e tente me dizer que está tudo bem – retruca Ella, gesticulando para nossos cacos na sala. – Todo mundo aqui precisa passar algum tempo junto, pelo menos *uma vez*.

– A gente não precisa viajar junto.

– Ah, por favor, David – retruca Ella, ríspida, com a paciência se esgotando. – Eu me recuso a aguentar comentários como os seus, então vamos consertar isso e vamos consertar *agora*. Você já se deu conta do jeito como fala com Eden ultimamente? Não acha que tem algo errado?

Pelo olhar inexpressivo de meu pai para mim, é óbvio que não percebeu.

– Passarmos um fim de semana juntos vai nos fazer bem. Vamos para Sacramento amanhã, então, vocês cinco, comecem a fazer as malas.

Um grande tumulto começa.

Jamie protesta:

– Não vou para Sacramento! Qual é, mãe?! Vou levar a Jen para jantar no sábado.

– Você está de castigo, então isso não vai acontecer. E tenho certeza de que Jennifer consegue sobreviver sem você por um fim de semana – responde Ella.

Meu pai argumenta, com raiva:

– Você nem leva em consideração o fato de que tenho que trabalhar?

– Levo, então já conversei com Russel, e você vai tirar uma folga por circunstâncias excepcionais. Emergência familiar – afirma Ella.

E Tyler murmura:

– Mãe, tenho que ir embora na segunda-feira.

– Você pode ir para casa na segunda-feira à noite, depois que voltarmos.

Então, eu argumento:

– A gente tem mesmo que ir? Não acha que isso só vai piorar coisas? Desculpe, estou fora.

– Não acho que seja possível piorar.

E eu acho que ela está certa.

Meu pai é o primeiro a sair da sala, resmungando e xingando baixinho, as mãos se agitando em sincronia com as palavras enquanto abre a porta da sala com tanta força que fico surpresa quando as dobradiças não cedem.

Jamie é o próximo a sair, e Chase o segue. Ouço os passos pesados na escada enquanto sobem, e depois uma porta batendo, que só pode ser do quarto de Jamie.

Ella pressiona a testa e esfrega as têmporas com os polegares, tentando aliviar a dor de cabeça que a tensão da manhã lhe causou. Não olha para nós antes de sair da sala, e imagino se está pensando, mais uma vez, que Tyler e eu somos a razão pela qual os membros da família se viraram uns contra os outros.

Então somos os únicos na sala. Tyler e eu.

A casa inteira está em silêncio. Sem gritaria nem discussão, porque ninguém mais está conversando. Tyler olha para mim e eu olho para ele, mas não temos mais nada a dizer. Desvio o olhar depois de alguns segundos.

Sou a primeira a ir embora e, pelo menos uma vez, é ele quem fica para trás.

7

Na manhã seguinte, chego à casa de Rachael às dez da manhã. Minha mãe saiu do turno às seis, então, quando acordei, ela estava dormindo. De certa forma, fiquei feliz por causa disso, já que ainda estou com raiva dela. Consegui sair de casa sem vê-la, mas ainda não pude dizer que vou para Sacramento mais tarde. Contei para Jack, e ele me prometeu que diria à minha mãe assim que ela acordasse.

– Isso não é considerado sequestro? Forçar você a ir contra a sua vontade? – pergunta Rachael.

Ela está esparramada na cama, a cabeça apoiada na beirada para me olhar, e eu continuo deitada no chão. Os resquícios da maquiagem de ontem são visíveis em seu rosto.

Estou deitada de costas, jogando meu celular para o alto e o pegando de volta várias vezes, encarando o teto e me perguntando por que metade das coisas na minha vida têm que ser péssimas.

– Não seria tão ruim se fosse só por uma noite, mas não é. São três – murmuro.

Rachael franze a testa. Está maratonando *Desperate Housewives*, então há um episódio no qual nenhuma de nós está prestando atenção que fica rodando e fazendo barulho ao fundo.

– E eu que achava que ficar com meus avós por um dia era ruim. Imagina você, que vai ter que ficar com seu pai e com seu ex-namorado por três dias.

Reviro os olhos.

– Ele não é meu ex-namorado. Nunca namoramos oficialmente.

– Ex-ficante, então. – Ela se apoia nos cotovelos e descansa a cabeça nas mãos, coçando os olhos e borrando ainda mais o rímel. – Ainda não acredito que ele estava em Portland, praticamente aqui do lado, e não veio ver você. Fica a apenas algumas horas de carro, não é?

– São, tipo, quatorze horas. – Deixo o celular cair no rosto, quase quebrando um dente e, irritada, jogo o aparelho no carpete e me sento. – Mas né? A parte estranha é que ele está chamando Portland de casa. Tipo, como isso aconteceu? Como minha cidade se tornou a casa dele e como a cidade dele se tornou a minha casa?

Rachael pisca.

– O quê?

– Esquece. – Soltando um suspiro, puxo os joelhos para junto do peito e passo a mão no cabelo, lutando contra a vontade de berrar. *Não quero ir para Sacramento.* Levanto a cabeça, olho para Rachael com uma expressão solene, e digo: – Vamos fugir.

Rachael sorri.

– Sempre quis ir para Las Vegas.

– Então, vamos para Vegas.

Ela joga um travesseiro em mim, e o atiro de volta. Ela o coloca embaixo do peito para se apoiar.

– Então, tem alguma coisa de diferente nele? – pergunta minha amiga.

– Como assim?

– No Tyler. Ele deixou o cabelo crescer até os ombros? Colocou um piercing na boca? Raspou um risquinho na sobrancelha? Tem uma religião nova? Virou ativista contra o aquecimento global? Alguma coisa?

Balanço a cabeça.

– Só fez mais tatuagens.

– Mais? Ele tinha tatuagem antes?

– Duas. – Não quero contar sobre meu nome estar para sempre na pele dele, então, antes que ela pergunte, continuo: – E ele está muito mais calmo, acho.

– Mais calmo? Estamos falando do mesmo cara?

– De novo isso – digo, meus lábios formando uma linha enquanto ela me olha com uma sobrancelha erguida, questionadora. – Você continua achando que Tyler é um babaca, mas *sabe* que ele mudou desde o ensino médio, Rachael. Você viu a diferença no verão passado.

– No verão passado, me lembro de ver Dean voltando para o hotel com o rosto todo arrebentado, e sabemos quem fez aquilo – murmura ela, depois rola para o outro lado na cama.

– Ai, meu Deus. *Por favor*, chega desse assunto.

– Mas é verdade! – insiste ela, se sentando na cama e olhando para mim. – Por que você continua agindo como se Tyler tivesse magicamente mudado, tipo, se tornado um santo ou sei lá o quê? Sério, Eden? Ele deixou você porque é covarde, sacaneou Dean também, e vai dar um soco em qualquer um que diga algo que o irrite, e mesmo assim você continua defendendo esse cara? Ainda está apaixonada por ele?

Estreito os olhos e me levanto. Agora sou eu quem fita Rachael de cima a baixo.

– Estou longe de estar apaixonada por ele, e você sabe disso. Mas não posso negar o fato de que ele mudou. Quer saber o que aconteceu ontem à noite? Jamie falou sobre o pai na frente dele, e Tyler nem se abalou. Meu pai o provocou, dizendo algo sobre ficha criminal e ordem de liberdade condicional, e *mesmo assim* Tyler não reagiu. – Faço uma pausa. – Um ano atrás, eu seria a pessoa que teria que impedi-lo de acabar com todos ali mesmo.

Rachael se ajoelha em cima da cama e cruza os braços.

– E daí?

– E daí que ele mudou – insisto, bem mais devagar desta vez, como se fosse ajudá-la a entender. – E não sei quantas vezes vou ter que falar isso antes de você parar de ser tão crítica em relação a ele.

– Tudo bem. Tanto faz – responde Rachael, indiferente, suspirando e caindo de volta na cama, se virando para a TV.

O episódio acabou, então ela pega o controle remoto na mesa de cabeceira e passa para o próximo.

Não posso deixar de perceber em quantas discussões tenho entrado nos últimos tempos, e todas parecem estar centradas em Tyler. Discussões constantes com meu pai. Com Jamie. Ontem, com minha mãe. Agora com Rachael. Embora Tyler tenha passado um ano fora da minha vida, ainda conseguiu encontrar um jeito de voltar e arruiná-la. Ele é o culpado por tudo isso, culpado por transformar todas as partes da minha vida em uma bagunça, e sinto que o detesto mais agora do que antes, apesar de não ter certeza de que seja possível. E, nas próximas três noites, vou ser forçada a ficar perto dele.

Mordendo o lábio inferior, vou até a janela para ver a Deidre Avenue. O quarto de Rachael é de frente e centralizado, igual ao meu, e às vezes acenamos uma para a outra da janela. É bastante ridículo, na verdade, mas faz com que a gente se sinta conectada quando não estamos juntas.

Pensando no meu quarto, franzo a testa para a casa do meu pai e de Ella. Todos os carros estão na garagem, exceto o meu e o de Tyler. Por mais patético que pareça, estacionei a algumas casas daqui para que nem meu pai nem Ella descubram que estou na Rachael. Tenho tentado evitá-los, mas ainda fico imaginando o que estão fazendo. Será que continuam discutindo? Arrumando as malas em silêncio e se recusando a fazer contato visual? Jamie está fazendo uma última tentativa de fugir da viagem? Chase é o único animado para ir? Não sei, mas estou feliz por não estar lá.

– Você acha que ele ainda é apaixonado por você? – pergunta Rachael, por cima da música de abertura e baixando o volume da TV.

Não sei de onde surgiu a mudança de assunto, mas me pegou completamente desprevenida.

Quando me viro para encará-la, Rachael já está olhando para mim com olhos suaves. Parece calma e relaxada de novo, como se a gente não tivesse perdido a calma uma com a outra.

– Espero que não – respondo, com a voz um pouco rouca. Pigarreio e me endireito, atravessando o tapete para pegar meu celular do chão. Vejo a hora, e são mais de onze. – Tenho que ir. Vamos sair por volta de uma da tarde e não fiz as malas ainda.

Rachael pausa o episódio e se levanta, pronta para me levar até a porta. Seus pais estão no trabalho, então estamos sozinhas na casa, ainda bem. Ella não ficaria feliz se Dawn e Philip tivessem me ouvido desabafar sobre nosso drama particular. Não gosta quando as rachaduras em nossa família ficam expostas, embora estejam cada vez mais difíceis de serem escondidas.

– Leve as calcinhas mais feias que você tiver – sugere Rachael.

Meus olhos se estreitam e, intrigada, olho para minha amiga.

– Hein?

– Isso vai manter Tyler longe de você.

– Você é nojenta – digo, balançando a cabeça e fazendo uma careta, mas ela só me mostra a língua. De propósito, tiro Rachael do caminho com um empurrão, mas só de brincadeira. – Pode deixar que eu abro a porta sozinha.

– Aproveite a viagem – fala Rachael, mas está segurando o riso. – Acho que das duas, uma: ou vocês vão se conectar excepcionalmente e voltar para casa como uma grande família de melhores amigos, ou vão acabar se matando até amanhã de manhã.

– Acho que a segunda opção é mais provável – respondo, inexpressiva. – Vou acabar ligando para você a cada meia hora para reclamar, então, espero que não se importe.

– Nunca.

Digo que vamos nos ver na semana seguinte, e ela promete rezar pela minha sanidade nos próximos dias, então desço e a deixo sozinha para maratonar *Desperate Housewives* em paz. Saio correndo para a rua, com o cuidado de manter a cabeça baixa. Fico feliz quando consigo chegar ao carro sem ninguém me notar, o que me faz pensar em como é trágico ter chegado ao ponto de me esgueirar para evitar que meu pai e Ella me vejam. Enquanto dirijo até a casa da minha mãe, fico pensando em dar a volta e sair da cidade. Talvez para San Diego ou Riverside, onde eu poderia me esconder até que meu pai e Ella sejam forçados a viajar sem mim. Estou *mesmo* querendo evitar essa viagem para Sacramento.

Mas não tenho coragem, então estaciono na garagem de casa, preparada para arrumar a mala para uma viagem que não quero fazer. Pensar sobre o assunto me deixou de mau humor, e entro em casa aparentando estar muito mais irritada do que o normal. Surpreendentemente, minha mãe está acordada e já colocando talheres na lava-louças. Quando me ouve, para e se ajeita, amarrando o roupão ainda mais apertado em volta da cintura.

– Ah – digo, depois fecho a porta e hesito no meio da sala de estar, olhando para ela, que está na cozinha. Não nos falamos desde a discussão de ontem. – Por que está acordada tão cedo?

Quando trabalha no turno da noite, minha mãe nunca acorda antes de uma da tarde, então, acho estranho.

– Jack me falou que você vai para Sacramento com seu pai – responde ela, bem devagar, sem responder a minha pergunta.

Passo a ponta dos dedos pela sobrancelha e massageio as têmporas.

– Pois é. Não tenho escolha.

– É muito de última hora. – Ela se recosta na bancada da cozinha e me observa de um jeito bastante intenso.

– Eu sei. Ella acha que isso vai nos unir ou algo assim. – Dou de ombros e olho ao redor. Normalmente, nossa cachorra já teria me derrubado no chão. – Cadê a Gucci?

– Jack a levou para passear – responde minha mãe, então se afasta da bancada e se aproxima com os braços cruzados e os chinelos arrastando no piso da cozinha. Ainda há alguns metros entre nós quando ela para. – Você quer ir para Sacramento?

– Parece que eu quero ir para Sacramento? – Aponto para meu rosto para enfatizar a cara irritada e o olhar indignado. – Ella não me deu escolha.

– E Ella é sua mãe agora? Não. – Minha mãe inclina a cabeça para o lado. – Se você não quer ir, posso falar com ela.

– Para quê? Ela não vai desistir – reclamo em alto e bom som e passo os dedos pelas pontas do cabelo, arrastando os pés pela sala de estar, depois pelo corredor até meu quarto. Quando estou abrindo a porta, olho para minha mãe por cima do ombro. Está com a testa franzida. – Então, sim, vou ficar fora até segunda-feira. Vou fazer a mala.

Entro no quarto e fecho a porta, torcendo para minha mãe não me seguir e, felizmente, é o que acontece. Talvez a gente faça aquela coisa de não falar sobre o que houve ontem e, em vez disso, siga em frente como se nada tivesse acontecido. Não sei o que prefiro, mas não tenho tempo para pensar no assunto, pois Ella e meu pai vêm me buscar daqui a duas horas. Enrolei para fazer a mala, tomar banho e me arrumar, então, tenho que correr.

Tiro as malas de baixo da cama, coloco a menor em cima e a abro. As etiquetas do voo para casa do mês passado ainda estão ali, então arranco-as e pico em tantos pedaços quanto possível. Talvez este verão fosse melhor se eu tivesse ficado em Chicago. Não teria que lidar com Tyler nem com meu pai. Estaria em Illinois, alheia a todo o drama familiar, indo viajar de carro com minha colega de quarto e rodando o Meio-Oeste do país. Ficaríamos acordadas até tarde e dormiríamos o dia inteiro. Iríamos a festas, shows e festivais. Mas isso não aconteceu, porque minha colega de quarto foi para Kansas City e eu vim para Santa Monica, o que está rapidamente se provando uma das piores decisões que já tomei. A única coisa que me motiva é a esperança de que, quando Tyler voltar para Portland, a situação não seja tão ruim. Talvez, depois deste fim de semana, eu nunca mais volte a vê-lo.

O Lexus do meu pai estaciona em frente à minha casa quinze minutos adiantado. Ele fica buzinando, e, da sala de estar, minha mãe grita para avisar que ele está lá fora. Gucci fica latindo, mas não estou pronta. Meu cabelo ainda está úmido depois do banho corrido, e, de última hora, tento jogar itens essenciais dentro da mochila, como o carregador de celular, o perfume que minha mãe me deu de Natal, meus fones de ouvido e a edição de fevereiro da *Cosmopolitan*, com a Ariana Grande na capa, que achei no armário, tudo isso enquanto grito "Tá, eu sei! Estou ouvindo, mãe!" e calço meu All Star. Quase desloquei o quadril ao entrar correndo na sala, puxando a mala de rodinhas, com uma mochila pendurada no ombro e torcendo as pontas do cabelo com a mão livre.

Minha mãe já está vestida e em frente à janela, espiando disfarçadamente através das cortinas, mas, quando me aproximo, se afasta de repente e diz:

– Aí vem ele.

Um segundo depois, a campainha toca, e meu pai bate à porta. Minha mãe revira os olhos e estala a língua em reprovação enquanto Gucci cavouca a madeira com as patas. Minha mãe dá um passo à frente e abre a porta.

Meu pai está do lado de fora, fazendo questão de erguer o punho na frente do rosto para olhar o relógio. Gucci avança para ele, o que me deixa muito, muito feliz, mas minha mãe a segura pela coleira.

De imediato, meu pai recua alguns passos, fazendo uma careta e olhando feio para Gucci, como se a cachorra estivesse planejando trucidá-lo ou algo assim. O tempo todo, fico de lado, um pouco fora de vista.

– Sim, David? – diz minha mãe, indiferente, mas com um ar de sarcasmo, acariciando as orelhas de Gucci.

Os lábios do meu pai se estreitam com força.

– A Eden ficou surda da noite para o dia? Onde ela está? Temos uma viagem de seis horas pela frente e precisamos sair agora.

– Ah, fiquei sabendo – responde minha mãe, e seu tom de voz carrega uma pitada ácida, que tenho certeza de que meu pai percebe. Ela aperta o lábio inferior com a mão livre e acrescenta: – Sacramento, né? Que ótimo. Eden está apavorada, então tenha consciência de que está forçando sua filha a fazer isso. Juro por Deus, Dave, se você tornar este fim de semana um inferno para ela, vou até lá e a trago para casa.

– Ah, por favor. – Ele estreita os olhos para minha mãe com um ar de reprovação tão grande que não consigo imaginar que algum dia estiveram apaixonados. – Essa viagem é a última coisa que eu quero. É coisa da Ella.

– É bem óbvio – comenta ela, seca. – Não é do seu feitio separar um tempo para estar com a família.

– Pelo amor de Deus, Karen.

Não quero ver minha mãe nervosa, então dou um passo rápido para entrar no campo de visão do meu pai antes que comecem uma discussão desnecessária. Assim que me vê, seu olhar fica ainda mais afiado.

– Por que você está parada aí? – pergunta ele, mas, claro, seu tom está longe de ser agradável. Como sempre, é ríspido, estridente e carregado de ressentimento. – Entre no carro.

Minha mãe é rápida para me defender: assim que as palavras saem da boca dele, já está levantando a voz e diz:

– Pare de falar com ela assim!

– Tá tudo bem, mãe – digo, embora não esteja, e me apresso em abraçá-la antes que comece a ameaçá-lo de morte.

Ainda segurando Gucci com a mão, ela passa o outro braço em volta dos meus ombros e sussurra no meu ouvido:

– Ele é um idiota.

Quando me afasto, sorrio, concordando com ela.

– Anda logo – resmunga meu pai, e meu sorriso vacila enquanto levo minha mala para fora, dando uma cotovelada proposital nele e evitando contato visual. *Eu odeio você.*

– Eden – chama minha mãe. – Não esquece: é só me ligar.

Olho para ela por cima do ombro, aceno com a cabeça e continuo andando. O motor está ligado, e Ella olha para mim e acena da janela do passageiro. Suspiro, mas, felizmente, ela não ouve. Meus pais estão trocando algumas palavras finais de ódio na frente da casa, então abro o porta-malas e praticamente tenho que forçar minha mala para dentro, gastando um tempo reorganizando as malas dos outros para que a minha caiba. Fecho o porta--malas e me sento no banco de trás com minha mochila.

– Oi, Eden – cumprimenta Ella, virando-se para me olhar. – Pronta para pegar a estrada?

– Não – respondo, sem rodeios como sempre, e olho para a esquerda enquanto coloco o cinto de segurança.

Chase está no meio, jogando no celular e com fones de ouvido. Ele tira os olhos da tela e me lança um sorriso, depois torna a se concentrar no aplicativo. Eu me inclino para a frente para olhar além de Chase e vejo que Jamie está com os braços cruzados, a cabeça virada para a janela e fones também. Respiro fundo e me ajeito no assento, tirando um elástico do punho e prendendo o cabelo em um coque desarrumado. É um longo caminho até Sacramento.

Meu pai finalmente volta para o carro, fechando a porta com agressividade e resmungando baixinho. Deve ser algo sobre minha mãe, um insulto que provavelmente a deixaria arrasada se ouvisse. Ele e Ella trocam um olhar cheio de significados. Meu pai ajusta o banco e acelera, se afastando da casa. Lanço um olhar pela janela, pronta para dar um aceno final para minha mãe, mas a porta já está fechada.

Quando meu pai começa a dirigir, percebo algo faltando. O carro está cheio e falta um membro da família. Pensar que ele tenha conseguido escapar dessa viagem ridícula é o suficiente para me deixar com mais raiva. Se tenho que sofrer participando disso, ele também tem.

– E aí, cadê o Tyler? – pergunto, quebrando o silêncio.

– *Você* bem gostaria de saber, né? – resmunga meu pai, mas sinto que não pretendia que eu escutasse.

Então, finjo que não ouvi e mantenho os olhos fixos na nuca de Ella, visível pela abertura do encosto de cabeça à frente.

– Tyler está indo sozinho – responde Ella, depois aumenta o volume do rádio e fica em silêncio.

Para mim, isso é comunicação familiar suficiente para um dia. Procuro meus fones dentro da mochila, coloco nos ouvidos e ajeito o capuz do casaco na cabeça. Quando me afundo no assento, puxo os cordões do capuz e me viro para olhar pela janela, aumentando o volume da música ao máximo. Parece que nós três, presos no banco de trás, gostamos quando estamos nos bloqueando uns aos outros. Assim, ninguém precisa dizer nada, e isso é ótimo, porque nenhum de nós quer conversar.

8

Nunca estive em Sacramento. Quer dizer, já fui a Los Angeles e a São Francisco, mas nunca tinha visitado a capital da Califórnia.

São pouco mais de seis e meia da noite quando finalmente chegamos, e sinto as pernas dormentes e as costas rígidas. Quando meu pai estaciona o carro no hotel luxuoso que Ella reservou para nós, eu não poderia estar mais desesperada para sair. Foi uma longa viagem e, além disso, terrivelmente desconfortável.

No fim de semana, vamos ficar no Hyatt Regency, no centro de Sacramento, localizado em frente ao Capitólio Estadual da Califórnia, como Ella nos informa, mas não consigo vê-lo, porque é rodeado por muitas árvores. Assim que meu pai desliga o motor e entrega as chaves ao manobrista na entrada principal do hotel, saímos nos arrastando do carro. O homem deve achar que somos a família mais emburrada do mundo.

O sol ainda está bem quente, então tiro o casaco e abano o rosto enquanto puxo minha mala do porta-malas e, por acidente, a de Jamie acaba caindo também. A mala tomba no chão e, claro, ele não fica nada satisfeito, então me fuzila com um dos seus famosos olhares que aprendi a ignorar. Nos últimos tempos, estou ficando muito boa em ignorar as coisas.

– Você acha que vai funcionar? – A voz de Chase soa atrás de mim enquanto sigo meu pai, Ella e Jamie em direção à entrada do hotel.

Desacelero, parando com a mala e me virando para olhá-lo. Ele corre para me alcançar.

– Se eu acho que o que exatamente vai funcionar?

– Isso – confirma, acenando com a cabeça para o hotel e para os demais, e depois para as ruas em volta. – Acha que isso vai fazer com que todos parem de brigar?

– Não sei – admito. Para ser sincera, duvido que obrigar nós seis a passar um tempo juntos vá mudar nossa maneira de pensar. É um caminho sem volta. – Mas acho que vamos descobrir.

Entramos no saguão principal, parecendo mal-humorados, exceto Ella. Minha madrasta merece algum crédito por, de algum jeito, manter a positividade, apesar do desânimo do restante da família durante toda a viagem. Ela e meu pai vão até o balcão, enquanto nós três ficamos para trás, espalhados nos sofás macios que decoram o enorme saguão.

– Espero que Tyler fique sem combustível – resmunga Jamie. Está chutando a mala, a mesma expressão emburrada de sempre. – Para ser sincero, duvido que ele vá aparecer.

– Por que ele não apareceria? – questiona Chase.

– A pergunta é: por que ele *apareceria*?

Entendo a dúvida de Jamie. Se eu fosse Tyler, também não viria. Continuaria dirigindo. Quem sabe? Talvez ele esteja fazendo exatamente isso. Talvez esteja indo direto para Portland, e eu nunca mais o verei.

Por alguma razão estranha, sinto um nó na garganta.

– Eden, você vai dividir o quarto comigo – comenta Ella, se aproximando. Está segurando um cartão e meu pai vem logo atrás, com a mala enorme deles. – Jamie, você fica com o Dave. Chase, você vai ficar com o Tyler.

– Ótimo – diz Chase.

Ele se levanta do sofá assim que o funcionário chega para pegar a bagagem. Ainda estou achando tudo isso muito estranho. Nunca fizemos algo assim. Nunca estive em uma viagem de carro de seis horas com meu pai. Nunca compartilhei um quarto de hotel com minha madrasta. Nunca me sentei em um saguão de hotel com meus irmãos postiços. E, quanto mais penso, mais surpresa fico por *nunca* termos saído de férias juntos. Somos uma família há três anos. Ou, pelo menos, tentamos ser.

Pegamos os elevadores e vamos para os quartos, que ficam um ao lado do outro no décimo sétimo andar, de frente para o prédio do Capitólio. Concordamos em tirar meia hora de descanso antes do jantar e, embora todos estejam com fome, o cansaço é ainda maior. A viagem nos deixou assim, e são apenas sete horas da noite.

O quarto que vou dividir com Ella é enorme, com duas camas de casal grandes, e vou direto para a que fica perto da janela, me sentando na beirada do colchão macio para indicar que pretendo ficar ali. Olho a vista e volto a ver as árvores de novo, assim como a ponta do edifício branco do Capitólio. Não é tão legal, então me viro e percebo que Ella está me observando do outro lado do quarto.

– Sei que você está com raiva – diz depois de um minuto. Devagar, se aproxima pelo piso acarpetado e se senta no canto da outra cama, com os olhos ainda fixos nos meus. – Mas não tive escolha, Eden. Estamos desmoronando.

Não sustento o olhar, porque ela está certa. *Estou* com raiva, e nem me sinto culpada, então olho para meus pés.

– Não estou com raiva por isso – falo.

– Ah. – Um momento de silêncio, exceto pelo som fraco do tráfego do lado de fora e pelo barulho da TV no quarto ao lado. – Então, por que você está com raiva?

Primeiro, dou de ombros. Não quero contar porque não sinto vontade de conversar com ela sobre esse assunto. Mas minha madrasta diz meu nome de maneira firme, e sou forçada a prestar atenção. Engulo em seco e respondo:

– Estou com raiva por causa do Tyler.

– Eu entendo – afirma, com gentileza, cruzando as pernas e me oferecendo um sorriso compreensivo, como se fosse uma psicóloga.

Estreito os olhos e me levanto. Como ela pode entender?

– Não, não entende – retruco, ríspida, e acredito que seja a primeira vez que uso um tom tão agressivo com Ella. Mas, depois que começo, não consigo parar. – Se entendesse, não teria jogado Tyler em cima de mim. Você *sabia* que eu não queria vê-lo. Não deixei isso claro o suficiente?

– Me desculpe – diz ela, mas está com os olhos arregalados, como se estivesse surpresa pelas minhas palavras ou pelo meu tom de voz. Não sei qual dos dois. – Ele estava louco para ver você.

– Sabe, é isso que não entendo – admito, balançando a cabeça. – Por que você se esforçou para nos juntar? Você é *louca*? Esqueceu o que aconteceu no verão passado?

– Eden… – Ela fica em silêncio.

Estou fazendo aquilo de novo: não consigo parar de gritar, e quanto mais nervosa fico, mais quero gritar.

– Estou com raiva de tudo. Com raiva dele por ter ido embora. Com raiva por ter me ignorado completamente. Com raiva por ter ido para Portland. Com raiva por ter aparecido como se nada tivesse acontecido. – E, de repente, passo do limite da raiva ardente para a raiva magoada, e começo a chorar, sem perceber. Meus olhos estão ardendo, e a imagem de Ella fica embaçada. Continuo mesmo assim: – Estou com raiva por ele ser grande parte do motivo de essa família estar uma bagunça, mas ter me deixado levar a culpa sozinha. Estou com raiva por ser o motivo de continuar discutindo com todos ao meu redor. Estou com raiva por meu pai me odiar. E sei que é horrível, mas estou com raiva de Tyler por ele existir, e com raiva de mim por ter concordado em vir e ficar com vocês este verão.

– Ah, Eden. – Ouço Ella murmurar suavemente, e sua voz e seu toque são amorosos e calorosos quando ela se levanta e me abraça.

Estou tremendo muito e soluçando sem controle, e me sinto patética por estar tão nervosa de novo. Tenho dezenove anos, mas mesmo assim choro no ombro da minha madrasta por causa do filho dela. É esquisito e constrangedor, e não deveria estar acontecendo, mas é tarde demais.

– Escute – diz ela no meu ouvido enquanto acaricia minhas costas, o que faz com que eu me sinta com dez anos, mas é reconfortante, então não estou nem aí –, seu pai não odeia você, então, não pense isso.

– Ele odeia. – Faço força para as palavras saírem em meio ao choro, me afastando um pouco de Ella e a olhando com lágrimas escorrendo pelas bochechas. – Ele não me suporta.

– Isso não é verdade. É que… – Ela para enquanto pensa na coisa certa a dizer, com as mãos nos meus braços. – É difícil. Nós sabemos que ele nunca foi muito fã do Tyler, e quando junta Tyler e você… É que… Bem, seu pai não gosta.

– Mas não existe mais nada entre nós e, *mesmo assim*, ele não esquece isso – digo, fungando.

Estendendo a mão, enxugo os olhos com o polegar. Não preciso me olhar no espelho para saber que estou um desastre.

– Não existe mais nada entre vocês? – repete Ella, levantando uma sobrancelha. – Tyler sabe disso?

– Acertei tudo com ele ontem.

Assim que ela abre a boca para responder, seu celular começa a tocar. Reconheço o som genérico de imediato, soando dentro da bolsa, e ela se afasta de mim e procura o aparelho por alguns segundos antes de atender. Diz "alô" e depois avisa que vai descer.

– Ele chegou – informa depois que desliga, afirmando o óbvio. – Seque os olhos e se arrume, ok? Vamos todos jantar e conversar. Volto em cinco minutos.

No segundo em que ela sai, me sento na cama e respiro. Chega de lágrimas, chega de raiva, chega de tudo. Meus olhos fitam o chão, e meu corpo está imóvel. O único pensamento em minha mente é que estou cansada de me sentir assim. Estou cansada de me sentir culpada, de me sentir magoada e de me sentir sozinha. Muito cansada.

Quando Ella volta para o quarto, quinze minutos depois, e não cinco, não conversamos. Posso ter me recuperado e me acalmado, mas o clima parece desconfortável entre nós, provavelmente porque me descontrolei na sua frente por causa de Tyler, seu filho. Passamos uma pela outra e fazemos um breve contato visual, mas só isso. Troquei de roupa e passei blush para ficar com um ar mais natural, então saímos do quarto para encontrar os demais.

Mas ninguém está nos esperando no corredor como combinado, então Ella começa a bater às portas dos quartos, dizendo para se apressarem. Quase ao mesmo tempo, as duas portas se abrem, e eles se juntam a nós no saguão. Só consigo olhar para uma pessoa: Tyler.

Não o vejo desde ontem à noite, quando saí da casa do meu pai e fui andando para casa. Não sei como está se sentindo sobre tudo isso, porque parece bastante indiferente, sobretudo quando nota que estou olhando para ele. Não desvio o olhar, e quando meu pai e Ella trocam sugestões sobre onde devemos jantar, todos começamos a ir em direção aos elevadores. Tyler acaba ficando ao meu lado, e embora haja uma distância segura de vários centímetros entre nós, me pego desejando que não houvesse. É uma sensação estranha, e me vejo tão atraída por ele, por sua familiaridade, que acabo tendo que dizer alguma coisa. Não consigo me segurar.

– Como foi a viagem?

Tyler me olha de soslaio, parecendo um pouco surpreso. Acho que não estava esperando que eu falasse com ele, não de forma tão casual. Mas ainda é meu irmão postiço, e preciso tratá-lo desse jeito.

– Foi tranquila – responde Tyler.

– Você é um sortudo por não ter ficado preso com a gente – digo.

Com o canto do olho, checo se meu pai não nos notou conversando, então, mantenho minha voz baixa. Meu pai nunca vai gostar de me ver falando com Tyler na sua frente, não importa quão inocente seja a conversa.

– Você poderia ter vindo comigo – comenta Tyler, mas na mesma hora morde o lábio e acrescenta: – Desculpa. Esquece o que eu disse.

Paramos de falar assim que entramos no elevador e, desconfiado, meu pai me observa durante o caminho até o saguão. Faz com que eu me sinta culpada para sempre, embora não esteja fazendo nada de errado. Franze a testa e desvia o olhar assim que as portas se abrem. Acabamos indo para o Dawson's, o restaurante especializado em carne do hotel, e Tyler suspira, mas não comenta nada. Pelo jeito, ainda é vegetariano.

Apesar de aparecermos sem reserva às sete e meia da noite de uma sexta--feira, o restaurante consegue nos colocar em uma mesa nos fundos, em um canto. Sem nem ver o cardápio, sei que os preços são exorbitantes. O ambiente é muito sofisticado e extremamente formal, o que faz com que eu me sinta desarrumada, apesar de já ter trocado de roupa. O lugar à meia-luz é aconchegante, e logo ficamos confortáveis, pensando enquanto olhamos o cardápio e depois parecendo totalmente habituados ao fazer os pedidos.

Então o silêncio reaparece.

Meu pai tamborila na mesa. Jamie começa a girar a faca entre as mãos. Chase fica mexendo no celular discretamente embaixo da mesa. Tyler está sentado à minha frente, então é fácil ver o jeito como encara as mãos, entre-laçando os dedos sem parar. Ella e eu somos as únicas olhando para todos, e ela balança a cabeça para mim, como quem diz: *Dá para acreditar?* Eu *acredito*, então só dou de ombros.

– Largue o celular – ordena Ella a Chase e, só pelo tom, firme e severo, sabemos que tem algo a dizer. Um por um, olhamos para ela e esperamos, como no dia anterior. – Temos que conversar.

Parece que ela vai terminar com a gente, porque fico com a sensação ruim que só sinto ao ouvir aquelas palavras. Jamie resmunga e coloca a faca na mesa, dramaticamente recostando-se na cadeira e cruzando os braços.

– Aqui? – pergunta meu pai.

Inseguro, ele franze as sobrancelhas e olha ao redor. Todo mundo está conversando, rindo e se divertindo: tudo o que não estamos fazendo.

– Aqui mesmo – confirma Ella. – Nenhum de vocês vai fazer um escân-dalo na frente de *todas* essas pessoas, né? – Ela levanta uma sobrancelha, o que me lembra mais uma vez de como é incrivelmente esperta ao lidar com situações complicadas. É o trabalho dela, afinal. Neste fim de semana, sua área de atuação mudou de resolver questões judiciais para aliviar tensões familiares. – Exato – completa quando ninguém responde. – Então, vamos finalmente conversar de um jeito civilizado.

– E o que, exatamente, temos para conversar? – pergunta meu pai, com ar de desafio.

Às vezes, me pergunto se ele faz isso de propósito para irritá-la. Sabe que temos *tudo* para conversar.

Ela o ignora, deixando as mãos entrelaçadas em cima da mesa, e olha para cada um de nós.

– Quem quer começar?

Ninguém diz nada. Tyler olha para o colo, e meu pai apenas encara Ella com uma expressão desagradável. Jamie pega a bebida e dá um gole com grande concentração. Chase olha para mim, mas não sei o que espera, então olho de volta para Ella.

– Eden? – insiste minha madrasta.

Mas não quero falar primeiro. Na verdade, não quero falar nada, então balanço a cabeça e rezo para ela parar. Ella atende meu pedido silencioso, mas não sem colocar a mão nos olhos e suspirar.

– Alguém, por favor, me diga quando tudo isso começou.

– Quando o que começou? – pergunta Jamie.

Ele coloca o copo na mesa e vira a cadeira para a mãe.

– Quando paramos de conversar? Quando começamos a brigar tanto? Jamie engole em seco.

– Hum, você sabe quando. – Ele olha para Tyler, depois para mim.

– Alguém diga em voz alta agora mesmo – pede Ella, mas a frustração é evidente em seu tom. – Por que não podemos apenas conversar sobre o assunto, em vez de ficar pisando em ovos, como temos feito há um ano?

– Isso é uma piada? – interrompe meu pai, piscando.

Ela estreita os olhos.

– Parece que estou contando alguma piada?

Meu pai não responde.

Meus olhos vão para Tyler, e ele devolve o olhar na hora, como se pressentisse meu movimento. Sua barba está um pouco menos bagunçada hoje, como se ele tivesse finalmente decidido arrumá-la um pouco, mas suas sobrancelhas continuam cheias e emendadas. Sabemos que Ella está se referindo a nós dois, ao verão passado, ao momento da verdade, quando nosso relacionamento veio à tona. Não é difícil identificar esse momento como o dia em que nos afastamos. Todos nós sabemos.

Devagar, Tyler suspira, e observo seus lábios quando diz:

– Tudo isso é por causa de mim e da Eden.

A cada palavra que murmura, seus olhos se mantêm fixos nos meus, até que precisa desviá-los. Então encara a mãe.

– Certo. Vamos começar por aí – diz ela.

Meu pai quase se engasga. Pega a cerveja e bebe um longo gole, afastando um pouco o corpo de nós, obviamente sem querer participar da conversa. Entendo, porque a última coisa que *eu* quero fazer é falar sobre meu relacionamento com Tyler, em especial na frente da família toda. Mas parece que é exatamente o que Ella quer que a gente faça.

– Jamie – chama Ella, com calma. – Você começa. Diga o que quer dizer.

– Qualquer coisa?

– Qualquer coisa – confirma ela.

Jamie pensa um pouco, olhando para mim e para Tyler, como se estivesse se lembrando de tudo o que sente em relação a nós. Espero que ele exploda com um discurso parecido com o do dia anterior, mas não faz isso. Tudo o que diz é:

– Acho constrangedor.

Ella acena com a cabeça e depois desvia seu olhar intenso para outra pessoa.

– Chase?

– *Sei lá* – responde Chase. – Tipo, será que é mesmo grande coisa?

– Óbvio que é grande coisa – murmura Jamie, e Chase se encolhe, o que me leva a acreditar que Jamie tenha chutado Chase por baixo da mesa. – Não é possível, você não entende? É tipo você beijando a Eden. É nojento demais.

Meus lábios se estreitam numa linha fina, e olho feio para Jamie.

– Sabe, Jamie, agir feito um babaca não ajuda muito.

– Eden – repreende meu pai. Ouço o tilintar do copo quando ele o põe de volta à mesa, e minha atenção se volta para ele. – Pare com esse comportamento.

– *Meu* comportamento? – Arregalo os olhos e rio, incrédula, antes que a agressão se instale. – E o comportamento de Jamie? E o seu?

Meu pai balança a cabeça sem parar e toma outro gole de cerveja, com os olhos cravados em um ponto aleatório da parede do restaurante. Não responde, porque é isso que faz quando não tem argumentos. Sabe que tenho razão, mesmo que não queira admitir.

Então, continuo a falar e, com o canto do olho, posso ver Tyler me observando com atenção.

– Ella está certa, pai. Finalmente vamos conversar. Por que você não gosta de mim? Pode falar. Pode me dizer. Me diga por que sou uma filha tão horrível para você – peço.

Quero ouvir meu pai responder. Quero ouvir meu pai *admitir*.

Ella troca um olhar cauteloso comigo, mas, ao mesmo tempo, parece quase aliviada, como se quisesse o tempo todo que eu falasse aquilo. Quando desvia os olhos, ela se inclina sobre a mesa e tira a cerveja da mão do meu pai.

– Responda. Nada vai ser resolvido se você não responder – recomenda ela.

– Quer que eu responda? – retruca meu pai, ríspido, pegando a cerveja de volta. O casal na mesa ao lado nos lança um olhar preocupado. – Tudo bem. Você não tem sido nada além de uma desgraça desde o momento em que chegou a Santa Monica. Gostaria de nunca ter convidado você para nos visitar. Você sumia e não ficava em casa a maior parte do tempo e, quando pensei que finalmente a situação estivesse ficando suportável, você chega de Nova York, e eu descubro que teve algum tipo de casino. Meu Deus, não consigo nem *pensar* em quanto fui idiota ao deixar você passar o verão aqui. – Ele olha para Tyler, e sua expressão muda. – Não entendo o que você vê nele. Só sei que vocês dois juntos é errado. Mas faz sentido, né? Nenhum dos dois é muito bom em fazer a coisa certa.

Não posso mais ficar na mesa.

Faço um barulho tremendo ao empurrar a cadeira para trás e me levantar. Ella cobre o rosto com as mãos e Jamie murmura:

– Bom, concordo com a última parte.

Chase pisca sem parar, os olhos arregalados, Tyler ainda está me encarando, e meu pai bebe o resto da cerveja. *Chega.*

Sei que o motivo de termos esta conversa no meio de um restaurante tão chique era para evitar que qualquer um de nós ficasse irritado e fizesse um escândalo, mas tenho que ir embora. Se não for, vou acabar gritando algo igualmente grosseiro para meu pai, e tem muita coisa que eu poderia dizer sobre ele agora. Se ficar e permanecer quieta, com certeza vou começar a chorar, porque nos últimos dias parece que só tenho dois estados de espírito: ou sinto uma raiva incontrolável ou uma tristeza sem fim. Então, decido ir embora enquanto ainda me resta um pouco de dignidade.

Ao me levantar, espremida ao lado de Jamie, escuto outra cadeira arranhando o chão e, quando dou uma olhada rápida por cima do ombro, vejo que Tyler também está em pé. Ainda me observa com um olhar intenso.

Por um momento, acho que ele vem atrás de mim, que está prestes a sair do restaurante comigo e a dizer ao meu pai que ele é um idiota, que vai ficar tudo bem e que sente muito por ter me deixado lidar com tudo isso sozinha por um ano. Eu preciso disso agora.

Passo pelas mesas e pelos garçons o mais rápido que posso e vou direto até a porta, de volta para o saguão do hotel. Mas paro quando chego, esperando que Tyler me alcance.

Mas ele não está vindo. Tyler se sentou de volta à mesa no canto do restaurante, embora seus olhos ainda estejam em mim. Parece que meu pai ou Ella o impediram, ou talvez tenha mudado de ideia. Ou, quem sabe, depois de tudo que falei para ele ontem, não ache que sou uma garota pela qual valha a pena lutar.

E a única coisa pior do que tudo isso é o fato de que eu queria que ele viesse atrás de mim.

9

Ella está com a chave do nosso quarto, então não posso ir para lá, o que é uma merda, porque tudo o que quero é me deitar naquela cama de casal enorme, me afundar no colchão macio e nunca mais acordar. Em vez disso, fico no saguão do hotel, andando de um lado para outro até conseguir estabilizar a respiração e depois, por uma meia hora, jogada em um dos sofás, olhando as pessoas ao redor, hóspedes bem-vestidos indo e vindo, prontos para aproveitar a sexta-feira à noite. Queria fazer o mesmo.

Quando são oito e quinze, me canso de observar e decido seguir um casal jovem até o bar do hotel. Não consegui comer nem a salada de entrada no restaurante, então ainda estou com fome e cheguei a um ponto em que não me importo com *o que* vou comer.

O lugar é elegante, brilhante e chique, e embora eu aparente ter uns dezesseis anos, ninguém me aborda para tentar me expulsar. Talvez seja porque não há ninguém controlando a entrada ou porque passei direto pelo balcão do bar à procura de algum lugar para me sentar sem chamar a atenção. É aí que vejo a área externa.

O sol já se pôs, mas o céu ainda está iluminado. A área externa não parece tão cheia. As mesas estão mais espalhadas, todas cobertas por ombrelones. Também há algo que eu nunca tinha visto: lareiras externas, todas acesas e iluminadas, cercadas por sofás e poltronas de vime. Uma das lareiras está livre, então vou direto até lá e me acomodo no sofá, me afundando nas almofadas. Fecho os olhos e sinto o calor do fogo no meu rosto.

Meu celular vibra no bolso de trás da calça jeans.

Eu me ajeito e o pego, imaginando que deve ser uma mensagem da Rachael, mas um nome bem diferente aparece na tela. Tyler.

Você tá bem?

Sinto o estômago revirar. Começo a digitar uma resposta, dizendo que estou bem, mas fecho a cara e acabo deletando.

Não muito, digito.

Onde você tá?, responde ele em um segundo.

Eu poderia mentir e dizer que estou na cama e que quero dormir cedo, assim ele me deixaria em paz. Mas a verdade é que queria ter companhia agora. Não quero mentir. Quero conversar com ele e quero contar tudo.

No bar do hotel, digito. *Pode vir? Tô na área externa.*

Chego aí já já.

Fico olhando a mensagem por um minuto antes de colocar o celular na mesa e me afundar de novo no sofá. Um garçom se aproxima, e peço a primeira coisa que vejo no cardápio: batata frita com parmesão. Nem penso nas calorias; apenas peço e espero. A espera, a solidão e o calor do fogo devem ter me derrubado, porque estou quase dormindo quando a comida chega, dez minutos depois. Então me animo um pouco. Apesar disso, ainda estou triste, sem energia para lidar com meu pai, Jamie ou Ella, então pego as batatas tão devagar e apaticamente que nem aproveito tanto o sabor.

– Todo mundo quer saber onde você está.

Olho para cima, com metade de uma batata na boca, e vejo Tyler. Está de pé a uma distância segura, uma distância que diz *Nós costumávamos ser muito mais do que isso*, com as mãos nos bolsos da frente da calça jeans. Metade de seu rosto está alaranjado por causa da lareira e a outra metade, escura e sombreada. Sua expressão é muito suave e o olhar, delicado.

Engulo em seco.

– Você contou para eles?

– Não. Você queria que eu contasse?

– Não.

Tyler se senta. Não ao meu lado, mas à minha frente, na poltrona de vime, e não se recosta nem se acomoda, apenas entrelaça as mãos entre os joelhos e observa a lareira por um tempo.

– Sinto muito pelo seu pai – diz ele baixinho, sem me encarar.

– É. Eu também. – Não há constrangimento. Não há tensão. Gosto disso, de estar em um silêncio quase confortável. Puxo as pernas para cima do sofá e as cruzo, pousando o olhar na barba por fazer e no maxilar de Tyler. – E não afetou você?

– O quê? – Ele inclina o rosto para mim, e nossos olhares se cruzam.

– O que meu pai disse.

Ele balança a cabeça.

– Na verdade, não. Quer dizer, foi horrível, mas estou ficando bom em ignorar merdas desse tipo. Por quê? Você esperava que eu reagisse?

Eu me inclino para pegar outra batata, coloco-a na boca e dou de ombros.

– Um pouco. Aposto que sua versão antiga teria batido nele.

Devagar, Tyler dá um sorriso discreto e levanta uma sobrancelha.

– Minha versão antiga?

– Aquela que bateu nele no verão passado.

– Então existe um novo eu?

Suas sobrancelhas se erguem ainda mais.

Faço que sim, porque não posso negar. Há algo diferente nele, e é como se, a cada verão, Tyler se tornasse uma versão mais avançada, aprimorada e polida do seu antigo eu. No último verão, achei que estivesse no auge, mas não. Sua postura já estava mais positiva, claro, mas Tyler ainda perdia a cabeça com uma facilidade inacreditável. No ano passado, perdeu a calma muitas vezes.

– Parece que sim – murmuro e estreito os olhos, observando-o com atenção.

Estou tentando encontrar alguma verdade em seus olhos, mas o brilho do fogo refletido neles torna a tarefa difícil.

– Ótimo – diz ele devagar, e seus lábios se contraem. – Se não existisse, então eu teria passado um ano inteiro sem você à toa. Teria estragado tudo por *nada*.

Ele para de me encarar e olha para a lareira, depois para as mãos entrelaçadas.

Sinto um nó na garganta.

Eu era tão apaixonada por você.

Não odeio Tyler. Posso ter falado isso para Rachael, mas é mentira. Posso ter dito a Ella que nunca mais queria vê-lo, mas percebi que é mentira também. Nunca seria capaz de odiá-lo. Só estou… com raiva. Com raiva do fato de que não me sinto mais como me sentia, com raiva de Tyler por fazer com que eu me sinta assim.

Queria voltar para o verão passado. Queria estar de volta a Nova York, no terraço do prédio de Tyler enquanto ele murmura palavras em espanhol para mim. Queria que Dean nunca tivesse sido magoado, e que meu pai, Ella e Jamie tivessem entendido. Queria que Tyler tivesse ficado.

Queria que tudo tivesse sido diferente, porque realmente não quero o que está acontecendo agora.

Eu quero estar apaixonada por você.

Meus olhos ainda fitam Tyler, meu rosto está quente, e faço a única coisa que me passa pela cabeça para continuar a conversa: ofereço uma batata frita e empurro o prato em sua direção. Mas ele recusa, balançando a cabeça de leve e levantando a mão, então puxo o prato de volta.

– Viagem de família idiota, né? – brinca ele, quebrando o silêncio.

Rio e me encosto no sofá.

– É, sim. Não seria tão ruim se meu pai e você não estivessem…

Eu me interrompo e deixo a frase morrer. Mordo o lábio e rezo para ele não entender o que eu quis dizer, mas Tyler entende, claro, porque está escutando tudo que digo com muita atenção.

– Aqui? – conclui.

Aperto os lábios e dou de ombros, finalmente desviando o olhar dele e observando um grupo de amigos esparramado nos sofás em volta da lareira perto de nós, bebendo drinques e rindo alto. Queria estar tão feliz quanto eles.

– É – admito. Dou de ombros de novo e olho para Tyler. É fácil fazer isso hoje. De alguma forma, não me machuca. – Mas retiro o que disse.

– Retira?

Suas sobrancelhas se erguem outra vez.

– É. Estou feliz por você estar aqui – digo em voz baixa, engolindo em seco. – Estou feliz por você estar aqui agora. – Sem pensar direito no que estou fazendo, me movo alguns centímetros e indico o lugar vazio ao meu lado no sofá. – Senta aqui comigo – sussurro.

Primeiro, Tyler analisa meu rosto, como se não tivesse certeza de que estou falando sério, porque me estuda muito antes de finalmente se levantar. Seus movimentos são lentos, como se sentisse medo de esbarrar em mim sem querer. Quando se senta ao meu lado, ainda há vários centímetros nos separando.

– Eden – diz Tyler, olhando para mim e fazendo uma pausa. – O que você quer?

– Como assim?

– O que você quer de mim? – pergunta baixinho, mas não de um jeito passivo-agressivo, e sim com preocupação genuína.

Pressiona os lábios enquanto espera a resposta, mas está de cabeça baixa, o rosto inclinado para o chão, me lançando um olhar suave.

Solto a respiração que estava prendendo e, então, sem hesitar, digo exatamente o que quero.

– De verdade? Quero que tudo seja do jeito que era antes. Não quero que ninguém saiba de nós dois. Quero que tudo seja segredo de novo. Era mais fácil.

– Você sabe que as coisas não podiam continuar daquele jeito.

Tyler franze a testa, mas seus olhos ainda brilham, refletindo o calor do fogo.

– Eu sei – murmuro, ainda olhando para ele. – Mas fico pensando que, se tivessem, você teria continuado comigo.

Ele balança a cabeça e desvia o olhar, passando a mão pelo cabelo e se recostando mais no sofá. Depois de um minuto, suspira e me encara.

– Não fui embora por causa disso, Eden.

– Então qual foi o motivo?

– Eu já te falei.

Só agora percebo que minha raiva não vem do fato de Tyler ter ido embora, mas de não saber o motivo de isso ter acontecido. Não entender completamente por que ele ficou fora por tanto tempo é o que realmente dói.

– Explica de novo – peço.

Tyler esfrega os olhos enquanto se ajeita no sofá, inclinando o corpo para me observar. Ao se mover, parece ter diminuído a distância entre nós.

– Vou contar a história toda – começa, com a voz baixa e rouca, o que chama minha atenção ainda mais, e me agarro a cada palavra que Tyler diz. – Eu precisava de espaço e tempo para entender as coisas. Nós dois sabemos que eu não tinha ideia do que estava fazendo nem para onde estava indo. Óbvio que eu já tinha cansado de Nova York, mas e *depois*? Era isso que eu não sabia. Não sabia para onde queria ir e precisava descobrir, mas, ao mesmo tempo, ainda não estava bem, e você entende, né? Entende agora?

Tyler vira o rosto para mim, as sobrancelhas juntas, e levanta a mão como se estivesse prestes a me tocar, mas não toca, e eu assinto. Então, ele continua:

– Eu não devia ter voltado a fumar maconha. Não devia ter batido no seu pai. Não devia ter tentado bater no meu. A única coisa que me tirou dessas situações foi você, porque eu não queria... Não sei. Não queria te decepcionar. Essa é a única razão.

Ele faz uma longa pausa, talvez porque tenha terminado de falar, e fico pensando que Tyler já tinha mesmo me dito isso. Contou tudo no verão passado, antes de ir embora, mas eu estava entorpecida demais para escutar, com o coração partido e sofrendo demais para entender. Mas ele não acabou de falar. Dá um longo suspiro e, então, prossegue:

– Sei que fiz besteira e tomei decisões erradas, sei que culpei meu pai pelas minhas ações, mas a verdade é que eu sempre tive escolha. Eu *escolhi* jogar minha vida fora quando poderia ter escolhido fazer algo positivo. Nova York e a turnê foram um começo... Sabe, falar sobre o que passei com meu pai definitivamente ajudou e tudo mais. Mas não foi suficiente, e por isso tive que ir embora, Eden. Não queria continuar cometendo erros. Queria ser uma pessoa melhor, não porque eu devia isso a você, mas porque devia isso a mim mesmo. – Ele fica em silêncio, com a cabeça baixa, depois murmura: – Eu devia isso a mim mesmo.

Sinto um peso tão grande no peito que parece que ele vai quebrar. Minha garganta está seca de culpa, embora não consiga identificar o motivo. Não deveria me sentir culpada, mas me sinto. Culpada por ter dado um tapa em Tyler ontem de manhã. Culpada por gritar com ele no letreiro de Hollywood ontem à noite. Culpada por nunca ter entendido, por tê-lo odiado em vez de tê-lo apoiado durante todo esse tempo. Neste momento, minha cabeça é inundada pelo pensamento de que talvez a egoísta tenha sido eu. A pessoa que reclamou, chorou e ficou de cara feia por um ano, só porque ele não estava comigo, só porque eu estava sozinha. Enquanto penso nisso, percebo que, se Tyler tivesse ficado, talvez não estivesse tão bem quanto parece estar agora. Meu pai teria feito da vida dele um inferno. Jamie também. Tyler teria que lidar com o pai andando pelas mesmas ruas, com as expressões enojadas do pessoal da escola, com as consequências. Teria sido muito tóxico ficar em Santa Monica.

– Tyler – sussurro, balançando a cabeça devagar.

Por onde começo? Como começo a pedir desculpas?

– Deixa eu falar uma coisa – interrompe ele, e em seguida levanta a cabeça, os olhos sinceros cravados nos meus. Depois de todos esses anos, me tornei especialista em ler seu rosto. – *Desculpa*. Desculpa por ter ido embora. Estava pensando em mim e devia ter pensado mais em você. Você está certa: deixei você sozinha para lidar com toda a confusão e sei que estraguei tudo. Não devia ter cortado você da minha vida. Podia ter contado que estava em Portland. Ter voltado antes. Não teria arruinado tudo. E sabe qual é a pior parte? Não sei se consigo consertar, e acho que você nem quer que eu tente.

Abro a boca para responder, mas as palavras não saem. Não sei o que dizer nem como me sentir. Mas meu coração bate com uma sensação dolorosa de saudade. Embora tenha me convencido de que odeio Tyler, a verdade é que apenas senti sua falta. Senti saudade de ouvir sua voz, de vê-lo sorrir e de sentir seu toque. Senti saudade dele e não há como negar, mas as coisas estão complicadas. Ele mora em Portland. Eu moro em Chicago. Meu pai e Ella não nos aceitam. Jamie nos despreza. Nossos amigos estão desconfortáveis.

Talvez tenhamos nos separado não porque não nos amamos, mas porque somos um casal impossível.

Tyler ainda olha para mim, e eu ainda olho para ele, e tudo que quero é tocá-lo. Mas sei que não posso, então coloco as mãos entre as pernas cruzadas para me forçar a ficar parada.

– A gente nunca ia dar certo – digo, e ele franze a testa de imediato. – Já faz três anos, e tudo que fizemos foi passar a maior parte do tempo separados. É assim que seria? Passamos o verão juntos e depois ficamos separados o resto do ano? Só isso?

– Não – responde Tyler e, desta vez, quando levanta a mão, toca em mim. Aperta meu joelho, e eu não o afasto. – Por favor, venha para Portland comigo. Podemos ir agora, só eu e você. Vamos esquecer tudo e todos enquanto pensamos no que fazer. Não vou voltar sem você, porque não me importa o que diga… preciso consertar isso. – Ele tira a mão do meu joelho e se levanta, alto e forte, pairando sobre mim. Coloca a mão no bolso da calça jeans e tira as chaves do carro. De repente, o desespero está estampado em seu rosto, como no dia anterior. – Por favor.

Tyler nunca vai desistir, mas, sinceramente, não sei se consigo voltar para Portland. Desde que minha mãe e eu nos mudamos para Santa Monica, só fui lá duas vezes, e foi apenas para fazer as malas e visitar alguns parentes. Em ambas, estar na cidade só me trouxe lembranças ruins. Eu odiava a vida que levava. Não que o que tenho agora, em Santa Monica, seja melhor. Na verdade, é pior.

Além disso, por que eu iria para Portland com Tyler? Por que eu me envolveria com ele de novo? Por que eu voltaria com ele depois de passar tanto tempo tentando superá-lo? Talvez eu não queira começar de novo nem consertar o que há entre nós. Talvez tenha aceitado o fato de que é hora de desistir.

– A gente não pode simplesmente ir embora, Tyler – murmuro, inclinando a cabeça para encará-lo. O fogo brilhando às suas costas deixa seu rosto sombreado. Meus pensamentos estão confusos. – Ir embora quando está tudo um caos não vai resolver nada, e você deveria saber disso. Então, por que não fica desta vez? Aí, *depois*, talvez eu pense em ir para Portland.

Estendo a mão, oferecendo um acordo, e Tyler pensa por alguns segundos. Por fim, ele a aperta, o que significa que há alguma possibilidade de eu ir com ele.

– É melhor a gente voltar – diz.

Seus olhos vasculham atentamente o lugar, que está ficando mais cheio e barulhento à medida que a noite avança, e ele coloca as chaves do carro de volta no bolso.

Descruzo e estendo as pernas, depois me levanto devagar.

– Eles sabem que você veio me procurar?

Tyler entende de quem estou falando.

– Você acha mesmo que seu pai teria me deixado vir se soubesse? – pergunta, mas está sorrindo um pouco enquanto uma risada baixinha escapa de seus lábios. – Só o Chase sabe. Todo mundo está nos quartos. Pelo jeito, foram deitar cedo, mas minha mãe disse que não vai dormir enquanto você não aparecer.

– Meu pai disse alguma coisa depois que eu fui embora?

Ele coça a nuca e não responde, o que deixa bem claro que meu pai disse, *sim*, alguma coisa e, pelo silêncio de Tyler, não foi nada legal.

– Vamos – murmura, dando um passo para trás para que eu saia primeiro que ele.

Entramos no bar e ziguezagueamos entre as pessoas, o barulho e as risadas nos seguindo até chegarmos ao saguão. São nove e pouco da noite, ou seja, nem está tarde, mas me sinto muito cansada. As seis horas de viagem sugaram toda a minha energia, então me pego bocejando enquanto vamos para o elevador. Não estamos conversando, mas também não nos ignoramos, há um silêncio confortável enquanto tentamos não ser flagrados olhando um para o outro por muito tempo.

Quando chegamos ao sétimo andar, seguimos em direção aos quartos. Passo os dedos pela parede, diminuindo a velocidade dos passos, e Tyler faz o mesmo para me acompanhar. Não estamos com pressa nenhuma para voltar, mas inevitavelmente acabamos chegando em frente às portas. Meu pai e Jamie estão no quarto do meio, eu e Ella no da esquerda, e Tyler e Chase, no da direita, então há vários metros nos separando quando paramos.

Tyler está imóvel, segurando o cartão magnético com uma mão e a maçaneta com a outra.

– Então... – diz baixinho, como se nossa família fosse nos ouvir através das paredes se falarmos mais alto.

Seu olhar é ardente.

Eu era tão apaixonada por você.

– Então... – repito.

Coloco a mão na maçaneta da porta do quarto, pronta para bater e pedir que Ella me deixe entrar. Parte de mim não quer que ela deixe. Parte de mim quer ficar aqui fora.

Eu quero ficar muito apaixonada por você.

– Acho que é hora de dar boa-noite, então – sussurra ele, depois sorri, e é um sorriso tão largo que franze seus olhos, fazendo com que meu coração doa ainda mais. – *Buenas noches.*

É impossível não sorrir de volta.

– *Bonne nuit.*

– Pensei que fosse *bonsoir* – diz ele, erguendo uma sobrancelha.

Fico surpresa que Tyler se lembre do que eu falava durante todos os anos que passamos murmurando despedidas antes de irmos para os quartos. Meu francês nunca foi muito bom, o que é uma vergonha, porque o espanhol dele sempre foi impecável.

– É, bem, era para ser *bonne nuit* mesmo – digo, meio tímida. – Eu te disse que não era fluente.

Tyler assente e passa o cartão magnético na maçaneta.

– Então, *bonne nuit.*

– *Buenas noches* – respondo.

De alguma forma misteriosa, seu sorriso se abre ainda mais, e a fechadura emite um clique audível ao destrancar. Ele se vira o mais devagar possível, abre a porta e entra no quarto. A porta se fecha e ele some. Fico sozinha no corredor.

Eu sou tão apaixonada por você.

10

Pela primeira vez em algum tempo, é fácil acordar e sair da cama. Sem colega de quarto dizendo que perdi a primeira aula, sem minha mãe falando que preciso acordar e aproveitar a vida e sem minha consciência me forçando a levantar e sair para correr. Pela primeira vez em algum tempo, estou ansiosa para viver o dia.

Mesmo com minha madrasta por perto, passando hidratante no rosto na frente do espelho enquanto me observa, preocupada. Mesmo com meu pai no quarto ao lado, provavelmente acordando e percebendo que vai ter que lidar com a família por mais um longo dia.

Nada disso pode estragar meu humor.

– Estou começando a achar que você está certa – diz Ella. Ficamos em silêncio por um tempo, passando para lá e para cá enquanto nos arrumamos. Quando estou amarrando o cadarço, olho para cima. Ela me observa pelo reflexo do espelho. – Talvez tudo isso esteja *mesmo* piorando a situação.

Eu me endireito na beirada da cama e a encaro com seriedade, do jeito que me acostumei a fazer no último ano, como quando ela insistia que eu passasse algum tempo com meu pai ou quando mencionava o nome de Tyler.

– Por favor, não comece a pedir desculpas de novo pelo que aconteceu ontem à noite.

Ela solta um suspiro alto e se vira para mim, com as mãos no encosto.

– Mas eu sinto muito. Foi uma ideia ruim. Seu pai passou dos limites e, acredite, eu disse isso para ele.

– E aposto que ele não se importou – retruco, completamente indiferente.

Já passei do ponto de me preocupar com meu pai. Não estou nem aí se não consegue suportar nem minha mãe nem a mim, ou se nós duas o deixamos furioso, ou se, na opinião dele, minha mãe não foi a melhor esposa e eu não sou a melhor filha. Nem uma única célula do meu corpo se importa. Hoje em dia, seu ódio por nós é quase uma piada para mim.

Eu me levanto, ignoro a expressão tensa de Ella quando me aproximo e pego meu celular na penteadeira, junto com o cartão magnético e um mapa que ganhei da recepção, depois mudo de assunto enquanto ainda posso.

– Para onde estamos indo?

– Ainda não sei, mas vamos encontrar algum lugar. – Minha madrasta se levanta, e dou alguns passos para abrir espaço enquanto ela pega o frasco de perfume na penteadeira e borrifa um pouco da fragrância Chanel nos pulsos antes de guardar. – Vamos torcer para seu pai estar acordado.

É impossível ele não estar. Hoje de manhã, quando saiu da cama, a primeira coisa que Ella fez foi bater com força na parede, várias vezes. Também são mais de nove horas, e aposto que os meninos estão famintos.

Minha madrasta e eu saímos do quarto, deixando o mapa e seguindo pelo corredor, prontas para reunir a família. Ella bate à porta do quarto do meu pai e de Jamie. Eu bato à porta do quarto de Tyler e de Chase, que se abre de imediato. Chase segura a porta aberta com o pé e coloca as mãos nos bolsos do casaco, revirando os olhos e acenando com a cabeça para o interior do aposento.

– Alguém dormiu até mais tarde.

Olho para o outro lado do quarto, onde está Tyler, vestindo uma camiseta enquanto tenta, ao mesmo tempo, calçar a bota. Seus olhos piscam e encontram os meus apenas por um instante. Enquanto está curvado, gotas de água caem das pontas de seu cabelo no carpete e, ao se endireitar, ele pega uma toalha do chão e passa nos fios para secá-los às pressas. Não percebo que estou encarando até que o ouço dizer:

– Ok, ok, já estou indo. Faz só dez minutos que acordei.

Volto a atenção para Chase, e Tyler começa a vasculhar os bolsos de outra calça, pegando o celular, a carteira e as chaves.

– Você não acordou o Tyler?

– Não – responde Chase, com o capuz do moletom na cabeça. – Eu estava vendo televisão.

Ella deve ter ouvido, porque para de bater à porta do outro quarto e se aproxima, espiando e balançando a cabeça para Tyler, que só dá de ombros.

– Vocês sabiam que despertadores existem? – ironiza ela.

– Despertadores não existem quando se está de férias – retruca Chase.

– Não estamos de férias.

Ella dá um passo à frente e tira o capuz da cabeça do filho, mexendo no cabelo dele e tentando arrumá-lo, mas Chase apenas se esquiva e sai de perto. Coloca o capuz de novo assim que sai do quarto para se juntar a nós no corredor.

Ouço o barulho da porta do quarto do meu pai e de Jamie. Meu pai é o primeiro a sair para nos encontrar, resmungando e dizendo para Jamie se apressar. Ella se vira para cumprimentá-lo, mas me desligo dos "bom dia" murmurados e me concentro em passar por Chase, dando um passo cauteloso para dentro do quarto dele e de Tyler. Eu me encosto na porta, segurando-a aberta.

– Cansado? – provoco, olhando para Tyler.

Ele passa a mão pelo cabelo úmido e revira os olhos, andando pelo quarto, desligando a televisão e pegando a jaqueta que está no encosto da poltrona no canto. Ele definitivamente não vai precisar da peça, porque, de acordo com Ella, a temperatura vai continuar acima de 30°C durante todo o fim de semana.

– Não dormi muito – responde Tyler, mas se detém. Ele se aproxima rapidamente e me empurra de volta para o corredor enquanto fecha a porta do quarto e sai.

Meu pai ergue os olhos e para de conversar com Ella.

– Bom dia, Chase – cumprimenta ele com um aceno breve.

Sem "Bom dia, Tyler". Sem "Bom dia, Eden".

Chase abre um meio sorriso.

– Aqui tem IHOP, pai?

Pelo canto do olho, percebo Tyler ficando rígido e cerrando a mandíbula. No começo, não entendo por que o clima mudou de repente, já que o comportamento babaca do meu pai não é nada fora do normal, mas então o motivo me vem à mente. Também fiquei surpresa na primeira vez que ouvi Chase falar aquela palavra.

– Óbvio que tem – responde meu pai. – Mas não está nos planos hoje, amigão.

Jamie finalmente sai do quarto, com sua carranca permanente estampada no rosto. Faz questão de bater a porta com muita força e dá de ombros quando Ella lhe lança um olhar de advertência do tipo *Não me irrite*. Nos últimos tempos, ela começou a olhar para o meu pai desse jeito também.

– Então, todo mundo com fome? – pergunta, agora que estamos todos reunidos.

Jamie resmunga, tira os fones de ouvido do bolso de trás da calça e os conecta no celular, indo para o elevador sem nos esperar, mas todo mundo está acostumado com suas pirraças, da mesma forma que me acostumei com os comentários rudes do meu pai, então nem ligo.

– Muito bem – murmura Ella. – Vamos indo.

Rapidamente, seguimos Jamie pelo longo corredor até o elevador. Ficamos em silêncio o tempo todo, porque ninguém da família quer conversar a menos que seja absolutamente necessário. A situação já passou do ponto de ser estranha e, agora, está prestes a se tornar normal. Seria engraçado se não fosse trágico o fato de que é mais incomum termos conversas do que ficarmos em silêncio.

Nenhum de nós conhece a região, então paramos no saguão para Ella e meu pai pedirem ao recepcionista recomendações de onde uma família disfuncional pode tomar café da manhã. Ele recomenda o Ambrosia, uma cafeteria a poucos quarteirões ao norte, então saímos para procurá-la.

Apesar de ainda nem serem nove e meia da manhã, o clima já está quente e, alguns segundos após deixarmos o hotel, Chase tira o casaco e o amarra na cintura. Jamie tira os fones e diz que o irmão está ridículo, o que lhe rende um chute na canela.

– Boa – digo para Chase, e trocamos um *high-five*.

Meu pai e Ella estão ocupados demais guiando o caminho para notar a briga.

– Cala a boca – sibila Jamie, me lançando um olhar penetrante por cima do ombro. Ele volta a pôr os fones nos ouvidos e anda mais rápido.

– *Cala a boca* – repito, imitando uma voz aguda, que é exatamente o oposto da dele.

Chase sorri.

– Eden – chama Tyler. Paro de sorrir e me viro para olhá-lo. Seus lábios formam uma linha fina e os olhos estão escondidos atrás dos óculos escuros. Ele balança a cabeça em desaprovação, de um jeito meio condescendente.

– Não piore o que já está ruim.

– Tudo bem – respondo.

Nossos passos estão mais lentos, como se não tivéssemos nenhum lugar para ir, e andamos lado a lado e em silêncio por vários minutos antes de meus olhos serem atraídos para os dele. Seu olhar é intenso.

– Quando ele começou a chamar seu pai de "pai"? – pergunta em uma voz baixa, indicando Chase com a cabeça.

– Não faço ideia – admito, dando de ombros. Mantenho a voz baixa, pois não quero que Chase nos ouça. Ele ficaria envergonhado. – Mas a primeira vez que ouvi foi no Dia de Ação de Graças.

– O Jamie também?

– Não, só o Chase. – Paro de falar por um segundo, sorrindo. – E eu, infelizmente. Mas não tive escolha.

Tyler não ri. Está com a testa franzida, observando o irmão mais novo, como se não conseguisse imaginar a ideia de David Munro, o idiota do meu pai, ser uma figura paterna para Chase. Ele não é muito exemplar.

– Falei com a sua mãe sobre isso, tipo, muito tempo atrás – sussurro. Dou um passo para perto de Tyler e, na minha mente, me convenço de que é apenas para que ele me ouça melhor. – Ela me disse que Chase não se lembra muito do seu pai, sabe, porque era muito pequeno quando ele foi embora… – Engulo em seco, olhando para Tyler para garantir que não o estou deixando desconfortável, mas ele só me observa, muito interessado, enquanto escuta, então continuo: – Ela disse que faz sentido para Chase se apegar ao meu pai. Não sei. Acho que faz sentido.

– Pode ser.

À nossa frente, meu pai pigarreia alto. Parou de andar, se virou e está me encarando com um dos seus olhares infames.

– Eden. Uma palavrinha – chama ele.

Ella para também, tentando atrair a atenção do meu pai, como se estivesse se perguntando o que está acontecendo. Também não sei, mas é melhor não fazer uma cena, então vou até ele.

– O que foi?

Meu pai não responde. Apenas acena com a cabeça para Ella, se comunicando com a esposa através de olhares e sorrisinhos tensos que significam: *Vai na frente.* Então ela não espera, e todo mundo, até Tyler, entende a deixa, voltando a andar para a cafeteria. Ao passarem por nós, a atenção do meu pai se concentra principalmente em Tyler, que fica um pouco para trás na calçada, como se meu pai fosse atacá-lo se ele ousasse olhar para mim, mesmo de relance.

Só quando os quatro estão vários metros à frente é que penso que talvez esta seja a forma de meu pai tentar se desculpar pela noite anterior, ou talvez por tudo. O momento em que vou ouvi-lo dizer "Ei, Eden, tenho sido um pai horrível, mas sinto muito" pode ter finalmente chegado.

Observo meu pai. Ele não fez a barba, porque nunca faz aos finais de semana. Seu cabelo está quase todo grisalho, com apenas algumas mechas escuras visíveis. Não consigo lembrar quantos anos ele tem.

– O que foi? – repito.

– Nada – responde ele. *Nada.* – Vamos.

Suspiro tão alto que uma mulher passando olha para mim, preocupada. Fico decepcionada. Não estou desesperada por um pedido de desculpas, mas seria bom ouvir um, para saber que meu pai sabe que errou. Mas isso nunca vai acontecer. Ele é teimoso demais para admitir que não é exatamente o pai do ano.

– Você está de brincadeira? – gaguejo, de queixo caído. – *Nada?*

Meu pai para de andar e se vira, estreitando os olhos castanhos na minha direção.

– O que você estava fazendo?

– Do que está falando?

Meus ombros pesam, e tiro um minuto para respirar fundo. Eu o encaro, confusa.

– Por que você estava conversando com ele? – pergunta meu pai.

– Tyler? – Seu silêncio é de concordância. – Você está mesmo de brincadeira, né, pai?

Ele cruza os braços e espera, batendo o pé na calçada.

– E aí?

Agora ele está apenas sendo ridículo. A situação é completamente desnecessária. Eu poderia rir de tamanha palhaçada, mas fico calma e ajo com absoluta indiferença.

– Estava conversando com Tyler porque ele é meu irmão postiço – respondo, sem alterar a voz. – Sabe, *família.* E sei que pode parecer um costume bizarro para você, mas as pessoas conversam com as pessoas da família.

Passo direto por ele, lutando contra a vontade de empurrá-lo com o ombro, e mantenho uma distância segura entre nós enquanto me apresso para alcançar Ella e os garotos. Desafiando meu pai, sigo ao lado de Tyler. Mesmo assim me mantenho quieta, e Tyler não faz perguntas. Meu pai nos alcança rapidamente, e então o silêncio familiar recai novamente, até que Ella diz:

– Acho que o recepcionista disse que era para esse lado.

Viramos na K Street, que está deslumbrante iluminada pelo sol da manhã e é ladeada por árvores. Os trilhos do VLT cortam a rua, e as calçadas não estão inundadas de turistas como em Los Angeles, talvez porque seja sábado de manhã, ou talvez por Sacramento simplesmente ser tão entediante.

A cafeteria Ambrosia fica a apenas um minuto, na esquina do quarteirão, com janelas enormes que dão para uma área externa e uma catedral do outro lado da rua. Ella aprova, então entramos.

O lugar já está cheio, com uma fila que se estende quase até a porta. Depois de memorizar nossos pedidos, meu pai e Ella nos pedem para ocupar duas mesas vazias perto das janelas. Chase insistiu em pedir três croissants de chocolate.

Nós quatro nos sentamos. Jamie continua com os fones de ouvido. A música está tão alta que consigo identificar a banda que ele está ouvindo. Tyler juntou as duas mesas, arranjando lugares para nós seis. Tamborilo os dedos na coxa.

– Vocês acham que eles vão comprar os três que eu pedi? – pergunta Chase depois de um minuto.

Está olhando ansioso para o balcão, onde meu pai e Ella conversam baixinho, bem perto um do outro, enquanto esperam na fila. Aposto que estão discutindo, mas como têm a decência de evitar um escândalo, tentam manter as vozes discretas.

– Duvido – responde Tyler.

De repente, Jamie se levanta, arrastando a cadeira. Sai da mesa, tira os fones de ouvido e se vira para a porta.

– O que você está fazendo? – pergunta Tyler, em um tom mais alto. Soa autoritário, o que é estranho, porque geralmente é ele quem desafia a autoridade.

– Jen está ligando – murmura Jamie, olhando feio para Tyler.

Ele coloca o celular na orelha e sai da cafeteria. Eu o observo pelas janelas. Ultimamente, parece que Jamie nunca fala sem soar agressivo. Parece que nunca sorri sem ser com o mais puro sarcasmo. Parece que nunca está feliz.

Desvio o olhar de volta para Tyler, que observa Jamie do lado de fora e depois meu pai e Ella no balcão, com uma cara perplexa. Os dois ainda devem estar discutindo. Ele olha para mim, pedindo uma explicação.

– Que merda aconteceu com todo mundo?

– A gente aconteceu – respondo.

Minha voz não se altera, sem emoção.

Tive um ano inteiro para aceitar essa situação, para entender que o motivo de nossa família estar quase destruída somos nós. Tyler teve apenas alguns dias, e pelo jeito está preso na fase de negação. Desesperado, está tentando se convencer de que nada disso é *realmente* por nossa causa, quando a verdade nua e crua é que é *totalmente* por nossa causa.

– Vou conversar com o seu pai – afirma.

É a última coisa que quero que ele diga.

– O quê?

– Para explicar as coisas – responde. Tyler percebe que Chase está escutando, então muda de assunto e sorri para o irmão. – Então, oitavo ano. Está preparado?

A expressão de Chase murcha.

– Estou indo para o *nono* ano.

– Sério, já?

Tyler fica imóvel. Depois de passar dois anos fora, um em Nova York e outro em Portland, fica óbvio que perdeu a noção do tempo.

Chase não gostou nem um pouco da confusão. Dramático, cruza os braços e se vira para o lado oposto a Tyler, aparentemente magoado demais para olhar para o irmão.

– Fala sério, Tyler – digo, provocando enquanto inclino a cabeça e olho para ele de maneira condescendente. – Você deveria se atualizar. A propósito, tenho dezenove anos. – Devagar, meus lábios se curvam em um sorriso. – Caso você esqueça.

– Beleza, beleza – diz ele, balançando a cabeça, mas está tentando não rir.

Ele se endireita na cadeira, estende a mão sobre a mesa, retira a pétala de uma flor do arranjo e joga em minha direção.

Quando afunda de volta na cadeira, me observa do jeito que costumava fazer: os olhos tão ardentes e intensos que poderiam me deixar a seus pés, e um sorriso tão natural e cativante que é difícil acreditar que o tenha fingido alguma vez.

Escondo a pétala na palma da mão antes que alguém note. Murmuro *Shhh* para Chase, mas não é a flor que é um segredo.

11

Para minha surpresa, ninguém tenta se matar durante o café da manhã.

Meu pai e Ella param de discutir e agem normalmente, como se estivessem mais felizes do que nunca, como se a vida deles fosse perfeita. Chase preenche a conversa maçante com comentários espirituosos enquanto devora seus três croissants. Jamie não está com os fones de ouvido. Pela primeira vez, sou a primeira a terminar de comer, porque estou faminta depois de ter perdido o jantar, mas também porque não estou me sentindo tão constrangida hoje. Estou bem.

Então, enquanto todo mundo está terminando de comer, pego o celular. Meu pai me lança um olhar de desaprovação antes mesmo de eu ter digitado a senha. Ele odeia quando usamos o celular à mesa, mas eu odeio *meu pai*, então abro um sorriso tenso e continuo.

Envio um resumo das últimas 24 horas para minha mãe e para Rachael. Mando até uma mensagem para minha colega de quarto da faculdade, perguntando como está o verão dela. Provavelmente muito melhor do que o meu. Depois, percebo que não tenho mais ninguém para quem mandar mensagem. Minha lista de contatos está cheia de nomes, mas não me sinto próxima de nenhuma dessas pessoas. Rolo a tela para cima e para baixo, uma, duas, três vezes. Acabo mandando uma mensagem para Emily, porque tenho certeza de que é a única da lista que não me odeia. No último verão, passei um mês inteiro em Nova York com ela, e às vezes nos falamos para saber como estão as coisas.

E aí, sumida? Espero que a inglaterra não esteja tão ruim

Nenhuma resposta. Bloqueio a tela do celular e desbloqueio de novo. Sem mensagens. Abro o Twitter e, depois de um minuto, começo a me perguntar por que sigo tanta gente com quem nunca troquei uma palavra na vida. No entanto, aos poucos me deparo com atualizações recentes de pessoas que conheço bem e, apesar de tudo de ruim que aconteceu nos últimos anos, sinto uma sensação estranha de saudade.

@dean_carter1: últimos meses na oficina e depois vou pra Berkeley. Irado!!!

No mesmo tuíte, há uma foto de Dean vestindo um macacão coberto de graxa ao lado do pai, ambos encostados em um Porsche velho. Curto a publicação.

@x_tifff: pensando em mudar meu cabelo... o que vocês acham?

Não vejo Tiffani há séculos. Dou uma curtida.

@x_rachael94: por que desperate housewives é tão viciante?

Ela ainda está vendo isso? Curto o tuíte.

@meghan_94_x: encontros de sexta à noite com o jared são os melhores

Sinto inveja de como é fácil para eles. Curto também.

@jakemaxwell94: ESTOU MUITO BÊBADO!!!!!1!

Foi postado às 3h21 da manhã. Dou uma curtida.

Procuro o perfil de Tyler e o abro. Tenho feito isso com muita frequência, mas ainda não houve nenhuma atualização. O último tuíte é de junho do ano passado.

Tiro os olhos da tela. Tyler está sentado à minha frente, terminando de comer sua granola e ouvindo a mãe sugerir uma visita ao Capitólio. Ele para quando percebe que estou olhando e levanta uma sobrancelha, curioso.

Sem atualizações. Nem um único post. Silêncio completo.

Fico me perguntando como foi o último ano. O que aconteceu. Como foram seus dias. Com quem ele falou. Penso se em algum momento se sentiu sozinho.

De leve, balanço a cabeça, como que para dizer *Nada*, depois volto a olhar o celular. Odeio como as coisas estão.

Tyler pigarreia e, quando não olho de volta, sinto ele cutucar meu pé sob a mesa. Nossos olhares se encontram. Ele empurrou o prato para longe e está com os cotovelos em cima da mesa, as mãos entrelaçadas. Devagar, abre um sorriso, mas é tão gradual que eu mal noto no começo. Então se vira para meu pai.

– Dave – diz Tyler.

De imediato, os olhos do meu pai voam para ele. A conversa sobre trocar de carro é interrompida, e todos ficam em silêncio, surpresos não somente pelo fato de Tyler ter falado de repente como também por ter dirigido a palavra ao meu pai, especificamente. Óbvio que meu pai não responde, então tudo que Tyler recebe é um olhar intenso de desprezo.

Tyler não se abala. Engole em seco, e guardo o celular para me concentrar, porque estou curiosa para saber como exatamente ele planeja "explicar as coisas". As primeiras palavras que saem de sua boca são:

– Podemos conversar um pouco lá fora?

Ele acena com a cabeça para a porta e se levanta.

– Podemos conversar aqui mesmo.

Meu pai não se mexe, apenas fica sentado, e suas sobrancelhas se franzem de uma maneira horrível. Há um sinal de alerta estampado em seu rosto, porque, conhecendo-o, deve estar supondo que as intenções de Tyler são as piores.

– Ok – diz Tyler.

Ele pega a cadeira e dá a volta na mesa, colocando-a entre Ella e meu pai, enquanto todos acompanham cada movimento. É muito raro que meu pai e Tyler conversem, e ainda mais raro que algum deles *queira* conversar.

Tyler se senta e mantém os olhos fixos no meu pai, de um jeito amigável, porém firme.

– Então – começa, pausando por um segundo como se estivesse formando as frases que quer dizer em sua cabeça. Todo mundo o observa com atenção, principalmente Ella. – Bem, eu só queria pedir desculpas.

– Desculpas? – repete meu pai.

A palavra soa estranha em sua boca, porque ele nunca, nunca mesmo, pede desculpas por nada. Devagar, seus olhos vão para Ella, como se a esposa fosse a responsável por aquilo, mas minha madrasta arregala os olhos e dá de ombros, embora seu rosto tenha se iluminado de alívio. Meu pai olha para Tyler de novo.

– É, desculpas – responde Tyler, segurando o encosto da cadeira e se inclinando um pouco para trás com um suspiro.

Enquanto escuto, seguro a respiração, porque desculpas são a última coisa que esperava que Tyler pedisse ao meu pai. Deveria ser o contrário.

– Sei que não fui um cara fácil de lidar, sei que enchi sua paciência com as discussões constantes, as fugas e as bebedeiras. Fui um babaca, então, entendo por que você não era muito meu fã. Mas precisa me dar algum crédito. Eu me formei. Me mudei para o outro lado do país. Viajei. Ajeitei minha vida. Sou muito diferente do garoto que você conheceu cinco anos atrás.

Tyler hesita, parecendo nervoso, os olhos procurando os meus por uma fração de segundo.

115

– E sobre Eden… – murmura, e meu pai quase se engasga. – Eu entendo. Entendo mesmo, mas não tem nada que eu possa fazer agora para mudar o que aconteceu. As coisas são como são, e você pode nos chamar de malucos, e talvez seja verdade, mas, Dave, você tem que deixar isso pra lá, sério. Acabou, e você vai enlouquecer se continuar puto desse jeito.

Ouço Ella arfar quando Tyler solta o palavrão.

– Então, o que acha de recomeçarmos? – continua ele, inclinando-se sobre o encosto da cadeira e estendendo a mão para meu pai. – O que me diz?

Ella parece eufórica. *Finalmente*, deve estar pensando. *Finalmente estamos no caminho certo.* Eu discordo, porque sei que Tyler não está contando toda a verdade ao meu pai. Ontem mesmo me chamou para ir a Portland, tentando consertar as coisas entre nós, pedindo para lhe dar uma segunda chance, arriscando nos envolver nessa bagunça de novo. E, por mais que eu tenha ansiado por um desfecho no ano passado, de repente gosto da ideia de portas abertas e da esperança da possibilidade.

Acabou, Tyler fala para meu pai.

A gente terminou, eu falei para Tyler.

Mas talvez não tenha acabado.

Talvez *a gente* não tenha terminado.

Meu coração afunda um pouco quando penso nisso, o que me faz voltar à realidade. Pisco algumas vezes, um pouco tonta, e tento me concentrar no meu pai.

Ele encara a mão estendida de Tyler, como se nunca tivesse visto um ser humano antes. Sua carranca é desdenhosa, e ele troca olhares com Ella, que está assentindo, desesperada, tentando encorajá-lo. Minha madrasta queria que o fim de semana fosse exatamente assim: pedidos de desculpas, perdão e relacionamentos reatados.

Mas meu pai não está interessado, porque, em vez de se levantar e apertar a mão de Tyler, se encosta na cadeira e cruza os braços com força, afastando um pouco o corpo.

– Se todo mundo acabou de comer, acho que é melhor a gente ir andando.

Seu babaca, penso. As palavras estão na ponta da língua, e me vejo prestes a gritá-las no meio da cafeteria. Tenho que agarrar o assento da cadeira com a mão e cobrir a boca com a outra para me conter.

– *David* – repreende Ella.

É inegável que está completamente atordoada e furiosa. A esperança de consertar as coisas desapareceu, porque meu pai não é só teimoso demais para pedir desculpas, mas também para aceitá-las. Nada vai mudar se ele não mudar primeiro.

– Vou lá para fora – fala meu pai com a voz rouca.

Ele empurra a cadeira, sem olhar para Tyler, e se dirige à porta. Nós o observamos pelas janelas enormes enquanto ele se senta em uma cadeira na área externa, recostando-se, de frente para a catedral.

Do lado de dentro, ficamos em silêncio. Devagar, Tyler abaixa a mão e se vira, dando de ombros. Ele com certeza é a pessoa superior, e meu pai é, sem dúvida, o babaca. Até Jamie fica quieto, embora eu não saiba de que lado está. Geralmente, a favor do meu pai, mas tenho a sensação de que hoje não é o caso.

– Inacreditável – murmura Ella, balançando a cabeça, incrédula.

Encara meu pai com uma cara feia e, quando volta a olhar para nós, fica claro que está mais furiosa do que triste.

– Fiquem aqui – ordena. Sua voz soa séria, e nenhum de nós diz uma palavra quando ela se levanta. Minha madrasta hesita por um momento antes de sair, então segura o rosto de Tyler com as mãos e dá um beijo em seu cabelo. – Estou orgulhosa de você – sussurra, apertando o ombro do filho e depois seguindo até a porta.

Nós quatro continuamos em silêncio, observando-a através das janelas. Ela para em frente ao meu pai, com as mãos nos quadris, encarando-o e, com certeza, pergunta o que diabos ele está fazendo. Meu pai se levanta, e os gestos agressivos, o balançar de cabeça frustrado e o revirar de olhos furioso começam. Não demora muito para Ella nos flagrar assistindo à cena com atenção. Minha madrasta segura o cotovelo do meu pai e o empurra para a esquina, fora do nosso campo de visão. É como se acreditassem que, se não acontecer na nossa frente, a discussão não existiu de fato. Mas todos sabemos que existiu, toda vez.

É aí que Chase se vira para Tyler e pergunta:

– Por que ele não apertou a sua mão?

Acho que nem Tyler sabe a resposta, já que me olha como se eu pudesse oferecer uma explicação para o comportamento do meu pai, o que não é verdade. Dou de ombros e me afundo ainda mais na cadeira. Isto é tudo o que Tyler consegue esboçar:

– É complicado.

– Na verdade, não é – diz Jamie, inexpressivo. Ele se inclina para a frente e cruza os braços sobre a mesa, com os olhos fixos em Tyler. – Dave não gosta de você. Nunca gostou nem vai gostar. É simples assim.

Ele não quer ser cruel. Está falando apenas a verdade, e todos sabemos.

Só que talvez Chase não saiba, porque levanta as sobrancelhas e pergunta:

– Mas por quê?

– É complicado – repete Tyler.

Desta vez, Jamie não tenta explicar. Chase sempre ficou alheio à verdade sobre o passado de Tyler. Não sabe a verdade sobre o pai deles. Não sabe que Tyler usava drogas. Não sabe o verdadeiro motivo pelo qual Tyler se mudou para Nova York. Ella disse a Chase que o irmão estava trabalhando como promotor de eventos, e ele não questionou. Às vezes, sinto pena dele, mas na maior parte do tempo fico feliz que não saiba.

De canto de olho, vejo meu pai e Ella. Estão voltando para a cafeteria, passando pelas janelas enormes, mas não conversam nem sequer andam um ao lado do outro. Meu pai está atrás e, óbvio, de cara feia. Ella também não parece feliz, e meu pai espera na calçada enquanto ela entra de novo no estabelecimento.

Assim que empurra a porta, abre um sorriso largo. É tão forçado que penso que pode estar machucando suas bochechas. Mas mesmo assim ela o mantém, sorrindo para nós quatro enquanto se aproxima, criando a ilusão de que está tudo bem, de que ela e meu pai se entenderam, de que todos podem ficar tranquilos.

– Vamos ver o Capitólio – diz, e todos nos levantamos da mesa sem hesitar.

Às dez horas da noite, quando chegamos aos quartos, nunca me senti tão feliz por estar de volta ao hotel. Foi um longo dia, cheio de tensão palpável entre meu pai e Ella, museus chatos, shoppings, mais refeições constrangedoras e um passeio pelo Internacional World Peace Rose Garden, que não nos trouxe paz alguma. Desde que saímos do Ambrosia hoje de manhã, Tyler ficou muito quieto e mal falou, mas pode ser porque meu pai passou o dia lhe lançando olhares mortais a cada trinta segundos. Meu pai, pelo jeito, está no inferno. Também mal falou desde o café da manhã e parece descontente demais para sua idade, como uma criança de mau humor porque ninguém quer falar com ele. Jamie ficou grudado no celular o dia inteiro.

Embora eu tenha acordado de bom humor, o dia foi decepcionante. Quando chegamos às portas dos quartos, todos estamos nos sentindo letárgicos e desanimados, e demoramos um segundo para ver quem vai quebrar o silêncio primeiro.

Como sempre, é Ella.

– Lembrem-se de ligar o despertador – murmura, colocando uma mecha de cabelo atrás da orelha, e depois nos olha. Estamos em um semicírculo perfeito. – Na verdade, não. Amanhã é domingo. Sem despertadores.

– Aí sim – diz Chase, baixinho.

Meu pai é o primeiro a pegar o cartão magnético, destrancar a porta e desaparecer. Não se despede da esposa. Não diz boa-noite. Ainda não estão se falando, porque Ella continua furiosa. Dá para notar, embora ela esteja se esforçando muito para não deixar transparecer.

– Boa noite – murmura Jamie, depois segue meu pai para dentro do quarto e fecha a porta.

Imediatamente, Ella solta um suspiro alto que segurou o dia inteiro. Abaixa a cabeça e pressiona as têmporas, com os olhos fechados, como se estivesse prestes a ter um colapso nervoso. Não posso culpá-la. Por um ano, ela tem tentado manter a família unida, mas parece que nada melhora a situação.

– Ei – fala Tyler, se virando para Chase. Ele põe a mão no bolso de trás da calça, tira o cartão magnético e o entrega para o irmão. Com uma cotovelada de leve em direção à porta, diz: – Por que você não vê se está passando alguma coisa legal na televisão? Vou entrar daqui a pouco.

Chase não sabe dizer não. Assente e passa o cartão, olhando para nós por cima do ombro enquanto entra no quarto. Assim que a porta se fecha, Tyler dá um passo em direção à mãe.

– Sinto muito – diz ela sem pensar, com rugas no canto dos olhos enquanto fita o filho. Ele é muito mais alto do que Ella. – Não acredito que David fez aquilo.

– Não precisa ficar estressada com isso – assegura Tyler com a voz firme mas baixa, porque meu pai está do outro lado da parede. Ele segura os punhos da mãe com gentileza e tira suas mãos do rosto. Não as solta. – Sério. Não precisa. Não é como se eu não esperasse essa reação ou como se fosse o fim do mundo. A gente não pode esperar que ele goste de mim de um dia para outro. Vai levar tempo.

– Mas *não temos* tempo, Tyler – responde Ella, soltando um gemido. Suas palavras são um murmúrio, e ela puxa as mãos para longe do filho. – Você não entende? Você vai embora na segunda-feira e nada vai mudar.

Tudo vai ficar do mesmo jeito. E, Eden – ela se vira para mim –, você vai voltar para a faculdade em setembro, e a relação entre você e seu pai não melhorou nada.

– Não ligo – respondo, dando de ombros. – Você já deve ter notado, mas cansei de tentar.

Ela está pálida, balançando a cabeça.

– Você tem ideia do quanto é horrível ouvir isso? Que você chegou a um ponto em que nem *liga* se não tem uma relação com seu pai?

Dou de ombros de novo.

– Ele não quer ter uma relação comigo – falo. – Nunca quis, e agora, depois de tudo, quer menos ainda.

Não consigo deixar de olhar para Tyler. Ele e a mãe sabem exatamente do que estou falando.

– Não sei o que fazer – admite Ella.

– Pense assim. Não é tão ruim – diz Tyler.

Ela estreita os olhos.

– Discordo.

– Confie em mim, mãe, não é – insiste Tyler, num tom de voz baixo e rouco. – Em algum momento, Dave vai relaxar. Jamie também. Quando acontecer, tenho certeza de que tudo vai ficar bem. Porque, sério, não vamos nos enganar. Nada disso estaria acontecendo se não fosse por nós dois. – Ele me olha por uma fração de segundo, mas seu olhar retorna para Ella. – Então, quando eles aceitarem o que aconteceu, as discussões vão parar. Você e Dave vão ficar bem.

Quando ele ficou tão maduro? Quando se tornou a pessoa que tranquiliza as outras?

Ela ainda não parece convencida. Desvio do olhar de Tyler e digo:

– É verdade. Eles vão superar.

Mas não acredito completamente nas minhas palavras.

– A única coisa que me resta é ter esperança – murmura Ella.

Há um breve silêncio, e minha madrasta olha para o carpete, como se houvesse um turbilhão de preocupações e dúvidas em sua mente. Quando ergue a cabeça, sorri, mas seu sorriso é triste.

– Certo, hora de dormir.

Ela puxa a bolsa do ombro e começa a procurar o cartão magnético.

– Tente dormir um pouco hoje à noite, Tyler.

– Na verdade, posso pegar a Eden emprestada por um segundo?

Ella para de mexer na bolsa, confusa. Olha para Tyler por um momento, depois para mim, e não tenho ideia do que ele quer comigo, mas sei que estou lutando contra a vontade de rir. Não acredito que perguntou isso. Nem em um milhão de anos Ella vai nos deixar sozinhos. Seria loucura.

– Seja lá o que forem fazer ou aonde vão, não fiquem acordados até tarde.

Tirando o cartão da bolsa, ela se vira para a porta e a destranca.

– Espere – digo, incrédula. – O quê? Como assim?

– Não fiquem acordados até tarde – repete enquanto abre a porta. Ela nos encara com a sobrancelha erguida, como se estivesse esperando que eu perguntasse de novo.

É o que eu faço.

– Eu sei, mas tipo… *O quê*? – Olho para minha madrasta um pouco em choque. – Por que você não está dizendo "não"? Você se esqueceu de mim e Tyler?

– Ah, Eden – murmura Ella e, pela primeira vez no dia, dá uma risada baixinha. – Aqui. – Estende a mão e me entrega o cartão magnético. – Comportem-se. Sei que é sábado à noite, mas não tentem entrar em nenhuma boate nem nada do tipo.

– Não vale o esforço – diz Tyler, sorrindo. – Boa noite, mãe.

– Boa noite para vocês dois.

Jogando um beijo, Ella entra no quarto e fecha a porta, nos deixando em silêncio. Por um segundo, fico totalmente perplexa por ela ter permitido que fiquemos sozinhos, só Tyler e eu. É como jogar um botijão de gás no fogo. Aos poucos, fico menos surpresa ao lembrar que ela fez a mesma coisa na quinta-feira de manhã, depois que me emboscou para encontrar Tyler. Ela nos deixou sozinhos. É como se *quisesse* que essa conversa acontecesse.

Eu me viro para ele, intrigada.

– Para que exatamente você precisa me pegar emprestada?

Ele sussurra um *Shhh* e coloca o dedo indicador na frente da boca. Aponta para a porta do quarto do meu pai e de Jamie com a outra mão, e depois acena com a cabeça em direção aos elevadores. Quando se move, eu o sigo, e, ao chegarmos aos elevadores, imediatamente me aproximo para apertar o botão, mas ele segura minha mão e me impede.

Seu toque é firme mas gentil, e minhas sobrancelhas se franzem quando vejo sua mão na minha. Ao olhar para o rosto dele, Tyler já está me encarando de um jeito caloroso. Meu coração bate forte ao sentir seu toque, e fico decepcionada quando ele me solta e dá um passo para trás.

Por um momento, no meio do corredor, ele observa meu rosto, os olhos intensos analisando minhas feições em busca de uma resposta para uma pergunta que não sei qual é.

– Portland. Você e eu. Agora.

– Tyler... – Meus ombros pesam, e solto um suspiro. Se eu ouvi-lo mencionar Portland mais uma vez, acho que vou surtar. – De novo, não.

– Você disse que consideraria se eu ficasse – lembra ele, soando persistente, como se estivesse preparado para implorar. – Eu poderia ter ido embora ontem à noite, mas não fui. Fiquei e fiz papel de bobo na frente do seu pai. Sei que é só mais um dia, mas não acho que vamos perder muita coisa. Não precisamos nem falar sobre isso. Vamos embora amanhã de manhã.

– Não podemos ir embora assim – sussurro.

A porta do elevador se abre, e um homem e uma mulher meio bêbados se apoiam um no outro enquanto vão para o quarto. Tyler e eu paramos perto da máquina de refrigerante e deixamos os dois passarem, em silêncio, e esperamos até estarem longe.

Depois Tyler se vira de novo para mim, suas palavras mais urgentes do que antes.

– Por que não? Me dê um bom motivo.

– Vai piorar a situação – respondo, sem nem ter que pensar. – Não acho que meu pai vai ficar exatamente animado quando acordar e descobrir que fugi com você no meio da noite, em especial depois de você ter dito que tudo tinha acabado.

– Para alguém que não liga para não ter uma relação com o pai, você se preocupa bastante com o que ele pensa – retruca Tyler. Ele levanta a sobrancelha e pressiona os lábios, mas não me dá tempo de pensar em uma resposta. – De verdade, você se importa com o que seu pai vai pensar? Você é adulta. Ele não tem que dar opinião sobre as suas decisões.

– E a sua mãe? – pergunto rapidamente. Quero mudar de assunto, porque sei que ele tem razão. Só não quero admitir. – Você vai deixar sua mãe lidar com toda essa confusão sozinha?

– Se formos embora, ela não vai ter que lidar com nada. – Ele se encosta na máquina de refrigerante e coloca as mãos nos bolsos da frente da calça. – A gente é o problema aqui, lembra?

– Ah, sim – digo, seca. – Nada para lidar, exceto com o fato de termos ido embora. Se acha que eles não vão se importar, está se iludindo. Meu pai nunca mais vai me deixar colocar os pés em casa se eu for embora com você.

– Eu não disse que eles não vão se importar. Só acho que *nós* não deveríamos nos importar. – Ele inclina a cabeça para trás, olhando para o teto, tira as mãos dos bolsos e as passa pelo cabelo. – Só uma vez, Eden – diz baixinho, ofegante. – Só uma vez.

Tento me lembrar de tudo que aconteceu nos últimos três anos, do momento em que Tyler apareceu até agora. Tento montar o quebra-cabeça de todas as emoções que senti, da fúria ao amor. Tento identificar exatamente o que quero, se é acabar de vez ou continuar.

Mas a verdade é que minha mente nunca esteve tão confusa. Meus pensamentos estão uma bagunça, todos misturados, o que dificulta que eu entenda o que realmente sinto. Nos últimos dias, parece que eu estava alternando entre desejar que nada acontecesse e que alguma coisa acontecesse logo. Depois da noite anterior, estou mais inclinada para a segunda opção, mas ainda é difícil ter certeza. Acho que ter nossa família por perto o tempo todo me deixou confusa, porque só consigo pensar no quão impossível parece ser a ideia de Tyler e eu juntos. No quão injusto é com eles. No quão errado. Isso está começando a dominar minha mente e me atrapalhar. A única maneira de decidir como me sinto é passando algum tempo sozinha com Tyler, com espaço e tempo suficientes para entender se ainda vale a pena lutar por nós.

Preciso ir para Portland com ele.

Quando meu olhar volta a focar, minha cabeça está pesada. O peito de Tyler sobe e desce à medida que ele respira profundamente, com o rosto ainda virado para o teto. Não sei o que está acontecendo comigo, mas não consigo me impedir de dar um passo na direção de Tyler e colocar minha mão em seu peito, apenas para senti-lo. O gesto o assusta, e ele imediatamente olha para minha mão na sua camiseta. Sinto seus batimentos acelerarem.

– Quando vamos embora?

12

São cinco da manhã.

Daqui a quinze minutos, vou encontrar Tyler no corredor.

Ainda não dormi. Não consigo dormir. Não porque esteja preocupada achando que não vou conseguir acordar na hora, mas porque estou agitada, nervosa e animada. Tomei banho e sequei o cabelo da melhor maneira que pude com uma toalha. Andei na ponta dos pés pelo quarto escuro, juntando meus pertences e os guardando com cuidado na mala. Carreguei o celular e passei maquiagem. Assisti a um pouco de televisão – sem som, óbvio. Ella continua dormindo.

Faz horas que a gente poderia ter ido embora. Se tivéssemos viajado durante a noite, estaríamos em Portland antes do meio-dia. Sacramento fica quase na metade do caminho. Mas Tyler quis dormir um pouco. Não seria seguro dirigir por tanto tempo sem dormir. Então, embora eu não tenha dormido, espero que ele tenha conseguido.

Sentada na cadeira em frente à penteadeira, checo o celular a cada poucos minutos para ver o horário, mas parece que o tempo está passando cada vez mais devagar. Na escuridão, solto um suspiro lento e, em seguida, dou uma olhada rápida por cima do ombro para ver se Ella se mexeu. Por enquanto não, e o sentimento de culpa logo diminuiu minha animação.

Penso no quanto minha madrasta vai ficar furiosa quando acordar e descobrir que não estou aqui, e no quanto sua fúria vai aumentar quando perceber que Tyler também não. Penso no momento em que vai conversar com meu pai e chegar à conclusão óbvia de que Tyler e eu fomos embora juntos. Em como nunca mais vão confiar em nós, porque, mais uma vez, causamos problemas.

Meus olhos vão até o bloco de anotações do hotel, na beira da penteadeira.

Também há uma caneta-tinteiro. Meu pai não merece uma explicação, mas Ella com certeza sim. Pego o bloco e a caneta, mordendo o lábio enquanto repasso frases sem parar na minha cabeça, pensando na melhor coisa a dizer. Usando a lanterna do celular para guiar minha mão, rabisco as primeiras palavras que parecem fazer sentido.

Eu posso explicar. Me liga. Ou liga para o Tyler. Não importa... vamos estar juntos.

Fico encarando o papel e, depois, acrescento: *Desculpa.*

Arranco a folha do bloco e me levanto, me virando para Ella. Ainda não se moveu. Meus passos são lentos e cuidadosos enquanto dou a volta na cama e coloco o bilhete na mesa de cabeceira, ao lado do celular dela, para que seja impossível não vê-lo quando acordar de manhã. Pelo menos, quando Ella ligar, vou poder me explicar sem ter que encará-la nos olhos. É mais fácil assim.

Dou a volta e desligo a televisão. Coloco a cadeira de volta no lugar, em frente à penteadeira. Aliso os amassados do edredom da cama em que não dormi. Até afofo os travesseiros e, depois de tudo, checo o celular e vejo que são 5h13. Hora de partir. Hora de ir embora. Hora de, basicamente, fugir.

Puxando a alça da mala, eu a empurro pelo carpete, com os passos silenciosos e o coração disparado. Não olho para trás. Seguro a maçaneta e devagar – muito, muito devagar – abro a porta, que range baixinho. Mesmo assim, saio para o corredor e, com cuidado, a fecho. Dou um suspiro de alívio e me afasto.

À direita, Tyler está encostado na parede, a alça da mochila no ombro, uma das mãos no bolso da frente da calça e a outra brincando com as chaves do carro. Ele sorri quando nossos olhos se encontram.

– Temos uma longa viagem pela frente.

Fico dormente. Minhas pernas estão fracas, e minha cabeça, enevoada. Não acredito que estou mesmo fugindo. Estou mesmo indo para Portland. Com Tyler. A ideia me deixa surtada e animada ao mesmo tempo. Tento ao máximo me controlar, e minha voz é um sussurro quando digo:

– Então vamos.

Seu sorriso se alarga, e ele acena com a cabeça em direção aos elevadores. O hotel está silencioso, todos estão dormindo. Não vão dormir por muito tempo. Em breve, todos vão acordar. E já vamos ter ido embora.

Nossos passos são leves ao nos esgueirarmos pelo corredor.

Até que ouvimos uma porta se abrir.

Até que ouvimos a voz de Ella.

Até que paramos e nos viramos.

Do batente da porta, Ella nos observa. Segurando uma jaqueta sobre os ombros, ela nos encara com os olhos semicerrados por causa da luz repentina.

– Qual dos dois gostaria de se explicar?

Sinto uma onda de enjoo e meu estômago revira. Estou incrédula e imóvel, e só consigo pensar na dura realidade: *Merda, estamos prestes a ser colocados no corredor da morte.* Portland está fora de questão, e qualquer esperança que eu tivesse de consertar as coisas com Tyler se perdeu.

– Mãe – diz Tyler, com a voz baixa, e começa a gaguejar –, eu, tipo, a gente...

Ella o interrompe.

– Aonde vocês estão indo? – pergunta, depois levanta a sobrancelha e olha desconfiada para minha mala, em seguida para a mochila de Tyler, então sai para o corredor, sem se afastar muito. Tem que segurar a porta aberta com o calcanhar para evitar que fique trancada do lado de fora. – Só me digam. Para casa ou para Portland. Qual dos dois?

Devagar, Tyler solta um suspiro no corredor silencioso. Seu corpo inteiro parece murchar ao meu lado.

– Portland – responde, baixinho.

– Ok – sussurra Ella depois de um momento de silêncio. Está nos observando com intensidade, seu olhar é uma mistura de cansaço e ternura. Aperta a jaqueta ao redor do corpo. – Por favor, dirijam com cuidado.

Agora a encaro do mesmo jeito de ontem à noite, com a expressão que diz: *Como assim?* Deve ter algo de errado com minha madrasta. Tem que ter. Depois de todos esses meses colocando na minha cabeça que Tyler e eu não podemos ficar juntos, *agora* está dizendo que tudo bem? Tudo bem nos deixar sozinhos para conversarmos? Tudo bem irmos juntos para outro estado?

Tyler deve estar surpreso também, porque quando o olho para avaliar se está tão chocado quanto eu, seus olhos estão arregalados e sua cabeça, inclinada para o lado.

– Dirigir com cuidado? – repete.

– Para Portland – completa Ella, sem titubear. Inclina a cabeça para imitar o filho. – Não façam nada de errado na estrada. Sério, Tyler. Sem correr demais na interestadual.

– Você não vai impedir a gente de ir? – pergunto.

Devo parecer um disco arranhado, sempre questionando suas decisões, mas é porque não consigo entender.

– Por que eu faria isso? Qual motivo eu tenho para impedir? – retruca ela, mas de uma maneira muito suave e gentil. Estamos conversando aos sussurros, e o corredor está gelado. – Vocês têm permissão para tomar suas próprias decisões. E, além disso, duvido muito que haveria uma reviravolta milagrosa sobre essa questão amanhã.

– Mas... *por quê?* – indago.

É tudo o que realmente quero saber. *Por que* me repassou as mensagens de Tyler ao longo do último ano, como aconteceu no Quatro de Julho. *Por que* me chamou em casa na quinta-feira de manhã para vê-lo. *Por que* não ficou tensa ontem à noite ao pensar em nós dois juntos. *Por que* não está nos impedindo de ir para Portland. Por quê, por quê, por quê?

– Não acho que meu pai vai ficar feliz ao descobrir que você não nos impediu quando teve a chance – comento.

– Em primeiro lugar, ele não precisa saber – diz ela, com um sorriso sutil quase malicioso. – E, Eden, eu consigo lidar com seu pai. Posso ser casada com ele, mas isso não significa que preciso ter as mesmas opiniões que meu marido.

Assim que ouço o comentário, percebo o que está insinuando.

– Opiniões sobre... sobre a gente?

Olho para Tyler de novo.

Ella acena com a cabeça apenas uma vez, mas é o suficiente para me dizer tudo o que preciso saber. Levou um ano para eu perceber, já que nunca considerei nem remotamente possível. O pensamento nunca me passou pela cabeça. Preciso dizer em voz alta, preciso perguntar, só para ter certeza de que estou entendendo direito.

– Você não é contra ficarmos juntos?

Ella ri baixinho, do mesmo jeito que fez ontem à noite, como se as respostas para minhas perguntas fossem óbvias, como se não fosse grande coisa, quando, na verdade, é.

– Quando eu disse que era contra vocês dois ficarem juntos? – questiona ela, ainda sussurrando. Além de ser muito cedo, meu pai está muito perto. – Foi uma surpresa, sim, óbvio, mas eu me importo muito mais com vocês dois do que com algum estigma. E entendo, entendo de verdade. As circunstâncias são lamentáveis e, às vezes, acho que devo desculpas a vocês. Também não sei lidar com a situação, mas se quiserem ir para Portland, vão para Portland. Se quiserem ficar aqui, então fiquem. Se quiserem ir para casa, vão para casa. A escolha é de vocês, e não vou atrapalhar.

Eu poderia vomitar agora, de tão desnorteada. *Como é possível?* Meu pai pediria o divórcio se soubesse como os dois têm opiniões tão diferentes. Esse tempo todo, achei que Ella estava do lado dele.

Quando fito Tyler, ele está com um sorriso largo.

– Sabe, mãe, eu sempre tive a sensação de que você era mais legal do que eu imaginava.

– Você tem razão. Sou mesmo – concorda, mas seu sorriso desaparece rápido, e Ella respira fundo. – Mas, me digam, por quanto tempo planejam ficar em Portland? Eden, você vai precisar voltar para casa, e depois ir para Chicago. – Ela me olha de um jeito sério, mas gentil e amoroso, e não sei como, às vezes, consegue ser rígida de uma maneira tão suave. – E eu preciso que *você* venha mais para cá. Não só uma vez por ano. Uma vez por mês. Eu até pago suas passagens de avião para te poupar de dirigir.

– Podemos pensar sobre o assunto – responde Tyler com um aceno de cabeça. Ainda está sorrindo e, quando muda o apoio de um pé para outro, puxa a alça da mochila mais para cima, depois olha para mim. – Pronta para ir embora?

Nem consigo reunir forças para dizer que sim. Ainda estou chocada, e meus olhos têm dificuldade de se afastar da minha madrasta.

– Tem certeza?

Minha voz está cheia de dúvida. Fico esperando que ela conte o final da piada.

– Certeza. E, se vão mesmo, andem logo para eu poder dormir mais algumas horas. Isso nunca aconteceu. Não vi nenhum dos dois. – Devagar, Ella volta para o quarto, mas não sem dar uma olhada da porta uma última vez. – Vão com cuidado.

A porta se fecha, e ela desaparece. Ficamos em silêncio. Eu me viro para Tyler, que está com um sorrisão, os olhos brilhando e os dentes à mostra.

– Você ouviu a minha mãe – diz ele, mas sua voz voltou ao volume normal, e ele estremece quando percebe. Coloca o capuz do moletom azul-marinho, e as próximas palavras que saem de sua boca são sussurradas, cheias de adrenalina e euforia, travessura e alegria. – Vamos dar o fora daqui.

Ele pega minha mão. Nossos dedos se entrelaçam, se encaixando, o calor da sua pele irradiando para a minha, e eu seguro a mão dele e aperto tão forte que os nós dos meus dedos doem. Não consigo parar. Não quero soltar nem quero que ele solte. É uma sensação mais emocionante do que eu poderia imaginar e, por mais simples que seja, ainda faz com que minha pulsação acelere. Talvez seja o nervosismo de não saber no que estou me metendo. Pode ser a animação pelo fato de que talvez, apenas talvez, eu esteja me entregando a tudo isto: à mão de Tyler na minha, aos arrepios que percorrem meu corpo, à dor no peito enquanto meu coração bate, frenético.

De mãos dadas, finalmente partimos. Nossos passos são mais rápidos que antes e meu coração pulsa ainda mais depressa enquanto Tyler me guia pelo corredor até o elevador, com minha mala sendo arrastada pelo carpete. Mesmo na primeira viagem de elevador, até o saguão, continuo tensa. Devo estar ficando louca por causa da mistura de emoções. Ansiedade e alívio, medo e alegria. Ir para Portland vai ser a melhor ou a pior decisão que já tomei, só o tempo vai dizer.

Somente quando estamos no segundo elevador, indo para o estacionamento, Tyler pergunta:

– Conseguiu dormir?

– Não – admito. Nossos dedos ainda estão entrelaçados, como se fosse a coisa mais natural do mundo. – Você conseguiu?

– Consegui. Mas acordei o Chase sem querer.

Dando de ombros, solta uma risada baixa.

– Contou para ele? – pergunto.

– Não. Ele voltou a dormir em menos de um minuto.

As portas do elevador se abrem quando chegamos ao quarto andar do estacionamento. Ainda está escuro, embora já esteja amanhecendo, e sinto o ar frio quando Tyler me puxa para fora. O carro está nos fundos do estacionamento e, no começo, não o reconheço, pois ainda estou me acostumando à mudança. Com certeza não é tão chamativo quanto o antigo carro de Tyler. Talvez ele prefira assim.

Quando nos aproximamos, o aperto firme na minha mão suaviza, e na mesma hora começo a desejar o toque de Tyler de novo. Minha mão fica fria sem ele.

– Sabe o que mais, Eden? – murmura Tyler enquanto destranca o carro, se virando para mim. – Estou feliz pra cacete que você decidiu ir para Portland comigo.

– Por quê?

– Porque, caso contrário, eu teria que te devolver isso aqui – responde ele.

Então abre o porta-malas e olho para ver o que tem dentro. É minha outra mala, a grande, com a qual vou e volto para Chicago. Está com uma nova etiqueta. Aponto para a bagagem e lanço um olhar questionador para Tyler, mas ele balança a cabeça e dá um passo para trás.

Olho a etiqueta e a seguro, virando-a e tentando enxergar no escuro a caligrafia que me é bem familiar. É da minha mãe.

Me desculpe mesmo por aquele dia. Conserte as coisas antes que seja tarde. A gente nem sempre tem a chance de fazer isso. E diga ao Tyler que a mãe dele é adorável – Ass.: Sua mãe, que tinha todo o direito de ser abandonada (já que queimei as camisetas do seu pai no quintal). Te amo. Beijos.

– Ela fez a mala – explica Tyler quando nota minha confusão. – Só para o caso de você acabar querendo ficar comigo por mais que alguns dias.

– Quando você… Quando você falou com ela?

– Na sexta-feira, depois que vocês já estavam na estrada para cá. – Ainda está com o capuz na cabeça, seu rosto nas sombras. – Não precisa se preocupar em contar a novidade para ela. Sua mãe gostou da ideia de você vir para Portland comigo.

Reviro os olhos e abro um sorriso.

– Óbvio que gostou.

Rindo, Tyler me tira gentilmente da frente. Coloca minha outra mala no carro, junto com a mochila, depois fecha o porta-malas enquanto me dirijo ao lado do passageiro. Ele entra, e percebo que tirou todo o lixo que estava lá.

O motor liga. Tyler leva um tempinho para ajustar o assento, o aquecedor e o rádio e, depois, engole em seco e coloca as mãos no câmbio.

– Última chance de desistir – diz, mas está sorrindo, porque sabe que estou decidida.

Acho que é um caminho sem volta.

– Tyler... – respondo, apertando bem os lábios. Eu o encaro com um olhar firme e, de leve, coloco minha mão sobre a dele no câmbio do carro. – Só dirige.

13

Assim que acordo com o sol atravessando o para-brisa, me arrependo de não ter dormido quando tive a chance. O cinto de segurança está enrolado nas curvas do meu corpo, e meu rosto, encostado na janela. No ombro esquerdo, sinto o tamborilar gentil e lento de dedos. De certa maneira, é quase reconfortante, e me forço a abrir os olhos ao levantar a cabeça, olhando devagar para Tyler. Ele tira a mão do meu ombro e se vira, com um braço pousado sobre o volante.

– Desculpa ter acordado você – murmura.

Sua voz é suave e baixa, como se ele estivesse com medo de me assustar se falasse mais alto.

– Tudo bem.

Solto o cinto de segurança e me endireito, esfregando os olhos. Estou um pouco sonolenta, dolorida e com calor, então levo um tempinho para perceber que estamos parados em uma rua longa e cheia de curvas. Olho para Tyler, pedindo uma explicação.

– Onde estamos? Portland?

O carro está estacionado do lado de fora de uma casinha simples com muros brancos, um gramado seco e uma caminhonete prata na frente. A rua é ladeada por árvores frondosas, obviamente bem cuidadas e planejadas. É quase bonita demais para estar em Portland.

– Estamos em Redding – responde Tyler, e eu pisco, surpresa. Ainda estamos na Califórnia. – Faz poucas horas que saímos.

Com um aceno de cabeça, bate com os nós dos dedos no relógio do painel. São apenas 8h09.

– Por que estamos aqui?

– Pensei em fazermos uma parada. Tomar café e depois pegar a estrada de novo – diz ele, abrindo a porta. Coloca um pé para fora do carro antes de olhar por cima do ombro e acrescentar: – Além disso, eu prometi para eles que passaria aqui na volta.

– Prometeu para quem? – questiono, mas Tyler já fechou a porta. Suas palavras me acordaram de vez, e me esforço para sair do carro e ir atrás dele. Embora minhas pernas ainda estejam dormentes, eu as forço a se moverem, seguindo-o pela calçada. – Prometeu *para quem*, Tyler?

Ele está sorrindo, como se a situação fosse engraçada, e assim que paramos no degrau da frente, Tyler revira os olhos para minha expressão perplexa. Mas a graça do mistério parece desaparecer quando ele pigarreia e me encara.

– Para os meus avós – responde.

Eu o encaro. É a primeira vez que o ouço dizer que tem avós em Redding. Fico ainda mais surpresa com o fato de que mantém contato com eles.

– Seus avós? – repito.

– Aham.

Coloco a mão acima da testa para fazer sombra e semicerro os olhos por causa da luz da manhã.

– Achei que nenhum de vocês falasse com a família da sua mãe.

– Não falamos – diz ele.

Virando-se para a frente, gentilmente bate na madeira algumas vezes, depois gira a maçaneta e abre a porta. Olha de volta para mim com um sorriso torto.

– Mas eu não disse que eram os pais da minha mãe.

Tyler abre ainda mais a porta e gesticula para que eu entre. Eu o sigo, embora esteja hesitante no começo, me sentindo nervosa e desconfortável. Nervosa porque estou inevitavelmente prestes a conhecer pessoas da família de Tyler. Desconfortável porque só consigo me concentrar no fato de que essas pessoas são os pais do *pai* de Tyler, e a última coisa em que quero pensar é no pai dele. Mesmo nos melhores momentos, isso me aborrece.

A casa tem cheiro de café fresco, repolho cozido e pastilha para tosse, misturado com um perfume doce fraco. Uma escada de madeira leva até o segundo andar, e as paredes do corredor são cobertas com fotografias em molduras tortas. Enquanto passamos, dou uma olhada nos rostos de pessoas que nunca vi. Parecem ser de muito tempo atrás, dos anos 1960 ou até 1950. Ouço o barulho de uma cafeteira na cozinha.

Tyler olha para trás e, quando percebe que estou observando tudo ao redor, ansiosa, quase ri.

– Não se preocupe. Eles sabem tudo sobre você – sussurra ele.

Isso não me ajuda a relaxar. Na verdade, agora estou tentando adivinhar o que exatamente Tyler contou a eles. Toda a verdade? O mínimo possível? Uma versão um pouco distorcida da verdade?

Chegamos à cozinha, e estou logo atrás dele. A luz do sol entra pelas janelas, iluminando o cômodo, que tem uma porta que dá para um pequeno quintal. Há uma mulher mexendo na cafeteira, de costas para nós.

Tyler pigarreia alto.

– Você realmente deveria trancar a porta quando estiver aqui atrás.

Assustada, a mulher quase derruba a jarra da cafeteira ao se virar. Aparenta ter uns sessenta e poucos anos, é baixa, está com o cabelo escuro preso em um coque, e sua pele bronzeada possui vários sinais de envelhecimento.

– Tyler! – exclama ela, ofegante, andando rápido pela cozinha de braços abertos, e dá um abraço bem apertado nele. – Por que está aqui? – pergunta quando se afasta, e lá está: um sotaque espanhol forte. – Hoje é domingo. Você não vinha só amanhã?

– Saímos mais cedo – responde Tyler.

É aí que ela me vê ao lado dele, e seu rosto se ilumina.

– Sim, esta é a Eden. Eden – ele olha para mim –, esta é a minha *abuelita*. Ou, você sabe, minha avó. *Abuelita* Maria.

– Ah, Eden! – fala Maria, pronunciando meu nome de modo lento e forte. Ela empurra Tyler de lado e me abraça, envolvendo meus ombros com os braços frágeis. Tem o mesmo perfume do corredor: rosas, doçura e amor. – Que bom conhecer você. – Quando finalmente se afasta, segura minhas mãos, e sinto os dedos ossudos. – Muito, muito bom.

O sorriso dela ainda não desapareceu. Na verdade, acho que é contagioso, porque percebo que estou sorrindo do mesmo jeito.

– É um prazer conhecer você também – falo.

– Vem, vamos nos sentar – sugere ela, apontando para a mesa e me levando até lá. Há seis lugares, mas apenas dois jogos americanos. – Nós comemos panquecas aos domingos. Toda semana – explica, e logo me leva até uma cadeira em frente a um dos jogos americanos, com as mãos nos meus ombros.

Olho para Tyler, surpresa e confusa, mas ele está assistindo, achando graça, com os braços cruzados.

– Cadê meu avô? – pergunta.

Maria tira as mãos dos meus ombros.

– Na garagem. O carro deu defeito de novo.

Tyler ri e revira os olhos.

– Vou levar Eden para conhecê-lo – diz ele. Quase com cuidado, estende a mão, e eu a seguro, deixando que ele me levante. – Se você não se importar de me emprestá-la, claro.

Maria se afasta rapidamente, com as mãos para cima e as palmas voltadas para nós.

– Não, não. Claro que não. Vá apresentá-la ao Peter. E, depois, panquecas. – Ela leva as mãos aos quadris, olhando para a pilha de panquecas em cima da bancada, ainda na embalagem. – Só que são compradas. Não sou boa em fazer panquecas.

– É panqueca do mesmo jeito – responde Tyler com um sorriso caloroso e reconfortante.

Sua mão ainda segura a minha, e Maria continua sorrindo para nós, então logo fica óbvio que Tyler contou toda a verdade sobre sermos mais do que irmãos postiços para os avós. Tipo, *muito* mais. É estranho agir assim, tão abertamente, mas só posso esperar que seja uma amostra de como as coisas *poderiam* ser entre a gente. Poderíamos ser nós mesmos e aceitos, felizes e apaixonados. Um dia, quem sabe.

Tyler me leva em direção ao portão da garagem enquanto Maria volta a preparar o café. Antes que eu me dê conta, já estamos dentro da garagem com o portão fechado, e nossas mãos não estão mais entrelaçadas. Não sei se Tyler percebe, porém outra vez eu percebo, porque, assim que seu toque se vai, sinto sua falta.

A garagem está lotada, de pilhas de caixas nos cantos a ferramentas espalhadas em bancadas improvisadas, incluindo um cortador de grama enferrujado mal posicionado junto à parede. No centro, o inconfundível item principal: um carro. Polido, vermelho brilhante, sem um único arranhão na funilaria e definitivamente de várias décadas atrás.

– O café está pronto?

Uma voz grossa ecoa do outro lado, atrás do capô do carro.

– Ainda não – responde Tyler.

Há uma pausa, e depois um baque quando o avô bate a cabeça no capô. No começo, Tyler solta uma risada, mas logo demonstra preocupação.

– Tudo bem aí, vô?

O homem xinga baixinho, tossindo, e espia ao redor do carro. Está esfregando o topo da cabeça, onde o cabelo branco parece escasso. Há rugas grossas esculpidas no rosto redondo, mas de imediato os dentes bonitos formam um sorriso agradavelmente surpreso.

– Que diabos você está fazendo aqui, garoto? – pergunta, a voz não exatamente rouca, mas quase. Ele limpa as mãos cobertas de graxa na calça jeans e veste a camiseta devagar. Não é hispânico. – Eu pulei um dia? Já é segunda-feira?

– Fui embora antes do planejado – conta Tyler. Com cuidado, dá a volta nas ferramentas espalhadas pelo chão e abraça o avô, esfregando seu braço com carinho. – E, caso você não tenha deduzido ainda, *esta* é a Eden.

Os dois olham para mim, o que me faz ficar vermelha.

– Ora, ora, ora. Como você é linda! – O avô de Tyler assente, e só posso presumir que é em aprovação. Tira os óculos e dá uma cotovelada nas costelas do neto. – Agora entendi. Não posso te culpar. – Tyler se encolhe de vergonha, cobrindo o rosto com a mão, mas seu avô só ri e coloca os óculos na ponta do nariz, dizendo: – Meu nome é Peter, mas me chamam de Pete. É ótimo saber quer Tyler não estava mentido para a gente. Tenho que admitir: tinha dúvidas de que você fosse real.

Dou uma risada, mas só porque Tyler está balançando a cabeça enquanto cobre os olhos com a mão e pressiona os lábios. Estou começando a gostar da ideia de Tyler falando sobre mim para os avós. Gosto da ideia do meu nome em sua boca, da ideia de Tyler sorrindo ao pronunciá-lo.

Pete ri de novo, e Tyler o empurra antes de finalmente abrir um sorriso também.

– A vovó já deve ter feito o café. E as panquecas – fala Tyler, rapidamente mudando de assunto. – Que tal um intervalo? Depois posso ajudar você com a bateria.

Peter concorda e nos leva de volta à cozinha, onde Maria nos recebe com um sorriso caloroso. Serviu várias xícaras de café e colocou mais dois jogos americanos na mesa. As panquecas estão empilhadas em um prato, cercadas de acompanhamentos e frutas frescas perfeitamente alinhados.

– Ainda bem que você me falou para comprar mais – diz Maria a Pete, dando a volta na mesa e puxando quatro cadeiras.

– Bem, nunca se sabe quando teremos convidados.

Peter afunda em uma cadeira na ponta da mesa, e Maria lhe serve café, que ele logo bebe. Parecendo contente, nos observa por cima da borda da caneca e por trás das lentes embaçadas dos óculos.

– Por favor – diz Maria, olhando para mim e Tyler –, sentem-se. – Ela me leva de volta para a mesma cadeira em que me sentei mais cedo e coloca o café à minha frente. – Pode ser café? Ou você quer chá? Posso fazer chá também.

– Café está ótimo – respondo, quase a interrompendo para evitar que se incomode, com medo de que não esteja tudo perfeito. Além disso, café *é* perfeito.

Maria fica aliviada, então segura os ombros de Tyler e o conduz até a cadeira ao lado da minha. Acho que o tom rosado não deixou as bochechas dele desde que entramos aqui. Vê-lo tão sem graça é surpreendentemente divertido.

– Você dirigiu a noite inteira? – pergunta Maria, levando uma xícara de café para o neto.

Ela entrega a xícara com cuidado e depois coloca a palma da mão na testa de Tyler, franzindo as sobrancelhas, como se estivesse checando se ele está com febre.

– Só algumas horas – responde Tyler, e afasta a mão dela rapidamente. A expressão da avó não é somente confusa, mas um pouco horrorizada. Ele toma um gole de café antes de acrescentar: – E não, não pisei no acelerador na interestadual. A gente veio de Sacramento, não de Los Angeles.

– De todas as cidades da Califórnia – murmura Peter, baixinho –, por que você estava logo em Sacramento? Nunca pisei em uma cidade mais chata do que aquele lugar horroroso.

– É uma longa história – afirma Tyler, embora, na verdade, não seja tão longa assim.

– Hum. – Maria se senta na cadeira vazia na outra ponta da mesa, mas, pelo brilho curioso em seus olhos, dá para notar que quer dizer algo. E esse algo é em espanhol. – *¿Fue duro convencerla?*

Tyler me olha de soslaio por um segundo, depois pigarreia e olha de volta para a avó.

– *Sí. No pensé que ella vendría.*

– *¿Le has hablado de tu padre?*

– *Aún no* – diz Tyler.

– Odeio quando eles fazem isso – sussurra Peter para mim, o que desvia minha atenção enquanto Tyler e Maria continuam uma conversa impossível de entender. – É muito frustrante.

– Você não fala espanhol?

– Só o básico. – Ele se estica sobre a mesa, dando uma garfada na pilha de panquecas, com os olhos não exatamente fixos nos meus. – E você?

Balanço a cabeça.

– Bem que eu gostaria.

Tyler e Maria param de falar em espanhol, trocando olhares firmes antes de a avó começar a servir as panquecas. Está sorrindo de orelha a orelha.

– Tyler disse que você estuda em Chicago – comenta, interessada, com uma sobrancelha arqueada enquanto coloca uma panqueca no meu prato.

Em casa, eu recusaria. Aqui, não quero parecer mal-educada, então só murmuro um agradecimento.

– Isso. Estou estudando psicologia.

– Psicologia – repete Peter. – Então, gosta de cérebros e interações humanas?

– Gosto de explicar os motivos por trás de certos comportamentos humanos – reformulo. Pego a xícara de café e tomo um longo gole. Não sou muito fã de café puro, mas é útil para me deixar acordada. – Quero me especializar em psicologia criminal um dia.

A cabeça de Tyler vira assim que as palavras saem da minha boca.

– Não sabia.

– É porque você não estava…

Mordo a língua para não dizer *É porque você não estava por perto*. É muito fácil dizer coisas sem pensar para ele. É difícil controlar as palavras.

Dou meu melhor para consertar a frase, levando alguns segundos para pensar no que estava falando e dando outro gole no café.

– Só acho interessante – digo, finalmente.

– Psicologia criminal… – murmura Maria. – O que é isso, exatamente?

– Examinar as possíveis razões e gatilhos que levam uma pessoa a cometer um crime – respondo.

Fica um silêncio desconfortável à mesa, tão tenso que é palpável. Pete coloca metade de uma panqueca na boca. Maria passa a ponta do dedo na borda da caneca. Tyler coça a nuca, baixando o olhar. Só então percebo *o que* estou dizendo e *para quem* estou dizendo.

– Quero dizer, todos os aspectos da psicologia são muito interessantes

– deixo escapar, tentando mudar o rumo da conversa. Opto pelo caminho do humor. – Tipo descobrir por que pessoas fazem coisas irracionais, como viajar para Portland com o irmão postiço.

Fico aliviada ao ver Tyler revirando os olhos, Maria suspirando e Pete rindo. Pelo menos *eles* estão aliviados.

A conversa fluiu durante o café, o que é bom. Do contrário, seria insuportável e esquisito. Maria faz várias perguntas. Pete assente com veemência. Tyler e eu respondemos tudo. Ele acaba explicando por que estávamos em Sacramento, e a expressão de Maria é de compreensão quando ela descobre a triste motivação por trás da viagem. Mais triste ainda é o fato de que a viagem não fez a menor diferença em relação à nossa família. Exceto por mim e Tyler, o que definitivamente não era a intenção. Mas fico feliz com o resultado.

Eu me desligo um pouco, cortando a panqueca em um monte de pedacinhos para que não pareça tão grande, e imagino se meu pai e Ella já estão acordados. São quase nove da manhã. Devem estar discutindo. Ella talvez esteja do nosso lado, nos defendendo do meu pai, outra vez no meio da confusão. A ideia faz com que eu me sinta tão culpada, tão egoísta. Faz com que eu queira voltar.

Mas afasto o pensamento quando o café da manhã acaba, pois Ella sabe como se virar. Afinal, ela é advogada, e Tyler não parece preocupado, então eu também não deveria estar. Na verdade, ele parece mais concentrado em ajudar Pete com o carro, porque, assim que Maria se levanta para tirar a mesa, os dois retornam de imediato para a garagem.

– Podemos voltar para a estrada antes das dez, assim chegaremos em Portland bem antes de escurecer – sugere Tyler, parado na porta, hesitante. Odeio como ele não precisa se esforçar para ser atraente. Olha por cima do ombro, e ouço Pete pedindo ao neto que pegue uma lanterna. Quando Tyler olha de volta para mim, seu sorriso parece um pedido de desculpas. – Você se importa?

– Vai lá – digo, porque realmente não me importo em ficar aqui por uma hora. Não quero ser a pessoa que vai obrigá-lo a ir embora, e, pelo jeito, Maria precisa de ajuda para arrumar a cozinha. Quando Tyler sai, vou até a mesa. – Então, você sempre morou aqui? – pergunto, pois estou curiosa, como sempre. E não sei bem sobre o que mais posso conversar com ela. – Em Redding?

– Não – responde Maria, balançando a cabeça. Leva os pratos vazios para a lava-louça, ficando de costas para mim. – Faz só sete anos. A gente morou em Santa Monica também.

Ergo as sobrancelhas enquanto reúno os talheres espalhados pela mesa.

– *Sí* – confirma ela.

Eu me aproximo, colocando os garfos e as facas na lava-louça e observando Maria de canto de olho.

– Por que se mudaram para cá?

– Ah. – Ela dá um sorrisinho e se recosta na bancada. – Com tudo o que estava acontecendo na época, não queríamos ficar. Foi muito difícil. Viemos para Redding porque queríamos um lugar tranquilo, mas também amávamos morar na cidade. Aqui é bom.

Por um segundo, fico pensando naquela época.

– Tudo o que estava acontecendo... com o pai do Tyler? – indago em um tom suave, a voz cautelosa. Talvez não devesse tocar em um assunto tão delicado, mas não consigo evitar. Odeio não saber. – Com o seu filho?

– Ah – repete Maria. – Tyler comentou que você sabe a história toda.

Ela se abaixa para fechar a lava-louça, depois se levanta e vai até a pia para lavar as mãos. Fico com medo de tê-la deixado chateada, então permaneço quieta.

– Mas, sim – diz, finalmente, com os olhos fixos no fluxo de água –, foi uma época muito difícil para a gente. Muito difícil de lidar. Muito difícil de aceitar.

Imagino, penso. Olho ao redor, de repente me sentindo deslocada, como se estivesse me intrometendo.

– Você se incomoda se eu usar o banheiro?

Maria me encara, um pouco confusa com a súbita mudança de assunto, mas está com aquele olhar de alívio de novo.

– Lá em cima. Segundo andar. À esquerda.

Saio da cozinha às pressas. Desconfortável, subo as escadas o mais rápido que posso. E, no começo, as paredes parecem uma réplica das do corredor no andar de baixo, com molduras antigas adornando fotografias ainda mais antigas. É exagerado, e também me assusta ter tantos rostos olhando para mim, até que vejo Tyler entre eles.

Meu coração fica um pouco acelerado, e preciso semicerrar os olhos para ver a foto e dar um passo para trás a fim de examiná-la, antes de me aproximar de novo. Foi tirada em uma praia, uma que conheço muito bem – a praia de Santa Monica, com o píer ao fundo –, mas estou mais focada nas três pessoas na areia. Maria à esquerda, Tyler no meio e Pete à direita. Todos juntos, com os braços nos ombros uns dos outros.

Maria parece muito mais nova e mais magra, porém com o mesmo rosto redondo. Pete tem cabelo. Um cabelo cheio e escuro, e usa óculos de grau. Os dois definitivamente não estavam na casa dos sessenta anos, deviam ter uns cinquenta e poucos.

No entanto, Tyler está presente, talvez com dezesseis ou dezessete anos, o cabelo muito mais comprido e desarrumado do que me lembro, e não sei como é possível que esteja em uma fotografia tão antiga.

Então percebo.

Cacete.

Não é Tyler. *Não é Tyler de jeito nenhum.*

– Aposto que sei para qual foto você está olhando agora.

Meu coração para, e dou um pulo para trás, assustada. Encostado na parede, no meio da escada, de braços cruzados, vejo Tyler. O Tyler de verdade.

– Você me assustou – sussurro, a voz quase inaudível.

Estou arfando tanto que fica difícil falar.

– É a foto da praia, né? – pergunta Tyler. Descruza os braços e chega mais perto, subindo os degraus para ficar ao meu lado. – Todo mundo sempre dizia que eu era a cópia dele. Diziam que eu deveria ser irmão dele, não filho. Na minha opinião – Tyler inclina a cabeça, estudando a foto –, não acho. O cabelo? Péssimo. No que ele estava pensando?

Eu me viro para ele.

– É o seu pai.

Não é uma pergunta, porque sei a resposta. Sei que é o pai de Tyler na fotografia e percebo que, pela primeira vez, sei qual é o rosto do homem pelo qual desenvolvi um desprezo tão grande. Mesmo que seja apenas um rosto jovem e inocente.

– Aham – concorda Tyler. Devagar, recosta na parede de novo, tão casual, despreocupado e calmo que começo a me perguntar se Portland *realmente* mudou seu modo de pensar. – Inclusive, o nome dele é Peter.

– Peter? Tipo… o nome do seu avô?

– Tipo Peter Júnior. Felizmente, minha mãe se recusou a seguir a tradição.

Franzo as sobrancelhas e analiso Tyler com atenção. Um ano atrás, tive que impedi-lo de bater no pai. Agora, está falando como se nem ligasse. É um contraste enorme, uma mudança grande. Quando volto a olhar para as paredes, percebo que há muitas fotografias do pai dele.

– As fotos não te incomodam? – pergunto.

– Um ano atrás, incomodavam – admite Tyler. – Fiquei aqui alguns dias no ano passado, depois que fui embora. No começo, não sabia para onde ir, então vim para cá. E, acredite, tentei tirar todas as fotos da parede, mas meu avô me mandou embora. – Ele ri, mas eu não. – Então, passei aqui de novo na quarta-feira, a caminho de Los Angeles, e nenhuma delas me incomodou mais. Eu realmente não me importo.

Observo-o com ainda mais atenção, mas é impossível negar que há sinceridade em seus olhos, franqueza em seu sorriso. Isso é tudo que vejo nele nos últimos tempos. De repente, sinto uma vontade incontrolável de abraçá-lo.

– E, caso você ainda não tenha percebido, minha avó é meio acumuladora – diz ele, se aproximando da parede, das fotos e dos rostos. – Nunca quer abrir mão de nada. Nem das coisas que todo mundo já deixou pra lá. – Tyler estende a mão, batendo o nó do dedo em uma foto específica, com moldura dourada. Revira os olhos e diz: – Tipo casamentos que acabaram oito anos atrás.

É a foto de um casamento. O casamento dos pais dele. Ella e Peter, ambos muito jovens, não muito mais velhos do que somos agora, com Tyler sorrindo no meio deles. É apenas uma criança adorável em um smoking minúsculo, com o mesmo sorriso enorme de sempre e os mesmos olhos brilhantes e redondos pelos quais me apaixonei anos depois. Certa vez, Ella me contou que Tyler tinha entrado na igreja com ela e até me mostrou uma foto parecida, mas é horrível pensar que ele a levou até o altar para entregá-la ao homem que, mais tarde, destruiu a vida deles.

Estou quase ficando enjoada.

– Por que eles… – Minha garganta fica seca, como se as palavras estivessem presas, então engulo em seco e respiro fundo. – Por que seus avós têm tantas fotos do seu pai? Eles não têm raiva dele? Sei que não é da minha conta, mas parece um pouco… Sei lá. Piedoso demais, acho.

– Óbvio que eles têm raiva, Eden – responde Tyler, balançando a cabeça. – Mas, no fim das contas, ainda é o filho deles.

É aí que ele se vira, se posicionando devagar entre mim e a parede, bloqueando minha visão das fotos. Seu olhar parece mais suave, e o esmeralda de suas íris brilha.

– Conseguimos consertar o carro mais rápido do que eu pensava – conta ele, mudando de assunto. – Meu avô tinha deixado os faróis acesos a noite toda e a bateria descarregou. Então, já podemos ir embora.

– Ok. Preciso de um minuto.

Devagar, me afasto de Tyler e empurro a porta do banheiro, de repente muito consciente de sua presença.

– Espera – fala ele. – Posso perguntar uma coisa?

Eu me encosto na porta do banheiro e o observo com atenção, tentando imitar sua fisionomia relaxada.

– Claro.

– Já descobriu por que as pessoas fazem coisas irracionais, tipo fugir para Portland com o irmão postiço?

Seus lábios se curvam, formando um sorriso malicioso, e seus olhos estão ardendo, provocativos, enquanto ele espera uma resposta. No corredor apertado, Tyler se aproxima e coloca a mão na parede, perto do meu ombro, seu calor me fazendo estremecer.

– Óbvio que não sou exatamente qualificada para afirmar nada – murmuro o mais rápido possível, me esforçando para dizer as palavras antes que fiquem presas na minha garganta.

Preciso engolir em seco e esperar um tempinho para recuperar o fôlego, porque é tudo surreal demais – não só a volta de Tyler, mas sua proximidade. No verão passado, eu estava desesperada para tê-lo perto desse jeito. Agora, preciso me adaptar à situação, porque fiquei sem sua presença e sem seu toque por tempo demais. E senti muita falta disso.

Quando finalmente consigo falar, respondo com sinceridade, sussurrando:

– Mas acho que as pessoas fazem isso quando ainda têm alguma esperança.

14

É uma viagem de carro de sete horas até Portland. Sete horas confinada em um carro ao lado de Tyler, por quem tenho sentimentos confusos agora. Meus pensamentos nunca estiveram tão desordenados: a raiva por ele ter ido embora, que está pouco a pouco desaparecendo, a emoção de fugir para Portland ao seu lado e o espanto por ele parecer tão calmo, relaxado e diferente. Estou me esforçando de verdade para identificar como estou me sentindo.

Só sei que Tyler é um péssimo cantor. Passou os últimos quinze minutos cantando junto com o rádio, errando metade das letras, berrando os refrões, batendo os dedos no volante e balançando a cabeça em sincronia com as batidas. Três anos atrás, acho que nunca teriam pegado Tyler fazendo esse tipo de coisa, afinal, é ridículo e nem um pouco descolado. Ele está tentando me fazer rir para que a viagem passe mais rápido.

E estou rindo. Ri durante cada um dos últimos quinze minutos, cobrindo o rosto com as mãos e sentindo a barriga doer de tanto dar risada, constrangida sempre que ele tenta alcançar uma nota aguda. Estou afundada no banco do passageiro, com o ar-condicionado batendo direto no meu rosto, meus tênis no chão e os pés no painel. Sinto dor de tanto rir, então sinalizo pedindo um intervalo e me endireito no banco. Alcanço o rádio e diminuo o volume e, nesse momento, Tyler para de cantar horrivelmente, e sua risada sincera enche o carro.

– Ok – digo, rindo. São quase quatro horas da tarde, e passamos por Salem há um tempinho. Logo vamos chegar a Portland, talvez daqui a meia hora. Finalmente a paisagem está começando a se tornar familiar.

– Vai ter algum show de talentos em breve? Vou inscrever você para uma audição.

Tyler olha para mim, o sorriso aberto espelhando o meu.

– Você é minha primeira fã.

Neste momento, o celular dele toca. Está no porta-copos no console central, vibrando muito, a tela brilhando e o toque ecoando no carro. Ele pega o aparelho, olhando a tela por um segundo, e o entrega a mim.

– É a minha mãe. Coloca no viva-voz – diz Tyler.

Faço o que pede.

– Oi, mãe – fala ele.

– Oi, Ella – digo, segurando o celular entre a gente. – Você está no viva-voz. Tyler está dirigindo.

– Ei, vocês dois – murmura Ella do outro lado da linha, quase como se estivesse suspirando. Ainda não entendo como ela consegue soar, de alguma forma, alegre e triste ao mesmo tempo. – Liguei só para saber de vocês. Já não deveriam ter chegado?

– Vamos chegar daqui a meia hora mais ou menos – informo. – Paramos por uma hora na…

– Na lanchonete para tomar café da manhã – interrompe Tyler, depois me encara com um olhar afiado e, bem devagar, balança a cabeça. Eu o encaro, intrigada. – E paramos para colocar gasolina algumas vezes, mas estamos quase chegando. Onde você está?

– No quarto – responde Ella. A ligação não está muito boa, e sua voz falha um pouco. – Chase foi para a piscina, e Jamie está conversando com a Jen ao telefone já faz, pelo menos, umas duas horas.

Nem Tyler nem eu respondemos. Trocamos um olhar preocupado, porque estamos pensando a mesma coisa. Sou eu quem acaba fazendo a pergunta.

– E o meu pai?

Agora é Ella quem fica em silêncio. Ouvimos sua respiração do outro lado da linha.

– Eu estaria mentindo se dissesse que sei onde ele está – responde Ella, por fim.

Meus olhos se fecham devagar, e inclino a cabeça para trás, no encosto do banco, decepcionada. Tyler está se saindo bem, com as sobrancelhas franzidas enquanto presta atenção na estrada. Quando me endireito no assento, apoio o cotovelo na janela e descanso a testa na palma da mão.

– Então ele sabe de tudo – murmuro. Isso explica por que meu pai desapareceu. Aposto que deve estar em algum lugar tentando se acalmar. Olho pela janela, com os lábios apertados. Estamos atravessando a ponte do rio Willamette, que atravessa o Oregon. – O que aconteceu quando ele ficou sabendo?

– Tive que contar – diz Ella. – Assim que acordei, fui até o quarto dele e disse a verdade. Que vocês foram para Portland juntos, que têm idade suficiente para tomar as próprias decisões e que não cabe a mim nem a ele impedir vocês. – Ela dá uma risada frustrada. – A primeira coisa que pensei foi na fortuna que o hotel cobraria se ele socasse a porta e fizesse um buraco nela. Felizmente, ele só saiu, e não o vi desde então. O carro ainda está aqui, ou seja, ele não foi muito longe. Eu saí e fui dar uma olhada.

– Ele disse alguma coisa? – pergunta Tyler.

– Provavelmente vai ser melhor eu não repetir – responde Ella, baixinho. A apreensão em sua voz é palpável. – Ele não está muito contente comigo também.

Olho para Tyler. Está balançando a cabeça e colocando os óculos escuros, apertando o volante com força.

– A gente deveria ter esperado até hoje de manhã – murmura, quase como se estivesse falando consigo mesmo. – Deveria ter falado pessoalmente com o Dave antes de sair.

– Acredite em mim, Tyler. Se tivesse falado com ele, você não estaria nem perto de Portland agora – responde Ella. – Ou, pelo menos, não estaria com Eden. Odeio dizer isso, mas aposto que ele teria ficado animado vendo você indo embora.

– É verdade – concorda Tyler. – E o Jamie? O Chase? Sabem que fomos embora?

– Óbvio – afirma Ella, com naturalidade. Consigo *senti-la* esfregando as têmporas enquanto pensa sobre a situação. – É impossível esconder o fato de que vocês não estão aqui. E, como sempre, Jamie está sendo inacreditavelmente difícil. Chase só quer saber quando vocês vão voltar.

– Eden é quem decide – diz Tyler.

Embora esteja concentrado na estrada, vejo um sorriso. Queria que tirasse os óculos escuros para que eu pudesse ver seus olhos.

– Hum. – Eu me endireito no banco e bato o dedo indicador na boca, fingindo pensar muito sobre o assunto. – Ainda não tenho certeza. Só sei que, se Tyler continuar cantando, vou embora amanhã.

Ella ri, depois Tyler, e então eu. Por um momento, esqueço como tudo isso é muito arriscado. Ao ir para Portland com Tyler, posso ter arruinado qualquer chance que tinha de salvar a relação com meu pai. Não existe absolutamente nenhuma chance de ele me perdoar depois disso.

– Certo. Vou parar de distrair vocês dois. Dirijam com cuidado e me mandem uma mensagem quando chegarem.

Tyler assente, embora a mãe não possa vê-lo.

– Pode deixar.

Ella desliga, então bloqueio o celular de Tyler e o coloco de volta no porta-copos. Cruzo as pernas em cima do banco, tentando achar uma posição confortável para o restante da viagem. *Estamos tão perto*, penso. Ainda não sei como me sinto sobre Portland. Ultimamente, gosto de pensar em Santa Monica como minha casa, mas não há como negar o fato de que sempre serei uma garota de Portland. Nasci e cresci aqui. É verdade, eu adorava Portland quando era mais nova, quando as coisas eram do jeito que deveriam ser. Mas aí meus pais começaram a brigar e meus amigos se tornaram cruéis, e as lembranças ruins sempre pareciam superar as boas. Talvez eu só precise de um tempo para construir novas lembranças aqui. Boas lembranças, claro.

Com cautela, Tyler aumenta o volume do rádio, e o vejo olhando para mim por trás dos óculos escuros. Está segurando o riso, mas desiste de cantar por todo o caminho de Wilsonville até Portland.

Quando entramos nos limites da cidade, tudo é muito, muito familiar. Tudo tão "Portland", se é que isso pode ser um adjetivo. É impossível confundi-la com qualquer outro lugar no mundo. A interestadual é ladeada por árvores, coberta por nuvens baixas e poucos raios de sol. Vai levar pouco tempo até chegarmos ao centro da cidade, e é só quando o rio Willamette surge no meu campo de visão que lembro como a cidade é bonita. De um jcito natural, urbano. Não existe nada de glamouroso em Portland. Não há calçadões bem amplos, píeres fotogênicos nem praias deslumbrantes. Mas acho que é isso que faz daqui uma cidade única. A natureza, a diversidade. Como ela é progressista, ecológica e úmida. Se vale de algo, a maioria das pessoas de Portland é bastante peculiar também, e é uma cidade muito mais amigável do que Seattle, com certeza. Nós, de Portland, somos bem descontraídos.

– Acabei de lembrar – diz Tyler, finalmente tirando os óculos escuros e colocando no porta-copos, ao lado do celular. – Tenho que parar e fazer compras. Limpei a geladeira antes de viajar, então não tem nada para comer lá em casa.

Olho para ele.

– Em casa?

– É.

– Você tem uma casa?

Ele tira os olhos da estrada por um segundo e me olha.

– O quê? Achou que eu tivesse ficado em um hotel ou algo assim todo esse tempo? Morando no carro? – Ele ri, mas, agora que penso no assunto, me dou conta de que nunca tinha imaginado. – A gente vai para lá depois que passarmos no Freddy.

Seguro uma risada.

– Meu Deus.

– O quê?

Ele parece genuinamente confuso, e franze o cenho.

– Nada – digo, por fim, dando uma risada. Preciso rir. Não consigo evitar. – É muito estranho ouvir você falando como um nativo. Você não é da cidade, então só deveria chamar o lugar de "Fred Meyer".

– Do jeito que você fala, parece até difícil entender como Portland funciona – retruca ele, provocando com um sorriso desafiador. – Odeio ter que te dar essa notícia, mas não é tão difícil. É só torcer para o Timbers e para o Blazers. Vamos lá, time!

Desconfiada, levanto as sobrancelhas.

– Qualquer um pode dizer isso – retruco, na defensiva.

– Mas será que qualquer um pode dizer que o Blazers ganhou o campeonato da NBA de 1977?

Minhas sobrancelhas se levantam ainda mais.

– Ok, vou dar um desconto. É que fico meio surpresa por você saber tanta coisa sobre Portland. Pode me chamar de doida, mas é como se você estivesse invadindo meu espaço.

– Tipo como você invadiu o meu quando se mudou para Santa Monica?

Ele está sorrindo, desviando o olhar da estrada para mim, como se não quisesse perder minha reação. Reviro os olhos e, de brincadeira, empurro seu braço.

– Tanto faz.

Levamos uns bons quinze minutos para chegar ao centro, embora, por ser domingo, o trânsito não esteja tão ruim. Mas não saímos da interestadual. Tyler segue direto até a Marquam Bridge, uma das muitas pontes que cruzam o rio Willamette. Se tem uma coisa pela qual Portland é conhecida, além da profusão de árvores, é pelas pontes.

Eu me inclino para a frente, olhando além de Tyler para a Hawthorne Bridge à esquerda, e consigo ver o Waterfront Park. É onde eu costumava passar o Quatro de Julho, esparramada na grama com Amelia, ouvindo música e assistindo aos shows de bandas das quais nem gostávamos no Blues Festival. À direita, bem ao longe, está a pontinha do monte Hood.

Agora estamos em East Portland, avançando pela Banfield Expressway, que conheço bem. É o caminho por onde costumava passar com meus amigos até o centro, já que minha mãe odiava que eu pegasse o trem quando era mais nova, especialmente porque a linha que passa no nosso bairro começa em Gresham, que não tem uma reputação muito boa. De acordo com ela, se eu pegasse o VLT, era capaz de ser atacada por algum criminoso.

– Então... – Olho para Tyler. – Em qual bairro?

– Irvington – responde ele.

Preciso pensar um pouco. Portland é uma cidade enorme, cheia de bairros diferentes, e, depois de passar três anos fora, meu conhecimento geográfico não está muito bom.

– Irvington... Tipo, na Broadway Street? Tipo, logo ali? – Aponto para fora da janela, do lado esquerdo da via expressa. Não há nada além de árvores grandes, assim como em toda essa parte da cidade, mas tenho certeza de que Irvington é do outro lado.

– Isso – confirma Tyler, se encolhendo um pouco. Embora seja pouco mais de quatro da tarde, ele está começando a aparentar cansaço. Foi uma longa viagem. – Aluguei um apartamento na esquina da Brazee com a Ninth – conta. – Não tem uma vista igual à do meu apartamento em Nova York, mas acho que você vai gostar.

– Você não se sente solitário? – deixo escapar, e ele me olha de um jeito meio engraçado.

No começo, me senti solitária em Chicago. Se mudar para outra cidade, sem conhecer absolutamente ninguém, a milhares de quilômetros das pessoas que você *conhece*, é meio ruim, e percebo que Tyler teve que passar exatamente pela mesma situação.

– Sabe, morando aqui sozinho – explico. – Sei que você fez a mesma coisa em Nova York, mas foi diferente. Você tinha o Snake. A Emily. A turnê. E conversava com as pessoas.

– Você acha que não converso com as pessoas aqui? – Ele está perplexo e continua sem olhar para a estrada, então obviamente seguro seu rosto, direcionando-o de volta para a via expressa. – Confia em mim, Eden – diz ele, já me olhando de novo –, eu andei ocupado.

De novo, com gentileza, vira seu rosto para a estrada.

– Tipo o quê?

– Depois eu te falo – responde ele rapidamente. – Mas agora é hora de comprar comida.

Tyler pega a próxima saída para a Banfield Expressway, e logo depois viramos à esquerda, entrando no bairro de Irvington. Eu e Amelia parávamos muito por aqui, em vez de continuar em direção ao centro, então a Broadway Street é extremamente familiar. É cheia de lojas, cervejarias e restaurantes, mas mal tenho tempo de dar uma olhada, porque Tyler já está dobrando a esquina para entrar no estacionamento do Fred Meyer, que está lotado, como de costume. Em Portland, o Freddy's poderia facilmente ser uma religião. Meio que sinto falta do mercado.

Estacionamos e, depois de esticarmos as pernas por um tempinho, vamos para a entrada. É estranho pisar em Portland, mas, felizmente, a cidade parece estar experimentando suas altas temperaturas habituais de verão. Faz mais de 25°C e definitivamente está mais quente do que em Santa Monica nas últimas semanas.

Entramos no mercado, e Tyler pega um carrinho de compras, indo direto para os corredores como um cliente assíduo do Fred Meyer. Passa bastante tempo nas seções de frutas e vegetais. Nunca tinha feito compras com um vegetariano. É uma experiência interessante ver toda a comida que ele pega, e ainda mais interessante o fato de que a maioria parece realmente gostosa. Ainda assim, consigo colocar duas caixas de cereal Lucky Charms, meu *guilty pleasure*, no carrinho quando Tyler não está olhando.

Depois de andar pelos corredores por mais de meia hora, vamos para as filas dos caixas, e ajudo Tyler a colocar todos os itens na esteira, sempre pensando no quanto me sinto madura – o que é estranho, porque fiz compras em Chicago um milhão de vezes, mas é diferente com

Tyler. Parece que somos um casal fazendo as compras da semana antes de ir para casa, guardar tudo e depois se sentar na frente da televisão. É assim que deve ser. Só que a geladeira é do Tyler, não minha, e com certeza não somos um casal. Mesmo assim, é uma sensação boa. O que me faz pensar em como nossa vida seria *se* fôssemos um casal e em todas as tarefas rotineiras que teríamos que fazer e que só seriam agradáveis porque estaríamos juntos.

Carregamos um monte de sacolas para o carro e não temos escolha a não ser enfiá-las no banco traseiro, já que o porta-malas está lotado com a bagagem. Quando começamos a sair do estacionamento, quase dá para sentir o peso do carro, mas, felizmente, Tyler me conta que o apartamento fica a apenas cinco minutos de distância.

Seguimos pelo bairro de Irvington, direto para a esquina da Brazee com a Ninth, onde Tyler estaciona. A rua é ladeada por árvores, lógico, e tem algumas casas e sobrados. Exceto à direita, onde há um prédio.

– É aqui? – pergunto, embora a resposta seja bastante óbvia.

– É, sim – diz Tyler, já tirando o cinto de segurança. Também saio do carro e o sigo até o porta-malas, de onde ele retira nossa bagagem. – É um lugar bom, só o aluguel que é meio caro. Foi por isso que vendi meu carro.

– Prioridades – digo, repetindo o que ele disse dias atrás.

Devagar, Tyler sorri e fecha o porta-malas.

– Exatamente.

Ele vai na frente até o prédio e atravessa uma cerca de madeira, entrando em um pátio lindo. Os apartamentos têm plantas bem parecidas, com alguns duplex, e todos circundam o pátio comum, formando um C gigante. Há caminhos no gramado bem-cuidado, onde plantas, árvores e bancos estão espalhados. É agradável, especialmente com a luz do sol, mas não consigo imaginá-lo tão bonito no inverno, quando a garoa paira sobre a cidade.

– Meu apartamento é ali – indica Tyler, colocando a mão no bolso de trás da calça jeans e tirando um molho de chaves. Sigo seu olhar até a porta em que está escrito Unidade 3. Quando chegamos, as bochechas de Tyler estão coradas. – O apartamento está um pouco, hum, vazio – avisa, virando a chave na fechadura. – Não sou um bom decorador.

Depois de abrir a porta, ele recua para que eu entre primeiro. Quando dou alguns passos pelo chão de madeira da sala, a primeira coisa que noto é que ele não estava brincado. Está vazio *mesmo*. As paredes são brancas e não há nada pendurado, exceto uma televisão. O restante do cômodo consiste em um sofá de couro preto e um tapete bege peludo no centro.

– Em minha defesa – diz Tyler rapidamente enquanto leva minhas duas malas para perto de mim –, não quis gastar muito com coisas de que não preciso. E, além disso, não passo muito tempo aqui.

Ele tira a mala do ombro e a joga no sofá, depois vai até o canto mais distante da sala, onde há duas portas: uma que leva a um corredor pequeno e outra que leva a uma pequena sala de jantar.

Primeiro, Tyler me mostra a sala de jantar, que é apenas uma mesa preta com duas cadeiras iguais. Depois atravessamos outra porta, que dá na cozinha – um cubículo em comparação à cozinha da casa do meu pai e de Ella, mas tem tudo que é necessário. Acho que Tyler tem razão sobre não gastar muito com apartamentos enormes e móveis desnecessários.

Sigo-o de volta para a sala de jantar e até o pequeno corredor. Há dois quartos, com um banheiro entre eles. O da esquerda parece ser o de Tyler, embora não haja exatamente nada de pessoal nele. As paredes também estão vazias, e o único móvel é uma cama de casal encostada na parede. O guarda-roupa é embutido, e a única razão pela qual imagino que seja dele é porque o outro está totalmente vazio.

– Eu deveria ter arrumado esse quarto – comenta ele, a voz ecoando.

Olho para Tyler, que está coçando a nuca, meio sem jeito.

– Hum. – Estamos pensando o mesmo: *Onde vou dormir?* A última coisa que quero é que ele sugira que a gente durma junto, porque isso definitivamente não vai acontecer, então falo rapidamente: – Posso dormir no sofá. Não ligo.

Ele para na minha frente e me encara.

– Não posso deixar você dormir no sofá, Eden – responde, em um tom firme e sério, como se fosse meu pai. – Minha mãe me mataria se eu fosse um anfitrião tão ruim.

– Sério, eu não ligo. – Tento ser mais convincente. – Moro em um dormitório, lembra? Então, acredite em mim, já dormi em mil sofás.

Com as sobrancelhas franzidas, ele me estuda e fala:

– Tem certeza? Estou me sentindo meio mal com isso.

– Positivo. Temos que pegar as compras.

E é o que fazemos. Não demoramos muito para guardá-las – enquanto eu tiro os itens das sacolas, Tyler arruma tudo nos armários. Às cinco e meia da tarde, terminamos e estamos famintos. Foi um longo dia.

Tyler começa a preparar algum tipo de massa para ele, e eu encho uma tigela com o cereal Lucky Charms que comprei mais cedo. É tudo o que desejo, então me sento à bancada, cruzando as pernas, e como devagar enquanto observo Tyler cozinhar.

– Você deveria mandar mensagem para a sua mãe – digo, com a voz abafada e a boca cheia. – Para avisar que chegamos.

– Merda, é verdade.

Tyler para de cortar tomates, limpa as mãos na calça jeans e tira o celular do bolso. Pego mais cereal enquanto ele digita, com os olhos alternando entre a tela do celular e a massa cozinhando no fogão. Encaro os ombros dele porque nunca tinha reparado em como são largos. Depois, meus olhos traçam um caminho até o bíceps, onde as tatuagens estão aparecendo um pouco sob a manga da camiseta. Pisco rápido quando ele percebe que estou olhando.

– Posso perguntar uma coisa? – falo.

Depois de mandar a mensagem, Tyler coloca o celular na bancada e pega a faca de novo, virando-se de costas para mim.

– Claro.

– Por que você não quis que ela soubesse que paramos na casa dos seus avós?

Assim que pergunto, ele suspira. Olha para baixo, coloca a faca de volta na bancada e depois se vira para mim.

– Porque ela não sabe que voltei a falar com eles. Não mantivemos contato com meus avós depois que meu pai foi preso. Eles se mudaram, e a gente nunca fez uma visita. As pessoas não costumam viajar por nove horas para ver os pais do ex-marido, sabe? E, além disso, minha mãe odeia tudo relacionado ao meu pai, então não tem por que contar para ela.

Concordo com a cabeça. No breve momento de silêncio que se segue, mexo o cereal com a colher e Tyler volta ao fogão, ajustando a temperatura.

– Ela é uma ótima mãe – murmuro, por fim. Já disse isso a Ella, porque é verdade. Eu me pergunto se Tyler sabe disso também. – Só estou falando para o caso de você ainda não saber.

– Não, eu sei – responde ele, virando-se para mim de novo. – Sempre foi ótima, mesmo não tendo sido fácil para ela depois que soube a verdade sobre meu pai. Ficou arrasada na época. Muito diferente de como é agora.

Coloco a tigela na bancada e espero que Tyler fale mais. Gosto de saber da vida deles. Faço parte dela agora. Nunca vou saber exatamente pelo que passaram, mas pelo menos posso tentar entender. Nos últimos três anos, aprendi bastante.

Tyler passa a mão pelo cabelo como se estivesse pensando se vai ou não ceder e se abrir comigo, semicerrando os olhos para a janelinha ao meu lado. Depois de algum tempo, volta ao fogão e desliga o fogo.

– Ela realmente amava o meu pai pra caramba – começa, segurando a beirada da bancada. – E ele sentia o mesmo por ela, porque, sério, quando penso na minha infância, tudo que lembro é que os dois eram totalmente fascinados um pelo outro. Então, quando ela descobriu as coisas que ele fazia, quando meu pai foi preso, isso acabou com minha mãe. Não importava quanto amasse meu pai, não suportava mais olhar para ele, aí deu entrada no divórcio assim que a sentença saiu.

Ele para, encara o chão e depois ergue o olhar outra vez.

– Minha mãe parou de trabalhar e, por um ano depois de tudo ter acontecido, ela mal conseguia olhar para mim. Se sentia muito culpada por não ter percebido o que estava acontecendo e, uma vez, quando briguei na escola e cheguei com o rosto arrebentado, ela começou a chorar assim que entrei em casa. Os pais dela sempre diziam que nunca seria uma boa mãe, então acho que ela acreditou nisso por um tempo. E, claro, eu não estava facilitando as coisas saindo escondido, bebendo e fumando.

Tyler para de novo, mas desta vez se endireita e dá um passo na minha direção, parando bem na minha frente. Está usando aquele tom de voz suave e sincero que era raro, mas que agora é cada vez mais comum.

– Mas quando ela conheceu seu pai, parou de ficar na frente da TV o dia inteiro, bebendo cinco xícaras de café. Começou a sair, e por mais bobo que seja, minha mãe parecia feliz de novo, porque estava. Mesmo antes de ela contar, eu sabia que tinha conhecido alguém. Era óbvio e, quando finalmente contou, isso não me deixou assustado nem nada assim, como minha mãe achou que aconteceria. Fiquei feliz quando seu pai apareceu, porque assim minha mãe voltou a ser ela mesma.

Aos poucos, Tyler olha para minhas pernas, ainda cruzadas, e se aproxima, colocando as mãos nos meus joelhos. Hesita antes de continuar, como se estivesse esperando que eu o afastasse, mas tudo que consigo pensar é em como meu peito ficou apertado de repente. Não conseguiria afastá-lo nem se eu quisesse, porque me sinto congelada, paralisada com o mero toque de seus dedos. Ele é a única pessoa que já conheci que tem esse efeito sobre mim. A única pessoa que *quero* que tenha esse efeito sobre mim.

– Então – diz ele, sorrindo um pouco enquanto me olha com o rosto ainda voltado para baixo –, na verdade conheci seu pai quando eu tinha quinze anos. Minha mãe disse para a gente se comportar bem, mas, sabe, eu estava passando por uma fase "não estou nem aí" e saí para beber com uns caras bem mais velhos. Quando voltei para casa, estava muito bêbado. Assim que minha mãe entrou na cozinha com seu pai, antes de ele ter tempo de se apresentar direito, vomitei no chão. Nojento, eu sei. Uma péssima primeira impressão, né? Minha mãe ficou morta de vergonha, e seu pai ficou horrorizado, Até hoje me surpreendo por ele não ter saído correndo depois disso. Sei que mudei de assunto, mas a questão é: seu pai não gostou de mim desde o começo.

Sinto que ele engole em seco, e a cozinha fica em silêncio. Sua voz é quase um sussurro quando ele fala de novo.

– E não consigo deixar de pensar que, se eu não tivesse agido daquele jeito quando era mais novo, talvez seu pai não fosse tão contra…

Suas palavras se dissipam e sua respiração fica lenta e profunda. Não posso ver seus olhos, pois estou observando seus lábios, tão próximos de mim. Minhas pernas ficam quase dormentes enquanto ele leva as mãos dos meus joelhos para as minhas coxas, e, agora que nossas testas se tocam, sua boca está muito perto da minha. Nossos olhos, fechados.

– Isso – murmura ele.

Mas não posso continuar. Ainda não. Tenho muita coisa para entender, muita coisa para consertar. Beijá-lo agora sem dúvida seria o caminho mais fácil.

Com cuidado, seguro seu rosto e balanço a cabeça. Continuo com os olhos fechados, e o leve sorriso em meus lábios é quase um pedido de desculpas enquanto seu toque desaparece devagar. Primeiro do meu rosto, depois das minhas pernas. Entrelaço as mãos e coloco-as no colo.

Tyler dá um passo para trás e, quando meus olhos se abrem, ele está me encarando. Somente pelo seu olhar, sei que não está bravo por ter sido rejeitado. Está mais decepcionado do que qualquer outra coisa. Assente e sorri para mim de um jeito caloroso e compreensivo. Depois se vira, vai até o fogão e acende o fogo.

Meu corpo está estranho, diferente. Pego o cereal, que se transformou em uma papa, então só fico mexendo a colher na tigela. Mas, enquanto faço isso, meus olhos não estão no Lucky Charms que eu tanto queria.

Estão em Tyler, que eu quero ainda mais.

15

Quando acordo, parece que dormi menos de uma hora. Estou grogue e com a cabeça pesada. É quase impossível abrir os olhos, então os fecho com mais força e puxo o lençol para me cobrir. Começo a me arrepender de não ter dormido no sábado à noite, porque agora as únicas duas horas de sono estão me afetando. Mas a mão massageando meu ombro é persistente. É gostoso, mas está me despertando, então a afasto, virando meu corpo para o lado. Como se isso não fosse suficiente para mostrar minha irritação, também solto um gemido baixo.

Então ouço uma risada familiar e não preciso olhar para saber que é de Tyler. Uma breve onda de animação me percorre quando penso que ele está ao meu lado, quando penso que ele está aqui. Abro os olhos, de repente sobressaltada.

Por um breve segundo, não tenho ideia de onde estou nem mesmo de por que estou sozinha com Tyler, até piscar algumas vezes para acordar completamente. É quando me lembro de tudo e penso: *Ah, Portland*. É um pensamento que me desperta de imediato.

Tyler está agachado ao lado do sofá, arrumado e perfumado, olhando para mim. Meu rosto está na mesma altura que o dele, e seus olhos brilham.

– Desculpa ter que te acordar – diz.

Seus braços estão na beirada do sofá, as mãos entrelaçadas e os polegares girando.

Apesar de parecer que estamos no meio da noite, a luz do dia entra pelas janelas amplas. Meus olhos estão muito sensíveis, então abro o mínimo possível e me sento. Sinto o calor na nuca e o cabelo grudado na pele.

– Que horas são? – pergunto.

Até minha voz está rouca, e me sinto completamente exausta. Fico me perguntando se é possível ter ressaca sem ter bebido uma gota de álcool. Um tipo diferente de ressaca – uma ressaca de viagem ou de um irmão postiço. Estou me sentindo péssima.

– Oito e pouquinho – responde Tyler, devagar, depois abre um sorrisinho torto.

– Oito da manhã? – Fico parada mais um pouco, sem me importar com o fato de que provavelmente estou parecendo um furão surtado. – De segunda-feira? No meio das férias?

– Odeio ter que te dar essa notícia – diz ele, rindo –, mas nem todo mundo tem férias de verão. Algumas pessoas precisam trabalhar.

Ele apoia as mãos no sofá de couro e se levanta.

– Trabalhar?

– Tipo isso. – Ele checa o relógio, franzindo um pouco as sobrancelhas. Depois, olha de volta para mim. – Quais são as chances de você ficar pronta para sair em meia hora?

– Como assim "tipo"? – pergunto.

Não é bem a resposta que Tyler esperava, então solta um suspiro. Estou um pouco surpresa, porque embora faça sentido que ele tenha passado o tempo fazendo *alguma coisa* no último ano, nunca pensei exatamente no que poderia ser.

– É... – Ele faz uma cara feia e dá de ombros. – É complicado. Mas, como eu só voltaria de Santa Monica hoje, ainda tenho o dia livre. Só volto a trabalhar *de verdade* amanhã. Mas ontem você me perguntou como passei o último ano – diz ele com aquele sorriso incrível envolvendo seus lábios de novo –, então hoje eu vou te mostrar.

Essa ideia por si só é suficiente para me tirar da cama. Do sofá. Tanto faz. Logo estou de pé e vou direto para o quarto vazio onde estão minhas malas. Nem me importo com os nós na minha coluna ou com a rigidez no meu pescoço, porque estou ocupada demais indo tomar banho. Ansiosa demais para me arrumar, desesperada para que Tyler me conte como foi sua vida no último ano. Em primeiro lugar, foi por esse motivo que ele quis que eu viesse para Portland. Quer me mostrar exatamente por que foi embora.

Vinte minutos depois, quando volto para a sala, ele fica definitivamente impressionado. Com o cabelo já seco, estou arrumada e pronta para sair.

Coloquei meu moletom bordô com o logotipo da Universidade de Chicago, embora deva fazer uns 26°C hoje, e calcei meus All Stars brancos.

Tyler desliga a televisão e se levanta, parando e inclinando a cabeça para o lado, olhando, curioso, para meus tênis. Sei exatamente o que está pensando: se são os que ele comprou para mim em Nova York, o par que tem a sua letra rabiscada na borracha.

– São novos – informo, minha voz rouca.

Até levanto o pé para mostrar que não tem nada escrito. Faz um ano que os tênis que ele me deu no verão passado estão no fundo do armário. Não consegui mais usá-los, então comprei um par novo. Mas, embora Rachael tenha me estimulado a jogar os tênis velhos no lixo, vendê-los para um brechó ou queimá-los, não consegui fazer nada disso.

– Ok – diz Tyler, baixinho. É um pouco estranho, e considerando quanto ele parece desconfortável, com certeza não está muito animado. Mas compreende, pois acrescenta: – Eu entendo. – Depois muda de assunto de repente, pegando as chaves do carro no braço do sofá. – Antes de mais nada, vamos tomar um café.

– Não posso me opor a isso – digo, e então voltamos ao território neutro.

Portland tem um dos melhores cafés da região, modéstia à parte. Somos meio famosos por isso, e acredito de verdade que ninguém pode ser um verdadeiro local a menos que esteja sedento por um café logo de manhã, como é meu caso agora.

Trancamos o apartamento e saímos, e é bom ver um gramado verde, para variar. Ainda não são nem nove da manhã, então o sol está relativamente baixo, mas brilhando, e o ar está puro e fresco. Posso não gostar das manhãs, mas gosto de manhãs assim.

– Antes de sairmos – digo, quando entramos no carro de Tyler –, por favor, me diga que você não toma café na Starbucks.

Enquanto coloco o cinto de segurança, lanço um olhar solene para ele, sem piscar. Eu me pergunto se ele acha que estou brincando, porque, no começo, Tyler dá uma risada enquanto liga o motor.

– Pode ficar tranquila.

Relaxo e me encosto no banco.

– Ótimo. Então, para onde estamos indo?

– Para o centro – responde ele.

– Tá, mas para *onde*?

Tyler se vira para me olhar, seu breve sorriso se transformando em um sorriso enorme, que me faz pensar se ele está bem. Balança a cabeça devagar, sorrindo como se tivesse ganhado na loteria. Olho para ele com uma cara esquisita, como se perguntasse: *O que está acontecendo?*

Tyler tem um jeito extremamente inteligente de evitar perguntas que não quer responder. Sempre teve.

– Senti falta das suas perguntas – diz ele. Ainda com o sorriso enorme e os dentes perfeitos brilhando, continua: – E das suas muitas opiniões. E da sua persistência. E de como chega às conclusões mais bobas. E de como nunca dá o braço a torcer.

– Quer que eu saia do carro ou algo assim? – pergunto, segurando a maçaneta e abrindo um pouco a porta. – Porque você está agindo como se não quisesse que eu estivesse aqui.

– Eu disse que senti falta dessas coisas. Não que odeio.

Ele se inclina sobre mim, alcançando a maçaneta e fechando a porta com um baque. Seu braço roça meu peito, e tenho que morder o lábio e prender a respiração para me impedir de reagir. Depois, ele coloca as mãos de volta no volante e dá um sorrisinho.

Seguimos para o centro de Portland – o bom daqui, diferente de Los Angeles, é que o trânsito de manhã não é horrível. Claro, está intenso, mas nunca chega a ser um engarrafamento, porque as pessoas quase sempre usam o VLT ou bicicletas para se deslocar. Logo, há menos carros nas ruas.

A viagem leva menos de vinte minutos. É um começo de dia revigorante, e estar de volta à região central da cidade, vibrante e diversa, me faz sentir melhor ainda.

Acho que não dei valor a Portland quando morava aqui, porque não me lembro de gostar tanto da sua estranheza quanto gosto agora. A cidade tem seus prós e contras, o que fica óbvio enquanto andamos pelos quarteirões com centenas de lojas independentes, cervejarias, cinemas que podem vender cerveja e uma infinidade de clubes de strip-tease. Os quarteirões onde você não encontra um fast-food por quilômetros, onde os restaurantes são todos antiglúten, onde a população de rua está cada vez maior, onde dirigir não é considerado descolado e onde as pessoas andam a pé para todo lado. Até passamos pela Powell's, a maior livraria independente do mundo. Foi-se o tempo em que eu ficava horas lá, procurando, entre os milhares de exemplares, os livros didáticos corretos para o segundo ano do colégio.

Na época, Portland era chata e entediante, e realmente independente pra caramba.

Ainda é independente. Só que não parece mais tão chata. Na verdade, parece maneira.

Às nove e meia, já estacionamos e saímos para a rua. No começo, fico um pouco perdida, apesar de tudo ser tão familiar, só que deixar Tyler guiar o caminho não parece certo. Deveria ser o contrário.

– Sabe, Portland não é tão ruim quanto você disse.

Não quero admitir que ele está certo, que me enganei ao retratar Portland como a pior cidade do mundo, então dou de ombros e continuo em frente. Andamos somente dois quarteirões quando, de repente, sei exatamente em que lugar do centro estou. Pioneer Square.

Quando Tyler tenta virar à esquerda na esquina, eu o seguro e puxo de volta.

– O ponto de encontro de Portland – murmuro, embora não pretendesse dizer em voz alta.

– É, eu sei.

Faço uma cara feia para ele. Apesar de estar brincando, fico um pouco irritada. Talvez seja egoísta da minha parte ser tão protetora em relação a Portland, mas ainda estou me acostumando com o fato de ele chamar a cidade de sua casa quando, na verdade, é minha.

Estamos na esquina, perto da Nordstrom. Tyler continua em silêncio enquanto paro um tempo para observar a praça. Dizem que é uma das melhores do mundo, e concordo plenamente. A Pioneer Square ocupa um quarteirão inteiro, com um anfiteatro no centro. Os tijolos usados no pavimento têm milhares de nomes inscritos. Diferente do que acontece em Hollywood, em Portland você não precisa ser famoso para ter seu nome no chão. Só precisa pagar.

Antes de me mudar, eu adorava vir aqui. Sempre tem algo acontecendo, como o dia em que acendem as luzes da árvore de Natal enorme depois do Dia de Ação de Graças, e os eventos do Flicks on the Bricks durante o verão, em que instalam uma tela gigante e centenas de pessoas se reúnem em volta dos degraus, em espreguiçadeiras e toalhas de piquenique, para passar a noite assistindo a filmes.

Santa Monica pode ter praia, píer e o Third Street Promenade, mas Portland tem o Willamette, o monte Hood e a Pioneer Square. Parecem universos diferentes, duas cidades totalmente distintas que são únicas à sua maneira.

– Legal, né? – fala Tyler. Está de óculos escuros, então não consigo interpretar sua fisionomia por completo enquanto o fulmino com um olhar de desprezo. Acho que esqueceu que morei aqui por dezesseis anos. – Podemos voltar depois se você quiser. Talvez no fim de semana, quando estivermos livres.

Com o queixo levantado, me viro para ficar bem na frente dele.

– Quando estivermos livres? – repito.

– Quando *eu* estiver livre – corrige ele, ajustando os óculos até que fiquem confortáveis no nariz. – Como disse, nem todo mundo está de férias. Podemos tomar um café agora, por favor?

– Tá. – Balanço a cabeça rapidamente e olho uma última vez por cima do ombro. – Claro.

Viramos a esquina e paramos quase imediatamente no fim do quarteirão. À frente, há a portinha de uma cafeteria independente. Não conheço, porque embora nós, de Portland, adoremos café, existem lugares demais para ir e tempo de menos para visitar todos.

– Esquece o Refinery lá de Santa Monica. Este lugar dá de dez a zero nele. Mas talvez eu seja suspeito para falar – comenta Tyler.

Ele ri e abre a porta. Só me resta sorrir ao notar o modo como segura a porta para mim e me deixa entrar primeiro. Faz isso desde sempre, e nunca se esqueceu.

O lugar é agradável, pequeno e aconchegante, como todas as cafeterias deveriam ser. Está cheia, com uma fila que vai até a porta. Sem dúvida, são as pessoas que pedem café para a viagem, antes do trabalho.

Tyler tira os óculos escuros e os pendura na camisa, pegando a carteira.

– *Latte* de baunilha bem quente com um shot extra de caramelo, certo?

Ele me olha daquele jeito sutil e atraente, se esforçando ao máximo para não abrir um sorriso presunçoso.

Olho de volta para ele e espero que a sensação que isso me causa não seja perceptível no meu rosto.

– Você se lembra do que costumo pedir?

– Não é tão complicado assim.

– É, talvez. – Olho para a fila, para os funcionários atrás do balcão e para meu corpo. Mesmo usando um moletom, ainda me sinto pouco à vontade. – Não vou querer o caramelo hoje – completo.

Duvido que vá fazer alguma diferença, mas pelo menos me sinto menos culpada por tomar o *latte*.

– Combinado – diz ele. Dá uma olhada ao redor da pequena cafeteria e acena com a cabeça para uma mesa perto das janelas enormes que dão para a rua. – Guarda aqueles lugares? Vou pegar os cafés.

Vou direto para a mesa e me jogo na cadeira. Normalmente, gosto de ficar na frente de janelas sempre que posso, porque adoro ver as pessoas, mas hoje quero olhar para Tyler.

O estranho é que ele logo se mistura com os clientes da cafeteria, o que não deveria acontecer, porque ele é de Los Angeles. Mas parece tão comum aqui, tão normal. Talvez seja a camisa. Talvez seja a barba. Talvez sejam as tatuagens no braço. Talvez seja o fato de estar em uma cafeteria. Talvez seja seu jeito relaxado e descontraído. Não sei por que ele se encaixa tão bem, como se pertencesse ao lugar.

Tyler começa a conversar com o cara à sua frente, os dois falando mais do que o que seria considerado conversa fiada. Devem ter contado alguma piada, porque Tyler ri um pouco. Quando chega ao balcão, conversa com o barista também, um cara jovem com muitos piercings no rosto. Eles se cumprimentam com soquinhos e sorrisos, do jeito que se cumprimenta um amigo próximo, e então percebo que talvez Tyler seja um dos clientes mais assíduos da cafeteria. Talvez venha aqui todo dia, porque os dois falam sem parar por cima das máquinas de café enquanto o cara prepara as bebidas. Assim que ele entrega os dois copos, Tyler se vira e aponta para mim. O barista levanta as sobrancelhas, lançando um sorriso largo na minha direção e acenando.

Entro em pânico e dou um tchauzinho para ele, de um jeito "não sei quem você é nem por que está acenando, mas seria grosseiro ignorar". Felizmente, Tyler ri e se aproxima, colocando meu café na mesa e se sentando na cadeira do lado oposto.

– Quem era? – pergunto.

– É o Mikey – responde ele, apontando com a cabeça na direção do caixa. – Ele já me ouviu falar muito sobre você. Mandou dizer que está feliz em finalmente te conhecer.

Olho para o balcão de novo, e, apesar de Mikey estar trabalhando atrás da máquina de expresso, faz um sinal de positivo para mim com o polegar. Desvio o olhar o mais rápido possível, encarando Tyler de novo. É um pouco estranho que ele fale sobre mim com um dos baristas, mas decido não questionar. Em vez disso, aceno com a cabeça para o cara que estava na frente de Tyler na fila, que agora está sentado sozinho a uma mesa no outro canto da cafeteria.

– E aquele cara ali? Quem é?

Tyler segue meu olhar, sorrindo.

– O nome dele é Roger. Vem aqui todo dia de manhã, sempre antes das nove. Pede um descafeinado médio sem espuma e gosta que venha em um copo grande.

Encaro-o e franzo as sobrancelhas.

– Como assim, Tyler?

– E aquela moça ali – ele acena com a cabeça para a mulher que está no balcão, com o cabelo preso em um rabo de cavalo e uma mochila pendurada no ombro – é a Heather. Ela deve ter acabado de pedir um *mocha* branco grande duplo, sem espuma, com uma dose de xarope de morango, outra de baunilha, creme e um toque de canela por cima.

Só leva uma fração de segundo para eu chegar à conclusão óbvia.

– Você trabalha aqui?

Tyler apenas sorri e se recosta na cadeira, segurando o café com as pontas dos dedos.

– Trabalho. Geralmente sou eu quem serve as pessoas.

– Sério?

Primeiro, ele ri. Depois, toma um gole de café e se inclina para a frente, apoiando os cotovelos e o copo na mesa.

– Sério.

Eu o observo, porque meu primeiro instinto é pensar que ele deve estar brincando. Imaginar Tyler servindo café não combina com a imagem que tenho dele. Mas, na verdade, faz sentido. Ele gosta de café tanto quanto eu e tem o sorriso amigável necessário para a tarefa. Não é preciso um diploma. É fácil conseguir um emprego como barista em Portland. Se parar para pensar, metade dos universitários trabalha na Starbucks.

– Foi aqui que você trabalhou no último ano? Você é barista?

Meus olhos vão para o balcão de novo, onde Mikey e uma garota estão rodopiando rapidamente enquanto se alternam entre fazer café e servir os clientes. Tento imaginar Tyler fazendo o mesmo e, para ser sincera, consigo *de fato* imaginá-lo atrás do balcão.

– Isso – responde Tyler. Com o dedo indicador, traça um desenho na mesa, sem tirar os olhos de mim. – Todos os dias, das seis ao meio-dia. Preciso ganhar algum dinheiro por fora.

Agora ele me deixou confusa de novo.

– Por fora de quê?

– Da outra coisa que eu faço – explica ele, enigmático. Sabe que não tenho ideia do que está falando, e acho que ele gosta disso. O brilho presunçoso em seus olhos surge outra vez, mas está se esforçando para não demonstrar. – Tenho que conciliar.

Ainda não dei nem um gole no meu café, concentrada demais no que Tyler vai dizer.

– A outra coisa? – pergunto.

– É, e é para lá que estamos indo agora. – Ele se levanta, empurrando a cadeira para trás e pegando o café. – Não é longe daqui – diz, enquanto me levanto também. – Apenas alguns quarteirões de distância. Normalmente, quando termino meu turno, vou direto.

– Você tem dois trabalhos? – pergunto.

– Não exatamente. – Quando me preparo para dar outro palpite, ele levanta a mão livre. – Não pergunta, só espera. Você vai ver.

Então paro de falar, cheia de curiosidade. A coisa que mais odeio no mundo é não saber algo que estou desesperada para saber, e parece que Tyler quer me fazer esperar o máximo possível. Vai até o balcão mais uma vez para se despedir de Mikey e dizer que se veem amanhã, no próximo turno, o que me faz pensar: *Merda, o que vou fazer amanhã e todos os outros dias enquanto Tyler estiver no trabalho?* Mas decido pensar nisso mais tarde, porque agora não posso focar em outra coisa além do lugar para onde Tyler está me levando.

Saímos com os cafés, o sol nos iluminando. Por um segundo, quase parece que estamos de volta às ruas de Nova York, a milhares de quilômetros de todo mundo que a gente conhece, livres para fazer e sentir o que bem entendermos. Sinto falta daqueles dias em que estávamos juntos e despreocupados. Até mesmo Portland é arriscada, apesar de as chances de alguém me reconhecer depois de tantos anos serem baixas. Simplesmente não consigo encostar a mão na dele. Odeio me sentir assim, como se fosse errado. Odeio demais.

Seguimos para o leste, em direção ao Willamette, que divide a cidade ao meio, leste e oeste, e me pego curtindo o trajeto pelo centro de Portland de novo. É agradável ver algo além de redes de lojas e restaurantes. Andamos apenas alguns quarteirões, como Tyler disse, quando ele diminui o ritmo até parar. Aponta para uma porta preta grande à nossa frente, espremida entre um estúdio de tatuagem e uma loja de roupas. É só o que vejo: uma porta.

– Entre – diz Tyler.

Ele abre a porta enquanto bebe outro gole do café, depois a segura aberta com o ombro para me deixar passar primeiro. Dou de cara com uma entrada estreita com nada além de uma escada. Acho que leva até o segundo andar, acima do estúdio de tatuagem e da loja de roupas. A luz fluorescente é extremamente forte.

Eu já estava confusa, mas agora não entendo nada. Estou até um pouco preocupada.

– Onde estamos?

Tyler sobe alguns degraus, depois me olha.

– Suba e você vai descobrir – diz, com um sorrisinho.

Ansiosa e mordendo o lábio, sigo-o. Não sei o que pode haver lá em cima, mas, conhecendo Portland, diria que qualquer coisa. Fico muito aliviada e surpresa quando chegamos ao topo da escada e Tyler abre uma segunda porta, revelando a última coisa que eu esperava.

A música nos atinge, alta, mas não alta *demais*. Quando Tyler segura meu pulso e me puxa alguns metros para o grande espaço aberto, fico boquiaberta. Estamos em uma área ampla, com paredes vermelhas vibrantes e um tapete preto macio. Há muitas pessoas presentes. Garotos e garotas. Alguns dos adolescentes estão esparramados nas cadeiras brilhantes e confortáveis no canto oposto; outros estão competindo, debruçados sobre as várias mesas de pebolim e *air hockey* espalhadas pelo cômodo; alguns rodeiam as máquinas de refrigerante e lanches encostadas nas paredes; e outros estão grudados à fileira de laptops em cima de uma prateleira longa e baixa que se estende pela parede oposta. Há até televisões de plasma instaladas em cima e, quando olho para o teto, noto que é coberto de palavras. Citações e frases. Lemas e mantras. Inspiracionais e esperançosos.

– O que é isso, Tyler?

Meus olhos voltam a focá-lo.

Seu olhar é intenso, e há um pequeno sorriso em seu rosto enquanto ele observa a sala, mas parece voltar à realidade quando ouve minha voz. Devagar, seus olhos, sérios, encontram os meus.

– Um grupo de jovens.

– Um grupo de jovens? – repito. – Você trabalha aqui também?

– Para começar, é uma organização sem fins lucrativos – explica ele, casualmente, como se fosse óbvio, embora esteja sendo gentil. – Então não trabalho aqui, só administro. É voluntário, então preciso trabalhar por fora.

Cruzo os braços, tentando processar a informação para entender o que está acontecendo.

– Este lugar é seu?

– É, sim – responde ele com sorriso radiante.

É impossível não notar o orgulho em sua voz, em seu sorriso e em seus olhos.

– E você administra tudo sozinho?

Alguém grita o nome dele. Uma voz feminina, com sotaque britânico, seguida de passos correndo pelo tapete. Sei que é ela antes de me virar, porque aquela voz não poderia ser de mais ninguém. No entanto, ao mesmo tempo, há tantas informações novas para absorver que estou começando a ficar desorientada. Então, quando por fim me viro, a visão de Emily correndo em nossa direção é o suficiente para me deixar tonta.

16

Faz um ano que não vejo Emily. Desde o verão passado, em Nova York. Eu e Tyler fomos para Los Angeles. Ela voltou para Londres. Nunca achei que fosse vê-la de novo, mas, pelo jeito, estava errada, porque ela está aqui, puxando Tyler para um abraço rápido.

– Você voltou cedo! – diz ao se afastar dele, com os olhos arregalados de surpresa. – Achei que você só ia voltar amanhã.

– Não demorei tanto quanto pensei que ia demorar para convencer alguém a vir comigo – explica Tyler, com um breve sorriso enquanto ele dá uma olhada em mim.

– Ah, Eden! Você está aqui mesmo! – exclama Emily, quase pulando nos meus braços. O perfume dela é maravilhoso, o cabelo macio encostando no meu rosto. Está mais escuro do que eu me lembrava, e ela nota a diferença na minha aparência também, porque, quando se afasta para me olhar, pergunta: – Você cortou o cabelo?

– Faz bastante tempo – murmuro, observando as pontas e passando a mão pelo cabelo. Eu olho para ela e balanço a cabeça, confusa. – O que você está fazendo aqui?

– Sou voluntária. Estou passando alguns meses para ajudar o Tyler.

Ele parece tímido agora e mexe nos óculos escuros, ansioso. É incomum Tyler ficar tão retraído.

– Com o tempo percebi que era impossível fazer tudo isso sozinho, então liguei para a Emily e disse: *Ei, quer voltar para os Estados Unidos e morar em Portland?*

– E é óbvio que eu aceitei – termina ela, lançando um sorriso enorme para Tyler. Não consigo entender como podem se sentir tão orgulhosos e tão humildes ao mesmo tempo. – Melhor decisão que já tomei, além da turnê, claro.

– Vocês dois estavam em Portland? – pergunto, olhando para Emily. Ao que parece, não foi só Tyler que me deixou no escuro, mas ela também. Nenhum deles pensou em me contar, o que me faz achar que não confiavam em mim o suficiente para me dar essa notícia. – E você não me contou?

Uma pontada de dor atinge meu coração, mas tento afastá-la.

O sorriso de Emily se transforma em uma expressão de culpa, o brilho de seus olhos se esvaindo como se pedisse perdão. Então, de repente, ela inclina a cabeça para trás e cobre o rosto com as mãos.

– Aaah, eu sei, desculpa. Tyler não queria que eu comentasse, caso contrário você perguntaria o motivo de eu estar aqui, e eu teria que mentir.

Penso sobre o assunto por um segundo e entendo. Entendo que Tyler precisava de espaço. Entendo por que não quis que ninguém soubesse onde estava. O que não entendo é o que o impediu de me contar o que estava fazendo. Podia ter me mandado uma mensagem. Uma mísera mensagem dizendo que as coisas estavam indo bem, porque, no último ano, as únicas notícias que tive vieram de Ella, e isso quando minha madrasta dava um jeito de passar algumas informações em conversas rotineiras longe do meu pai. Nunca pareceu preocupada com Tyler, então acho que sempre imaginei que ele devia estar bem. Quando começou a me ligar, já era tarde demais. O desprezo que eu sentia por ele era enorme, e nunca consegui atender suas ligações. Talvez, se eu tivesse *atendido*, Tyler teria me contado tudo o que está contando agora. Talvez.

Só percebo que não respondi quando Tyler se aproxima de mim e pergunta:

– Você está bem?

– É só que… – Balanço a cabeça e coloco a mão no rosto. – Isso é muito doido, Tyler.

Emily olha de mim para Tyler algumas vezes e, devagar, se afasta.

– Vou deixar vocês dois conversarem – murmura em seu sotaque típico. Suas feições estão suaves. – Fico feliz por você ter vindo, Eden. Falo com você depois, tá?

Assinto, e ela sai. Eu a observo com atenção enquanto começa uma conversa com um grupo de garotas perto das máquinas de refrigerante, rindo como se fossem melhores amigas, apesar de as meninas parecerem estar no primeiro ano do ensino médio.

Eu me viro para Tyler.

– O que você faz aqui exatamente? – pergunto.

– Vem comigo.

Ele acena com a cabeça para a porta no canto oposto. Ainda estamos segurando os cafés, mas ele pega minha mão livre e gentilmente me conduz pelo lugar.

Enquanto andamos, um garoto se aproxima com cuidado. Não deve ter mais do que dezesseis anos. Parecendo ansioso, cobre as mãos com as mangas do moletom.

– Ei, Tyler. Emily falou que você só ia chegar amanhã – diz.

– É, eu sei – comenta Tyler.

Paramos perto da porta, mas ele não larga minha mão imediatamente, como teria feito um ano atrás, assim que alguém se aproximava da gente. É uma sensação estranha estar aqui, rodeados de pessoas, com nossas mãos entrelaçadas. Uma sensação com a qual eu poderia me acostumar. Uma sensação que um dia eu talvez não me sinta tão culpada por experimentar.

– Já teve alguma notícia da sua mãe?

– Nada ainda. – O garoto olha para o chão, dando de ombros. – Meu pai vai me ligar assim que ela sair da cirurgia.

– Que bom. A gente conversa daqui a pouco, tá? A propósito, esta aqui é a Eden.

Ele solta minha mão e coloca o braço sobre meus ombros, de um jeito muito casual e fácil. É difícil me concentrar em outra coisa além do seu toque constante, mas me forço a manter os olhos fixos no garoto.

– Oi – digo, abrindo o sorriso mais gentil que minhas feições permitem.

Mas ele não responde, apenas assente com o olhar grudado no chão e se vira, se afastando em direção aos computadores.

– Aquele é o Bryce – explica Tyler, abrindo a porta com as costas. – A mãe dele está no hospital já faz algumas semanas, então ele fica por aqui para passar o tempo. É supertímido.

Atravesso a porta atrás de Tyler até um cômodo menor. É um escritório. No centro, há uma mesa de carvalho enorme com uma cadeira ajustável de couro. O piso é de madeira e as paredes são vermelhas, combinando com a sala da qual acabamos de sair. Encostados a uma parede, há gaveteiros com pastas empilhadas em cima.

Tyler fecha a porta e pega o café da minha mão, colocando-o em cima da mesa e falando para eu me sentar.

Lanço um olhar para ele.

– Que foi?

– Senta para a gente conversar – diz ele, rindo baixinho.

Um pouco hesitante, me sento na cadeira. É superconfortável. Giro uma ou duas vezes, depois balanço para a frente e para trás, assentindo.

– Ótima – elogio.

Tyler ri e tira algumas folhas de papel do caminho para conseguir se sentar na ponta da mesa, o que o faz parecer muito profissional, tipo um advogado ou um diretor se preparando para me bombardear com informações.

Ele abre a tampa do café, coloca-a sobre a mesa e depois dá um gole grande.

– Então... Seja bem-vinda à minha organização sem fins lucrativos. Estamos abertos todos os dias durante o verão, das oito da manhã às dez da noite. Emily fica aqui das oito às cinco. Eu chego ao meio-dia, depois do turno na cafeteria, e fico até as dez, então sempre tem alguém aqui, normalmente nós dois, além de um grupo pequeno de voluntários para ajudar. E o que fazemos? – Seu sorriso se alarga e os olhos brilham. – Estamos aqui só para conversar, para oferecer um lugar aonde as pessoas possam ir se precisarem. Aparece todo tipo de gente: de pré-adolescentes até o pessoal que já está no último ano do ensino médio. Eles vêm por várias razões. Alguns para fazer amigos. Alguns quando querem sair de casa depois de brigar com os pais. Outros só para ter com quem conversar. E acho que dá certo a gente ter vinte e poucos anos, sabe? Não somos cinquentões tentando dizer o que é certo e o que é errado. Talvez eles achem mais fácil conversar com a gente porque estamos mais no nível deles.

Aceno com a cabeça, assimilando as palavras, mas antes de conseguir perguntar o que ele faz aqui, Tyler continua:

– Sabe o que foi doido? – Ele olha para baixo, pegando a tampa do copo e virando-a nas mãos. – Tem um garoto de uns dezesseis anos chamado Alex que está sempre aqui. Alguns meses atrás, recebi uma mensagem dele em uma sexta à noite, quando eu estava arrumando as coisas para ir embora. Alex ia dormir na casa de uns caras que não conhecia tão bem, mas eles começaram a tomar ácido, e Alex é um garoto tranquilo. Não queria ficar, mas ainda não dirige e não queria ligar para o pai, então ligou para mim. Eu o busquei de carro, mas ele não queria voltar para casa. Seus pais iriam perguntar por que ele voltou, e Alex não queria ter que lidar com isso. Então foi para a minha casa.

Ele para de brincar com a tampa e olha para mim, então percebo que, pela primeira vez, parou de sorrir. Tyler pressiona os lábios, e seu olhar é suave, mas quase aflito, de um jeito que talvez eu nunca tenha visto.

– Acho que foi aí que eu percebi. *Ei, estou realmente fazendo algo bom.*

Ele fixa os olhos no colo, e eu o encaro, entorpecida, me perguntando como é possível alguém amadurecer tanto, fazer uma virada tão drástica, se tornar tão… tão *inspirador*. Neste instante, percebo que não há pessoa melhor para administrar esse grupo do que Tyler. Ele passou por muita coisa, de violência a vício, do colapso de sua família a relacionamentos manipuladores, de se sentir sozinho a ter que agir como se tudo estivesse bem. Ele entende os problemas que alguns desses garotos podem estar enfrentando. Sabe como se sentem.

– É para ser um ambiente positivo – comenta ele, se levantando. – Um lugar para onde as pessoas podem vir para se distrair, receber conselhos e se divertir. Emily gosta de chamar de "porto seguro".

– Acho maravilhoso – digo com sinceridade. No entanto, não posso deixar de pensar que talvez as coisas pudessem ter sido diferentes se ele tivesse me contado bem antes. Talvez eu não tivesse ficado tão furiosa, talvez tivesse sido mais compreensiva. Talvez não tivesse passado doze meses imaginando o que realmente estava acontecendo. – Sua mãe sabe de tudo isso?

– Da maior parte, sim. – Tyler se vira de costas para mim. Devagar, vai até o canto do escritório e abre um gaveteiro. Passa alguns segundos vasculhando os arquivos antes de puxar uma pasta, que abre por um momento para folhear, depois olha para mim por cima do ombro. – Não falo tudo para ela. Tem algumas coisas que nunca contei.

– Tipo o quê?

– Tipo as mesmas coisas que não contei para você. – Ele dá um sorrisinho e fecha a gaveta, pegando o café e se virando para mim. – Mas vou contar. Tenho só que pensar nas palavras certas primeiro.

Eu me levanto e chego mais perto.

– Você sabe que quando fala esse tipo de coisa eu fico estressada?

Ele sorri.

– Foi mal.

Ouvimos uma batida suave na porta, que se abre um pouquinho. Emily dá uma olhada no escritório.

– Estou interrompendo?

Embora eu nem esteja tão perto assim de Tyler, dou um passo para trás sem perceber.

– Não – respondo.

Emily abre a porta por completo e entra, o cabelo preso novamente em um rabo de cavalo alto que balança sobre os ombros. Seu olhar se fixa em Tyler.

– Bryce está te esperando. Perguntou por você o fim de semana todo. Sei que está de folga, mas pode conversar com ele um pouco?

– Posso. Vou lá falar com ele. – Tyler vai em direção à porta, mas parece lembrar que, diferente do usual, também estou aqui, porque para e olha para mim. – Eden?

Gesticulo em direção à porta.

– Vai lá.

Há gratidão no sorriso que ele me lança antes de sair. Então ficamos apenas Emily e eu. Ela atravessa o escritório até mim, com os olhos iluminados da mesma maneira satisfeita e feliz, e fico imaginando como deve ser se sentir assim.

– Estou muito feliz por você estar aqui – comenta ela, segurando meu braço com gentileza para me levar até a porta e depois para o ambiente principal. – Fazia tanto tempo.

– E *eu* estou muito confusa por *você* estar aqui – respondo. Não consigo superar o fato de Emily estar ao meu lado neste momento. – Todo esse tempo, pensei que você estivesse em casa, sofrendo com o clima britânico do qual reclamava tanto.

Inquieta, Emily ri enquanto me leva até as janelas que dão passagem para o sol da manhã iluminar o cômodo.

– Para falar a verdade – diz ela, suspirando –, voltar para casa foi horrível. Então não consegui negar quando Tyler me ligou e me perguntou o que eu achava de vir para cá ajudá-lo no verão. Demorou alguns meses, mas acabei pegando um voo.

– Você voltou tão fácil assim?

Ela dá de ombros e, em seguida, se aproxima do parapeito da janela, cruzando as pernas. Faço o mesmo, então fico ao seu lado, com a luz batendo em nós duas.

– De qualquer forma, eu não estava fazendo nada de produtivo – admite Emily, colocando alguns fios soltos de cabelo atrás da orelha. – Estava na mesma situação que o Tyler. É como se você chegasse da turnê, a realidade te atingisse e você pensasse: *Merda, e agora?* Quando ele me ligou, eu estava tão entediada trabalhando como caixa na Tesco que não foi exatamente uma decisão difícil arrumar as malas e vir ajudá-lo. Até agora, acho que gosto mais daqui do que de Nova York.

– Sério?

– É um lugar com uma vibe de cidade pequena. Isso é raro de se encontrar.

Concordo com a cabeça, prestando atenção nos adolescentes ao redor. Alguns estão nos observando de canto de olho, provavelmente se perguntando quem sou eu. Outros estão chegando agora.

Não posso deixar de me surpreender com o espaço, toda a tecnologia e o modo como os adolescentes circulam pelo lugar. É uma sensação estranha saber que foi aqui que Tyler passou o último ano, mas, ao mesmo tempo, é satisfatório. Uma sensação boa. É legal saber que ele está fazendo algo bom, produtivo e valioso. Algo significativo.

Observando o movimento, verbalizo meus pensamentos.

– Como esses garotos já estão acordados? É verão. E ainda não são nem dez da manhã.

– Confie em mim, as coisas estão calmas agora. – Ela ri. – Espere até meio-dia. É quando fica cheio.

Meus olhos encontram Tyler. Ele está do outro lado da sala com o garoto de mais cedo, Bryce. Parece tranquilo, com os ombros relaxados e uma expressão calorosa e convidativa no rosto. Assente sempre que Bryce faz uma pausa. Observando-o, tenho certeza de que ele pertence a este lugar. O projeto o transformou de maneiras que nunca pensei que seriam possíveis.

– Preciso apresentar você para o pessoal – diz Emily de repente, e meus olhos se voltam para ela. – Bom, a maioria aqui sabe sobre você. Sabe que Tyler ficou alguns dias fora para te ver. – Ela desencosta do parapeito da janela. – Mas me diz – continua, com as mãos nos quadris, me observando –, como você prefere ser apresentada? Como irmã postiça do Tyler ou como... – A voz dela fica mais baixa, e Emily abre um sorriso ansioso, como se estivesse com medo de pisar em um calo.

– Irmã postiça – respondo.

O que quer que eu e Tyler sejamos, não sou *aquela* palavra. Nunca fui. E, graças às circunstâncias, ainda não tenho certeza de que vou ser algum dia. Mesmo que meu pai e Jamie cheguem a nos aceitar, ainda preciso voltar para

Chicago no outono, a mais de três mil quilômetros daqui, de Tyler. Parece tão impossível.

Emily assente e depois me leva para o grupo mais próximo de adolescentes, um pequeno amontado de garotas esticadas em cadeiras no canto. Ela me apresenta como Eden, irmã postiça de Tyler, que veio de Los Angeles, mas, na verdade, é daqui de Portland. As meninas dizem alguns "aaah" e alguns "oi" baixos, então voltam para o que estavam fazendo. A gente continua, repetindo o processo várias vezes até que todo mundo saiba meu nome.

A esta altura, Tyler está livre de novo e vem em nossa direção com o sorriso infinito ainda dominando suas feições. Vê-lo sorrindo assim dói, e não sei por quê.

– E aí?

– Apresentei a Eden para todo mundo – conta Emily, depois olha de mim para ele rapidamente. – Mas sério, gente, vocês não precisam ficar aqui. Vão aproveitar o dia juntos. Tyler, só volte amanhã, como a gente tinha combinado.

Fito Tyler, esperando que ele diga alguma coisa, com a esperança secreta de que ele concorde com Emily. Não me importaria em passar o dia com ele, só nós dois. Em primeiro lugar, foi para isso que voltei para Portland. Vim descobrir se ainda havia alguma coisa entre nós, e cada dia que passamos juntos desde quinta-feira, cada hora, cada minuto, deixa mais óbvio que sim, há. Vim descobrir se vale a pena salvar nossa relação. Talvez valha.

– Você tem razão – diz Tyler. Mordo a parte de dentro da bochecha para não sorrir como uma boba. Felizmente, ele não percebe, porque está provocando Emily, dizendo: – Tem certeza de que consegue dar conta?

– Por favor – retruca ela, zombando –, tenho dado conta a semana inteira.

Nós três damos uma risada rápida e nos despedimos. Emily se afasta, e eu e Tyler nos dirigimos para a porta principal. Ele anda devagar, com os braços balançando, e é tão, tão sexy.

– Quer ir a algum lugar específico? – pergunta, e eu desvio os olhos das veias em suas mãos e rezo para que não note minhas bochechas ficando coradas.

– Nenhum em particular – murmuro.

Baixando a cabeça, deixo o cabelo cair no rosto, escondendo meu semblante para que Tyler não consiga perceber nada.

– Tenho uma ideia – diz ele logo depois, a voz leve e entusiasmada.

Eu me viro para olhá-lo, curiosa.

– Qual?

– Vou mostrar.

Seus olhos brilham, maliciosos, e ele abre a porta. Eu me viro, pronta para descer as escadas de volta para a rua, mas não vou muito longe. Não desço nem mesmo um degrau, porque bato em algo antes de ter tempo de me mover. É duro. É uma pessoa, provavelmente um garoto subindo a escada correndo.

Assim que tudo acontece, recuo e peço desculpas o mais rápido possível. Então Tyler segura meu braço e me move para o lado enquanto dá um passo à frente, e é aí que eu finalmente olho para o coitado do garoto em quem trombei na escada. No entanto, fico perplexa ao descobrir que não é um garoto.

Na verdade, é um adulto, um homem. Está parado perto do topo da escada, a poucos centímetros de nós, com as sobrancelhas tão arqueadas de surpresa que quase desaparecem no couro cabeludo. Segura uma pasta com força, tem um relógio dourado no punho, sua camiseta está cuidadosamente para dentro da calça e a gravata solta no colarinho. No começo, acho que está no prédio errado. Aqui é um grupo de jovens, não um centro de conferências ou um complexo de escritórios. Continuo com essa ideia até Tyler cumprimentá-lo, deixando claro que o homem não é um desconhecido.

– O que você está fazendo aqui? – pergunta Tyler. Há certa urgência em seu tom, mas parece mais confuso. – Você só ia pegar o voo na próxima sexta-feira.

O homem, que aparenta ser relativamente jovem, talvez com cerca de quarenta anos, olha para a pasta em sua mão e a levanta.

– O contador terminou a previsão que queríamos mais cedo do que o planejado, então pensei em vir e deixar isto aqui. – Ele fala de um jeito surpreendentemente suave para um homem tão forte, e há alguma coisa em suas feições que atrai meus olhos para o rosto barbeado. – Eu deveria perguntar o que *você* está fazendo aqui. Você não ia ficar fora por alguns dias?

– Ia, mas voltei ontem à noite. – Tyler muda de posição, desconfortável, as mãos ansiosamente enfiadas nos bolsos da frente do jeans. O homem lança um olhar penetrante na minha direção, e noto o modo como Tyler engole em seco antes de se forçar a dizer: – Esta é a Eden.

– Ah! – exclama o homem.

Ele me analisa e abre um sorriso tenso. Eu o encaro de volta, não por estar curiosa, mas porque não consigo desviar o olhar. Sua presença me deixa confusa, e meu estômago começa a revirar quando noto a pele morena, o cabelo escuro e os olhos brilhantes que, aos poucos, parecem mais esmeralda do que no começo. Ele é familiar, e a semelhança com a pessoa em pé à sua frente é inegável.

– E Eden, este é... – A voz de Tyler falha, e ele engole em seco mais uma vez, soltando um suspiro trêmulo. Leva um segundo para se recompor e controlar a ansiedade súbita. Quando fala de novo, já sei o que tem a dizer antes mesmo de ele abrir a boca. – Este é meu pai.

17

Minha voz está alta, alterada.

– Que merda é essa? – pergunto, explodindo.

Quase por reflexo, recuo para mais perto de Tyler e para mais longe do homem à minha frente. O homem que passei a odiar nos últimos anos. Fico enjoada. A sensação é tão intensa que tenho que prender a respiração para não vomitar. Meus pensamentos estão confusos, e não consigo me concentrar. Estou muito perplexa, surpresa e chocada.

No fim, a única coisa que passa na minha mente é *Que merda é essa? Que merda é essa? Que merda é essa?*, porque não sei o motivo de ele estar aqui. Não sei o motivo de ele estar em Portland, aqui neste prédio, na nossa frente.

– Posso explicar – diz Tyler rapidamente, se virando para me encarar.

É como se ele pudesse *ver* a lista crescente de perguntas na minha cabeça, além do pânico e da perplexidade nos meus olhos, do mesmo jeito que consigo ver o estresse e a ansiedade nos dele. *Mais explicações*, penso. Quando acredito que finalmente sei de tudo, ainda há algumas informações que ele não achou que valia a pena mencionar.

– Você ainda não contou para ela? – pergunta o pai.

Mais uma vez penso: *Que merda é essa?* Ele parece surpreso e, quando olho com desprezo para cada célula de seu corpo, seus olhos verdes estão incrédulos. O pai de Tyler não é como imaginei que seria, um criminoso. Tem boa aparência. Nunca esperei vê-lo, mas, se tivesse imaginado, nunca acharia que seria tão comum. Eu imaginava olhares brutos, nós dos dedos esfolados e lábios em uma carranca constante. Esperava que tivesse a *aparência* de alguém capaz de ser violento. Mas não. Ele parece respeitável, o que é pior ainda.

– Eu ia contar – sussurra Tyler, depois fecha os olhos e coloca as mãos no rosto, esfregando a têmpora direita. – Achei que tinha até a próxima semana.

– Bem – responde o babaca na minha frente –, me desculpe por aparecer sem avisar. – Ele coloca a pasta embaixo do braço e olha para mim, seus lábios ostentando um sorriso caloroso, amigável. É a coisa mais irritante do mundo. – Peter – diz, dando um aceno de cabeça sucinto para mim.

– Eu sei quem você é – retruco.

Minha voz está fervendo de desgosto, e meu olhar é feroz. Não consigo me conter. Odeio este homem e simplesmente não consigo tolerá-lo, ser agradável. Ele não merece meu respeito e nunca vai tê-lo.

– O que está acontecendo, Tyler? – indago.

Quando olho para Tyler, vejo que parece desesperado para sumir. O desconforto é evidente em suas feições.

– Posso voltar mais tarde... – sugere Peter, com a mão levantada, como se estivesse se rendendo, enquanto se afasta.

Está com a testa franzida, aparentemente desconfortável com o clima tenso. Ou com minha irritação. Talvez sua primeira impressão sobre mim não seja boa, mas, neste momento, realmente não ligo.

– Não – fala Tyler, depois tira a mão do rosto, endireitando-se e soltando um longo suspiro, com os ombros firmes e o peito estufado. – Pode entregar a pasta para a Emily – pede, fixando um olhar sério no pai, o que é a coisa mais estranha e, ao mesmo tempo, mais satisfatória que já o vi fazer. O controle em sua voz, em seus olhos e em sua postura é reconfortante, porque, para minha surpresa, esse poder não é de Peter. – Eden, vamos embora.

Com urgência, ele pega minha mão, os dedos automaticamente se entrelaçando nos meus, como se pertencessem a eles. Desesperado, Tyler me puxa escada abaixo, e deixamos o pai dele para trás. Lanço um último olhar por cima do ombro e vejo que Peter está nos observando, passando a mão pelo cabelo *exatamente* como o filho. Trinco os dentes enquanto Tyler me leva para a calçada, a porta batendo ao sairmos.

Na rua, hesitamos, nos olhando enquanto estranhos passam por nós. Tyler respira fundo, apertando minha mão com ainda mais força. Depois se recosta na janela do estúdio de tatuagem, se empoleirando no parapeito, então me puxa para perto. Quando olha para mim, seu olhar é uma mistura de centenas de emoções, como se ele não conseguisse decidir exatamente como se sente.

179

– Era isso que eu precisava contar para a minha mãe – murmura Tyler e, depois, acrescenta ainda mais baixo: – Era o que precisava contar para você.

– O quê? – pergunto, tirando a mão da dele e cruzando os braços. – Não faço ideia do que está acontecendo. Por favor, pode me dizer o que seu pai está fazendo aqui?

– A versão curta? – Ele engole em seco. – A gente voltou a se falar em setembro.

Respiro fundo enquanto rugas de surpresa aparecem na minha testa. Devagar, descruzo os braços. Preciso me esforçar muito para manter a calma.

– Por quê? – pergunto. Não entendo, e isso está me deixando exasperada. Não consigo entender por que Tyler deixaria isso acontecer. Minha cabeça pesa, como se eu estivesse me afogando em perguntas que precisam desesperadamente de respostas. – Como?

Tyler se endireita e olha de um lado para outro enquanto examina com cautela as pessoas ao redor. Então pega as chaves do carro no bolso de trás da calça jeans e as aperta com força, os dentes trincados em uma expressão tensa.

– Vamos para o carro – sugere, começando a andar. Seus passos são rápidos e sua mão livre encontra a minha de novo. O estado de choque e descrença me impede de perceber a sensação de sua pele na minha. – Não posso te contar aqui fora.

Não sei o que pensar enquanto vamos até o estacionamento. Meus olhos não estão concentrados em nada em particular, e permaneço totalmente desorientada enquanto Tyler me leva de volta à esquina da cafeteria em que trabalha, perto da Pioneer Square. Mal presto atenção no caminho. Tudo que consigo fazer é piscar, com a mente em outro lugar. Perguntas, perguntas e mais perguntas. Preciso de respostas para entender o que está acontecendo, mas a mais importante não pode esperar até chegarmos ao carro.

Olhando para Tyler, simplesmente pergunto:

– Você está… Você está bem?

Ele olha para mim de imediato. Não parece surtado com a presença do pai, então é óbvio que não é a primeira vez que se encontram cara a cara, mas Tyler está muito inquieto.

– Estou… É que eu não… estava preparado.

Ele desvia o olhar, começando a fazer círculos suaves nas costas da minha mão com o polegar. No começo, acho que é para me tranquilizar, como um jeito de dizer que tudo isso não é tão doido quanto parece, mas depois percebo que é uma tentativa de aliviar a tensão. Tyler morde o lábio várias vezes antes de soltá-lo devagar, com os olhos em transe, distantes, como se estivesse perdido em pensamentos profundos. A lista mental de explicações e possibilidades do que ele poderia estar prestes a me dizer fica maior a cada segundo.

Chegamos ao estacionamento e subimos as escadas. Tyler aperta minha mão com tanta força que meus dedos estão ficando rígidos. Por mais confiante que seja, a ansiedade leva a melhor. Tenho medo de que ele desmaie por causa do nervosismo. De alguma forma, ele consegue permanecer desperto e, assim que o carro entra no nosso campo de visão, solta minha mão. Destranca o carro, entra no banco do motorista o mais devagar que já vi e joga as chaves em um dos porta-copos no console central. Eu o acompanho, me sentando no banco do passageiro. Quando fecho a porta com cuidado, o silêncio recai sobre nós. As pessoas da rua desapareceram. O estacionamento está vazio e quieto. Estamos só nós dois. Impaciente, eu o encaro.

– O que está acontecendo, cacete?

Para minha surpresa, o lábio inferior de Tyler está intacto mesmo depois de tanto ser mordido. Ele olha para o painel por um longo momento antes de se inclinar para a frente e se apoiar no volante, então encosta a testa ali e esconde a cabeça com os braços para que eu não veja seu rosto.

– Eu ainda não sabia como contar isso – admite, a voz abafada –, então tenha paciência comigo.

– Só me diz por que seu pai está em Portland, Tyler.

É tudo que preciso saber. Esse é o motivo de estarmos aqui agora: o babaca do pai dele. Não consigo compreender, e o silêncio de Tyler não ajuda a justificar por que seu pai está a um raio de oitenta quilômetros de distância.

– Porque ele financia o grupo de jovens – diz Tyler rapidamente, em voz alta, levantando a cabeça. Ainda está curvado sobre o volante, mas vira o rosto para mim, com os olhos franzidos. – Ele paga o seguro. Paga o aluguel. Cuida da parte jurídica. Cuida de tudo que não consigo dar conta.

– É isso? – Balanço a cabeça, puxando as pernas para cima do banco e cruzando-as. Suas palavras não oferecem exatamente as respostas que estou buscando. Pelo menos, não todas. – Como aconteceu? Quando você começou a falar com ele de novo? *Como* você começou a falar com ele de novo?

Tyler estremece a cada pergunta. No mesmo momento, um homem passa pelo carro, indo até o dele, e Tyler desvia o olhar, observando. Espera o homem desaparecer de vista, como se ele pudesse nos ouvir do lado de fora, então me encara.

– Não é fácil contar para você – admite.

– Em primeiro lugar, não foi fácil para você me dizer a verdade sobre ele – comento, lembrando-o o mais gentilmente possível. Às vezes, Tyler só precisa de uma leve pressão para se abrir, um empurrãozinho. – Mas você me contou mesmo assim. Estou ouvindo, ok?

Abro um pequeno sorriso, firme e reconfortante, que mostra a ele que eu me importo. Sempre me importei. Acho que às vezes Tyler se esquece disso.

Ele engole em seco e assente uma vez, depois se afasta do volante, se encostando no banco, com os ombros relaxados. É quase como se estivesse fisicamente se esvaziando na minha frente. Toca a parte de baixo do volante com as pontas dos dedos, observando as mãos. Suas veias são grossas e azuis.

– Na noite em que fui embora… – começa ele, e de imediato me preparo para uma longa história, a história toda.

Tyler nunca faz as coisas pela metade. É tudo ou nada. Sua voz está baixa, e ele continua ansioso, alisando a parte de baixo do volante.

– Eu não sabia para onde ir. Então, continuei dirigindo, e, quando estava passando por Redding, parei na casa dos meus avós. Tinha passado a noite toda na estrada e estava exausto. Acho que a última pessoa que eles esperavam que batesse à porta era eu.

Finalmente, ele ergue o olhar, e suas mãos apertam mais o volante. Dá um leve sorriso, mas isso é tudo. Fico feliz quando ele não desvia os olhos de mim.

– Na verdade, fiquei alguns dias por lá enquanto pensava no que estava fazendo e para onde ia a seguir. Mas aquelas fotos nas paredes… as fotos com o meu pai… não consegui lidar com elas. – Devagar, ele solta um suspiro, franzindo os lábios. – Tentei tirá-las das paredes, mas meu avô me disse para ir embora. Eu estava furioso. Comecei a gritar com meus avós, e eles me disseram que eu estava descontrolado.

Ele para mais uma vez, e dor surge em seu rosto. É como se o mero pensamento dos avós dizendo algo assim fosse demais para suportar.

– O pior era que eu sabia que era verdade. Foi por isso que fui embora de Santa Monica. Sabia que tinha que fazer algo sobre isso o mais rápido possível. Não queria ficar com tanta raiva.

Franzo as sobrancelhas. O modo como Tyler se abre tem sempre algo muito desolador. Algo muito franco, muito sincero e muito cru, que me causa um peso no estômago. Acho que é porque seu passado é trágico demais. Inquietante e injusto demais, perturbador e desconfortável demais. Tudo sobre a vida dele parece ser assim.

– Ninguém pode te culpar por se sentir desse jeito em relação ao seu pai – digo, tendo que me segurar para não chegar perto e abraçá-lo como sempre fazia quando ele precisava de conforto e garantia de que tudo ficaria bem.

– Mas eles podem me culpar por não me controlar. – Seu tom se torna mais tenso enquanto volta os olhos para o para-brisa. O estacionamento pode estar cheio de carros, mas não há uma pessoa à vista. – Eu queria te ver.

– O quê?

– Quando eu ficava com raiva daquelas fotos – murmura ele –, eu queria te ver.

Ele passa os dedos na circunferência do volante. Uma, duas, três vezes. Está olhando fixamente para o Ford antigo estacionado à nossa frente.

– Eu já sabia que não era saudável depender tanto de você. Não podia viver dependendo de você para me acalmar, ou para dizer que tudo estava bem, ou que eu tinha que respirar fundo. Foi por isso que não voltei mais. Eu poderia ter voltado. Eu queria voltar. Mas teria sido a saída mais fácil.

Ele para de passar os dedos pelo volante. Está me olhando de novo e, por um momento, fica completamente imóvel.

– Estava na metade do caminho entre Portland e você. E sabia que tinha que escolher Portland, porque, se eu não podia ficar com você, então podia ficar com pelo menos *parte* de você.

Sinto arrepios nos braços, e minha garganta está seca. Eu me concentro em respirar, porque estou com medo de esquecer. Inspire, expire.

– Portland te levou ao seu pai? É isso que você vai dizer? – pergunto.

Tyler balança a cabeça.

– Só escuta – pede ele. É enérgico e abrupto, como se não quisesse que eu interrompesse. Então lanço um olhar de desculpas e levanto as mãos em sinal de rendição. Sem mais perguntas. Apenas escutar.

– Vim para cá e, nas primeiras semanas, não fiz nada. Só passava o dia com muita raiva e não sabia como fazer para me sentir melhor sem, você sabe, bater em alguma coisa. – Ele fecha a mão esquerda e a levanta enquanto um sorriso minúsculo surge em sua boca, depois deixa as mãos caírem no colo, e a carranca retorna. – Não conseguia lidar com o fato de o meu pai estar solto e precisava dar um jeito de liberar toda aquela raiva que havia guardado por anos. Não sabia como fazer isso, até que eu realmente comecei a pensar nas opções. – A voz fica mais baixa a cada palavra. Ele está engolindo em seco entre as frases e olhando para as mãos no colo, entrelaçando os dedos. – Então finalmente me dei conta do que tinha que fazer, ainda que odiasse a ideia. Era... Era constrangedor. – Outra pausa. Ele respira fundo, e suas mãos ficam imóveis. – No fim de agosto, dei o braço a torcer e marquei uma consulta com uma... – Ele não consegue falar e dá um longo suspiro de novo. Fecha os olhos e, com os lábios rígidos, murmura: – Marquei consulta com uma psicóloga.

Silêncio.

Não sei o que eu esperava que Tyler dissesse, mas com certeza não era isso. A palavra deixa o clima pesado de repente. As quatro sílabas estão zumbindo no meu ouvido. Tyler ainda não abriu os olhos. Na verdade, estão mais fechados ainda.

Estou imóvel, em parte surpresa e em parte incrédula.

– Terapia? – pergunto.

Ele assente e ergue as mãos para cobrir o rosto. Nos três anos que o conheço, nunca vi Tyler tão humilhado.

– Minha mãe sempre quis que eu conversasse com alguém – murmura ele, sua voz abafada pelas mãos. A palavra ainda ecoa na minha cabeça, indo e voltando. – Quando tudo aconteceu. Quando meu pai foi preso. Ela sempre quis arrumar uma psicóloga para que eu pudesse conversar com alguém neutro na situação. Mas eu recusava. – Devagar, ele tira uma das mãos do rosto e esfrega os olhos com a outra. Ainda estão fechados. – Eu tinha treze anos na época. Estava para começar o oitavo ano. Não queria ser o garoto que precisava de ajuda. Queria ser normal.

"Gostaria de ter ido naquela época. Fiquei pensando que talvez as coisas tivessem sido diferentes, e foi aí que percebi que ainda poderiam ser.

Então procurei, agendei uma consulta e me arrependi assim que passei pela porta. A primeira sessão me fez sentir o maior imbecil do mundo. Me senti tão idiota sentado naquele sofá, com uma planta do meu lado e uma mulher com o dobro da minha idade perguntando como eu estava. O nome dela é Brooke, e me perguntou por que eu estava lá, então usei o discurso da turnê no ano passado. Sei de cor, então agora não é nada além de um roteiro para mim. É mais fácil falar das coisas se eu me sinto desconectado de tudo."

Sei que Tyler não quer que eu interrompa. Sei que não quer que eu continue fazendo perguntas. Mas simplesmente não posso controlar a vontade de reagir, de dizer alguma coisa. Estendo a mão em direção à dele quase inconscientemente e, com cuidado, entrelaço nossos dedos. Gosto da sensação. Sua pele encostada na minha, a minha na dele. Deixo nossas mãos assim, juntas sobre sua coxa. Meu olhar ainda está em seu rosto.

– Que nem você está fazendo agora? – pergunto.

Quase imediatamente, ele tira a mão do rosto e abre os olhos. Age devagar, e seus movimentos estão sem vida quando ele vira a cabeça para me olhar. É como se estivesse entorpecido, se forçando a piscar, porque seus olhos estão arregalados, mas sem nenhuma emoção.

– Desculpa – sussurra. Tyler observa nossas mãos, irradiando calor. Não ergue os olhos, mas dá um longo suspiro. – É difícil olhar para você.

– Tudo bem.

Tyler pode estar se acostumando a ser vulnerável ao longo dos anos, mas não significa que seja menos desconfortável para ele. Sei que odeia fazer isso, mas sempre insiste e vai em frente. Já está muito melhor do que vou ser um dia, então tento ter paciência.

– E aí, o que aconteceu?

Ele dá de ombros e mantém os olhos fixos nas nossas mãos.

– A gente só… conversou. Eu estava indo lá duas vezes por semana. Acabou não sendo tão ruim até a terceira semana, quando ela perguntou se eu já tinha pensado em falar com meu pai. Sabe, tipo confrontá-lo em um ambiente controlado. Disse que isso ajudaria. Achei que ela estava louca. – Ele leva a mão livre ao meu punho, onde traça círculos suaves ao redor da pulseira que estou usando. – Mas quando voltei, uns dias depois, falei que queria tentar. Fazia sentido, e eu sempre quis que meu pai tivesse que olhar para mim. Não queria que fosse fácil para ele, então liguei para o meu tio Wes e desliguei logo que ele atendeu. Depois liguei de volta e pedi que dissesse ao meu pai para estar em Portland na segunda-feira seguinte. Dei o endereço do consultório da psicóloga e disse que era a única chance que eu daria a ele. Desliguei antes que desse tempo de eu me arrepender.

– E ele foi?

– Foi. Eu me senti tão mal esperando naquela manhã, pensei de verdade que ia desmaiar no consultório da Brooke. Tinha a sensação de que ele desistiria e, para ser sincero, estava meio que torcendo para acontecer. Brooke estava um pouco mais otimista e tinha razão, porque ele apareceu na hora marcada. – Seus olhos encontram os meus, e ele abre um sorriso tímido, um daqueles sorrisos tristes em que nunca vou acreditar. – Cacete, foi muito estranho. Ele entrou e meio que congelou, me encarando, mesmo quando a Brooke foi se apresentar e apertar a mão dele. Meu pai não disse nada, e eu apenas olhava para ele, me perguntando por que ainda estava igual a como eu lembrava. Queria que estivesse diferente, assim pareceria uma pessoa diferente.

Acho que Tyler não está se importando com minhas perguntas, então interrompo e questiono em voz baixa:

– Quanto tempo fazia?

– Oito anos – responde, balançando a cabeça como se não acreditasse. – Ele não me via desde que eu tinha doze anos. Doze... Tipo, é muito louco. Tenho vinte anos, e acho que ele ficou seriamente atordoado por uns dez minutos. Perdeu toda a minha adolescência, e aposto que foi estranho ver um cara na frente dele, e não uma criança.

– Você estava... com raiva? – Minha voz soa baixa, e meu tom é suave.

– Não – responde, e parece contente com o feito. – Nem sei o que eu estava sentindo. Meio que um vazio, como se não tivesse nada dentro de mim. Aí eu me sentei, e meu pai se sentou também, e ficamos em silêncio por no mínimo uns cinco minutos. – Seus dedos se movem do meu pulso e voltam para a minha mão, onde ele bate em cada um dos nós dos meus dedos, suave e lentamente. Parece que ele precisa manter a mente concentrada em algo além das próprias palavras. Como se tocar meu punho, bater nos nós dos meus dedos e apertar minha mão com mais força fossem maneiras de distraí-lo. – Brooke me fez contar tudo para ele.

Levanto uma sobrancelha.

– Tudo?

– Tudo desde o momento em que ele foi preso até agora – explica.

A respiração profunda, o breve fechar de olhos, a mão apertando mais a minha – tudo isso acontece sempre que Tyler está prestes a falar algo que não quer verbalizar.

– Contei das três suspensões na escola. Contei que eu tinha quatorze anos quando fumei maconha pela primeira vez. Dezesseis quando usei cocaína. Contei que minhas notas eram horríveis porque eu não ligava para nada, que tratava minha mãe que nem lixo, que realmente gostava de ficar bêbado. Contei das vezes em que estive no banco de trás de uma viatura e de quando quebrei o nariz de um garoto no ensino médio. Contei sobre Nova York e sobre você. Contei por que eu estava em Portland. Disse que estava aqui por causa dele, porque precisava consertar a bagunça que *ele* fez dentro de mim.

Não percebo que estava chorando até piscar e a primeira lágrima escapar. É difícil respirar, e minha cabeça dói com o peso das palavras dele. Já sei de tudo isso, mas ouvir a dor na voz de Tyler enquanto ele conta é o que me atinge em cheio. Não acho que seu pai vá, um dia, realmente saber quanto dano causou. A violência pode ter sido física, mas o dano é psicológico.

– Acho que foi a parte que mais me aliviou, Eden – diz ele, alto e claro, como se o mesmo alívio estivesse fluindo de novo por seu interior. Quando pisco, e as lágrimas que se formaram nos cantos dos meus olhos escorrem, percebo que o olhar de Tyler encontrou o meu de novo. Sua expressão volta a ser completamente sincera. – Olhar bem na cara dele e *culpá-lo* por tudo o que fez… foi recompensador. Ele desmoronou bem na minha frente. Meu pai nunca foi de chorar, sério. Então fiquei surpreso, porque não era do feitio dele, e aos poucos me dei conta de que talvez ele lamentasse tudo que aconteceu. De que talvez se odiasse por aquilo. De que talvez realmente estivesse arrependido. Ele só pedia desculpa, desculpa e desculpa. Daí eu me levantei calmamente e saí do consultório, deixando meu pai lá, balbuciando como um idiota. E para ser sincero… – Ele sorri. – Eu me senti melhor mesmo.

Com nossas mãos ainda entrelaçadas, passo o braço livre por cima dos ombros de Tyler e o abraço. O tecido macio da sua camiseta absorve as lágrimas enquanto elas escorrem pelas minhas bochechas, e não consigo responder porque estou ocupada demais fechando os olhos com força. Odeio chorar, e sempre que choro é por causa do Tyler. Sempre por causa do idiota do Tyler.

Ele finalmente nota.

– Por que você está chorando? – pergunta, surpreso.

Com a mão, ergue meu queixo para me olhar, passando o polegar sob meus olhos, depois aperta ainda mais as nossas mãos entrelaçadas. A qualquer momento, com certeza um de nós vai estourar um vaso sanguíneo por causa da pressão.

– Você não é um caos – digo.

Eu é que sou. Sou eu quem está chorando no ombro dele. Sou eu quem não consegue consertar as coisas com meu pai. Sou eu quem não consegue recusar sorvete no píer. Sou eu quem está contando a passagem dos dias, aliviada quando cada um deles chega ao fim, em vez de tentar melhorá-los. É por isso que admiro tanto Tyler. Ele se mostrou determinado a mudar as coisas. Ele se mudou para uma cidade nova, foi fazer terapia, falou com o pai, criou um grupo de jovens, está trabalhando, mora sozinho. Não ficou só se lamentando.

Quando o conheci, nunca pensei que um dia estaria tão desesperada para ser exatamente como ele.

– Não sou mais – fala ele. – A Brooke ajudou muito. É por isso que continuei indo. Só não esperava ver meu pai na sessão seguinte. Fiquei muito confuso quando entrei, até Brooke me contar que ele iria mais vezes. Disse que ainda tínhamos muito para consertar, então meu pai ficou em Portland e foi em todas as sessões, três vezes por semana, nas três semanas seguintes. Foi ficando cada vez mais fácil conversar com ele, então acabei contando que estava pensando em começar um grupo de jovens. Ele gostou da ideia e se ofereceu para ajudar. Não poderia trabalhar diretamente com menores de idade, então disse que arcaria com os custos. Pelo jeito, é o mínimo que me deve. Mas ele cumpriu a palavra – conta Tyler, me puxando mais para perto. – Paga as contas e vem para Portland uma vez por mês para ver como as coisas estão. Está morando em Huntington Beach. Faz um ano que começou a investir em empresas, tentando se reconstruir. Odeio admitir, mas está indo bem. Não posso culpá-lo por tentar consertar as coisas, porque estou fazendo exatamente o mesmo.

Esfrego os olhos e me afasto, me ajeitando no assento. Nossas mãos ainda estão entrelaçadas.

– Por que foi tão difícil me contar isso? – pergunto.

Tyler solta um gemido e desvia o olhar, subitamente quieto e nervoso outra vez.

– É que... – Suas palavras somem, e ele dá um suspiro drástico. – É a terapia. Queria contar, mas é difícil de admitir.

– Por quê?

– Porque desde quando terapia é um negócio legal, Eden? – Ele me encara, e, por um momento, acho que está prestes a brigar comigo por questioná-lo, mas não há raiva na sua expressão nem no seu tom de voz. Os dias em que ele ficava extremamente nervoso já passaram. – Terapia não é uma coisa da qual a gente se orgulhe.

– Não?

Ele franze as sobrancelhas.

– Como assim?

– Você *deveria* se orgulhar, Tyler – digo, encarando-o firmemente com os olhos úmidos, depois solto nossas mãos. – Fazer terapia não significa que você é fraco, sabe. Significa que é forte, e você deveria se orgulhar de ter tomado essa decisão. Olha como está mais feliz.

– Por que você sempre faz isso?

– Isso o quê? – pergunto.

Devagar, um sorriso toma conta de seu rosto, iluminando os olhos.

– Faz eu me sentir melhor com suas palavras sábias.

Abro um sorriso, o maior possível, porque o dele é contagiante. Tyler pode não estar orgulhoso de si mesmo, mas *eu* estou. Não acho que ele vá parar de me surpreender com o quanto é incrível.

– Quando você realmente se importa com uma pessoa, você *quer* fazer com que ela se sinta melhor. É o que acontece quando você ama alguém.

Algo perpassa sua expressão, mas é tão rápido que mal tenho tempo de reconhecer. Ele inclina o corpo de leve para mais perto enquanto seus lábios se curvam em um sorriso brincalhão, cheio de alívio e alegria.

– Ama, hein?

Sinto as bochechas ficando vermelhas por causa da pressão intensa de seu olhar. Seus olhos brilhantes estão me observando enquanto ele espera uma confirmação, mas me sinto tão envergonhada que não consigo encará-lo.

Eu me inclino para ele por cima do console central, murmurando:

– Sempre amei.

Passo os braços ao redor de seu bíceps, enterrando o rosto na camiseta dele antes de ver sua expressão. Tyler passa um braço ao meu redor e me puxa para mais perto, e a gente se segura um ao outro com tanta força que é como se nossa vida dependesse disso. Gosto de ter o corpo dele encostado no meu assim.

Agora quero beijá-lo. Quero muito, muito beijá-lo, porque estou apaixonada. Posso sentir em cada centímetro do meu corpo, em cada célula, em minha totalidade absoluta. O sentimento sempre esteve presente, e não importa quanto eu tenha tentado me convencer no último ano de que não sobrou nada, a verdade é que nunca foi embora. Sou apaixonada por Tyler desde os dezesseis anos.

Estou pronta para beijá-lo. Mas não é, de novo, o momento certo. É o momento de Tyler, e meu corpo encostado no dele já parece o suficiente. Seu queixo está apoiado na minha cabeça, e sinto sua respiração na minha testa, quente e lenta. Um ritmo suave que é a coisa mais relaxante do mundo. Ficamos assim por um tempinho, com os braços em volta um do outro, enroscados nos bancos do carro em um estacionamento no centro de Portland. Um ano atrás, nunca imaginei que minha vida seria assim de novo, mas agora que de fato *é*, nem sonho em mudá-la.

Outro dia, penso.

Outro dia a gente se beija.

18

Não demorou muito até a ideia surgir.

Estou sentada no banco do carro, minha respiração em sintonia com a de Tyler, nossos olhos entreabertos encarando preguiçosamente o para-brisa quando, de repente, meu corpo se levanta. Eu me afasto e me endireito. A brusquidão do movimento assusta Tyler, que se encolhe e me fulmina com um olhar questionador.

Ainda não são nem onze da manhã, ou seja, temos o dia todo pela frente. Um dia inteiro de Tyler livre antes de voltar para o trabalho amanhã. Emily disse para a gente se divertir, e é exatamente o que vamos fazer. Ao estilo de Portland.

– Mudança de planos. Me dá as chaves – digo.

Estou reprimindo o sorriso que ameaça se espalhar pelo meu rosto, me esforçando ao máximo para manter uma aparência brincalhona. Pelo menos uma vez, quero surpreendê-lo. Normalmente é o contrário. Normalmente, Tyler é quem aparece com grandes ideias, tipo me levar ao píer pela primeira vez e fazer reservas em restaurantes italianos, tipo me ensinar a jogar beisebol e comprar ingressos para o jogo do Yankees, tipo me deixar dirigir seu supercarro no meio da noite em um estacionamento em Nova Jersey e comprar um All Star para mim, só para escrever na borracha depois. Em espanhol. Ele sempre tem ideias empolgantes que me surpreendem. Agora é minha vez.

– Oi?

– As chaves – repito. – Preciso delas para dirigir.

Tyler olha para as chaves do carro no porta-copos do console central, depois para mim, e novamente para as chaves. Parece estar ponderando sobre o pedido, como se acreditasse mesmo que, seja lá o que eu tenha em mente, talvez seja perigoso. Não é. Só aventureiro. Por fim, ele pega as chaves e coloca na minha mão.

– Mas achei que a gente...

– Só muda de lugar comigo. E confia em mim.

Ele não hesita. Abre a porta e sai do carro, indo para o lado do passageiro. Eu passo pelo console central e me acomodo no banco do motorista. Nunca dirigi este carro. Só o carro antigo dele. Não é nem de longe tão potente quanto o outro, então me sinto bastante à vontade enquanto ligo o motor e coloco o cinto de segurança. Graças a Deus, o câmbio é automático.

Quando entra de novo no carro, Tyler sorri de um jeito que me diz que está confuso, mas intrigado. Ele ajusta o banco, coloca o cinto de segurança, chega para trás e se acomoda.

– A sua ideia está de acordo com a lei? – pergunta ele. – Sem invasão de propriedade? Sem direção perigosa?

Lanço um olhar para ele.

– Óbvio que está de acordo com a lei. Por que eu faria algo que não estivesse?

– Bom, somos *muito* ruins em infringir a lei – comenta ele, e rimos como se a conversa de antes não tivesse nem acontecido.

Sua ansiedade foi embora, substituída por bom humor e um brilho nos olhos que só aparece quando Tyler realmente se sente à vontade. Acho que está feliz porque a conversa terminou e mais feliz ainda por eu não estar insistindo no assunto. A vida nem sempre se resume a lidar com as coisas ruins. Às vezes, se divertir tem que vir em primeiro lugar.

Ligo o carro e saio do estacionamento, de volta às ruas quentes de Portland. Não quero que Tyler saiba para onde estamos indo, então deixá-lo dirigir não é uma opção. E nosso destino fica fora da cidade.

– Então – começa ele quando paramos num sinal vermelho –, isto é um sequestro? Sei que você não me via há um ano, mas não tem motivo para recorrer a esse tipo de coisa. Roubo de carro e sequestro.

Reviro os olhos e finalmente permito que o sorriso que eu estava segurando se espalhe pelo meu rosto.

– Vou levar você para uma aventura. A gente tem umas paradas para fazer. A primeira fica a quarenta minutos daqui, e espero muito que você ainda não tenha visitado o lugar.

Tyler solta uma risada calorosa, depois fica quieto, me encarando com um sorriso. Há algo no seu rosto que acho que nunca vi. Não é gratidão. Não é alívio. É admiração.

O clima no carro está bem diferente agora. Mudou de tenso para elétrico, alimentado por boas vibrações, risadas e sorrisos constantes. O rádio está ligado, ecoando a batida do top 10 das mais tocadas, enquanto o sol nos aquece através do para-brisa. Pela primeira vez, sinto que é verão. O objetivo do verão é este mesmo: dias de sol cheios de aventuras com as pessoas que você mais ama ao seu lado.

O trânsito ainda está tranquilo, então sair do centro e atravessar o Willamette não é um pesadelo. Na verdade, é fácil, e logo chegamos à rodovia. A paisagem é incrível, e fica difícil de acreditar que meu pai me levou em longas viagens por aqui quando eu era mais nova. Fazíamos viagens de carro todo sábado de manhã, mas essa rotina acabou quando a relação dele com minha mãe começou a desmoronar. Hoje em dia, mal conseguimos olhar um para o outro sem nos sentirmos irritados, muito menos passar um tempo juntos, aproveitando. É estranho quanto as coisas podem mudar ao longo dos anos.

A viagem leva menos de quarenta minutos. Seguimos para o leste, deixando Portland para trás e apreciando a vista do rio brilhando à luz do sol. Quando o clima está ruim, este caminho é menos agradável. O tempo também passa muito mais rápido, porque, pelo jeito, Tyler e eu não paramos de falar nem por um segundo. Ele continua tentando adivinhar para onde o estou levando, e erra. Não, não vou levá-lo para Washington, do outro lado do rio. Não, não vou levá-lo ao topo do monte Hood. E não, não vou levá-lo para andar de jet ski, o que acho que ele secretamente gostaria de fazer. Quando estamos a poucos minutos do meu destino incrível, a expressão dele muda. Seu rosto se ilumina, e Tyler desliga o rádio antes de se virar para mim, com um sorriso torto estampado no rosto.

– Multnomah Falls – chuta ele.

Frustrada, quase piso no freio.

– Ah, fala sério! – Levanto a mão, indignada por minha surpresa não ser mais surpresa, semicerrando os olhos para ele. – Como você sabe?

Ele ri e se endireita no assento, apontando para trás por cima do ombro.

– A placa lá atrás? Pois é, dizia Multnomah Falls.

Multnomah Falls é a queda-d'água mais alta do Oregon, uma das principais atrações do estado. Faz anos que não faço uma visita, mas era um dos meus lugares favoritos, especialmente quando vinha com meu pai. A gente costumava ir até o topo, pedir para alguém tirar uma foto nossa e mandar para a minha mãe, que respondia dizendo que queria estar lá também.

– Por favor, me diz que você ainda não foi lá. Quero te mostrar o lugar.

– Nunca fui – responde Tyler, e eu suspiro aliviada.

O lance de Multnomah Falls é que é um lugar especial. Por isso o escolhi para nossa primeira parada. Hoje é um dia especial. Há algo no ar, pairando ao redor. Posso sentir e gosto disso.

Entramos no estacionamento em frente ao restaurante Multnomah Falls Lodge. Tyler parecia nervoso enquanto eu manobrava o carro em uma vaga apertada entre dois veículos. Felizmente, consigo fazer tudo sem destruir os dois retrovisores. Tiro a chave da ignição e me espremo para sair do carro.

– Acho que é ali, né? – pergunta Tyler, se juntando a mim e assentindo enquanto arregaço as mangas do moletom até os cotovelos.

Nem preciso olhar para trás para saber que sim, ele está olhando para a cachoeira. É tão chamativa que você consegue vê-la da rodovia, à direita, e agora não estamos tão longe.

– É.

– Beleza. Vai na frente – diz ele.

Imediatamente, seguro o ombro de Tyler, puxando seu braço para trás para que eu possa deslizar minha mão na dele, entrelaçando nossos dedos outra vez. Na última hora, tudo ficou claro. Não preciso mais hesitar na minha decisão de como me sinto em relação a Tyler, porque não há mais nada me impedindo de aceitar o fato de que ainda estou apaixonada por ele. Agora eu entendo. Entendo por que Tyler teve que ir embora. Entendo por que veio para Portland. Entendo por que tomou as decisões que tomou. E entendo por que precisou tomá-las por contra própria, por ninguém além dele mesmo. Eu entendo, e agora que ouvi as respostas e explicações para todas as perguntas e dúvidas que tive ao longo do último ano, não tenho mais raiva nem sentimentos contraditórios. Só restaram amor e perdão. Tanto tempo sem seu toque me deixou louca, e agora que finalmente sei como me sinto, estou desesperada para sentir sua pele na minha. Vou aproveitar qualquer oportunidade, como a que tenho neste momento, enquanto o levo pela estrada com nossas mãos coladas. Felizmente, Tyler não parece se importar.

Já há várias outras pessoas ao redor – um grupo de meninas e um casal de idosos, todos estão indo em direção ao início da trilha pavimentada. Vamos atrás deles.

Amo o fato de que a cachoeira é muito acessível. Uma caminhada de apenas cinco minutos leva até a base. Para quem quer ir além, é possível ir direto para o topo.

Então, aqui estamos nós, Tyler e eu de novo, de mãos dadas, algo natural. A verdade é que ninguém nem sabe que somos irmãos postiços. É impossível que saibam, e enquanto olho as pessoas tento entender por que tive tanto medo de como desconhecidos iriam reagir se descobrissem que Tyler é meu irmão postiço. Eles são apenas desconhecidos. Suas opiniões não nos interessam e definitivamente não deveriam nos afetar. O modo como me sinto agora, feliz e satisfeita com Tyler ao meu lado, é o que realmente importa.

A caminhada é tão curta que, antes que eu perceba, estamos na área de observação na base da cachoeira. É aqui onde sua altura de quase duzentos metros se torna realmente impressionante. As pessoas já estão se juntando em um grande grupo, tirando fotos e pegando as capas de chuva na mochila. Não importa o calor que faça em Portland no verão, Multnomah Falls sempre está mais fria, com uma camada de névoa cobrindo-a e o solo úmido.

– É bem bonito – diz ele, alto, por cima do som da cachoeira.

A água tende a espirrar em tudo, inclusive em nós.

– A gente vai lá para cima – digo, apontando para a Benson Bridge, uma passarela que atravessa a base do primeiro nível da cachoeira. Tenho certeza de que deve ser uma das vistas mais emocionantes do mundo.

De novo de mãos dadas, começamos a andar. O caminho até a passarela não é muito longo, só alguns metros, mas temos que lutar contra o fluxo de pessoas que tiveram a mesma ideia que a gente. Às vezes, gostaria que Multnomah Falls não fosse tão famosa, porque quando chegamos à passarela, já está lotada de turistas. Tyler coloca as mãos nos meus ombros, encostando o corpo atrás do meu e me direcionando para a frente, então vamos nos apertando entre as pessoas até achar um lugar onde parar. Finalmente, *finalmente*, sinto que estou em casa de verdade.

Aqui em cima, com mais um tanto da cachoeira acima de mim e a segunda queda lá embaixo, me sinto a um milhão de quilômetros da Califórnia. O cheiro de musgo molhado. O frescor no ar. As árvores, verdes e vivas, e não ressequidas e marrons. *Isto* é o Oregon.

– É obrigatório tirar foto – digo, me virando para Tyler.

Ele está com a cabeça inclinada para trás, o rosto na direção do topo da cachoeira. Pisca algumas vezes e olha para mim com um sorriso caloroso. Não hesita em pegar o celular no bolso de trás da calça.

– Se é mesmo obrigatório – murmura –, então pode dar um sorriso.

Ele dá alguns passos para trás e ergue o aparelho, com um sorriso enorme enquanto ri e me fala para dizer "xis".

Com a cachoeira de pano de fundo, me recosto na passarela, em meio às pessoas, e sorrio. É tão natural que sinto o sorriso iluminando todo o meu rosto. Me sinto tão feliz que me esqueço de que estou posando para uma foto, e acabo rindo, de mim e de Tyler, e dos sorrisos espontâneos que não conseguimos segurar.

Quando ele tira a foto, trocamos. É a vez dele de ficar de costas para a cachoeira. Tyler abre outro sorriso largo, fazendo joinha para a câmera com os dois polegares, e eu tiro algumas fotos. Depois me aproximo e me aperto ao seu lado, segurando a câmera em frente a nossos rostos. Ele encosta a cabeça na minha, tocando minha têmpora com o queixo, e sorrimos mais uma vez para a câmera, assim como fizemos um ano atrás, em Nova York. Mas, desta vez, nosso pano de fundo não é a Times Square.

Tiro a foto e abaixo o braço, me virando para encará-lo e colocando o celular na sua mão. Mas o sorriso no rosto de Tyler se transformou em uma carranca, o que é o suficiente para que eu o imite. Seu olhar se fixa no meu punho por um longo tempo, e não entendo por que está franzindo as sobrancelhas, até que ele segura meu braço e vira meu punho em sua direção. É aí que me lembro da tatuagem, e acho que Tyler só percebeu hoje. Não é a mesma da qual se lembrava. Ele se lembra de três palavras. Agora, há uma pomba com uma asa maior do que a outra, porque tenho certeza de que o tatuador de São Francisco ainda estava em treinamento.

Tyler pega meu outro braço, verifica o punho. Nada. Olha para o pássaro horrível com desdém, depois me solta devagar e me encara, ansioso.

– Onde está o…? – Sei que está desesperado para perguntar. Onde está o *No te rindas*, onde está sua letra, onde está a lembrança do verão passado, onde está minha esperança? – Você cobriu?

O desapontamento em seu olhar faz eu querer me jogar da passarela. Estou com vergonha até de olhá-lo nos olhos, então logo puxo as mangas do moletom para baixo e chuto o chão com o tênis. Tudo que consigo fazer é dar de ombros.

– Nas férias de primavera – conto.

– Por quê?

Devagar, meus olhos encontram os dele, surpresos com a pergunta. Percebi que Tyler é inacreditavelmente ruim em entender as coisas mais óbvias. Não quero mentir, então digo a verdade em um piscar de olhos.

– Porque eu tinha desistido naquela época, Tyler.

– Entendi.

Ele se vira e cruza os braços na grade da passarela, olhando para a água abaixo. Não sei o que devo dizer e sinto medo de que o clima incrível que estávamos vivendo tenha acabado. Não espero que ele diga nada por enquanto, então fico um pouco surpresa quando ele se endireita e me encara com um sorriso malicioso.

– Você desistiu mesmo?

Outra pergunta com uma resposta óbvia.

– Você sabe que não.

– Prova, então.

O sorriso fica ainda maior quando ele levanta as sobrancelhas e acena com a cabeça em direção ao meu punho. Espera que eu entenda o que está sugerindo.

– Você quer que eu refaça a tatuagem? – pergunto, estupefata.

Não sei se ele está brincando ou falando sério. A ideia de refazer a tatuagem nunca me passou pela cabeça.

– Acho que seria bom. Talvez eu faça uma igual.

Em um piscar de olhos, estendo a mão. *Ele disse isso mesmo*, penso. *Não deixe que ele mude de ideia.*

– Combinado.

– Eden – começa Tyler, com as feições relaxadas –, eu estava brincando.

Então sou eu quem sorri.

– Eu, não.

Tyler me observa, avaliando meu olhar desafiador e minha mão, ainda estendida para ele. Depois, revira os olhos, solta um suspiro de derrota e assente, aceitando o acordo.

– Vou ligar para o meu tatuador amanhã – diz, colocando o celular no bolso da calça jeans. – Vou perguntar se ele consegue nos encaixar em algum dia.

– Não – interrompo. – Precisamos ir agora. Hoje é o dia da impulsividade.

De novo, ele hesita, decidindo se ainda estou falando sério, e, quando percebe que estou, seu sorriso volta. Suspirando, levanta a mão, pronto para segurar a minha.

– Então vamos.

19

O tatuador preferido de Tyler é um cara chamado Liam, que trabalha em um estúdio pequeno no centro de Portland. É o mesmo cara que fez a tatuagem no bíceps dele, o mesmo cara que, com todo o cuidado, deixou meu nome visível.

Já é fim de tarde, e estamos sentados na sala de espera de Liam faz umas boas duas horas, esperando até as cinco, o único horário vago que ele tem hoje. O estúdio está muito movimentado, e um monte de pessoas já entrou e saiu no tempo que eu e Tyler levamos para pagar, preencher formulários e tentar decidir exatamente onde vamos fazer as novas tatuagens. Também demos quatro voltas no quarteirão, mas estamos tão cheios de adrenalina que não conseguimos ficar longe do estúdio por muito tempo.

Também tem uma garota que trabalha aqui, mas ela coloca piercings, não é tatuadora. Ela se inclina sobre a mesinha da área de espera e bate os dedos no tampo para chamar minha atenção.

– Tem certeza de que não quer colocar um piercing? – pergunta quando meus olhos voam para ela, que acena com a cabeça para o relógio enorme na parede, acima da minha cabeça. – Você ainda tem dez minutos. Dá tempo de colocar um piercing na orelha, bem clássico. O que acha?

– Estou de boa – respondo, acho que pela nonagésima vez.

Tyler acha hilário sempre que ela se oferece para colocar um piercing em alguma parte do meu corpo, e acho que toda a cafeína que consumiu no estúdio está começando a aumentar sua energia. Ele foi e voltou da cafeteria ao lado do estúdio várias vezes. Isso, ou o cheiro opressor de detergente de glicerina está começando a afetá-lo. E a mim também.

– Ok. Decidi – diz ele.

– E aí?

Ele se levanta, ainda segurando um copo de café vazio, depois aponta para o lado direito do peito, bem no músculo peitoral.

– Estou pensando em fazer aqui. Acho que não quero colocar mais palavras nos meus braços – reflete ele, olhando para a tatuagem no bíceps esquerdo, que vem sendo feita no último ano. Meu nome é a única coisa escrita visível atualmente, quase imperceptível em meio ao resto da tinta preta que cobre sua pele. – Já tenho *guerrero* nas costas, então essa vai ser no peito.

Vamos fazer tatuagens combinadas, mas definitivamente não no mesmo lugar do corpo. Tyler quer que fique no peito, e eu quero que a minha seja no antebraço direito. A melhor parte? Nossas tatuagens novas vão ser feitas com a caligrafia um do outro.

A porta do estúdio se abre, e um homem robusto sai ostentando um curativo na parte de trás da perna. Já tem várias tatuagens pelo corpo e, quando chegou, quarenta minutos antes, nos contou que iria fazer uma do barco do pai como homenagem.

Liam aparece atrás dele e, não importa quantas vezes eu o tenha visto andando entre o estúdio e a sala de espera, ainda me pego observando-o, surpresa. Não parece um tatuador. Em primeiro lugar, deve ter a minha idade, ou talvez seja um pouco mais velho. Em segundo lugar, a única tatuagem que consigo ver é uma bússola no pescoço, atrás da orelha. Em terceiro lugar, não é muito assustador, o que é bom. Parece um cara comum do dormitório estudantil, para quem você pediria macarrão instantâneo porque sabe que ele é legal demais para mandar você ir à merda.

Liam acompanha o homem até a saída e depois se vira para nós, com um sorriso de desculpas no rosto. Sabe que ficamos esperando, tão desesperados para tatuar hoje que estivemos dispostos a aguardar e sermos assediados por sua colega de trabalho por quase duas horas.

– Beleza, gente – diz ele, se abaixando atrás da mesa enquanto a garota sai do caminho. Volta com um maço grosso de papel, que coloca na mesinha de centro da sala de estar. – Vocês querem fazer o próprio desenho, é isso? Não se preocupem em já deixar do tamanho certo. Faço isso no computador. Só escrevam as palavras.

Ele nos dá canetas e diz que volta logo, depois que arrumar o estúdio.

Assim que Liam sai, Tyler se levanta e pega uma caneta, arranca uma folha de papel do bloco e a coloca gentilmente na mesa de madeira. Sem hesitar, começa a escrever, e eu observo com extrema satisfação a caneta deslizando pelo papel, as palavras surgindo uma a uma. *No te rindas.* Nunca pensei que veria Tyler escrevendo essas palavras de novo, e me apaixono até mesmo pelo jeito como sua mão se move ao escrever cada letra. Quando termina, se endireita e franze as sobrancelhas para o papel, examinando-o. As letras estão ligeiramente desalinhadas, algumas mais grossas do que outras, umas mais altas. Acho que ficou infantil de um jeito adorável, mas Tyler parece odiar, porque balança a cabeça e amassa a folha de papel, transformando-a em uma bola. Joga na lixeira, pega outra e tenta de novo. Desta vez, faz em letras maiúsculas, mas odeia também e, de novo, joga no lixo.

Passando a mão no cabelo, solta um suspiro frustrado, colocando uma nova folha de papel na mesa.

– É muita pressão – murmura, suspirando dramaticamente antes de morder o lábio inferior com extrema concentração. Sua mão paira sobre o papel, apertando a caneta com força. – Tem que ficar bom, se vai ser para sempre.

– Não quero que fique perfeito, Tyler – digo, e coloco a mão em seu ombro, olhando para ele. – Só quero que seja feita por você.

Ele parece relaxar ao ouvir minhas palavras, porque assente e desvia os olhos para o papel, em que logo escreve as três palavras de novo, sem pensar demais. Ainda está meio torto, mas é simples e real, exatamente o que quero.

– O que acha? – pergunta, me entregando a folha.

– Hum. – Inclino a cabeça para o lado e finjo embarcar em uma reflexão profunda, batendo o dedo indicador várias vezes nos lábios para potencializar o efeito. Olho para as palavras escritas e para meu antebraço, tentando imaginá-las no meu corpo, mas o simples pensamento já é o suficiente para me fazer sorrir e acabar com minha dúvida. – Eu amei – respondo, por fim.

É de improviso, mas eu me estico e dou um beijo bem no meio da bochecha de Tyler. Pelo jeito, hoje é o dia da espontaneidade mesmo.

Enquanto termino de escrever as palavras para a tatuagem no peito dele, me esforçando para deixar minha letra cursiva habitual um pouco mais masculina, Liam volta, esfregando as mãos.

– Beleza. Quem vai primeiro? Acho que você, Tyler – sugere, revirando os olhos. – As garotas *nunca* querem ir primeiro.

Imediatamente dou um passo à frente. Em parte porque estou ansiosa pra caramba e quero que Tyler pense que sou durona, e em parte porque o comentário machista de Liam precisa ser confrontado.

– Ficaria muito feliz em ser a primeira – digo em alto e bom som.

Na verdade, estou passando mal de tanto nervosismo.

Liam e Tyler olham para mim, surpresos.

– Sério? – pergunta Tyler.

– Sério.

Pego a folha de papel da mão dele, passando a minha.

– Beleza, então. Vamos lá – concorda Liam.

Ele segura a porta aberta para a sala nos fundos, e passo com um ar confiante, com Tyler logo atrás de mim.

O estúdio, como a maioria, é pequeno. Nas paredes, há uma seleção de desenhos emoldurados, de tigres enormes a rosas minúsculas, e uma maca encostada, em que Tyler se senta. Ele parece bem presunçoso, sorrindo para mim como se estivesse só me esperando mudar de ideia e pedir para ele ir primeiro.

– Pode sentar – diz Liam, e faço isso. Eu me acomodo na cadeira de couro, e ele se senta à minha frente. – Então, onde vai ser?

– Aqui.

Estendo o braço direito e passo o dedo indicador pela parte de dentro do antebraço. A pomba horrível é no braço esquerdo. Queria que Rachael nunca tivesse me convencido a cobrir a tatuagem antiga.

Liam assente e pega a folha da minha mão, girando a cadeira para ficar de frente para um computador na bancada. Leva alguns minutos para escanear o papel, ampliá-lo na tela, imprimi-lo e depois reproduzir o desenho em papel transfer, logo depois aplicando no meu antebraço.

– O que acha?

As palavras estão gravadas na minha pele em estêncil. Não é muito pequeno, mas também não é muito grande. Deve ter uns sete centímetros de comprimento e desce pelo meu braço do jeito que eu tinha imaginado. Só que ainda não é permanente.

– Pode fazer – afirmo.

Suspiro e me recosto na cadeira, tentando ficar o mais confortável possível. Nas férias de primavera, o tatuador de São Francisco parecia ter a mão pesada, e eu sofri, agonizando por uns quinze minutos. A espera pelo começo da dor é sempre a pior parte. Não sei como Tyler consegue fazer isso com tanta frequência.

Liam coloca luvas de látex e começa a preparar minha pele e a tinta. O processo entre configurar a máquina, limpar meu braço e passar a lâmina de barbear na pele antes de limpá-la de novo leva poucos minutos. Ele diz para eu relaxar, o que é impossível depois que a máquina é ligada e o zumbido alto começa. *Merda.*

Não tenho ideia de por que estou tão nervosa. Já fiz isso antes. Duas vezes, e nunca fiquei tão ansiosa quanto agora. Acho que é pelo fato de estar assumindo um compromisso muito grande. A primeira vez que fiz essa tatuagem, nunca imaginei que acabaria me arrependendo. Achei que Tyler e eu ficaríamos juntos para sempre. Talvez eu estivesse iludida na época, porque algumas semanas depois ele foi embora e não voltou. No entanto, aqui estou eu de novo, quem sabe iludida mais uma vez. As coisas podem dar errado daqui a alguns meses.

Mas, quando olho para Tyler e vejo seu olhar gentil cheio de amor e afeto, percebo que estou preparada para dar tudo de mim e fazer nossa relação dar certo, com ou sem a aceitação da família, com ou sem a aprovação dos amigos. Estou pronta para assumir esse compromisso, pronta para fazer isso de uma vez por todas, sem deixar ninguém nos atrapalhar. Esse é o significado dessa tatuagem. *Eu estou pronta.*

– Quer segurar minha mão? – provoca Tyler, oferecendo-a.

– Quero, mas não por causa da dor. Minha tolerância é bem alta.

Papo furado, penso. *Que papo furado.* Posso não estar tão nervosa, mas não quer dizer que eu não esteja com medo.

Ele solta outra de suas risadas genuínas, e agarro sua mão, quase puxando-o para fora da maca. Tyler apoia os cotovelos nos joelhos e se inclina para a frente para ficar mais confortável, depois começa a fazer círculos suaves com o polegar nas costas da minha mão.

Liam segura meu braço direito e o coloca gentilmente em um suporte acolchoado. Ele se aproxima na cadeira giratória e se inclina sobre a minha pele.

– Pronta?

– Aham. – É tudo que consigo dizer, porque já estou mordendo a parte interna da bochecha com muita força, então assinto uma vez.

Liam começa. Cerro os dentes e fecho os olhos, apertando mais ainda a mão de Tyler. Vale a pena, lembro a mim mesma. É difícil acreditar nisso quando minha pele está pegando fogo, quando minha carne está sendo queimada por arranhões quentes. Ouço Tyler segurando o riso e, quando abro um olho para espiar, descubro que ele está pressionando as costas da mão livre na boca para se conter.

– Desculpa – diz, quando nota que estou observando. – É só... É só a sua cara, Eden. Alta tolerância à dor, né?

– Me distraia – ordeno.

Cacete, como dói.

– Hum. – Ele dá uma olhada ao redor do estúdio, procurando algum assunto. Estou apertando tanto sua mão que me surpreendo que ele não esteja com cãibra. – O que acha daquele ali?

Sigo seu olhar para alguns desenhos na parede. É a imagem de um palhaço com dentes pontiagudos.

– Horrível – respondo.

– Ei! – interrompe Liam.

Ele para de trabalhar para me lançar um olhar sério, mas está brincando, porque ri antes de voltar para finalizar a segunda palavra. Já foram duas, falta só uma. Graças a Deus é uma tatuagem pequena.

Nos minutos finais que Liam leva para terminar a frase, voltando para preencher alguns pontos claros, me pergunto como todo mundo vai reagir à nova arte na minha pele. Na primeira vez, meu pai odiou essa tatuagem, e sem nem saber que tinha a ver com Tyler, então duvido que vá gostar quando descobrir que ela reapareceu. Minha mãe, por outro lado, amou quando contei o real significado. Gostou do fato de ser a caligrafia de Tyler. "Muito íntimo e muito fofo", disse. Acho que vai ficar contente quando souber que refiz.

– Acabei – anuncia Liam, movendo a cadeira para trás. – O que acha?

Meus olhos se abrem enquanto me sento, soltando a mão de Tyler. Inclinando o braço em direção ao rosto, analiso a tatuagem nova. Estou tão satisfeita que, inevitavelmente, sorrio igual a uma idiota. Há um pouco de sangue escorrendo pela minha pele, mas tudo bem.

– Eu amei.

– Tá irado – diz Tyler.

Ele está atrás de mim, assentindo. Nossos olhos se encontram, e um sorriso que reflete o meu surge em seus lábios.

Liam passa pomada na minha pele antes de enrolar um curativo na tatuagem recém-terminada. Depois eu me levanto depressa, com um sorriso de orelha a orelha, aliviada por ter acabado e por Tyler ser o próximo.

Enquanto Liam arruma as coisas para tatuar Tyler, pergunta:

– Há quanto tempo vocês estão juntos?

Olho de lado para Tyler e automaticamente reviro os olhos. Até aperto os lábios com firmeza e dou um passo para trás, deixando Tyler explicar que, na verdade, não estamos juntos, que somos irmãos postiços.

– Mais ou menos uns três anos – responde Tyler.

Franzo as sobrancelhas e lanço um olhar questionador para ele, que sorri, sem me oferecer nenhuma explicação além de um dar de ombros.

– Legal – responde Liam, então gira na cadeira e aponta para o pedaço de papel na mão de Tyler, o que está com minha caligrafia. – Posso pegar?

Tyler entrega, e Liam começa a trabalhar de novo, realizando o mesmo processo. Escaneia, edita, imprime, desenha e transfere. Logo Tyler se ajeita sem camiseta na cadeira, com o estêncil do lado direito do peito, preparado. Está completamente à vontade enquanto o observo da cama, com as pernas balançando preguiçosamente. Dá para ver o *guerrero* nas costas dele.

– Quer segurar minha mão? – pergunto, dando uma piscadinha para ele, assim que o zumbido começa.

– Quero – diz ele, rindo –, mas não por causa da dor. Minha tolerância é *muito* alta.

Dou um tapinha no braço dele, e ele ri, pouco antes de pegar minha mão e começar a fazer aqueles círculos suaves com o polegar na minha pele de novo.

Quando Liam começa, estou prestando mais atenção no corpo de Tyler do que no progresso da tatuagem. Estou segurando a mão dele, com a boca aberta enquanto caio em um transe graças à mera visão dos contornos definidos de seu abdômen. Depois de alguns minutos, pisco, rezando para que Tyler não tenha notado.

Ele não se retraiu, nem sequer está tenso. Simplesmente pegou o celular e lê suas mensagens sem se incomodar. Não estou tentando bisbilhotar, mas por acaso o vi mandando uma mensagem para Ella. Para Emily também. Em dez minutos, a nova tatuagem está pronta, limpa e com curativo. Óbvio que sou suspeita para falar, mas acho que minha caligrafia está bem incrível no peito dele.

– Gosto do conceito das caligrafias um do outro – comenta Liam, enquanto Tyler veste a camiseta. Está se movendo pelo estúdio, reorganizando uns objetos e jogando outros na lixeira. – Me manda umas fotos depois, quando tirarem os curativos.

– Mando, sim – assegura Tyler.

Liam nos acompanha de volta à sala de espera, onde já tem uma garota de vinte e poucos anos aguardando, com fones de ouvido. Eu e Tyler agradecemos pelo encaixe na agenda. Tyler diz a Liam que vai voltar daqui a algumas semanas para fazer uns retoques nas tatuagens antigas, e então Liam olha para mim, esperando que eu diga que vou voltar também, mas, para ser sincera, acho que não quero mais tatuagens por um tempo.

– Talvez – respondo à pergunta implícita.

No caminho curto até o carro, penso que tanto eu quanto Tyler estamos cheios de adrenalina, em outro mundo, rindo sempre que olhamos um para o outro. Não consigo parar de olhar para o meu braço, desejando poder arrancar o curativo e mostrar minha nova tatuagem para todo mundo. Até meu coração bate de um jeito estranho e rápido, e tenho que aceitar o fato de que o motivo não é só a emoção de fazer uma nova tatuagem, mas de fazer uma nova tatuagem que combina com a de Tyler, por incrível que pareça. Na teoria, é um clichê inegável, e as estatísticas devem apontar que vamos nos arrepender daqui a três meses, mas, na prática, é perfeita, correta e a melhor coisa que poderíamos ter feito hoje. Acho que Tyler nem está pensando sobre o que aconteceu de manhã.

Entramos no carro, e eu volto para o banco do passageiro. Tyler está dirigindo desde que saímos de Multnomah Falls, então me olha com expectativa enquanto espera meu próximo plano.

Mas a questão é que não tenho um. Tenho tomado decisões o dia todo, mas logo quebro a cabeça tentando pensar em alguma coisa para fazer depois dessa aventura impulsiva. Já passa um pouco das cinco e meia da tarde e, embora o pôr do sol só seja daqui a algumas horas, a luminosidade está começando a ir embora, criando um brilho de início da noite meio nebuloso. Céus bonitos de verão pedem paisagens bonitas.

Coloco o cinto de segurança e olho para Tyler. De repente, sei exatamente aonde quero ir.

– Você sabe onde é a Voodoo Doughnuts? Na Third Avenue?

– Ah – diz Tyler. – Seu sorriso fica mais largo enquanto se vira para o volante e coloca o carro em marcha a ré, olhando por cima do ombro e saindo do estacionamento. – Acho que sei exatamente aonde estamos indo.

– Surpresa arruinada – brinco.

A verdade é que não me importo se é surpresa ou não. Tyler já deve ter visto. Não dá para morar em Portland sem saber sobre *o* muro. Fica bem no centro da cidade.

Como já estamos no centro, não demora muito até chegarmos. O trânsito é um pouco mais intenso ao cair da tarde, com todo mundo indo para casa depois do trabalho, então ficamos presos em alguns engarrafamentos, mas quase nem notamos. Tyler está ocupado demais cantando com o rádio de novo, e estou ocupada demais rindo alto enquanto o filmo com o celular. Ele nunca foi tão descontraído, tão despreocupado quanto agora. E não me canso disso. Não me canso *dele*.

Na Third Avenue, a fila para a Voodoo Doughnut é tão enorme que sai da loja. Eu me lembro de ser sempre assim durante o verão. Minha mãe passava de carro e havia uma multidão na calçada, desesperada para conseguir um donut de bacon com formato estranho. Mas não viemos pelos donuts, e sim pela frase icônica do outro lado da rua, que não vejo há anos.

Nem preciso pedir que Tyler entre no pequeno estacionamento, porque já está fazendo isso depois de descobrir nosso destino. O lugar é realmente pequeno, com poucas vagas, e ele entra de ré em um espaço em frente ao muro.

Na parede dos fundos de um prédio, há três palavras enormes, pintadas em letras maiúsculas e amarelas. Faz dez anos que são o slogan da cidade. Um slogan do qual temos orgulho, um slogan pelo qual vivemos: *MANTENHAM PORTLAND ESTRANHA*.

Portland sempre foi estranha e incomum, peculiar e excêntrica. Em qualquer outra cidade, um cara em um monociclo vestido de Papai Noel e tocando uma gaita de foles em chamas seria considerado bizarro. Em Portland, é aceitável e quase esperado. As pessoas podem fazer o que quiserem sem serem julgadas, e senti falta disso. Em Los Angeles, a pressão para viver uma vida perfeita está ficando insuportável. Todo mundo só quer se encaixar. Aqui, todo mundo quer se destacar.

– Vamos – diz Tyler, depois desliga o motor e sai do carro.

Assisto de dentro enquanto ele dá a volta pela frente do veículo, aparecendo na porta do passageiro e sorrindo para mim. Ele abre a porta e segura minhas mãos, me puxando para fora.

Ainda está bem quente, embora já comece a ficar tarde. Queria não estar usando calça jeans, e começo a perceber que pareço uma completa idiota com esse curativo enorme no braço direito e a manga do moletom enrolada até o cotovelo. Rapidamente, enrolo a outra manga para combinar.

Do nada, Tyler desliza para cima do capô do carro, depois se encolhe e tira as mãos do metal.

– É, acho que está muito mais quente do que eu esperava – admite. – Sobe aqui.

Não tenho certeza do objetivo, mas gosto de fazer qualquer coisa que passe pela nossa cabeça. Tento me juntar a ele, mas a inclinação do capô e o calor do metal dificultam, então Tyler tem que segurar meu punho e me puxar para cima. A gente se ajeita, achando uma posição confortável, com ele encostado no para-brisa e as pernas esticadas à frente, e eu com as pernas cruzadas e as mãos no colo. O muro está bem na nossa frente, com apenas uma fileira de carros no meio, e o sol ainda paira sobre a cidade, implacável. É bom ficar aqui, aproveitando o calor do verão com Tyler ao lado. Nunca quero me esquecer de dar valor a momentos assim.

– Não é bem o letreiro de Hollywood, né? – comenta Tyler.

Lanço um olhar para ele. Está observando o grafite com muita atenção, com o mesmo sorriso que esteve no rosto dele o dia inteiro. Está certo. O letreiro de Hollywood é muito mais glamouroso, chamativo, visível por quilômetros da bacia de Los Angeles, mas tão distante. Aqui, a frase é muito mais humilde, mais realista, como as pessoas de Portland. Palavras simples grafitadas no muro de um prédio antigo no meio de um estacionamento minúsculo no agitado centro da cidade, acessível e visível para todos. Acho que ter a frase tão perto nos dá a impressão de que é nossa, e só por isso, acho que a prefiro em comparação com aquelas letras bestas no monte Lee, tão distantes que é preciso uma hora de caminhada só para chegar até elas. O letreiro de Hollywood é meio desconectado de tudo.

Quanto mais penso sobre o assunto, mais percebo que, no geral, prefiro Portland a Santa Monica. Nunca achei que seria assim, mas é. Realmente sinto falta desta cidade e de tudo o que ela representa.

– Acho que nos encaixamos melhor aqui – reflito, olhando o muro, aquelas palavras.

Estranheza é algo que Tyler e eu conhecemos bem, porque *sempre* vai ser estranho se apaixonar pelo irmão postiço. No começo, as pessoas sempre vão ficar surpresas. Sempre vão precisar de um minuto para entender. Mas a estranheza é acolhida em Portland, e estou começando a acreditar que seríamos muito mais aceitos aqui do que em casa. Todo mundo acharia que somos incríveis e ousados por fazer algo tão diferente.

– É porque é verdade – concorda Tyler.

Olho para ele. Pela primeira vez em horas, meu sorriso desaparece, e não tenho escolha a não ser fazer a pergunta que está se repetindo sem parar na minha cabeça.

– Então você vai mesmo ficar? Não vai voltar para Santa Monica? – murmuro.

Tyler dá um suspiro, e seu sorriso desaparece também, porque nós dois sabemos como vai acabar: ele vai ficar, e eu vou voltar para Chicago para o segundo ano de faculdade. Vamos permanecer separados, e estamos acostumados com isso. Está começando a parecer extremamente injusto.

– Eu planejei voltar para casa, Eden – responde ele, se inclinando para a frente. – Sempre planejei voltar. Você sabe. Mas acho que não consigo agora e, para ser sincero, não tenho certeza de que quero. Minha vida inteira está em Portland, exceto você. – Ele puxa os joelhos para o peito e os envolve com os braços, com os lábios apertados e os olhos, distantes. – Sei que isso deixa tudo muito mais complicado do que já é, eu aqui e você do outro lado do país por mais três anos, mas é assim que as coisas são agora.

Com cuidado, me aproximo e encosto o quadril no dele. Tudo ao redor fica quieto, apesar do trânsito, das vozes do outro lado da rua e do canto de pássaros ecoando das árvores. Tudo desliga, e escuto apenas meus batimentos cardíacos, bombeando com a expectativa do que estou desesperada para fazer a seguir.

– Acho que, a esta altura, já estamos acostumados com coisas complicadas – digo, mas minha voz sai como um sussurro ofegante. – A gente poderia fazer dar certo.

Tyler levanta a cabeça e se vira para mim, com um brilho cintilante nos olhos. Vejo o modo como o canto esquerdo de seus lábios começa a se curvar, formando o mais leve dos sorrisos.

– Fazer *o que* dar certo, Eden? – murmura em um tom desafiador, provocador, enquanto chega mais perto do que nunca, o que me deixa tonta.

Tyler sabe exatamente do que estou falando, mas, pelo jeito, quer me *ouvir* dizer as palavras. E é tão, tão fácil, porque pela primeira vez pensar nisso não me deixa nervosa nem assustada. Na verdade, me deixa animada.

– A gente – respondo.

Agora. Agora é o momento perfeito pelo qual eu estava esperando. A situação perfeita, o clima certo, a hora exata. É a minha chance. É o meu *outro dia*.

Colocando a mão na barba macia de Tyler, aproximo seu rosto do meu, e vou em frente. Nem penso, só faço. Fechando os olhos, capturo seus lábios com os meus e, no começo, o beijo é suave e delicado. Nada além dos nossos lábios finalmente juntos, depois de tanto tempo acreditando de verdade que nunca aconteceria de novo. Estou muito aliviada por beijá-lo, por ser a pessoa que tomou a iniciativa. Logo Tyler passa a mão no meu cabelo, e a outra na minha cintura, me puxando para mais perto. Sinto seu alívio no modo como ele me beija, devagar e profundamente, me segurando firme, como se não quisesse me largar nunca mais. Foi uma longa espera para ele também, e Tyler lutou muito para ganhar meu perdão com sua franqueza e seu pedido de desculpas sincero, então estou mais do que disposta a aceitar. Às vezes, as pessoas têm que ser egoístas. Às vezes, as pessoas têm que se colocar em primeiro lugar, e não posso odiá-lo por isso.

Devagar, sinto Tyler tirando os lábios dos meus, mas ele não se afasta, sua boca para a apenas um centímetro da minha. Sua mão ainda toca meu cabelo, nossas testas unidas.

– Se você quer fazer dar certo – murmura ele, com os olhos cor de esmeralda cravados nos meus –, então vamos oficializar. Já faz muito tempo.

Para provocá-lo, eu gentilmente afasto seu rosto, com a mão ainda no seu maxilar, e arregalo os olhos de modo dramático. Por dentro, tudo está dando cambalhotas de alegria. Estou surpresa por meu coração ainda não ter pulado do peito.

– Tyler Bruce está me pedindo em namoro?

Tyler não consegue conter o sorriso. Acho que não quer. Está largo como sempre, e até seus olhos se iluminam com certo brilho que só vem da felicidade verdadeira.

– Talvez esteja – responde Tyler.

Trago seu rosto de volta para o meu, me inclinando em direção aos seus lábios. Nunca vou me cansar de admirá-lo de perto. Faço uma pausa enquanto nossos olhares estão fixos um no outro para apreciar por um segundo o verde intenso pelo qual sou realmente apaixonada.

– Então talvez eu esteja dizendo sim.

Pressiono os lábios de volta nos dele e mergulho na sensação da sua boca na minha, rápida, ávida e totalmente fascinante. Esqueço que estamos no centro de Portland, mas não demora muito até que eu ouça um cara assobiando para nós. Outro está aplaudindo e gritando. Alguém até diz "Own". Tudo parece perfeito neste momento, como se todas as peças estivessem finalmente se encaixando. Tudo parece tão certo, e estou longe de lembrar que Tyler é meu irmão postiço, porque não me importo. Não importa mais. Não é errado sentir o que sentimos. Não é errado ficarmos juntos. Desde o primeiro dia, nunca estivemos errados, nunca.

Acho que, nos últimos três anos, a gente lutou muito para que todos aceitassem nosso relacionamento, quando as duas únicas pessoas que precisavam aceitar éramos nós mesmos.

E, depois de tanto tempo, acho que finalmente aceitamos.

20

Só acordo depois das dez da manhã. Os últimos dias foram muito intensos, e estou exausta, o que explica meu sono profundo. Por uma fresta nas cortinas, uma linha fina de sol ilumina uma minúscula porção do cômodo. Estou no quarto de Tyler, não na sala de estar; na cama de Tyler, não no sofá. Estou enrolada no edredom, bem quentinha e um pouco aérea. Bocejando, rolo para o outro lado, esperando deparar com seus olhos verdes olhando para mim. Esperando vê-lo sorrir ao perceber que finalmente acordei.

Mas o outro lado da cama está vazio.

Na mesma hora, pisco e me sento, desperta. Embora esteja sozinha, agarro o edredom, cobrindo meu peito nu.

Olho ao redor. No começo, nem noto as palavras na parede à minha frente. Quando vejo, acho que Tyler se inspirou um pouco no MANTENHAM PORTLAND ESTRANHA ontem à noite. Esperando por mim, escrita em letras grandes e pretas no centro da parede, há uma mensagem:

Desculpa, tive que ir trabalhar, mas
já estou com saudade de você e
posso escrever na
parede porque logo, logo vou
pintar todas elas. Te quiero

Quando termino de ler, estou sorrindo e balançando a cabeça. Óbvio, ele volta ao trabalho hoje, o que explica por que não está aqui e por que a casa está silenciosa. Passo a mão no cabelo, bagunçado e embaraçado, e esfrego os olhos, descobrindo que estou com a maquiagem do dia anterior. Estou me sentindo tão pouco atraente que talvez fique um pouco aliviada por Tyler não estar presente para testemunhar meu estado.

Nem lembro que dia é hoje. Acho que é terça-feira, e fico me perguntando o que exatamente tenho para fazer. Acabo decidindo que, seja lá o que for, tem que, pelo menos, começar com café. Especificamente um café feito por Tyler.

Empurrando o edredom, deslizo para fora da cama – que é muito mais confortável do que o sofá – e junto minhas roupas que estão espalhadas pelo chão. Depois, vou para o quarto extra. Pego as primeiras roupas limpas que vejo antes de correr para o banheiro e, finalmente, ir para o chuveiro.

Pelo que me lembro, o turno de Tyler acaba ao meio-dia, então preciso me arrumar e ir para o centro antes disso. Fico apenas dez minutos no banho, massageando o cabelo com o condicionador super-rápido e tomando cuidado para não deixar cair muita água na tatuagem, o que acabo esquecendo toda hora. Eu me visto e seco o cabelo no banheiro, porque percebi que é o único lugar no apartamento onde há um espelho. *Homens são tão previsíveis.* Passo a chapinha sentada na tampa do vaso sanitário, depois, com o nécessaire dentro da pia, faço uma maquiagem natural. Por fim, volto ao quarto de Tyler para procurar o celular.

Eu o acho debaixo dos travesseiros e vejo muitas novas notificações, o que é incomum. Sei que não olho o celular desde ontem de manhã, ocupada demais com Tyler e com tudo o que estava acontecendo ao redor, mas nunca recebo tantas mensagens no intervalo de 24 horas.

Sentada na beirada da cama, vejo as mensagens que chegaram antes. A primeira é do meu pai, recebida às 10h14 de ontem:

Se você está planejando voltar pedindo perdão, nem se incomode.

E depois outra, às 10h16:

Caso não tenha ficado claro, você não é mais bem-vinda nesta casa. Vá para a sua mãe.

O desprezo do meu pai por mim nem me incomoda mais. Estou tão acostumada que não posso dizer que não esperava essa reação. Sabia o que a decisão que eu estava tomando causaria quando fui embora de Sacramento com Tyler. Sabia o impacto que teria. Sabia que eu pioraria as coisas.

Há algumas mensagens da minha mãe, e, embora eu não tenha contado que estou em Portland, parece que ela descobriu sozinha. Eu deveria ter chegado em casa ontem. O fato de isso não ter acontecido significa que, na verdade, escolhi vir para Portland. Ela fala que tomei a decisão certa e me pede para ligar quando puder.

Recebi até uma mensagem de Ella ontem à tarde, perguntando se as coisas estão indo bem.

Mas não respondo a ninguém, porque estou mais preocupada com as mensagens que recebi de Rachael e a quantidade alarmante de notificações do Twitter.

A primeira mensagem chegou às 7h58:

Humm que merda vc está fazendo em portland?

Depois outra:

Pode me dizer o que tá acontecendo? Pensei que vc odiasse ele

E uma terceira:

E vc fez aquela tatuagem idiota de novo ah MEU DEUS vc tá de sacanagem

E uma quarta, todas com um minuto de intervalo:

Se seu pai não te matar eu mato

Fico olhando para as mensagens, lendo-as várias vezes. Não contei a Rachael que estou em Portland. Também não contei sobre as tatuagens. Na verdade, não contei a ninguém, então não faço ideia de como ela sabe disso tudo. Até eu olhar o Twitter.

Fui marcada em um tuíte, e a única pessoa que me marca em qualquer coisa é a Rachael, mas, pela primeira vez, não é o caso. Tyler me marcou. Por alguns segundos, fico assustada demais até para abrir o perfil dele, mas suspiro e abro o tuíte, porque minha curiosidade está me matando.

É a primeira atualização de Tyler em mais de um ano, desde junho passado.

Portland não é tão ruim quando estou com a minha garota, ele postou seis horas atrás, um pouco depois das cinco da manhã. O tuíte contém duas fotos. A primeira é das nossas tatuagens, com meu braço apoiado no peito dele para que as duas caibam na mesma imagem. Tiramos ontem à noite, quando chegamos no apartamento e nos livramos dos curativos. Era para mandar para o Liam. A segunda é uma foto minha em Multnomah Falls. Nem estou olhando para a câmera, mas estou rindo.

Até agora, 59 pessoas curtiram o tuíte. Clico nas respostas, mas não há nenhuma. Sem insultos debochados. Sem acessos de ódio. Nada, como se ninguém se importasse. Isso, ou estão com medo de expressar sua opinião. Vai que Tyler acaba com eles. Porque é isso que o Tyler antigo teria feito. Mas não mais.

As mensagens de Rachael fazem sentido agora. Óbvio que está confusa. Na sexta-feira, eu estava reclamando sem parar sobre ter que passar o fim de semana com Tyler, e de repente estamos em Portland juntos com tatuagens combinadas e cheios de sorrisos. A mudança repentina também me pegou de surpresa. Não sabia que seria *tão* fácil me apaixonar de novo por ele.

Para evitar que Rachael entre em combustão, envio uma mensagem vaga para ela:

As coisas mudam e as pessoas também :) Vou te contar quando voltar (e não pergunta quando isso vai acontecer porque não tenho ideia)

Estou com quatro por cento de bateria no celular, então saio da cama, vou para o outro quatro, pego o carregador na mala e vou em direção à porta do apartamento. Felizmente, Tyler deixou a chave extra pendurada na parede, circulada com o mesmo marcador permanente preto para que fosse impossível eu não achar. Acho que imaginou que eu não gostaria de passar o dia aqui.

Tranco a porta e saio, colocando os óculos escuros por causa do sol ofuscante que brilha mais uma vez na cidade. Dou bom-dia para uma senhora passeando com dois cachorros e pergunto onde fica a estação de VLT mais próxima, parecendo uma turista que se perdeu em um bairro residencial. A mulher aponta para o sul e me dá as indicações. É uma caminhada de uns quinze minutos até a estação, e depois mais vinte minutos até o centro. Pouco depois das onze e meia, desço na Pioneer Square e vou direto para o trabalho de Tyler.

Quando chego, o lugar está cheio, mas não abarrotado. Já há uma fila pequena de pessoas passando para comprar um café no fim da manhã, então entro também e olho para os baristas. O cara de ontem está aqui de novo. Mikey. A garota também, mas não sei o nome dela. E lá está Tyler, com os olhos brilhando e sorrindo como se fosse o homem mais feliz e tranquilo do mundo. As mangas da camisa estão enroladas até abaixo do cotovelo, então não é possível ver nenhuma tatuagem. Fico de boca aberta enquanto observo as veias que vão dos seus dedos até o antebraço, saltadas e firmes enquanto seus músculos se contraem cada vez que ele puxa a alavanca para liberar o café do moedor e para o porta-filtro. Ainda não me viu, muito concentrado em fazer um café, mas de certa forma estou feliz, afinal posso continuar olhando para ele com luxúria, sem receber um olhar engraçado em troca. Meus olhos estão ardendo de desejo. Ele é tão naturalmente perfeito.

Só consigo pensar no jeito como suas mãos tocaram meu corpo na noite passada, o jeito como seus lábios deixaram seu rastro por toda a minha pele, o jeito como, mesmo na escuridão do quarto, seus olhos brilhantes nunca deixaram os meus.

Mikey está recebendo os pedidos, então, quando me aproximo, ele olha para mim, e uma expressão de reconhecimento cruza seu rosto. Não sou uma cliente assídua, mas ele com certeza se lembra de mim de ontem.

– Oi de novo – cumprimenta, o piercing no nariz brilhando toda vez que ele se move. – O que vai querer, Eden?

– Um *latte* de baunilha com duas doses extras de caramelo – respondo, repetindo as palavras que estão na ponta da língua sem ter que parar para pensar.

Mikey assente e começa a anotar meu pedido em um bloquinho, mas já estou me sentindo culpada antes de ele terminar de escrever. Preciso parar com isso. Preciso parar de reclamar sobre ter engordado e mesmo assim continuar consumindo coisas gordurosas, tipo sorvete e *latte* de baunilha. Preciso seguir os passos de Tyler. Preciso fazer mudanças de verdade em vez de apenas esperar por elas.

– Espera – digo, e Mikey olha para mim, a caneta parada no papel. – Pode ser um americano com leite desnatado?

Nem de longe tão bom, mas nem de longe tão gorduroso.

– Tudo bem. – Ele arranca a primeira nota adesiva e escreve em outra, tirando-a do bloco e colando-a no balcão ao lado dos outros pedidos que ainda não foram preparados. Ele se vira para a caixa registradora, informando o valor, e acaba que é muito barato. – Desconto para família e amigos – explica ele, piscando para mim.

Entrego o dinheiro, e ele me dá o troco. O lugar está movimentado com o som das conversas e o vapor constante, o chiado do vaporizador e o barulho do café moído sendo compactado.

– Anotei que você está aqui – murmura Mikey. Também vejo o piercing que ele tem na língua enquanto fala. Ele lança um olhar sutil e afiado em direção a Tyler, que está de costas para a gente, alternando entre as máquinas, pegando copos, xaropes e leite. – Espera um segundo até ele perceber.

Dou uma risada. Tyler fica tão absorto às vezes que duvido que vá notar.

– Obrigada – digo, depois me aproximo do balcão, abrindo espaço para o próximo cliente enquanto espero o café.

Tyler está preparando todos os pedidos, então estou ansiosa para testar sua habilidade de fazer o café perfeito.

Observo-o com atenção e um sorriso bobo estampado no rosto enquanto ele pega uma nota adesiva, lê, depois prepara o café com extrema concentração. Seu empenho é adorável. A garota trabalhando ao lado dele entrega o copo ao cliente que espera no canto, e Tyler parte para o próximo.

De novo, a garota entrega o pedido ao cliente. Então ele pega o post-it laranja que está com meu pedido, passando os olhos pelas palavras. Rapidamente, levanta a cabeça e olha por cima do ombro. Vasculha a cafeteria até me ver, e nunca, nunca o vi abrir um sorriso tão maravilhoso em toda a minha vida.

Ele dá o post-it com o meu pedido para a garota, e acho que pergunta se pode parar um minuto para falar comigo, porque ela assente e eles trocam de posição. Ela vai para as cafeteiras e Tyler vem na minha direção, empurrando de brincadeira a cabeça de Mikey no caminho. Infelizmente, não vou ver Tyler preparar meu café desta vez.

– Eu estava na esperança de que você viesse – admite ao chegar perto. Apoia as palmas das mãos no balcão que nos separa, se inclinando para me ouvir melhor por causa do barulho. – Me desculpe por não estar lá de manhã. Saí antes das seis, então não quis acordar você.

– Tudo bem. Vi seu recado. Foi meio impossível não ver.

Um tom rosado cora suas bochechas, e ele abaixa a cabeça.

– Eu ia escrever um bilhete, sabe, como se faz nos filmes. Mas não achei papel.

– Você vai pintar as paredes mesmo?

– Vou.

Levantando a cabeça, ele olha para mim, focando no meu braço. *No te rindas* está com o brilho lustroso que só as tatuagens novas têm.

– Vi seu tuíte – digo, e seus olhos encontram os meus. – Acho que você fez Rachael ter um ataque cardíaco.

Ele dá uma risada, balançando a cabeça.

– Não ia postar, mas aí lembrei que paramos de nos importar com o que as pessoas pensam. Pelo menos agora elas souberam direto de mim.

– Espera até Jamie ver – falo, em tom de zombaria.

Ai, Deus. Consigo imaginá-lo arremessando o celular pelo quarto, sem acreditar, antes de correr para mostrar o tuíte para o meu pai. Ficar sabendo pelo Twitter que Tyler e eu estamos juntos não é exatamente o jeito que eu imaginava que nossa família descobriria.

– Ele já viu – comenta Tyler, e eu franzo o cenho ao perceber seu tom indiferente. – Jamie me mandou mensagem horas atrás, algo do tipo: "Que merda é essa?"

Tyler ri assim que a garota que está fazendo café no lugar dele aparece com o meu.

– Aqui está – diz ela, se curvando sobre o balcão e me entregando o copo para viagem.

O copo está tão quente que quase me queima quando o seguro, mas logo agradeço, e Tyler diz à garota que vai voltar em um segundo. Quando ela sai, ele levanta o punho, virando o relógio em minha direção, depois olha para mim.

– Faltam vinte minutos para eu ir embora. Vou para o centro de jovens depois daqui. E você? Vai fazer o quê?

– Ainda não sei. – Dou de ombros e olho para o café, traçando a borda da tampa com o indicador. – Mas passo aqui mais tarde com certeza.

– Ótimo – diz ele. Quando olho de volta para Tyler, ele está com um sorriso, que logo se transforma em um pedido de desculpas quando ele se vira para a garota, que está se esforçando para atender todos os novos pedidos. – Tenho que voltar.

Esticando-se sobre o balcão, ele dá um beijo super-rápido no canto da minha boca, e vejo de relance Mikey implicando com a gente, fazendo um biquinho. Deixo Tyler voltar ao trabalho e, para evitar distraí-lo, saio da cafeteria em vez de ficar lá.

Passear pelo centro de Portland é fácil, porque conheço a cidade como a palma da minha mão. Vou para a Pioneer Square e encontro um lugar para me sentar e tomar meu café. Para ser sincera, é horrível. Não porque foi malfeito, mas porque preferiria estar tomando um *latte* de baunilha a um café americano sem graça.

A Pioneer Square está lotada, o que é normal, porque é verão e o sol está ameno. Além disso, é o lugar perfeito para aproveitar o calor e observar o fluxo constante de pessoas. Mas, enquanto estou sentada aqui, assoprando meu café, me dou conta de que, embora Portland seja meu lar, não conheço ninguém na cidade. Metade dos amigos que eu tinha aos dezesseis anos e que ainda morava aqui se mudou para fazer faculdade. Os parentes da minha mãe e do meu pai estão em Roseburg. As únicas pessoas que conheço agora são Tyler e Emily. E Amelia.

Não sei por que demorou tanto para Amelia me passar pela cabeça agora. Ela era minha melhor amiga. Desde quando nos conhecemos, no sexto ano, fizemos tudo juntas, mas nos afastamos muito depois que fui embora. Acontece. A gente morava em estados diferentes, e ficou difícil manter contato. Mas Amelia ainda mora aqui. Estuda na Portland State.

Coloco o copo de café ao meu lado no chão e tiro o celular do bolso, rolando pela minha limitada lista de contatos até achar o número. Trocamos mensagens de vez em quando para sabermos como a outra está, mas a última vez que a vi faz três anos. Ficamos abraçadas na varanda dela, aos dezesseis anos e em lágrimas, imaginando como viveríamos dali em diante uma sem a outra. Quando você é jovem, tudo parece o fim do mundo. Olhando para trás, não era.

Ligo para ela e coloco o celular na orelha, tamborilando os dedos nos joelhos enquanto ouço o som monótono de discagem. É um tiro no escuro; não sei se ela vai estar por perto e disponível, mas não faz mal tentar. De qualquer forma, quero conversar com ela e contar que estou de volta a Portland.

Ela atende no último segundo, antes de a ligação cair na caixa postal.

– Eden?

Há surpresa em sua voz, provavelmente porque acho que não nos falamos pelo telefone há muito tempo, então é meio aleatório.

– Adivinha? – respondo.

Quero ir direto ao ponto sobre o motivo da ligação.

Amelia fica em silêncio, pensando, porque, ao contrário da maioria das pessoas, gosta de dar um palpite razoável. Mas hoje não consegue pensar em nada lógico, porque tudo o que responde é:

– Não faço ideia, mas me fala, por favor.

– Bom – digo, enquanto me abaixo, pego meu café e levanto o rosto para o céu –, estou sentada na Pioneer Square.

– O QUÊ?! – grita Amelia, e só consigo rir. – Você está aqui? Você está em Portland?

– Estou! – Dou um grande gole no café, recupero o fôlego e acrescento: – Estou aqui desde domingo à noite.

– Ai, meu Deus! – Sua animação irradia através da ligação, e sua energia é contagiante. Senti tanta falta dela, mais do que imaginei. – O que você está fazendo aqui?

– É uma longa história – admito –, que vou contar quando a gente se encontrar. Onde você está agora? Está ocupada?

– Estou no campus – responde, mas parece envergonhada. Acho que sabe que vou perguntar o que está fazendo na faculdade nas férias de verão, porque me dá uma resposta antes de eu abrir a boca. – Estou fazendo alguns cursos de verão, colocando em dia uns estudos que tenho adiado. Você tem que vir aqui! Estou sentada do lado de fora. Sabe onde é a biblioteca?

– Xiii.

Suspiro, me levantando. Definitivamente, Amelia não mudou. Fala o suficiente por nós duas, mas sempre fui grata por isso quando era mais nova. Na minha cabeça, começo a mapear o caminho até a Portland State University. Fica ao sul do centro da cidade, não muito longe de onde estou. Dá para ir a pé e, embora o campus seja enorme e eu não saiba andar por lá, tenho certeza de que não vai ser difícil achar a biblioteca.

– Estou indo agora mesmo – aviso.

– Não acredito que você está aqui!

– Nem eu – digo, e é verdade. – Vejo você daqui a pouco.

Quando desligo, pego os fones e plugo no celular, procurando uma playlist com músicas alegres que tenham as melhores vibes do verão. Levo um tempo até achar, afinal no último ano minhas playlists foram bastante deprimentes. Agora que Hunter Hayes está cantando nos meus ouvidos no volume máximo, estou satisfeita. Estou de muito bom humor, provavelmente o melhor dos últimos doze meses.

Não consigo parar de sorrir ao seguir para a universidade, segurando o café, de óculos escuros, fones de ouvido e tatuagem nova no braço, como uma verdadeira nativa de Portland. Nunca me senti tão em casa nesta cidade. Ficar fora por três anos foi a melhor coisa que eu poderia ter feito e, para ser sincera, estou feliz que Tyler tenha vindo para cá. Nada seria igual se estivéssemos em outra cidade.

Não levo muito tempo para chegar ao campus. Quando era mais nova, passei por aqui algumas vezes, acompanhando a Amelia de quinze anos porque ela gostava de imaginar como seria a sensação de ser uma estudante universitária. Queria muito ir para a Oregon State, em Corvallis, mas Portland State acabou levando a melhor quando ela teve que tomar a decisão.

Talvez tenham sido os passeios sem rumo pelo campus que a fizeram mudar de ideia. De qualquer forma, nunca planejou sair do Oregon, enquanto eu sempre quis fazer isso. Embora eu tenha participado de uma visita guiada pelo campus quando tinha dezesseis anos, foi só para agradar minha mãe. Ela se agarrou à esperança de que eu *talvez* estivesse interessada em ficar, mas nunca estive. Queria ir embora assim que possível, e a faculdade sempre representou minha passagem para longe de Portland, algo a que minha mãe nunca poderia dizer não.

É irônico eu estar de voltar três anos depois, encontrando Amelia no campus, como se o tempo tivesse rebobinado e tivéssemos quinze anos de novo. A única diferença é que, desta vez, não estou fingindo o sorriso. As coisas estão melhores.

Sigo as placas do campus antes de acabar tendo que perguntar a uns caras em que direção fica a biblioteca. Eles me ajudam, é na próxima esquina. Quando vejo o prédio, tiro os óculos escuros e começo a olhar as pessoas sentadas do lado de fora, algumas na grama, sob a sombra de uma variedade infinita de árvores, outras em bancos cheios de livros. É verão, então o campus está muito mais silencioso do que estaria durante o semestre. Não demoro muito para identificar Amelia.

Está na grama, de pernas cruzadas, com um livro sobre as coxas. Segura metade de uma maçã em uma das mãos e o celular na outra, com os fios do fone enrolados no cabelo. Ainda não me viu, assim me esgueiro devagar entre algumas árvores, me aproximando por trás, furtiva. Então me lanço sobre ela, pulando e segurando seus ombros. Amelia treme de medo, dando um grito de surpresa. Sua maçã voa para o outro lado do gramado.

Estou com a barriga doendo de rir enquanto me agacho para encará-la, ignorando o fato de que todos os estudantes ao redor estão prestando atenção na gente. Sorrio para ela.

– Meu Deus, Eden! – exclama ela, quase sem ar, como se eu tivesse feito seu coração disparar.

Ela tira os fones dos ouvidos e põe a mão no peito, então inclina a cabeça e parece me perdoar, porque abre um sorriso de volta. Deixando o livro de lado, vem até mim e me abraça com força, o mais apertado de que me lembro desde aquele dia na sua varanda. Eu a aperto duas vezes mais forte, e ficamos assim, abraçadas e sem vontade de soltar, por um longo minuto. Por fim, nos afastamos.

– Sério, o que você está fazendo em Portland? – pergunta, balançando a cabeça como se não acreditasse que estou realmente sentada na sua frente.

Deve estar deixando o cabelo crescer. Está muito mais longo do que me lembro, e acho que ela deve ter clareado um pouco. Está muito mais louro, tenho certeza.

Sei que disse que o motivo de eu estar aqui era uma longa história, mas na verdade é bem simples. Ainda sorrindo, tomo coragem para contar.

– Meu namorado mora aqui.

A palavra acende algo dentro de mim que deixa todo o meu corpo em chamas, e sinto minha pele esquentando só pela alegria de finalmente poder usar *aquela* palavra. Sei que estou ficando corada, mas não há nada que eu possa fazer para impedir. Estou muito feliz por estar aqui, sob o sol de Portland, ao lado de Amelia, e poder me referir a Tyler como meu namorado em uma conversa. Nunca pensei que fosse possível.

– Opa – fala Amelia. – Seus olhos se arregalam, e ela levanta a mão, então se inclina na minha direção e repete: – *Namorado?* Você está namorando alguém de Portland?

– Na verdade – murmuro –, estou namorando alguém de Santa Monica que, por acaso, mora aqui agora.

Acho que ela está prestes a gritar. Amelia sempre foi fã de histórias de amor e finais felizes.

– Quem? – pergunta, desesperada.

Pensar em falar em voz alta não me assusta mais. Dizer o nome dele é tão fácil quanto dizer o nome de qualquer pessoa. No entanto, vai levar algum tempo para eu realmente me acostumar.

– Estou namorando o Tyler – conto. Minha voz é firme e confiante, meu olhar fixo no dela. – Lembra dele? Meu irmão postiço?

Nunca vou esconder o fato de que Tyler é meu irmão postiço. É a verdade, e não tenho vergonha de admitir.

Uma expressão confusa perpassa o rosto sardento de Amelia. Ela parece em dúvida, como se estivesse esperando que eu caísse na gargalhada e dissesse "brincadeira!", mas mantenho um sorriso relaxado e puxo um punhado de grama do chão antes de me sentir culpada e fazer de tudo para colocá-lo de volta no lugar. O ar de Portland deve estar me afetando.

– Sério? – É tudo o que ela diz.

Seu tom é gentil, como se estivesse com medo de que seja um assunto delicado. Ela continua me encarando de um jeito que deixa claro que realmente não sabe o que está acontecendo.

– Sério – respondo, depois acrescento, como quem não quer nada: – Ele se mudou para cá há um ano. Só estou visitando por um tempinho. – Não espero Amelia começar a fazer perguntas, então decido mudar de assunto o mais rápido possível. – Como andam as coisas? Como está a faculdade? – Gesticulo ao redor, para a área do campus.

– Ah, Eden, é incrível! – responde, efusiva, enquanto seu rosto se ilumina de entusiasmo. Ela pega o livro grosso que estava estudando e o coloca de volta no colo, passando os dedos pela capa. É algo sobre química, que Amelia sempre amou e eu nunca entendi. – Meu curso é irado, e as festas são melhores ainda. Eu te contei que fui presa?

Agora é a minha vez de tentar adivinhar se ela está falando sério ou não. Presa? Amelia? Nunca.

– Você está brincando – digo.

– Não – responde ela, rindo, tímida, e deixando a franja cair sobre os olhos. – As pessoas não deveriam me deixar ir para casa a pé depois de beber demais em uma festa. Tive que passar a noite em uma cela e pagar duzentos dólares por perturbação da ordem pública. – Ela revira os olhos. – Parece que gritar na rua é crime hoje em dia.

– Você é doida – respondo, mas estou rindo.

Amelia sempre gostou de se divertir, sempre gostou de festas. Nada é muito sério com ela, e sinto falta de sair com alguém que leva a vida assim.

– Eu sei – concorda ela. – Estou tentando ter mais autocontrole para meus pais não serem forçados a me tirar do testamento.

Amelia começa a rir também, e é tão bom estar rindo com ela de novo que não quero subestimar minha sorte. Saber que Amelia está aqui é mais um item para a lista crescente de motivos pelos quais estou me apaixonando por Portland. Talvez seja egoísta, mas quero que minha vida seja cheia de coisas que amo. Como Tyler e Amelia, Portland e café, Rachael e Emily, faculdade e aventuras, minha mãe e Ella, ideias destemidas e a chance de sempre me sentir tão feliz quanto agora. É tudo o que quero, tudo de uma vez só, tudo junto e perfeito.

Minha risada diminui, e eu pisco algumas vezes, voltando à realidade. Meus olhos encontram os de Amelia e faço um bico para ela, toda inocente.

– Você tem mesmo que ficar aqui agora? – pergunto.

– Na verdade, não. Por quê?

Fico de pé e tiro o livro de Amelia do seu colo. Agarro sua mochila e guardo o calhamaço, depois seguro a mão dela e a levanto. Ela lança um olhar curioso para mim, esperando uma explicação. Devolvo a mochila e aceno com a cabeça na direção de onde vim.

– Quero que você conheça umas pessoas.

21

Na caminhada pela área central da cidade até o grupo de jovens, tenho bastante tempo para contar a longa história para Amelia. Explico que Tyler e eu já estamos apaixonados há três anos, mas só oficializamos o namoro há cerca de dezoito horas. Conto sobre Dean e o motivo real do nosso término, que definitivamente não foi uma decisão mútua tomada de maneira amigável, como eu disse para ela uma vez. Conto sobre meu pai, que está mais babaca do que nunca e que odeia me ver com Tyler. Conto que Tyler foi embora no verão passado e ficou um ano longe, que tinha passado todo o tempo aqui, em Portland, montando um grupo de apoio para jovens. Conto que, quando ele reapareceu, eu queria que ele sumisse. Mas também conto que estou feliz por ter dado uma segunda chance a ele, porque nunca estive tão feliz na vida.

Amelia assente o tempo inteiro, se esforçando para absorver tantas informações, e acho que acredita que não sou mais a mesma pessoa. A Eden antiga nunca se arriscaria assim. A Eden antiga nunca teria voltado para Portland. A Eden antiga nunca enrubesceria só de pensar em um cara.

– É isso – afirmo, parando do lado de fora da enorme porta preta do centro.

Não tem placa, mas acho que deveria ter. Mais pessoas precisam saber o que existe ali.

Abro a porta inacreditavelmente pesada com o corpo, então a seguro para Amelia passar. A entrada está acesa de novo, iluminando os degraus que subimos. Amelia já está nervosa com a perspectiva de conhecer Tyler e Emily, mas acho que vai gostar de Tyler e com certeza vai se dar bem com Emily. É impossível não gostar deles, e quero que os três se conheçam.

Antes de chegar ao topo da escada, ouço a música, que fica mais alta quando abro a segunda porta. Está muito mais cheio do que ontem de manhã, talvez porque esteja mais tarde. O lugar está vivo com o som de vozes, música e risada.

– Uau! – exclama Amelia. Olho para ela, que está absorvendo tudo com os olhos arregalados, cheios de surpresa, do mesmo jeito que fiz ontem. É realmente incrível quão enorme este lugar é e quanto está lotado. – Aquele ali é ele?

Meu olhar vai de Amelia para Tyler, que deve ter nos visto quando entramos, porque já está se aproximando com aquele sorriso típico dele. É pouco mais de uma da tarde, então provavelmente está aqui há uma hora.

– É – sussurro, sem tirar os olhos de Tyler, com um sorriso se espalhando pelo meu rosto –, é ele.

– Humm – sussurra Amelia. – Já gostei.

Tiro os olhos de Tyler só para poder encarar Amelia. Ela está arrumando a franja, colocando-a atrás das orelhas e passando os dedos nas pontas do cabelo enquanto Tyler vem até nós.

– Que bom ver você de novo – diz ele, dando um sorrisinho.

Faz menos de duas horas desde que passei na cafeteria, e aqui estou eu outra vez, aparecendo no outro local de trabalho de Tyler, como se não conseguisse ficar longe dele. Eu consigo. Só não quero. Lançando um olhar para Amelia, Tyler levanta uma sobrancelha, depois me encara, esperando uma resposta.

– Quem é a visita?

– Amelia – digo.

Não é necessária nenhuma outra explicação. Tyler sabe exatamente quem é Amelia. Anos atrás, falei muito dela, minha melhor amiga de Portland. Minha única melhor amiga *legal*.

– Oi – cumprimenta ela, piscando várias vezes, um sinal de nervosismo.

Em um momento constrangedor ela quase estende a mão, mas depois parece pensar que é formal demais e acaba recolhendo-a.

– Ah – diz Tyler, abrindo um sorriso enorme, com uma expressão amigável e afetuosa. – Que bom finalmente conhecer você. Meu nome é Tyler, sou o…

Ele para, olhando para mim antes de falar, como se estivesse preocupado que eu não tenha contado para ela ainda.

Mas Amelia o interrompe antes de mim, concluindo:

– Namorado e irmão postiço?

– É, isso – confirma Tyler, com uma risada.

Parece aliviado e satisfeito por eu ter contado a verdade. Nós dois nunca fomos muito bons em ser sinceros antes, mas gosto de pensar que estamos melhorando.

– Cadê a Emily? – pergunto.

Passando os olhos pelos grupos ao redor, tento achá-la no meio dos jovens, mas não consigo. Espero que não tenha ido embora. Quero muito que Amelia a conheça.

– Ela está lá nos fundos – responde Tyler, apontando para uma porta na parede oposta. Não a notei ontem. – Vamos lá.

Tyler atravessa a sala acarpetada, comigo e Amelia atrás. Ela me cutuca nas costelas e arregala os olhos com entusiasmo, movimentando a boca sem emitir som e dizendo "Que gato", e então se abanando dramaticamente. Certas coisas nunca mudam. Costumávamos passar horas falando sobre os veteranos gostosos no ensino médio, ficando coradas de humilhação nos corredores sempre que nos entreouviam. De brincadeira, empurro o ombro dela e mordo o lábio para me impedir de rir. Tyler está cem por cento alheio a tudo, e quando chegamos à porta dos fundos, ele digita uma senha em um teclado na porta, que dá um clique. Ele a abre, segurando-a para entrarmos no que aparenta ser um depósito. Tyler fica na porta, de olho em todos no salão principal e, imediatamente, o rosto de Emily aparece atrás de uma pilha de caixas de papelão.

– Ei!

Ela apoia o fardo de garrafas de água que está segurando em cima de uma caixa fechada, depois, com habilidade, dá a volta na bagunça de caixas empilhadas por todos os cantos, ziguezagueando até nós.

– Emily? – Ouço Amelia dizer em um tom de reconhecimento, e seu olhar vai direto para ela, surpresa.

– Ai, meu Deus! Oi! – exclama Emily. – O que você está fazendo aqui?

Eu e Tyler olhamos para as duas, tentando entender o que está acontecendo.

– Vocês se conhecem? – pergunto, confusa.

– Hum, *sim* – responde Emily, com naturalidade, no melhor sotaque americano que consegue fingir, embora soe curiosamente sulista. Depois, volta ao normal e explica: – Ela me dá pipoca de graça sempre que vou ao cinema porque está tentando me convencer a sair com o colega dela.

– É vergonhoso, eu sei – acrescenta Amelia. Suas bochechas ficam rosadas, e estou tentando lembrar se ela já me disse que trabalhava em um cinema.

Posso imaginá-la derrubando pipoca pelo carpete de hora em hora. – Mas Gregg está super a fim de você e ele é *muito* fofo. Ainda acho que você deveria dar uma chance para ele.

– Nãããooo! – exclama Emily, mas também está corando enquanto tenta afastar Amelia. Ainda estou encarando as duas, perplexa com a conversa fácil. – Ainda não sei seu nome – admite Emily.

– Amelia. – Há uma ligeira hesitação quando ela parece perceber que Emily ainda não sabe por que está aqui, então logo acrescenta: – Na verdade, sou, tipo, a melhor amiga de infância da Eden.

A boca de Emily se abre quando ela olha para mim, obviamente surpresa com a notícia.

– Fala sério!

Ao meu lado, Tyler pigarreia.

– Vocês se incomodam se eu pegar a Eden emprestada por um segundo? – pergunta.

Lanço um olhar de questionamento para ele, mas Amelia e Emily nos asseguram de que vão ficar bem juntas. Tyler já está me conduzindo pela porta.

– E aí? – pergunto quando voltamos à área principal, cercados de adolescentes.

A palavra "perigo" está óbvia na minha expressão.

– Meu pai está aqui de novo – comenta ele.

Seus olhos me analisam. Está com as feições relaxadas e um sorriso hesitante nos lábios, como se estivesse se desculpando. Sei que o pai dele, em teoria, está se reabilitando e tentando consertar as coisas com o filho, mas não consigo me livrar do ódio que sinto por ele. Só de lembrar, começo a cerrar os dentes.

– Por quê?

– Ele só está terminando de verificar umas coisas antes de ir para o aeroporto – explica Tyler, acenando com a cabeça para o escritório. A porta está fechada. – Ele quer te conhecer. Tipo, oficialmente. Acha que vocês começaram com o pé esquerdo ontem, o que é, em parte, culpa minha, por não ter avisado que ele estava por aqui.

Isso explica o sorriso de desculpas.

– Hum. – Embora sinta desprezo pelo pai de Tyler, isso não me impede de estar muito curiosa. Parte de mim quer escutar o que tem a dizer. Ouço sobre ele há tanto tempo que seria loucura recusar a chance de ouvir o que tem a dizer. – Ok. Vou falar com ele.

Um lampejo de gratidão perpassa os olhos de Tyler, que segura a minha mão e me conduz ao escritório. Fico frustrada por estar nervosa e, devagar, ele abre um pouco a porta. Da entrada, dá uma olhada, e o ouço murmurar:

– Pai, a Eden tá aqui.

Não ouço o que Peter responde, mas de repente Tyler abre a porta por completo e me puxa para dentro. O pai dele está sentado em uma cadeira executiva enorme, confortável e relaxado, com folhas de papel espalhadas à sua frente. Está usando uma camisa azul-clara, abotoada até o colarinho, e segura uma caneta-tinteiro entre o polegar e o indicador. O relógio dourado está aparecendo pelo punho da camisa, e fico me perguntando como um homem com um passado tão terrível pode se apresentar como alguém bem-sucedido.

– Olá, Eden – cumprimenta ele.

Como ontem, seu jeito manso de falar me pega de surpresa, assim como a receptividade em seus olhos. É igual a Tyler, porém mais baixo, com olhos verdes menos intensos e o maxilar menos delineado. Sim, vai levar um tempo até eu me acostumar com a semelhança.

– Oi – digo.

Há um silêncio, e olho para Tyler, perplexa ao descobrir que já está saindo do escritório.

– É melhor eu voltar ao trabalho – afirma.

Olha do pai para mim por um ou dois segundos, dando um meio sorriso, antes de acenar com a cabeça e desaparecer, fechando a porta ao sair.

Eu e Pete ficamos sozinhos. É insuportavelmente constrangedor, sem dúvidas porque ele sente minha hostilidade. Além disso, o fato de eu estar parada em frente à mesa enquanto ele me encara, sentado, torna tudo muito autoritário. Fico grata quando se levanta e dá a volta na mesa, parando alguns metros de distância.

– Entendo que você não gosta de mim – começa, e é tão abrupto e direto que eu rapidamente engulo em seco. – Não te culpo. Também não sou muito fã de mim mesmo. Mas você é a... é a namorada do Tyler, pelo que ouvi falar?

Desconfortável, troco o peso de um pé para outro.

– Sou.

– Então gostaria de ter uma boa relação com você – afirma ele.

Encaro-o, sem reação. Não sei como poderia ter uma boa relação com alguém que transformou a vida de Tyler em um inferno. Não posso perdoá-lo nunca, e nesse caso, com certeza não posso gostar dele.

– O que você fez... – murmuro, com os lábios rígidos, mas não consigo terminar a minha frase.

A lembrança me dá tanta raiva que sinto os músculos da garganta ficarem tensos e cerro os dentes. Até mesmo olhar para ele faz meu sangue ferver, então fecho os olhos e fito o chão. Estou começando a me dar conta do quanto deve ter sido difícil para Tyler se sentar e conversar com o pai, porque eu mesma não consigo, e olha que nem estou envolvida diretamente.

– Todos os dias eu me arrependo do que fiz.

Devagar, levanto a cabeça e abro os olhos. Peter está me encarando com a expressão mais triste que já devo ter visto. Por um segundo, poderia jurar que seus olhos não são verdes, apenas dois buracos negros, exaustos e enrugados, resultado de anos de um arrependimento esmagador. Sua carranca profunda parece natural, como se seus lábios tivessem passado muito tempo assim.

– Eu perdi tudo e mereci – diz ele, calmo. – Perdi meus negócios e minha carreira, meus pais e a mim mesmo. Mas a pior coisa foi perder minha esposa e filhos. – Ele engole em seco e balança a cabeça devagar. – E você pode não gostar de mim, Eden, mas saiba que estou me esforçando para acertar as coisas com o Tyler. Estou aqui por causa dele, porque ele merece ter um pai que está dando seu melhor para mostrar como está arrependido.

Não sei por que ele está me dizendo isso, mas fico feliz por ouvir. É tranquilizador, especialmente porque suas palavras são cheias de sinceridade, mas ainda quero dar minha opinião. Quero me expressar também.

– Entendo que você está se esforçando e, para ser sincera, você ganhou meu respeito por ter aparecido e ido às sessões de terapia com o Tyler. Mas não chegou a ver como ele estava três anos atrás, totalmente descontrolado. Sabia que seu filho era conhecido por ser um babaca? Uma pessoa que ninguém queria desagradar por ser violenta e agressiva? Alguém que dependia de álcool e drogas para evitar pensar em toda a merda que *você* o fez passar? Você pode ter noção, mas não *viu*. Não viu como ele estava completamente destruído, e acho que não tem ideia do quanto Tyler tem se esforçado nos últimos tempos para ser uma pessoa melhor do que aquela em que você o transformou. – Dou um passo para trás e fixo um olhar severo em Peter, meus olhos flamejando de desprezo. – Então, você pode ter o meu respeito, mas nunca o meu perdão. E juro por Deus... eu juro... se você estragar tudo, não vai ter que lidar só com o Tyler, vai ter que lidar comigo também. Esta é a sua última chance.

Peter assente. Talvez esteja acostumado, talvez somente aceite. Virando-se para a mesa, pega o celular, colocando no bolso da calça, e a mesma pasta que estava carregando ontem. Junta as folhas de papel em uma pilha e vai até o gaveteiro de arquivos para guardá-las. Meus olhos o seguem o tempo todo, estudando seus trejeitos em busca de alguma semelhança com Tyler. Para minha felicidade, não há nenhuma, até que ele para na minha frente e passa a mão pelo cabelo escuro exatamente como fez ontem, exatamente como Tyler faz. Tenho que reprimir um resmungo.

– Estou saindo. Volto no mês que vem, então, se você ainda estiver por aqui, a gente se vê. Foi bom te conhecer, finalmente. E, por favor, confie em mim quando digo que você não tem nada com que se preocupar.

Tudo que respondo é:

– Ok.

Nossa relação definitivamente não é boa. Vai ser preciso muito mais do que uma conversa de alguns minutos para que eu consiga tolerá-lo. No entanto, estou disposta a tentar, pelo bem de Tyler, e porque estou, aos poucos, dando os primeiros passos para melhorar minha própria vida também. Então, embora seja difícil, na próxima vez que vir Peter, seja lá quando acontecer, estou disposta a fazer um esforço para me dar bem com ele.

Dando um pequeno sorriso, Peter se vira para a porta do escritório e sai para o corredor principal. Espero alguns segundos para segui-lo. Quando o faço, vejo-o indo em direção a Tyler. Não consigo me conter e fico observando enquanto interagem, o que faz eu me sentir enjoada e furiosa. Estou tentando me livrar dessa sensação. *Agora é diferente*, tenho que lembrar a mim mesma. Eles estão se esforçando para consertar as coisas, e é óbvio que a situação ainda não está cem por cento, porque não parecem muito próximos. Mas trocam um aperto de mão firme, e depois Peter desaparece pela porta principal e vai embora.

Tyler volta a conversar com uma garota, aparentemente bastante mal-humorada, encostada na parede e com os braços cruzados, e eu volto para o depósito para procurar Amelia. Tenho que bater algumas vezes à porta para Emily vir correndo e me deixar entrar. Depois de uma conversa breve, eu e

Amelia decidimos passar um tempo no centro. Nenhuma de nós tem mais nada para fazer hoje, e Tyler e Emily parecem gostar da nossa companhia.

Nós até damos uma mãozinha: Amelia ajuda a reabastecer as máquinas de refrigerante, e eu me ofereço para arrumar o monte de caixas no depósito. O clima está ótimo, com música alta e um fluxo constante de jovens indo e vindo, a gente brincando e se divertindo. A tarde passa voando, e estou muito feliz por Amelia estar se dando bem com Tyler e Emily, porque são pessoas muito importantes para mim. Emily está se divertindo tanto com a gente que, quando dão cinco da tarde e seu expediente acaba, ela decide ficar, e vale a pena, porque acabamos pedindo comida depois.

Até os adolescentes que vêm aqui são extremamente amigáveis. Fiquei andando entre os grupos e conversando, rindo do raciocínio rápido e do sarcasmo deles. Consigo entender por que Tyler e Emily gostam de fazer isso todo dia. É muito gratificante estar aqui, rodeada de positividade, o que só melhora meu humor. Mas estar tão feliz está quase me deixando exausta. Não estou acostumada.

São um pouco mais de nove da noite quando a última pessoa sai do prédio. Tyler passou um bom tempo conversando com o garoto, os dois jogados em uns pufes no canto. Emily foi embora às sete, e Amelia, às oito. Estamos sozinhos agora, eu esperando pacientemente por ele, não só porque me recuso a pegar o VLT à noite, como também porque não quero ir para casa sem ele.

– Então, o que achou da Amelia? – pergunto enquanto o ajudo a abaixar as persianas.

A música está desligada e o centro está em silêncio. É estranho sem todo o barulho.

– Ela é legal – responde Tyler. – É ótimo que vocês tenham se reencontrado e que ela ainda more em Portland. Agora você tem outra pessoa que conhece por aqui.

– É. Portland não está sendo tão ruim, sabe.

Tyler sorri para mim, obviamente evitando falar "Eu avisei".

Terminamos de fechar o centro, apagamos as luzes e trancamos todas as portas antes de sairmos. Está anoitecendo, com o sol já escondido no horizonte e o céu escurecendo, listrado com laranja e rosa. Tyler vestiu um casaco de moletom. Encosto a cabeça nas suas costas, envolvendo-o com os braços, enquanto ele tranca a entrada principal. Então, ele segura minhas mãos e me faz soltá-lo para que possa se virar e olhar para mim, sorrindo.

– Que tal um passeio tardio à loja de ferragens para comprar tinta?

Tive que me esforçar muito para persuadir Tyler a levar a tinta marfim em vez de um vermelho brilhante. Pelo jeito, a regra de escolher cores neutras não vale para ele, mas, depois de uma hora de discussão, estamos de volta ao apartamento, com oito latas de tinta marfim no meio da sala.

As paredes são todas brancas e precisam desesperadamente de um retoque com uma cor mais nova. Nos próximos dias, o plano é pintar o apartamento inteiro. A ideia parecia divertida no carro, mas agora que estou aqui, segurando um pincel e vestida com uma calça jeans velha e uma das camisetas grandes demais de Tyler, meu entusiasmo está indo embora.

– Acho melhor começarmos pelo quarto para eu cobrir a frase – diz Tyler.

Está com uma calça de moletom cinza e uma camiseta branca lisa, e, como sempre, está envolto naquela aura de cara naturalmente lindo, enquanto eu pareço uma sem-teto.

– Claro.

Cada um pega uma lata e vamos para o quarto. Levamos apenas alguns minutos para preparar tudo, porque não há nada para mudar de lugar, exceto a cama. Tyler leva o colchão para o outro cômodo e vira o estrado de lado, passando-o pelo batente da porta e deixando-o no quarto ao lado, enquanto cubro o chão com as várias cortinas de banheiro que compramos. Já são mais de dez da noite, e estou pensando que talvez seja melhor esperar até amanhã. Está ficando tarde.

A frase que Tyler escreveu de manhã ainda está rabiscada na parede, e não percebo que estou sorrindo para as palavras até que ele entra no quarto e me olha de um jeito engraçado.

– Hora de pintar – anuncia, depois se agacha e abre uma das latas, coloca um pouco de tinta em uma bandeja e mergulha um rolo dentro. Nunca tinha imaginado Tyler como alguém com talentos manuais, e dou risada observando-o, porque ele fica adorável de um jeito inocente quando está tentando se concentrar, com o olhar suave e a boca aberta. – O quê? – pergunta, levantando a cabeça.

– Nada.

De brincadeira, ele estreita os olhos para mim e depois se vira para a parede. Sei que é meu papel ficar agachada no chão, pintando os rodapés, mas estou ocupada demais observando-o para perceber que não estou nem ajudando. Primeiro, ele quer cobrir as palavras, então começa a passar o rolo na frase e, em segundos, a primeira linha já se foi. Mas não estou prestando atenção nisso, porque a visão do corpo de Tyler é muito mais atraente. Toda vez que ele se estica, sua camiseta sobe, revelando o cós de elástico apertado da cueca boxer preta, que está aparecendo por cima da cintura do moletom.

– O que acha? – ouço Tyler perguntando, e, quando saio do meu torpor, vejo que está me encarando com um sorrisinho.

Na parede ao seu lado, todas as palavras sumiram, menos duas. As duas últimas.

te quiero

Olho para Tyler, que está com a cabeça levemente inclinada, e seus olhos cor de esmeralda ardem em minha direção. Há um brilho desafiador, e acho que ele está esperando que eu o beije. É um desafio que vou aceitar com alegria, embora queira provocá-lo primeiro. Dou um passo largo à frente e o beijo rápido nos lábios, me afastando com a mesma rapidez.

– Cadê o marcador? – pergunto.

Tyler faz um biquinho para mim.

– Cozinha. Primeira gaveta do lado esquerdo.

Com um sorriso misterioso, dou as costas para ele e vou até a cozinha. Remexo na gaveta até achar o marcador preto, tirando a tampa enquanto volto para o quarto. Tyler voltou a pintar, começando pelo canto, mas quando sente minha presença, me lança um olhar por cima do ombro, parando o que está fazendo.

– Então – diz, com um olhar curioso –, para que exatamente você precisa do marcador?

Nem sei por que pergunta. Pelo sorriso que está tentando segurar, fica óbvio que já sabe o que estou prestes a fazer.

Sorrindo, me aproximo da parede. Com cuidado para não tocar a tinta fresca, passo os dedos pelas palavras que sobraram. E, abaixo, escrevo: *je t'aime*.

– O que acha? – indago, repetindo suas palavras de propósito enquanto dou um passo para trás e aceno com a cabeça para meu acréscimo à parede. Esse negócio de pintar as paredes não está dando muito certo até agora. Pelo jeito, só estamos sujando mais.

Os olhos de Tyler brilham enquanto lê as palavras e depois me encara por longos segundos. Seu sorriso cresce, mais e mais amplo a cada segundo, até que de repente ele está na minha frente, com as mãos no meu rosto e a boca na minha.

Tyler me pega com tanta força que sou empurrada um ou dois passos para trás, e hoje não temos tempo para beijos lentos e profundos, porque nosso desejo é muito intenso, a atração sexual é difícil demais de ignorar. Nossos lábios se movem em sincronia com os batimentos cardíacos, sua língua na minha. Acho que nunca vou me acostumar com o prazer que sinto ao beijá-lo. O ato faz com que eu fique arrepiada, me dá calafrios e deixa minhas pernas dormentes. É a sensação mais incrível do mundo.

As mãos de Tyler estão por todo o meu corpo, deslizando da minha cintura à parte de trás das minhas coxas, me erguendo do chão. Envolvo sua cintura com as pernas, forte, e seu pescoço com os braços, os lábios pressionando ainda mais os dele. Sinto suas mãos na minha bunda enquanto ele me segura e me pressiona contra a parede. Em segundos, sinto a tinta fresca molhando minha camiseta.

Não quero, mas tenho que afastar os lábios dele dos meus para olhar o estrago. A parte de trás da camiseta está ensopada com uma camada de tinta fresca. Tyler tinha que me apoiar *justamente* no lugar que estava pintado.

– Você fez de propósito – resmungo, me virando, seu rosto a apenas um centímetro do meu.

Ele está sorrindo, os olhos brilhando com um lampejo de travessura.

– É melhor tirar a camiseta – murmura, mas já está fazendo isso por mim.

Ainda me apoiando entre seu peito e a parede, ele puxa a barra da camiseta e a tira pela minha cabeça, jogando a peça de roupa às suas costas.

Sinto a tinta gelada e molhada na pele, mas nem penso em reclamar, porque os lábios de Tyler estão no meu ponto fraco – atrás da orelha. Inclino a cabeça para o lado e depois de volta contra a parede para deixá-lo me beijar, meus dedos emaranhados em seu cabelo. Estou de olhos fechados enquanto aproveito a sensação de sua boca deixando um rastro que vai da minha orelha, passa pelo rosto e chega ao pescoço, sugando minha pele e deixando beijos lentos e suaves. Seus polegares deslizam pelo cós da minha calça, e a sensação do toque é quente enquanto roçam minha pele. Sua mão sobe pelas minhas costas até o fecho do sutiã e, de repente, ele é jogado por cima do ombro de Tyler.

Seus lábios vão até meus seios, e estou desesperada para ver o corpo dele, então seguro sua camisa e o ajudo a tirá-la. Enquanto Tyler continua a pontilhar meu corpo com beijos molhados, só consigo encará-lo. Amo sua origem hispânica – o tom de sua pele é lindo, naturalmente bronzeado. Os músculos do abdômen não são mais tão definidos quanto costumavam ser, mas continuam perfeitamente alinhados em um tanquinho bem delineado. Cada curva do torso é nítida, desde o formato dos peitorais, onde está a nova tatuagem, até o V profundo que desaparece em sua cueca. Enquanto me segura, suas mãos apertam minha bunda, seus bíceps enormes se contraindo. Os músculos estão tensionados, as veias, grossas e eletrificadas.

– Acho que a pintura vai ficar para depois – diz ele, rindo e levantando a cabeça.

Tyler dá um beijo na minha testa, depois no meu nariz, nas minhas bochechas e nos cantos da minha boca. Fixa os olhos em mim, consumido pela admiração, pelo desejo e pelo amor.

Minha expressão deve ser parecida, porque, quando olho para Tyler, acho que nunca vou deixar de estar apaixonada por ele. É impossível. Ele é tão perfeito, e é perfeito para mim.

– E a gente ia pintar mesmo?

– Não – admite ele. Então, com uma risada ofegante, sussurra: – Essa sempre foi a intenção. Muito melhor.

Seus lábios encontram os meus de novo, e puxo seu cabelo enquanto ele me afasta da parede. Não sei como consegue me carregar para fora do quarto enquanto me beija, e não sei como não acabamos batendo em alguma coisa, mas chegamos em segurança.

– Me dá só um segundo – pede ele.

Depois de me colocar no chão, ele passa a mão no cabelo e começa a juntar as partes de sua cama desmontada. Fico só de calça jeans, parada na porta, rindo do desespero estampado em seu rosto enquanto ele tenta montar a cama o mais rápido possível.

Meus olhos vão para a porta ao lado, entre os dois quartos. É o banheiro, com a porta aberta e o chuveiro à vista. Só de lembrar, ondas de adrenalina percorrem meu corpo – aquele dia em Nova York, no verão passado, quando tomamos banho no apartamento de Tyler no Quatro de Julho. Mas a diversão acabou antes de começar, quando Snake e Emily chegaram mais cedo do que o esperado.

Olho de volta para Tyler e, antes de ele pegar o colchão, me aproximo e seguro o cós de sua calça de moletom. Ele pisca, surpreso, quando começo a puxá-lo para fora do quarto. Meu sorriso se transforma em um risinho sedutor, enquanto o levo até a porta do banheiro. Acho que ganho uma confiança alarmante ao receber um pouco de adrenalina, então paro de frente para Tyler, antes de ficar nervosa, abrindo mais os olhos de um jeito inocente.

Eu me aproximo para beijar seu queixo, depois passo as mãos em seu peito, pressionando os seios em seu peitoral e os quadris nos dele. Sinto como Tyler está rígido e firme contra meu corpo. Olho para ele e coloco os braços em volta de seu pescoço.

– A gente já terminou o que tinha começado em Nova York?

Tyler para um pouco para tentar adivinhar a que estou me referindo e, o mais importante, o que estou sugerindo. Assim que entende, o sorriso volta ao seu rosto.

– Não, acho que a gente não terminou.

Entramos no banheiro minúsculo juntos, e o piso está gelado. Eu me apoio na pia, tirando a calça, entro na banheira e, no escuro, semicerro os olhos em direção aos registros, tentando abrir a torneira. O jato sai de uma vez só, me molhando inteira. A tinta das minhas costas sai aos poucos, deixando pedaços no fundo da banheira, desaparecendo da minha pele do mesmo jeito que a frase de Tyler no ano passado.

Com a água escorrendo pelo meu rosto e pingando do meu queixo, encontro Tyler no escuro, nada além de uma silhueta enquanto ele tira a calça e depois a cueca. Ele espera um pouco, seus olhos me observando, e o ouço falar bem baixinho:

– Cacete…

Estendendo a mão, seguro a dele e o puxo para mim enquanto nossos corpos se entrelaçam debaixo do fluxo de água de novo. Só que, desta vez, sem interrupções.

22

Toda quinta-feira Tyler tem folga na cafeteria, então ele e Emily trocam os turnos no grupo de jovens, e ela fica com a manhã livre para passear comigo. É quase meio-dia, e faz meia hora que estamos andando pelo centro da cidade, indo de loja em loja. O tempo não está muito bom. Continua quente, mas há uma camada grossa de nuvens cobrindo o brilho do sol, então as ruas estão tristes.

– O que você acha dessa? – pergunta Emily.

Está vestindo uma minissaia preta, analisando-a com atenção. Olha para mim, esperando uma resposta.

Não sei bem por que está me perguntando, afinal não tenho muita noção de moda.

– Para quê?

– Tipo, para uma festa – responde ela.

– Então é bonita – digo, o que parece encerrar a questão, porque ela decide comprar a peça.

Enquanto ela troca de roupa e paga, vou até a saída para esperá-la.

Nos últimos dois dias, não estive muito focada. Fisicamente, estou aqui; mentalmente, não. Tem muita coisa acontecendo dentro da minha cabeça, muitas coisas para consertar e fazer dar certo, muitas perguntas precisando de respostas. Colocar a minha vida em ordem está se provando mais difícil do que apenas apresentar meus amigos uns aos outros. Ontem de manhã, fui me dando conta aos poucos de que, embora eu ame estar em Portland, tudo aqui é apenas temporário. Preciso voltar para Chicago daqui a dois meses e tudo pode desmoronar. Não consigo simplesmente esquecer que, muito em breve, Tyler e eu vamos estar separados de novo, e isso está me deixando enjoada.

– A gente podia visitar a Amelia – sugere Emily, aparecendo ao meu lado com a sacola da Forever 21 a tiracolo. – O cinema onde ela trabalha é, tipo, a quatro ruas daqui.

– Acho que você quer dizer quatro quarteirões – corrijo, em tom de provocação. – Mas claro. Vamos.

Amelia foi convidada para este "passeio à toa que se tornou um passeio para fazer compras", mas não pôde vir porque trabalha às quintas-feiras. Tenho certeza de que vai ficar feliz quando nos vir. Imagino que esteja bem vazio lá a esta hora em um dia de semana. Emily vai na frente, porém eu rapidamente descubro para qual cinema estamos indo.

Mas até pensar em encontrar Amelia não está afastando a sensação de desconexão. A verdade é que não só odeio a ideia de ir embora: tenho pavor dela. Tudo está finalmente como sempre sonhei, e Tyler e eu ficarmos longe um do outro pode prejudicar o relacionamento que lutamos tanto para ter. Talvez a gente não consiga lidar com a distância.

– Emily – digo, andando um pouco mais devagar. Preciso engolir o nó de ansiedade que está se formando na minha garganta. – Posso perguntar uma coisa?

Ela me dá uma olhada rápida de esguelha.

– Você sabe que pode.

Ela está certa. Emily é ótima em dar conselhos. Amo conversar com ela porque sei que vai ser franca e verdadeira comigo seja qual for a situação.

– Você acha que eu e Tyler conseguiríamos namorar a distância?

Ai. "Namoro a distância". Até a expressão é horrível.

Emily franze as sobrancelhas, para de andar e me encara.

– Está falando isso por causa da faculdade? – pergunta, já sabendo a que estou me referindo. – Acho que vocês vão conseguir, sim. Estão acostumados a passar um tempo separados. – Ela para de falar quando vê a tristeza no meu rosto. Até eu consigo sentir, pois está em cada centímetro do meu corpo. – Eden, fala sério – continua, calma. – Tenta não pensar muito nisso. Só aproveita o verão.

É difícil não pensar, mas assinto e volto a andar. Ela tem razão. Não quero ficar triste no pouco tempo que tenho com Tyler.

Avançamos mais dois quarteirões até o cinema. Algumas pessoas estão circulando por lá quando entramos, mas nada das filas imensas de sextas-feiras à noite, então é muito fácil encontrar Amelia sentada na bilheteria, olhando para as unhas. Como previsto, parece que está a ponto de morrer de tédio. Quando nos aproximamos, ela levanta a cabeça, os olhos brilhando com a felicidade pura de ter outros seres humanos com quem conversar.

Levantando-se, ela abre a porta da pequena cabine e sai.

– Ei!

– Adorei o chapéu – digo, mas já estou rindo. Ela fica ridícula de uniforme, e, como é uma amiga próxima, estou autorizada a fazer provocações. – Amei muito a calça – comento, tentando abafar a risada.

– Esse trabalho me faz sentir como se estivesse queimando no inferno – comenta Amelia. Ela tira o chapéu e seu cabelo fica arrepiado e um pouco bagunçado, então acabo rindo ainda mais. – O que fiz para merecer isso? Sou uma boa aluna. Estou fazendo cursos de verão. Nunca falei para os meus pais que odeio eles. Só bati na minha irmã uma vez. Nunca dei uma fechada em ninguém na interestadual. Mas gritei na rua e fui presa uma única vez, e Deus acha que eu mereço *tudo isso*?

Senti falta disso. Amelia é sempre tão dramática. Ela era fanática por teatro no ensino médio e atuava em todas as peças do colégio.

– Que horas você sai? – pergunta Emily, acho que principalmente para Amelia parar de falar.

– Às duas – responde ela, então olha para o relógio enorme na parede e dá um suspiro sonoro e longo quando vê que ainda é meio-dia e meia. – Depois tenho aula no laboratório das três às cinco. Sério, as quintas-feiras são *horríveis*. Ah, e Gregg te viu.

Amelia acena com a cabeça em direção ao saguão, para o cara baixinho na bombonière. Também está usando um chapéu, mas o dele tem um enfeite de cachorro-quente em cima. Já está nos observando. Então, quando todas olham em sua direção, ele nem se esforça para desviar o olhar. Deve ter uns vinte e poucos anos. Sorri de um jeito entusiasmado demais e acena para Emily.

Ela não acena de volta, apenas coloca a mão na têmpora e dá as costas para ele, balançando a cabeça.

– Meu Deus, Amelia, *por que* você disse para ele que eu estava interessada?

– Olha para ele! – exclama Amelia, fazendo um beicinho. Sendo compreensiva com Gregg, não com Emily. – Como eu ia dizer para aquela cara fofa que você não quer sair com ele?

Emily responde alguma coisa, mas eu já estava desligada. Pelo jeito, algum filme acabou de terminar, porque algumas pessoas saem das portas laterais para o saguão. Entre elas, estão três caras, e Emily e Amelia talvez pensem que estou dando uma conferida neles, mas não é o caso. Estou olhando para suas roupas e acessórios da Portland State University. Um está usando um moletom verde de capuz com PORTLAND STATE estampado na frente, em branco; outro, um boné da universidade; e o terceiro, uma camiseta com PSU VIKINGS escrito.

De repente, só tem uma coisa passando pela minha cabeça.

Portland State University.

As roupas. O curso da Amelia lá. O campus ontem. Por anos, as tentativas inúteis da minha mãe para me convencer a estudar lá.

No mesmo instante, a decisão fica clara. É como se tudo se encaixasse.

– Eden?

– Oi?

Encaro Emily, que aparenta estar genuinamente preocupada. Acho que me desliguei da conversa; ela e Amelia estão olhando para mim com uma expressão confusa.

– Amelia está perguntando se você quer ver um filme – explica Emily, ainda me encarando de maneira esquisita. – Tipo, a gente poderia. Só tenho que voltar para o trabalho às duas.

– Emily – digo, e a seriedade na minha voz pega as duas de surpresa. – Me desculpa, mas preciso fazer uma coisa.

– O quê?

Já estou me afastando, os passos cada vez mais rápidos. Não tenho tempo de explicar porque, agora que tive a ideia, sinto uma urgência. Indo para a saída, me viro rapidamente e falo:

– Preciso dar uma segunda olhada em um campus.

Estou segurando uma pilha de anotações enquanto vou da estação do VLT para o apartamento de Tyler. São um pouco mais de seis da noite, e está bem mais claro agora, pois o tempo finalmente abriu. Sei que Tyler vai estar em casa, afinal saiu do centro de jovens às cinco. Ele me mandou uma mensagem perguntando onde eu estava, e eu disse que chegaria logo.

É verdade, porque já estou a caminho, superempolgada. Mentalmente, treino várias vezes o que vou falar para ele, tentando acertar. Mal posso esperar para ver sua reação. Tomei uma decisão que faz muito sentido, que parece certa para mim. É o passo principal que preciso dar para viver minha vida da maneira que quero, com as pessoas que amo ao meu redor, em uma cidade para a qual não dei valor, mas de que aprendi a gostar. O jeito como me senti na última semana é como quero me sentir todos os dias.

Quando chego à área externa do prédio, minha garganta está seca. Não necessariamente porque estou nervosa por tomar uma decisão tão importante, mas porque estou ansiosa para dizê-la a Tyler em voz alta. Assim que acontecer, tudo vai parecer real.

Quando chego, a porta está destrancada e, assim que a abro, sou atingida pelo cheiro avassalador de tinta, que me deixa tonta. Tem música tocando e o sofá não está mais no cômodo. As cortinas feias de banheiro estão espalhadas pelo chão e Tyler já pintou a maior parte do apartamento. Está sem blusa, e acho que é a melhor visão do mundo para se ter ao chegar em casa. Os músculos de suas costas, os ombros largos, a curva de sua coluna...

Ele não me ouviu entrar, então me aproximo com passos leves, dando a volta nas cortinas de banheiro em sua direção. Em silêncio, envolvo os braços no corpo dele, dando um beijo suave na escápula, em cima da tatuagem *guerrero*. Tyler estremece ao meu toque, assustado até perceber que sou eu.

– Finalmente – diz, virando-se, então coloca o rolo na bandeja e se endireita. A visão da frente é ainda melhor. Estou olhando para seu peitoral, não para seus olhos, quando ele fala: – Emily me disse que você sumiu na hora do almoço. Aonde você foi?

Quando ergo o olhar, estou sorrindo. Chego mais perto e o abraço, absorvendo o calor de sua pele. Mas, de repente, cada frase que treinei para dizer desaparece. Não lembro o discurso dramático que preparei, então o momento não é tão especial quanto planejei quando as palavras que saem da minha boca são:

– Vou ficar em Portland.

É abrupto, mas é simples.

De imediato, Tyler fica perplexo. Há respingos de tinta em seu peito.

– Até o final do verão?

– Não – respondo. Meu sorriso é tímido mas caloroso e, bem devagar, explico: – Vou ficar em Portland para sempre.

– Mas... – Ele não consegue processar a informação, franzindo as sobrancelhas e balançando a cabeça, confuso. – Mas você não pode. Tem que voltar para a faculdade.

– E vou voltar – respondo, baixando os olhos enquanto passo a mão em seu peitoral, traçando círculos em sua pele. – Só que vou para a Portland State.

O silêncio dura o que parece uma eternidade enquanto continuo acariciando Tyler. Seu único movimento é a respiração pesada, o peito subindo e descendo, e quando olho para ele, vejo apenas pânico e medo, em vez da alegria pela qual eu estava esperando.

– Como assim? – pergunta, simplesmente.

Decepcionada com a reação, me afasto, rompendo nosso abraço. Meu sorriso sumiu, substituído por uma fisionomia inexpressiva. O momento é bem sem graça. Nada como eu esperava. Estou na frente dele com os ombros caídos e tendo que me explicar.

– Vou fazer a transferência – afirmo. E, para deixar claro, acrescento: – De faculdade, Tyler. Para cá. Para a Portland State.

De novo, silêncio. Mas, desta vez, é por apenas alguns segundos, até que ele explode.

– Você está doida? – Ele levanta as mãos, irritado. Por causa da rispidez no seu tom de voz, sei que está bravo comigo, então dou outro passo para trás, surpresa. – Não posso deixar você fazer isso. Podemos namorar a distância. Vou para Chicago te ver. Aconteça o que acontecer, você não pode pedir transferência. Você não conseguia parar de falar da sua faculdade, e agora vai simplesmente desistir? De onde você tirou isso?

Definitivamente, a conversa não está saindo como planejei, e a única coisa em que consigo pensar é empurrar minha pilha de anotações para ele.

– Passei o dia inteiro pesquisando na biblioteca do campus. Amelia me deixou usar o cadastro dela – digo rapidamente, como se tivesse que defender a mim e minhas ideias. Tyler olha das anotações para mim enquanto começo o discurso que preparei mais cedo. Toda a negatividade parece ter clareado minha mente. – Óbvio, não é tão boa quanto a Universidade de Chicago, mas o curso de psicologia é um dos melhores, e é fácil transferir os créditos. Você sabe que eu amo Chicago, mas é longe demais de tudo que amo. Tenho amigos lá, mas não *melhores* amigos, considerando que você e Amelia estão aqui, e Emily pelo menos por enquanto. Minha mãe mora no estado vizinho, logo meu pai vai estar permanentemente mais perto de mim de novo, o que é uma pena, mas posso lidar com isso. Portland State tem uma taxa superalta de aceitação de transferências. Além disso, pedindo transferência de uma instituição como a Universidade de Chicago, com certeza vão me aceitar.

Tyler me devolve as anotações, embora eu ache que nem tenha olhado para os papéis. Neles, está tudo que preciso levar em consideração, tudo que preciso saber e sei, tudo escrito horas atrás em uma torrente de animação.

– Há quanto tempo você tem pensado nisso? – pergunta ele, em um tom severo. – Por que não falou comigo antes?

– Só tomei a decisão hoje – admito.

Sei que deve parecer muito impulsivo para ele, como se eu não tivesse pensado direito sobre o assunto, mas pensei. Não posso simplesmente ignorar o fato de que a transferência me parece correta. É uma sensação que me consome, que está ocupando todos os meus pensamentos desde hoje de manhã.

– Para começar, por que você está tomando essa decisão? – dispara ele.

Sem acreditar, Tyler balança a cabeça de novo e passa por mim em direção à janela, pausando a música que estava tocando no celular e se recostando no vidro. Todas as paredes estão recém-pintadas. Cruzando os braços, me encara do outro lado da sala, embora seu olhar esteja mais suave agora.

– Você não quer que eu fique em Portland? – pergunto.

Só de pensar nisso, fico paralisada, mas não consigo identificar que outro motivo faria Tyler reagir de forma tão negativa à ideia de eu morar aqui permanentemente.

– Óbvio que quero – murmura, soltando um longo suspiro, depois olha para o chão e ergue o olhar, com a fisionomia mais tranquila. A rigidez nas suas feições e na sua voz desaparece. – Mas não assim. Não se significar atrapalhar seus estudos. Porque eu juro, Eden, cacete, eu juro… Se é por isso que você não quer ficar em Chicago enquanto estou aqui, é melhor não tomar essa decisão. É irracional pra cacete, e você vai me fazer sentir culpado, como se eu fosse a razão de você querer desistir da faculdade.

Ah, penso. *Então é por isso que está agindo assim.*

Devagar, me aproximo de novo, com os olhos fixos nos dele ao atravessar a sala. Paro a apenas alguns centímetros de Tyler, com um olhar sincero.

– Quando me pergunto qual é a cidade mais difícil de deixar… – murmuro. – É Portland, Tyler. Não estou fazendo isso por você. Estou fazendo por mim. Você fez suas mudanças, agora é hora de eu fazer as minhas.

Os olhos dele já estão arregalados de surpresa enquanto o alívio toma conta do seu rosto.

– Promete?

Assentindo, elimino a pequena distância entre nós e o abraço de novo, encaixando o corpo no dele.

– Juro. Sou mais feliz aqui. Esse é o motivo de querer ficar. Quero viver aqui.

Ele coloca a mão no meu rosto, segurando-o com gentileza, sua pele quente roçando a minha. Aproximando o rosto do meu, ele analisa minha fisionomia com cuidado, antes de dizer baixinho:

– Tem certeza?

– Acho que nunca tive tanta certeza de alguma coisa na vida.

– Então vem morar comigo – sussurra ele, deslizando os lábios nos meus, tão suave e delicadamente que um arrepio percorre meu corpo. – Vem morar comigo – repete, seu rosto iluminado com um sorriso enquanto as palavras se tornam mais apressadas. Continua me dando beijos intensos e ávidos até que *vem morar comigo*, *vem morar comigo*, *vem morar comigo* é a única coisa que consigo ouvir. – Posso não ter muitos móveis ainda, mas tenho paredes recém-pintadas. O bairro é legal. Muitos cachorros. Pertinho do centro da cidade. – Ele sorri ao afastar a boca da minha. – O que acha? Com certeza é muito melhor do que os dormitórios da faculdade.

– Acho que *óbvio que sim*! – Nós rimos, e encosto os lábios nos dele por um longo momento. – Mas vamos por partes – digo, dando um passo para trás. – Preciso voltar para Santa Monica o mais rápido possível. Vou comprar uma passagem de avião.

Tyler está perplexo de novo, como se não conseguisse compreender por que eu precisaria voltar para casa.

– Por quê?

– Porque tem muitas coisas que preciso resolver – admito, soltando um longo suspiro. Pensar em voltar para casa e lidar com meus pais é desanimador. – Antes de ir para Sacramento, eu discuti com a minha mãe, então preciso pedir desculpas. Mas o principal é que tenho que acertar as coisas com meu pai. Tenho que contar que a gente está junto, mas também preciso saber como está meu relacionamento com ele de verdade, porque agora não tenho ideia.

– Ok – diz Tyler, assentindo. Ele entende, porque sabe como minha relação com meu pai está comprometida. – A gente pode ir de carro no sábado, viajar à noite, depois pegar a Pacific Coast Highway até em casa no domingo. O que acha? Nada como uma viagem de carro no verão pelo litoral.

– Ah – digo, dando um passo para trás de novo. Eu ia sozinha. É demais pedir a Tyler para ficar sem trabalhar. – Não esperava que você fosse.

– Eu sei, mas tem algumas coisas que preciso resolver também. Preciso contar para a minha mãe que meu pai está de volta, e preciso muito conversar com meus irmãos, especialmente com o Jamie. Além disso, acho que nós dois temos que contar para nossos pais que estamos oficialmente juntos, porque, desta vez, você não vai lidar com tudo sozinha.

Saber que ele vai estar comigo é reconfortante, e gosto da sensação de estarmos juntos nisso.

– Então tudo bem, eu adoraria que você estivesse lá. Agora, me dá um pincel e vamos terminar de pintar esta sala.

Tyler dá uma risada alta, coloca o celular no parapeito da janela e liga a música de novo. Ele me dá um beijo na bochecha enquanto passa por mim para procurar um pincel. Depois que encontra, mergulha-o no galão de tinta e o passa para mim. Começamos a pintar as paredes, nossas paredes, canta-rolando ao som da música e sorrindo um para o outro por cima do ombro.

Sei que tomei a decisão certa, sei que Portland é o melhor lugar para mim, e vamos para Santa Monica daqui a dois dias para conversar com nossos pais de uma vez por todas, acertar as coisas, contar a verdade, consertar tudo. Mas, ao contrário da última vez, não estamos com medo. Desta vez, estamos prontos.

23

A caminhada de volta ao apartamento de Tyler não é tão ruim. É sexta-feira à noite, um pouco depois das nove horas, e o sol acabou de sumir no horizonte, deixando o ar quente e o céu azul-escuro. Tyler me informou que sexta-feira é o dia dos nossos encontros oficiais, o que significa que, toda sexta, a partir de agora, tenho que me arrumar, e ele também. Hoje à noite, Tyler me levou para jantar em um restaurante francês famoso no centro da cidade, e agora estamos fazendo a caminhada de quarenta minutos de volta para casa, com minha saia ondulando ao vento.

– Ainda não acredito que o garçom derramou bebida em você – digo, olhando para Tyler, que ainda tem uma mancha úmida na camisa social azul.

Dou risada quando a vejo.

– Foi por isso que só paguei cinco por cento – fala Tyler, rindo ao meu lado.

Estamos de mãos dadas. Ele devia estar no centro de jovens, mas Emily está cobrindo o turno, logo ele é todo meu esta noite.

Estamos a poucos quarteirões do apartamento, mas Tyler para de andar de repente.

Sobe aqui – indica, soltando minha mão.

Por cima do ombro, ele acena com a cabeça para suas costas e se agacha.

– Estou de saia – falo.

– E…?

Ultimamente, Tyler consegue me convencer a fazer qualquer coisa com facilidade. Já cedi. Colocando as mãos no ombro dele, subo em suas costas. Ele segura minhas coxas e me ergue bem alto, com a coluna reta. Sem fazer esforço, volta a andar, e eu brinco com seu cabelo, enrolando os fios grossos nos dedos.

– Posso perguntar uma coisa? – indaga Tyler, baixinho, quebrando o silêncio confortável.

– Claro.

Meu queixo está descansando no topo de sua cabeça, seu cabelo macio em minha pele.

– Você estava mesmo com raiva no Quatro de Julho?

A pergunta é tão repentina que tenho que levantar a cabeça e pensar um pouco. Não consigo ver seu rosto, então não posso ver sua fisionomia.

– Bom, estava – admito, dando de ombros. Ella deve ter contado para ele. – É tipo o *nosso* dia. Sempre ficamos juntos no Quatro de Julho, tirando o ano em que você se mudou para Nova York, então sei lá, Tyler... Você não acha que é especial? O Dia da Independência é, tipo, quando tudo começou entre a gente.

– As coisas não começaram quando você me beijou? – provoca ele, tentando me olhar.

Estou feliz por ele não conseguir me ver, porque estou totalmente vermelha agora.

– E eu tenho culpa? Eu tinha dezesseis anos e te odiava. Beijar você era a única saída.

Caímos na risada e, quando o prédio aparece no fim da rua, Tyler me coloca de volta no chão. Sua mão imediatamente encontra a minha, e nossos passos entram em sincronia, lado a lado mais uma vez, indo sem pressa em direção à entrada.

– Então você estava *mesmo* com raiva, hein? – ouço Tyler murmurar, e quando o olho, ele está com um sorriso nos lábios e uma sobrancelha levantada.

Mas, antes que eu consiga falar qualquer coisa, ele coloca as mãos nos meus ombros e me gira, gentilmente me empurrando para a frente. Nesse momento, ouço um grito coletivo de "SURPRESA!".

Levo um susto e, por um momento, congelo. Pisco, tentando absorver a cena à minha frente.

O lugar está completamente diferente de como o deixamos horas atrás. Várias bandeirinhas dos Estados Unidos estão penduradas nos galhos das três árvores do pátio, com bandeiras maiores espetadas na grama, balançando suavemente com a brisa fraca. Na mesma hora começa a tocar música, vinda de uma caixa de som que não consigo ver. Lanternas de jardim estão espalhadas pelo pátio, criando uma área cálida e iluminada sob o céu escuro.

Mas o que realmente me surpreende é o círculo de espreguiçadeiras ao redor de uma fogueira improvisada no centro do gramado e as pessoas que se levantam delas com largos sorrisos nos rostos.

Emily está aqui. Amelia também. Mikey da cafeteria. Gregg do cinema. E Rachael. Snake. Não acredito!

Estou tão chocada que não consigo nem reagir, só olhar para eles com a boca entreaberta, tentando processar o que está acontecendo.

As mãos de Tyler deslizam dos meus ombros para os meus quadris. Ele agarra meu corpo com firmeza, me puxando para si, se inclina sobre meu ombro esquerdo, com a barba por fazer roçando minha bochecha e a respiração quente no meu pescoço, depois encosta os lábios no meu rosto e, em um sussurro ofegante, diz:

– Feliz Quatro de Julho, amor.

Sem acreditar, balanço a cabeça, ainda olhando para a nossa pequena plateia, que está começando a rir da minha cara.

– Mas foi… foi há duas semanas.

Tyler ri também, se afastando e me virando para olhá-lo. Está com aquele sorriso singular no rosto, o mesmo que já foi tão raro, mas que agora é tão normal. Seus olhos estão brilhando, ardendo para mim.

– É, mas estamos comemorando o Quatro de Julho *de novo*. Desta vez, juntos.

É quando finalmente entendo tudo que está acontecendo, e meu choque e confusão são substituídos por alegria. Não acredito que Tyler fez tudo isso por mim, porque sabe que deveria ter ficado comigo na primeira vez. Abro um sorriso imenso enquanto me ergo na ponta dos All Stars e abraço Tyler. Ninguém nunca tinha feito nada assim para mim.

Tyler me abraça apertado e, depois de me afastar, viro para analisar nossos amigos.

Primeiro, corro em direção a Rachael. Não a via desde que fui para Sacramento. Tanta coisa aconteceu desde então, preciso contar tudo para ela. Está usando a bandana americana no cabelo, a mesma do Quatro de Julho de verdade. Acho que a tirei do lugar sem querer ao lhe dar um abraço apertado, porque Rachael logo a arruma quando nos afastamos. Como sempre, está com o cheiro incrível do perfume que é sua marca registrada. Seu cabelo está ondulado, e ela está usando maquiagem, mas não muito pesada.

– O que você está fazendo aqui? – pergunto.

Rachael nunca tinha pisado no estado do Oregon, ainda mais em Portland, achando que somos todos ripongas que abraçam árvores.

– Tyler é muito persuasivo – diz ela, acenando com a cabeça para ele. Acabei de notar que está segurando uma bebida. Fico imaginando o que é. – Uns dias atrás ele me ligou várias vezes, mas eu ficava recusando as chamadas. Aí ele ligou para o telefone fixo. Quem, em pleno século XXI, liga para um *telefone fixo*? Isso que é persistência.

Ela balança a cabeça, e sorrio, porque o comentário é típico de Rachael. Amo o jeito como fica exaltada com coisas pequenas, e amo o jeito como repassa a informação para mim de forma ainda mais exagerada.

– Aí meu pai entrou no quarto falando "Tyler Bruce está no telefone", e eu pensei: *Tá de sacanagem?* Atendi só para dizer para ele me deixar em paz, mas ele começou a falar e me chamou para vir para Portland no fim de semana. Conversamos por, tipo, vinte minutos. Achei a ideia fofa, então aqui estou. Não seria uma festa de verdade sem a sua melhor amiga, né? – Ela bate o quadril no meu e dá uma piscadinha para mim, me passando seu copo. – Aqui. Fica para você. Vou pegar outro para mim.

Meus olhos vão para o cara ao lado de Rachael, para Stephen Rivera. Não o via desde o verão passado, em Nova York, onde sei que ele passou o último ano da faculdade. Está exatamente do jeito que me lembrava, com os olhos azuis quase cinza, o cabelo loiro curto, um sorriso de canto de boca e uma fisionomia sempre brincalhona. Mas sua pele está muito mais bronzeada. Além disso, está usando uma bandeira enorme como capa, amarrada com um nó no pescoço.

– Stephen! Você também veio!

– Hum, óbvio que vim, pô!

Seu sotaque de Boston é carregado, como sempre. Segurando uma lata de cerveja na mão, ele coloca o outro braço nos meus ombros para me dar um abraço rápido. Quando se afasta, dá um gole na bebida.

– Estou aqui para comemorar o Quatro de Julho em 18 de julho, como toda pessoa normal faz.

Solto uma risada mais alta que a música e dou um empurrãozinho no seu ombro de brincadeira. Snake sempre foi um palhaço, e estou tão de bom humor que não consigo parar de sorrir.

– Quando vocês chegaram?

– De manhã – responde Rachael, então ela e Snake se entreolham e sorriem um para o outro, depois encaixa o braço no dele, se aproximando. – Stephen dirigiu até Santa Monica primeiro, depois pegamos o voo juntos.

Curiosa, lanço um olhar questionador para eles. No verão passado, saíram algumas vezes no pouco tempo que Rachael passou em Nova York, e parece que realmente se gostam.

– Juntos?

– É – responde Snake. – Eu me mudei para Phoenix no mês passado, depois de me formar e arrumar um trabalho. Isso significa... – ele faz uma pausa, sorrindo para Rachael – ... que estou a apenas cinco horas de carro dessa garota bonita.

Isso explica o bronzeado. Ele afasta o braço e o coloca sobre os ombros de Rachael, bagunçando seu cabelo e mostrando a língua para ela.

Rachael não mencionou Snake nem uma vez no último ano. Não me disse que ele estava em Phoenix nem que estavam em contato e, quanto mais penso sobre o assunto, mais uma coisa fica clara.

– Todas as vezes que você estava visitando seus avós... – murmuro, inclinando a cabeça para ela, com um brilho suspeito mas provocador nos olhos. – Você estava em Phoenix, né?

Rachael fica com o rosto todo vermelho, envergonhada pelo fato de ter guardado segredo. Snake é um cara legal. É hilário, e eles são tão parecidos que realmente acho que formam um ótimo casal. Ela não precisava esconder nada de mim.

– É – admite ela, cobrindo o rosto com as mãos, constrangida demais para olhar para mim. – Não quis contar porque não quis ser a melhor amiga que fica toda empolgada por causa do namorado quando você estava tão triste por causa do Tyler. Sei que faria você se sentir pior, e não venha me dizer que não, porque você costumava olhar feio para todo casal que passava.

Ela tem razão, e por mais que eu queira defender a mim e meu antigo mau humor constante, não consigo. Meus olhos se arregalam, e um sorriso satisfeito se espalha pelo meu rosto.

– Namorado?

Lanço um olhar para Snake, que parece convencido, abraçando Rachael com ainda mais força.

– Aham – confirma Rachael, e o brilho que irradia dela enquanto sorri me diz tudo. Está feliz, e merece. – E você e Tyler, hein? De onde surgiu tudo isso?

– Acho que só paramos de nos preocupar – digo, mas até minha voz parece leve e suave, como se a energia positiva correndo pelas minhas veias estivesse invadindo todas as células do meu corpo.

– Own – solta Snake, depois dá um tapinha na minha cabeça da mesma forma que fez um ano atrás quando o conheci. – Meus amigos estão crescendo. Finalmente, cacete.

A gente ri, e acho que o choque e a raiva de Rachael por eu e Tyler estarmos juntos diminuiu, porque, pelo jeito, está aceitando nosso relacionamento.

– Vou pegar uma cerveja gelada para você – diz Snake para mim, se afastando depois de dar um beijo rápido de despedida na têmpora de Rachael.

Assim que ele sai, olho para minha amiga, boquiaberta.

– Não acredito que vocês estão juntos!

Ela libera sua animação dando um pulinho.

– Nem eu!

– Estou tão feliz por vocês – digo, e estou mesmo. No passado, os caras costumavam brincar com os sentimentos dela e mexer com sua cabeça. Snake não é assim. – Você já conheceu a Amelia?

Rachael é minha melhor amiga de Santa Monica; Amelia é minha melhor amiga de Portland; e Emily é minha melhor amiga de Nova York. No verão passado, quando Rachael conheceu Emily, se deram bem, então espero que ela goste de Amelia também. Minhas amigas se gostarem é, definitivamente, parte da vida perfeita que estou tentando construir para mim.

– Emily apresentou a gente – responde Rachael, depois tira a bebida da minha mão e dá um longo gole antes de devolvê-la. – Ela reclama tanto quanto eu, então já adoro essa garota. Vocês deveriam juntar ela e o cara gostoso da cafeteria. Aquele ali.

Ela levanta um dedo vacilante, e meus olhos o seguem direto para Mikey.

Ele fica diferente sem a camisa preta e o avental. Está usando uma regata, com os braços totalmente tatuados à mostra, e seus bíceps são mais musculosos do que pareciam à primeira vista. Está perto da fogueira com Tyler e Snake, rindo de alguma coisa e abrindo mais cervejas.

– Você está certa. Ele é superlegal também – comento, olhando para Rachael. – E Amelia está tentando fazer Emily sair com Gregg, aquele baixinho.

– Ele é fofo também – acrescenta Rachael, assentindo em aprovação.

Sorrio para Rachael, feliz por ela e Snake terem vindo para a festa. Com certeza não seria a mesma coisa sem eles. Estou impressionada com Tyler também. Foi atencioso da parte dele convidar os meus amigos, fazer com que as pessoas com quem me importo estivessem presentes.

Com Rachael ao lado, damos a volta na fogueira, por entre as espreguiçadeiras, para nos juntarmos aos outros. Snake me dá uma cerveja, e eu agradeço. Troco um sorriso enorme de gratidão com Tyler por cima do brilho das chamas antes de me largar em uma espreguiçadeira perto de Emily. Amelia está ao lado, e Gregg também.

– Bem-vinda de volta ao Quatro de Julho – diz Emily, depois se inclina para a frente, fazendo um brinde com sua cerveja na minha e virando a bebida de uma vez só.

Não sei quanto tempo as pessoas ficaram nos esperando, mas, pela quantidade de latas de cerveja vazias e copos plásticos em um saco de lixo perto das árvores, estão aqui há um tempo. Dou uma olhada na roupa de Emily. Está usando a saia preta que comprou esta semana. Acho que *esta* é a festa da qual estava falando.

– Sério que você não tinha ideia? – pergunta Amelia, cruzando as pernas em cima da espreguiçadeira, com uma bebida em cada mão. – Tyler planejou isso a semana inteira. Contou para nós na terça-feira, então estamos guardando segredo desde então, mas sério? Você não sabia?

– Não tinha ideia. Ele não tocou na história do Quatro de Julho até pouco antes de chegarmos aqui – admito, tomando um gole de cerveja.

Nunca gostei muito de festas, mas esta é diferente. Pequena, só com as pessoas que realmente importam para mim, cheia de boas vibrações. É o melhor tipo de festa.

Amelia faz um beicinho e diz, dando um pequeno soluço:

– Own! Tyler foi fofo organizando tudo para você, Eden!

Acho que já está um pouco bêbada. Amelia tem duas coisas em comum com Rachael: reclamam o tempo inteiro e são fracas para bebida.

Não consigo esconder o sorriso. Eu me sinto tão sortuda por ter Tyler, uma pessoa que se esforça só para me ver feliz.

– Emily – chamo, olhando para ela –, quem está cuidando do grupo de jovens?

– Ninguém – responde ela, rindo. – Estamos fechados hoje à noite por conta de circunstâncias especiais.

Meu olhar vai até Gregg, que está nos observando conversar, com um sorrisinho, então me dou conta de que nunca falei com ele. Eu o vi brevemente ontem no cinema, mas não sei nem se ele sabe meu nome. Encaro Amelia e levanto as sobrancelhas de um jeito sugestivo, lançando um olhar penetrante em direção a Gregg.

– Ah – diz ela depois de perceber o que quero dizer. – Eden, esse é o Gregg. Gregg, essa é a Eden.

– Oi – cumprimento.

Amelia deve ter insistido para que ele viesse hoje à noite, só para ter mais uma oportunidade de juntá-lo com Emily, que não parece se importar; caso contrário, nem estaria perto dele.

– E aí? – pergunta Gregg, e sua voz rouca me surpreende.

Não combina com sua aparência, e fico me perguntando se ele é muito mais velho do que pensei no começo. É definitivamente bonitinho e, fora sua ansiedade, estou começando a pensar que talvez Emily devesse dar uma chance para o cara.

– Beleza – ouço Tyler dizer, e todos olhamos para ele.

Não sei quem está comandando a música, mas quem quer que seja acaba de abaixar o volume. Rachael e Snake se sentam nas espreguiçadeiras, e Mikey, na grama, dobrando os joelhos enquanto bebe sua cerveja. O fogo crepita, iluminando nossos rostos com um brilho quente e alaranjado.

– Eu ia comprar fogos de artifício, mas não queria que os policiais aparecessem por aqui. Isso ficou no passado. Desculpa, Eden – diz Tyler, depois ri para mim e pigarreia. Está segurando a lata de cerveja com as pontas dos dedos, apoiada em suas coxas. – Mas podemos ficar até a hora que quisermos, desde que a música não esteja muito alta depois da meia-noite. Conversei com todos os vizinhos e contei o motivo da comemoração e, embora eu esteja vendo a Sra. Adams nos observando da janela agora mesmo, ela está de boa. Disse que todos poderiam vir e participar se quisessem. Prometeram não contar ao senhorio. E uma última coisa – fala ele, olhando para mim de novo, e sorrindo ao levantar a cerveja. – Feliz Quatro de Julho, pessoal.

Emily aplaude dramaticamente e Snake dá um grito, e todos erguemos as bebidas, comemorando e desejando "Feliz Quatro de Julho!". Os vizinhos do condomínio podem estar tranquilos com o que estamos fazendo hoje à noite, mas não significa que não nos achem idiotas. Estamos celebrando a independência da nação com duas semanas de atraso, como se fosse perfeitamente normal. Amo a espontaneidade e a singularidade disso tudo, mais um item da minha lista de momentos especiais para apreciar e guardar.

– Na verdade – digo alto, por cima das vozes, ficando de pé –, já que vocês estão prestando atenção, preciso falar uma coisa.

Tyler me lança um olhar, preocupado, mas não demora até descobrir o que estou prestes a dizer. Sabe exatamente o que é e deve aprovar a decisão de contar a todos agora, porque dá um único aceno de cabeça e lança um sorriso reconfortante para mim, encostando a lata de cerveja nos lábios e me observando com intensidade por cima da borda.

Os outros estão curiosos e intrigados. Não faço suspense, mas chuto a grama, ansiosa, e mordo o lábio. Passo os olhos pelo círculo e me dou conta de que estas pessoas aqui... são as pessoas que realmente importam para mim.

– Vou pedir transferência para a Portland State – anuncio, soltando a respiração. – Estou me mudando para Portland.

Há uma fração de segundo de silêncio, até que um grito ensurdecedor de animação escapa dos lábios de Amelia. Ela solta as duas bebidas e se levanta da espreguiçadeira, me abraçando e quase me derrubando. Agora posso afirmar que com certeza está bêbada, porque, enquanto me prende em seus braços, não consegue parar de gritar no meu ouvido, pulando, quase deslocando meu ombro. Vamos estudar na mesma universidade, como ela sempre quis. Sua reação me faz sorrir, até que abro os olhos e espio por cima do ombro, vendo a expressão hesitante de Rachael. Parece desapontada ao me observar junto com Amelia, e não sei se está com ciúme ou se apenas demorando para absorver a notícia que compartilhei.

Amelia finalmente me larga e, quando o volume da música aumenta de novo, todo mundo começa a conversar, soltando comentários do tipo "Isso é incrível!" e "Não acredito!".

Mas Rachael continua em silêncio. Está parada, sentada sozinha, parecendo deslocada no meio de todo mundo. Ela fita a grama, sem expressão, e segura o copo com força. Dou a volta na fogueira, passando por Snake e Gregg, e me sento ao lado dela. Não sei o que falar, mas felizmente não tenho que dizer nada, porque Rachael levanta a cabeça com os olhos bem abertos e pergunta baixinho:

– Sério que você vai se mudar?

– Sério – respondo, dando de ombros.

Para Amelia e Emily, a ideia de eu me mudar para Portland é ótima, afinal elas estão aqui. Para Rachael, no entanto, significa que vou embora de Santa

Monica. Já moro em um estado diferente, mas nós duas sempre soubemos que Chicago era algo temporário, até eu me formar. Mudar para Portland é permanente.

– Mas você ainda vai me visitar em Santa Monica, né? – pergunta ela, falando rápido, quase em pânico. – Como você já faz? Tipo, no Dia de Ação de Graças e no Natal? No verão?

– Óbvio – digo, tentando deixar o clima mais leve. Empurro o joelho dela com o meu, dando um sorriso. – Além disso, acho que você vai ficar metade do tempo em Phoenix, né? Nem vai sentir a minha falta.

– Verdade – responde ela, ficando corada de novo quando seus olhos se fixam em Snake. Eu me pergunto se percebe que sorri sempre que olha para ele, que está conversando com Tyler. Fico feliz em saber que ele mora mais perto de nós agora. Talvez possamos vê-lo com mais frequência. – E, a propósito – murmura Rachael, olhando para mim –, você estava certa. Eu estava *muito* errada sobre ele.

No começo, acho que ela está falando de Snake, mas então ela acena com a cabeça em direção a Tyler. Levei muito tempo tentando convencê-la de que ele mudou, de que está com a cabeça no lugar e de que está muito mais feliz, mas acho que é uma dessas coisas em que as pessoas só acreditam vendo.

– Ele está diferente, né? – falo.

– Total – concorda Rachael.

Seus olhos vão para a bebida que está segurando, então ela leva o copo aos lábios e dá um gole. De repente, se levanta, jogando o líquido na grama, agarrando meu braço e quase me derrubando da espreguiçadeira. Ela segura meu pulso na frente do rosto, só que agarrou o esquerdo, que não tem nada além daquela pomba horrível, então ela o larga e pega o direito. Observa *No te rindas* com atenção, revirando os olhos para a tatuagem e balançando a cabeça para mim, com um sorriso provocador.

– Ainda é idiota – murmura baixinho, mas sei que está só brincando. – Apesar de, quando se trata de namorar o Tyler... não ser tão idiota. Agora consigo entender por que foi tão fácil para ele conquistar você... porque ele me conquistou também. Sei que você não precisa da aprovação de ninguém, mas definitivamente tem a minha.

Só consigo sorrir, aliviada por ela *finalmente* ver Tyler como ele é de verdade.

Enquanto a música ecoa pelo pátio, me levanto e a puxo. A gente dançou no primeiro Quatro de Julho, então é justo dançar no segundo. Minha mão encontra a dela e eu a giro, jogando o cabelo e balançando a cabeça em sincronia com a música. Amelia corre para se juntar a nós, arrastando Emily junto, e quando a música volta a aumentar, nós quatro dançamos juntas. Tocamos uma guitarra imaginária, fazemos piruetas. Passos ruins, quedas, mas rimos o tempo todo.

Quando faço uma pausa para recuperar o fôlego, ainda estou sorrindo ao observar minhas melhores amigas, perfeitas umas com as outras, dançando como se há anos se conhecessem. Então percebo como sou sortuda por finalmente ter três melhores amigas incríveis, amigas que me aceitam como sou, amigas que não se importam com minhas decisões aparentemente malucas, amigas dispostas a dançar como bobas comigo no pátio de um condomínio em Portland, enquanto comemoramos o Quatro de Julho em 18 de julho.

Ultimamente, tudo que acontece soa como um *finalmente*... Como se eu tivesse esperado a vida inteira por estes momentos. "Finalmente" é a única palavra que me passa pela cabeça, tão pesada que está me pressionando.

Finalmente, finalmente, finalmente.

Finalmente, tudo está começando a ficar perfeito. Finalmente, estou feliz de verdade.

Enquanto a noite avança e o céu vai de azul a preto, todos acabamos nos juntando em volta da fogueira, relaxando nas espreguiçadeiras e jogando Verdade ou Consequência. Mikey subiu em uma árvore só de cueca; Amelia confessou ter sido presa mais uma vez, por ter nadado pelada no rio Willamette no verão passado; e Rachael virou uma cerveja e acabou vomitando logo depois.

É pouco mais de meia-noite e, embora esteja escuro, as lanternas iluminam o pátio e a fogueira nos deixa aquecidos. Emily está à minha esquerda, e Tyler, sentado na grama, à minha direita. É a vez de Snake girar a garrafa vazia de cerveja que estamos usando para jogar, e ela para virada para mim. Seus olhos brilham de alegria e ele se recosta na espreguiçadeira, fingindo refletir profundamente e esfregando o queixo. Snake se inclina para a frente e sorri para mim, malicioso. Bem alto, sem me perguntar se quero verdade ou consequência, diz:

– Eu desafio você a beijar seu irmão postiço.

Todo mundo sabe que ele só está sendo brincalhão e provocador, como sempre, então decidimos entrar na brincadeira também.

– Opa, cara, você está passando dos limites – diz Gregg.

Amelia está ofegante, fingindo descrença.

– É, Stephen – concorda Rachael, estalando a língua em falsa desaprovação. – Foi longe demais.

Olho para Tyler, que està balançando a cabeça, fitando a grama e segurando o riso. Pela primeira vez, acho que está ficando com as bochechas coradas, e, quando levanta a cabeça e seus olhos encontram os meus, decido entrar na brincadeira também. Fingindo desgosto, coloco a mão no rosto e, com a voz mais aguda possível, falo:

– Eeeeca. Isso é *tão* nojento.

Eu me levanto rapidamente da espreguiçadeira, indo direto para os braços de Tyler, jogando o corpo no dele. Em um piscar de olhos, nossos lábios se encontram, e estou beijando-o no gramado, sentada no seu colo e sentindo sua mão na minha lombar, me segurando com firmeza. Sorrio com a boca colada na dele, com os olhos bem fechados enquanto seguro seu rosto. O beijo é enérgico e rápido, alimentado pela onda de prazer que sinto diante de uma plateia.

Quando ouço Rachael começar a aplaudir e gritar, inclino a cabeça para trás e solto uma risada. Minhas bochechas estão coradas.

– É só isso que você tem a oferecer? – pergunta Tyler.

Quando inclino o rosto de volta para ele, Tyler está com uma expressão maliciosa, e seus olhos me desafiam a beijá-lo de novo.

Aproximo a boca de sua orelha, para que só ele consiga me ouvir.

– É tudo que tenho a oferecer até chegarmos em casa – sussurro.

Rapidamente, dou um beijo em sua bochecha e me afasto. Sua expressão está impagável ao me encarar, a sedução evidente nas minhas feições. Ele engole em seco.

Quando todo mundo para de rir, Emily dá um bocejo e Mikey checa o relógio. É meia-noite e meia e, embora seja tecnicamente cedo para uma festa, todos estamos exaustos. Aproveitamos a noite e a companhia uns dos outros. Foi nosso Quatro de Julho particular. Foi especial. Acho que é um bom momento para encerrar a comemoração, e parece que todo mundo concorda, porque começam a se levantar e esticar as pernas.

Como somos apenas oito, todos sentem que têm a responsabilidade de ajudar a arrumar tudo. Fechamos as espreguiçadeiras e as empilhamos, depois tiramos as bandeiras das árvores e da grama. Jogamos latas e copos vazios em sacos de lixo, desligamos as lanternas e, por último, apagamos a fogueira até restar apenas o lampejo fraco de uma brasa.

Mikey é o primeiro a ir embora. Sua irmã mais nova aparece para lhe dar uma carona, e ele promete que, da próxima vez que eu for à cafeteria, vai ser por conta da casa. Amelia e Gregg dividem um táxi, e Emily vai junto. Acho que está começando a se interessar mais pelo Gregg. Rachael e Snake são os últimos ainda no pátio, esperando o táxi para levá-los até um hotel no centro.

– Vocês vão ficar só hoje? – pergunto a Rachael.

Estamos encostados na cerca, olhando para a rua enquanto esperamos os faróis do táxi aparecerem.

– Isso – diz ela, dando de ombros. – Pegamos o voo amanhã. Stephen tem que trabalhar na segunda-feira, então não dá para ficar para explorar esta cidade velha e tosca. Palavras suas, não minhas.

De brincadeira, dou uma cotovelada nela.

– Não é tão tosca – digo, embora ela esteja certa. Já pensei isso sobre Portland, mas não mais. – A propósito, a gente vai para casa no domingo para conversar com nossos pais, então vou passar na sua casa antes de ir embora.

– Ah – diz ela, fazendo uma careta –, seus pais. Eles já sabem?

– Não. A menos que Jamie tenha contado.

– Ah, então boa sorte.

Assim que as palavras saem de sua boca, o táxi para na frente do condomínio. Trocamos um abraço de despedida, e Tyler e Snake se aproximam. Amei ver Rachael e Snake hoje à noite, então dou um abraço nele também, e antes de os dois entrarem no carro, prometemos nos encontrar em breve.

As portas se fecham, e o táxi acelera na rua. Tyler e eu ficamos sozinhos pela primeira vez em horas. O pátio está silencioso e escuro, o que é estranho depois de estar tão cheio de vida apenas vinte minutos atrás. O ar parece mais gelado, e estou ficando com frio, então abraço meu corpo, indo em direção aos restos da fogueira. Não há nada além do brilho das cinzas enquanto a chama se apaga.

Sinto Tyler me seguindo e paro em frente à fogueira, absorvendo o pouco calor que restou. Tyler fica do outro lado, olhando para mim na escuridão da noite. É quase uma da manhã.

– Obrigada – digo, baixinho. Meus olhos não deixam os de Tyler, que me encaram, vívidos e brilhantes – Só… Obrigada por fazer isso, Tyler. É muito importante para mim.

Ele dá um aceno com a cabeça, sério, e chuta as cinzas da fogueira. Está perfeito, com as mãos nos bolsos e as feições suaves, seus lábios formando um sorrisinho e o olhar cheio de amor.

– Tudo por você – murmura.

O brilho das cinzas se apaga, escurecendo tudo enquanto Tyler captura meus lábios com os dele. Perfeito, como sempre.

24

No fim da tarde de sábado, vamos para Santa Monica, revezando a cada duas horas para dirigir a noite toda e conseguirmos dormir um pouco. Às oito da manhã do dia seguinte, Tyler assumiu a direção para terminar a viagem, e eu caí em um sono profundo, encolhida no banco do passageiro, com o rádio tocando baixinho, a mão de Tyler na minha coxa e um sorriso nos lábios.

Só acordo pouco antes de meio-dia. Devo ter um sexto sentido, porque meus olhos se abrem assim que Tyler pega a saída da I-405 em direção à cidade que não vamos mais chamar de casa. O brilho repentino do sol entrando pelo para-brisa ofusca minha visão, e semicerro os olhos, me endireito e abro o para-sol.

– Ah – diz Tyler quando nota que estou acordada, lançando um olhar rápido de esguelha e tentando manter a atenção na estrada. – Bom dia. Chegamos.

Passo a mão no cabelo e olho para a direita, observando a cidade pela janela. Amo Santa Monica. É uma cidade incrível, mas por razões muito diferentes das que me fazem amar Portland. Amo o píer e a praia, as cidades que a rodeiam e os bairros incríveis para se explorar, o glamour de Hollywood e as celebridades superfamosas que passam despercebidas. Fiz o ensino médio aqui. Conheci Tyler aqui. Minha família está aqui. Sempre vou ter laços com esta cidade, mas Portland sempre foi meu lar.

Olho para Tyler enquanto ele freia em um sinal.

– Podemos ir na minha mãe primeiro? – pergunto. Não temos um plano. Acho que estamos improvisando. – Preciso estar completamente acordada para tentar conversar com meu pai.

Tyler assente e vira à direita em uma curva sinuosa, acelerando um pouco demais. Parece nervoso, mais do que eu, e sei exatamente por quê. Está com medo de contar sobre o pai a Ella, do mesmo jeito que tinha medo de contar para mim. Acho que está preocupado, pensando que a mãe vai ficar furiosa por ele ter voltado a manter contato com o pai. Para ser sincera, não sei como ela vai receber a notícia. Vai ficar chocada, com certeza. Satisfeita, não. Acho que nunca vai perdoar Peter por tudo o que fez, e duvido que algum dia vá ficar confortável com a relação entre ele e o filho. Mas Tyler sabe o que está fazendo, e Ella sempre foi muito compreensiva e carinhosa, então acredito que vá confiar nele, assim como eu confiei.

Eu, por outro lado, tenho que lidar com meus pais hoje. Primeiro com a minha mãe, depois com meu pai. Mas meu maior desafio é falar com ele. Não me sinto nervosa, pois estou pronta para enfrentá-lo depois de ficar tanto tempo de braços cruzados. Passei os últimos dias planejando exatamente o que dizer. As palavras estão gravadas em minha mente, e me sinto pronta para verbalizá-las assim que tiver a oportunidade. Não quero ser agressiva. Só quero ser franca, porque não há nada mais significativo e verdadeiro do que a sinceridade, e espero que meu pai goste mais disso do que se eu decidisse gritar com ele.

Quando nos aproximamos da casa da minha mãe, passamos pela casa de Dean. Toda vez que fiz isso ao longo do último ano, fiquei com uma sensação nauseante e com a garganta seca. Em geral, só consigo dar uma olhada para a casa, mas hoje eu a olho diretamente. Tyler solta uma lufada de ar lenta, que é quase inaudível de tão suave. Penso se vamos nos perdoar pelo que fizemos com Dean e se ele vai nos perdoar algum dia. Tyler e eu cometemos muitos erros no passado, mas estamos aprendendo com eles.

Alguns minutos depois, vejo a casa da minha mãe. Fico aliviada ao ver o carro dela e a caminhonete de Jack parados na frente.

– Aquele ali é o carro da minha mãe? – pergunta Tyler de repente, semicerrando os olhos para o para-brisa. Sigo seu olhar e vejo o Range Rover branco.

– Pelo jeito, é – respondo. Franzo as sobrancelhas, perplexa, quebrando a cabeça para pensar em uma explicação para o carro de Ella estar ali. – O que ela está fazendo aqui?

Não esperávamos que Ella estivesse presente e, para ser sincera, não sei por que estaria. Ela e minha mãe se dão bem, mas não são amigas nem nada assim. Param e conversam por alguns minutos quando se encontram na rua, e já ficaram um pouco bêbadas juntas na minha festa de formatura. Fora isso, não se falam muito e não aparecem na casa uma da outra para visitas casuais. Embora minha mãe goste de Ella, sempre vai ter uma pontinha de ciúme.

– Não faço ideia – responde Tyler, dando de ombros.

Com uma expressão confusa, para atrás do carro de Ella e desliga o motor. Já faz algumas horas que está dirigindo, então solta um longo suspiro, aliviado por termos finalmente chegado. Depois de esfregar os olhos vermelhos, sai do carro.

Saio logo depois, com o corpo rígido e tenso depois de ter dormido em uma posição desconfortável. Trocamos um último olhar preocupado antes de percorrer o caminho curto até a porta da casa da minha mãe. A mão de Tyler encontra a minha, como sempre, nossos dedos entrelaçados, com tranquilidade e apoio implícitos.

Gucci deve ter ouvido nossos passos, porque começa a latir antes mesmo de tocarmos na maçaneta. Está do outro lado da porta, com as patas arranhando a madeira. Sei que vai pular em nós dois assim que eu abrir, então só bato, esperando, paciente.

Agora que estou aqui, começo a ficar nervosa. Não sei como minha mãe vai se sentir em relação à minha mudança para Portland e meu pedido de transferência. Talvez ache que estou sendo completamente ridícula, ou talvez veja como uma coisa boa. Não tenho ideia. O único modo de descobrir é contando.

A porta se abre alguns centímetros, e Jack aparece segurando Gucci pela coleira. Quando ela me vê, tenta pular, quase arrancando o braço de Jack.

– Ah! – exclama Jack, surpreso. A última vez que ele e minha mãe souberam de nós dois, estávamos em Portland. – É você. Entra! Chegou na hora certa.

Ele abre a porta e tira Gucci do caminho, nos deixando passar. Ela abana o rabo tão rápido que deve machucar e parece tão desesperada para me cumprimentar que está choramingando. Eu me aproximo e, brincando, esfrego sua cabeça, depois me abaixo para dar um beijo na ponta de seu nariz.

– Eden!

Ouço a voz da minha mãe, e seu tom é alegre, obviamente feliz por me ver.

Eu me viro e a vejo se aproximando, com um sorriso largo, como se nossa discussão antes de eu viajar nem tivesse acontecido. Com minha mãe, o perdão é sempre tácito.

Ela me dá um abraço apertado, depois dá um passo atrás para me olhar.

– Como foi em Portland? – pergunta, me provocando. – Não esperava que você voltasse tão cedo. Achei que fosse ficar lá por pelo menos algumas semanas. Mandei roupa suficiente? Coloquei todo o seu guarda-roupa na mala.

Dou uma risada, grata por não haver tensão entre nós, então paro quando vejo Ella se levantando do sofá. Está com os olhos arregalados, surpresa, porque nem eu nem Tyler avisamos que viríamos hoje. Assim como minha mãe, acho que pensava que ficaríamos em Portland por mais que uma semana, mas o que não sabem é que vamos voltar para lá hoje à noite.

– O que vocês estão fazendo aqui? – pergunta Ella, sem reação, enquanto vai em direção a Tyler e dá um abraço breve no filho.

Acho que está mais preocupada do que qualquer outra coisa.

– O que *você* está fazendo aqui? – retruca Tyler, com um olhar questionador, depois olha da mãe dele para a minha. – O que está acontecendo?

– Estamos só conversando – responde Ella às pressas. Por um momento, parece hesitante, mas aos poucos um sorriso se espalha pelo rosto enquanto ela troca um olhar de cumplicidade com minha mãe. – E agora só passei para dar parabéns.

– Parabéns? – repito, lançando um olhar para minha mãe.

– Ah, Eden – diz minha mãe, tentando segurar o sorriso –, não quis contar pelo telefone. Queria esperar você voltar para casa e contar pessoalmente.

– Contar o quê, mãe? – pergunto bem devagar, séria.

Estou prendendo a respiração.

Radiante, ela olha para Jack, que, da entrada, a olha de volta, ainda segurando Gucci. Minha mãe me encara, se aproxima e mostra a mão. Há um anel deslumbrante em seu dedo, refletindo a luz.

Fico boquiaberta, sem acreditar. Seguro sua mão em frente ao rosto para examinar o anel de prata e diamante, depois olho para Jack, em choque. Está com um sorriso tão grande quanto o da minha mãe e acena com a cabeça para mim, como quem diz *É, finalmente fiz isso.*

Cubro a boca com as mãos, absorvendo o fato de que minha mãe está noiva, depois dou um grito de animação e a abraço, com lágrimas escorrendo pelas bochechas e molhando sua blusa. Gucci até uiva em sincronia com meu grito. Acho que minha mãe está chorando também. Não consigo soltá-la de tão maravilhada e feliz que estou. Sei quanto ela esperou por isso, quanto queria. Jack a trata bem, muito melhor do que meu pai, e eles se amam intensamente. Já era hora de Jack fazer aquela pergunta importantíssima.

Acho que Ella vai começar a chorar também, a alegria irradiando pela sala. Está abanando os olhos, como se tentasse não se emocionar, e sorrindo para nós.

Vou até Jack e dou um abraço nele também. Agora tenho uma madrasta e um padrasto. Talvez ter dois pares de pais seja ganância, mas eu amo. Amo Ella e amo Jack, e não poderia pedir duas pessoas melhores para fazer parte da minha família.

Com toda a comoção, Gucci não para de latir e, agora que Jack a soltou, está correndo pelo cômodo. Tyler deu um abraço rápido na minha mãe e apertou a mão de Jack, parabenizando os dois.

– Quando foi? – pergunto à minha mãe enquanto seco as lágrimas, ainda sorrindo.

– Sexta-feira!

Eu a puxo de volta para outro abraço. Não esperava receber essa notícia ao voltar para casa, e estou tão distraída que esqueço o motivo de eu e Tyler estarmos aqui. Até, claro, minha mãe dizer:

– Chega de falar de mim. Acho que Ella e eu estamos doidas para saber de *vocês* dois.

Ela seca os olhos com as costas da mão, depois estreita o olhar curioso para mim e Tyler. Fazendo carinho em Gucci, ele levanta a cabeça, com as bochechas coradas. Tenta reprimir o sorriso tímido, mas fracassa e se levanta, observando minha mãe e Ella, que estão na expectativa.

– Hum – começa, ansioso, coçando a nuca.

Estou tentando não rir, só esperando que ele fale. Não sei por que está nervoso, pois nossas mães já deixaram claro que nos aceitam e nos apoiam. Além disso, já fizemos isso antes.

– Eden e eu estamos, tipo…

Ele para, engolindo em seco. Acho que é por causa da pressão de estarmos todos olhando para ele, impacientes, esperando as palavras saírem de sua boca. Respirando fundo, Tyler anuncia:

– Eden e eu estamos juntos.

– Eu sabia! – exclama Ella, abrindo um sorriso enorme.

Os olhos de minha mãe estão fixos nos meus. Tudo que fazemos é sorrir uma para a outra, porque, pela primeira vez em muito tempo, acho que percebemos que nós duas estamos felizes. Parece haver orgulho em seu rosto, como se ela soubesse como foi difícil para mim dar uma segunda chance a Tyler e reconhecesse que consegui. Orgulhosa por eu não ter seguido seus passos e não ter desistido por completo quanto as coisas ficaram difíceis. Orgulhosa por eu ter ouvido Tyler. Orgulhosa por finalmente estarmos juntos, sem deixar o medo da opinião alheia atrapalhar.

– Pelo jeito, nossos filhos estão namorando – diz minha mãe a Ella, e as duas riem, embriagadas com a alegria e a animação no ar.

Olho para Tyler, que me observa, parecendo aliviado. No entanto, enquanto nossas mães continuam com as brincadeiras, ele ergue uma sobrancelha, acena com a cabeça para minha mãe e diz sem emitir nenhum som: "Portland." Que bom que ele me lembrou, porque eu tinha me distraído totalmente. Na verdade, o motivo principal de estarmos aqui é contar à minha mãe que estou me mudando para Portland e que vou continuar a faculdade lá.

Assinto para Tyler, engulo em seco e pigarreio.

– Mãe, tem outra coisa.

Minha mãe e Ella param de rir, se virando para me olhar. Desta vez, o semblante da minha mãe está cheio de preocupação.

– Ok. O que é? – pergunta, se sentando no sofá.

Jack logo a acompanha, colocando o braço em seus ombros. Até Ella parece preocupada quando Tyler a empurra gentilmente para o lado no outro sofá e se senta. Eu me sento no tapete, bem no meio da sala. Cruzo as pernas, e Gucci vem para cima de mim, exigindo carinho. Esfregar suas orelhas ajuda a me acalmar.

– Tomei uma decisão importante – começo, olhando para os grandes olhos brilhantes e redondos de Gucci, pois não estou conseguindo encarar minha mãe. Definitivamente, estou nervosa. – Pensei bastante e é o que quero, então não estou pedindo permissão, estou só comunicando vocês sobre o que vou fazer. – Ergo o olhar, que imediatamente se fixa no da minha mãe, e digo: – Vou pedir transferência para a Portland State. Vou voltar a morar em Portland.

É tão simples e objetivo quanto parece.

Minha mãe se inclina para a frente no sofá, me olhando.

– Você vai largar a Universidade de Chicago?

– Vou. E vou morar com o Tyler.

Vejo Ella olhar para o filho, que dá um sorrisinho em resposta. Minha mãe, por outro lado, está com os olhos arregalados.

Ela se vira para Jack, parecendo procurar algum tipo de segurança, mas acho que ele não tem uma opinião sobre o assunto, porque apenas dá de ombros.

– Não é tudo meio rápido demais, Eden? – pergunta quando volta a olhar para mim.

Seus lábios formam uma linha fina, e a observo mudando de posição no sofá, desconfortável, enquanto pensa na minha decisão. Sei que estou dando um passo enorme, então ela tem todo o direito de se preocupar, com receio de eu estar cometendo um erro, mas, em meu coração, sei que não é.

– Eu sou adulta – digo. – Sei o que estou fazendo e sei o que quero. Você confia em mim?

– Confio – responde ela. – Acho que consigo confiar.

Minha mãe se levanta e segura minhas mãos, me fazendo ficar de pé e me dando outro abraço. Mas este é diferente. É extremamente apertado e cheio de significados, transmitindo seu apoio, o que eu valorizo de verdade. Não posso pedir nada além disso.

– Se é o que você realmente quer – murmura ela junto ao meu cabelo –, então vá em frente, Eden.

Assinto e me afasto com um sorriso, grata e aliviada. Sei que ela não acha a decisão muito inteligente, mas me apoia, e isso é o suficiente.

– A gente vai voltar para Portland hoje – anuncio, dando um passo para trás, com cuidado para não tropeçar em Gucci, que está circulando entre minhas pernas.

– Hoje? – repete minha mãe.

– Isso. Vamos pegar a estrada pelo litoral. Fazer uma viagem de carro, parando nas cidades pelo caminho – explica Tyler, ficando em pé, depois volta para o seu lugar ao meu lado. – Só viemos acertar as coisas.

Chego mais perto dele, entrelaçando nossos braços. Posso ter planejado vir sozinha, mas estou feliz por ele estar aqui. Ter Tyler por perto só me encoraja a fazer as mudanças que preciso desesperadamente fazer.

– Vou falar com meu pai – digo, olhando para minha mãe e para Ella, então fico em silêncio.

Depois de alguns longos segundos, Ella se levanta e engole em seco.

– Na verdade, estávamos... falando sobre ele antes de vocês chegarem – admite, e franzo as sobrancelhas, esperando que se explique melhor, mas Ella só solta um suspiro frustrado. – Ele está insuportável esta semana, Eden, desde que descobriu que vocês foram para Portland. Não sei mais o que fazer. Fico feliz por vocês terem ido embora, porque não iam gostar de ouvir as coisas que ele anda dizendo.

Ela parece quase culpada ao contar, como se estivesse me magoando. Não está, porque não é novidade. É por esse motivo que sei que há algo muito errado: nenhum pai deve expressar em voz alta tanto desprezo por sua filha.

– Tem certeza de que quer falar com ele? – pergunta Ella, gentil. – Porque realmente acho que ele não vai ser muito legal.

– Vou conversar com ele – digo, com firmeza, pressionando os lábios.

Não importa como meu pai tem sido babaca na última semana: ainda vou falar com ele. Vou enfrentá-lo.

Ella e minha mãe parecem muito preocupadas. Talvez achem que conversar com meu pai seja uma ideia ruim, pois ele já está tão furioso comigo, mas não posso me dar ao luxo de esperar até que ele fique um pouco mais calmo, porque vai demorar muito para isso acontecer.

– Você quer que eu vá junto? – pergunta minha mãe, hesitante.

Sei que não quer enfrentar meu pai, mas está se oferecendo mesmo assim porque é minha mãe, e é isso que mães fazem.

– Não – respondo, decidida. Sinto a coragem crescer em meu peito enquanto a adrenalina começa a fluir, e quero falar com ele *agora*. – Quero fazer isso sozinha. Ele está em casa?

– Está – confirma Ella, relutante.

– Ótimo. Então vamos.

Com um sorriso corajoso, desenlaço o braço do de Tyler e vou em direção à porta, perfeitamente consciente de que todos estão olhando para mim. Acho que até Tyler está surpreso com minha disposição.

– Espera eu chegar primeiro – pede Ella, rapidamente, já pegando a bolsa do sofá e procurando as chaves do Range Rover.

Quando as acha, vem correndo na minha direção. Acho que nunca a vi tão angustiada. Além disso, parece ter envelhecido uma década no intervalo de um minuto.

– Vou avisar que vocês estão indo.

Acho que, se eu entrasse pela porta de casa do nada, meu pai teria um infarto, então pode ser uma boa ideia avisar que estamos a caminho. Talvez lhe dê tempo de liberar a raiva antes de aparecermos.

– Ok – concordo.

Ella abre um sorriso fraco para mim e começa a sair. Antes de cruzar a porta, se vira e diz:

– Parabéns de novo, Karen.

Depois, quase começa a correr, atravessando a rua, entrando no carro e ligando o motor em segundos.

– Ele está tão ruim assim nos últimos tempos? – pergunta Tyler, se virando para mim quando Ella some de vista. Também está preocupado, principalmente porque nenhum de nós dois tinha visto a mãe dele tão nervosa antes.

– Deve estar – respondo.

Na semana passada, foi tão babaca que eu não pensava que era possível piorar, mas aparentemente piorou. Não faço ideia do que esperar quando aparecer naquela casa.

– Acho que ele nunca vai mudar – comenta minha mãe, amarga, sem conseguir se segurar. Aproveita todas as oportunidades que tem para expressar sua aversão pelo meu pai. – Eden, você é muito corajosa.

Faço uma cara feia e dou de ombros, porém, quando olho para baixo, meus All Stars chamam mais atenção que de costume. Algo está me incomodando, mas não consigo descobrir o quê, então continuo fitando meus pés, em silêncio, até que finalmente percebo. Há uma última coisa que preciso fazer antes de me despedir da minha mãe, do Jack e da Gucci, antes de irmos para a casa do meu pai e de Ella, antes de voltarmos para Portland. Há algo que não posso deixar para trás.

– Só um segundo – digo.

Deixando Tyler com minha mãe e Jack, saio em disparada pelo corredor e entro no meu quarto. Está muito mais arrumado do que o deixei, então imagino que minha mãe o tenha limpado depois que saí. Quando abro a porta do armário, vejo que está completamente vazio, com apenas uma fileira de cabides, sem nenhuma peça. Pelo jeito, minha mãe colocou mesmo todo o meu guarda-roupa naquela mala.

No fim do verão, vou voltar para fazer a mudança oficial para Portland, aí botarei o restante dos meus pertences em caixas de papelão e os empilharei no carro para a longa viagem, mas, por enquanto, não estou pensando em pegar tudo. Só preciso de uma coisa: a velha caixa de sapato esfarrapada escondida no canto mais distante da prateleira, no alto do armário.

Na ponta dos pés, procuro entre as tralhas que se acumularam ali ao longo dos anos, até que finalmente encosto na caixa. Com agilidade, consigo pegá--la e a puxo. Há uma camada fina de poeira cobrindo a tampa, que assopro antes de abrir.

Dentro, estão meus All Stars, aqueles que Tyler me deu no verão passado, em Nova York. Os tênis que têm o primeiro *No te rindas* escrito na borracha com a letra de Tyler, com a tinta ainda perfeitamente nítida e escura.

Sentada na beira da cama, tiro os tênis vermelhos que estou usando e coloco os brancos, de Tyler. Vão comigo para Portland, e nunca vou parar de usá-los. Jogo os vermelhos na caixa e a guardo de volta na prateleira, fechando a porta do armário.

Certa vez, jurei a mim mesma que nunca mais usaria estes tênis, mas mesmo assim os guardei, porque no fundo sabia que ainda tinha alguma esperança. Eu estava certa naquele momento, estava certa ao dar outra chance a Tyler e estava certa ao seguir meu coração. Porque algumas vezes, apenas algumas vezes, correr riscos acaba valendo a pena.

25

Quando chegamos, meu pai já está nos esperando na porta, com os braços cruzados e o peito estufado. Sua postura é ameaçadora, e ele nos olha, bravo; deve estar só tentando criar uma barreira. Com os olhos semicerrados, acompanha o carro de Tyler. É óbvio que não quer conversar dentro de casa.

Na rua, Tyler estaciona atrás do carro de Jamie. Pela janela, encara meu pai antes de engolir em seco e tirar o cinto de segurança, se virando para olhar para mim. Coloca a mão no meu encosto de cabeça, franzindo a testa.

– E o plano é…?

– Você conta para a sua mãe a verdade sobre seu pai enquanto eu converso com aquele touro furioso ali – digo, acenando sobre o ombro dele.

Meu pai ainda está nos observando, *esperando*. Talvez ache que, se parecer ameaçador o suficiente, vai nos assustar. Talvez pense que sua carranca patética é o suficiente para nos fazer desistir e ir embora.

– Parece muito mais fácil do que realmente é – murmura Tyler.

Ele está abalado pelo nervosismo, isso fica evidente em seu rosto. Parece estar prestes a vomitar.

– É só dizer exatamente o que você me falou – incentivo, segurando sua mão.

Para tranquilizá-lo, aperto sua mão e dou um sorriso gentil. Acho que, definitivamente, vai ser mais difícil para ele do que para mim. Falar com meu pai vai ser tenso e desconfortável, mas a conversa de Tyler com Ella sobre a terapia e sobre o pai vai ser muito pesada e dramática, e sei quanto é difícil para ele se abrir sobre esses assuntos.

– Ela é sua mãe, Tyler. Vai entender. Sempre entende.

– Eu sei – diz ele, suspirando, depois respira fundo e olha para nossas mãos. Apoia o rosto nas costas da minha, e sinto sua respiração quente. – Tem certeza de que consegue lidar com o seu pai? Ele parece bastante irritado. Podemos falar com ele juntos.

Cerro os dentes e encaro Tyler com um olhar que diz que não preciso de ajuda.

– Por que ninguém acredita que consigo fazer isso sozinha? – pergunto, mas minha voz é suave. Não estou irritada com ele por ter oferecido ajuda, mas decepcionada por ele e minha mãe acharem que não sou forte o bastante para me defender do meu pai. – Sou eu quem precisa conversar com ele, e só eu, porque é nossa relação que está em jogo. Ninguém mais pode consertar isso pela gente.

Tyler abaixa nossas mãos para poder analisar meu rosto com atenção, como se estivesse procurando sinais de fraqueza. Mas não estou mentindo para mim mesma: eu *sei* que consigo fazer isso. Eu *quero* fazer isso.

Nesse momento, ouvimos uma batida estrondosa na janela do passageiro, nos assustando. Puxo minha mão para longe de Tyler e me viro na direção da janela. Em resposta, meu pai bate os nós dos dedos com tanta força no vidro que estou surpresa por não ter quebrado.

– Se estão tão ansiosos para falar comigo, saiam da porra desse carro! – ordena, se abaixando para nos encarar.

De perto, seus olhos estão repletos de um fogo provocado pelo ódio e alimentado pelo desprezo.

– Que babaca – murmura Tyler.

Hoje em dia, ele nunca diria isso na cara do meu pai, mas não significa que não pense. E está certo, porque meu pai *é mesmo* um babaca. Um babaca que está batendo sem parar na janela do carro de Tyler, como se fosse uma criança. É triste, na verdade. Ele deveria ser o adulto, uma pessoa responsável, mas é o mais infantil. Devagar, Tyler abre a porta e sai para a calçada.

Faço o mesmo, abrindo a porta e quase atingindo meu pai.

– Merda, Eden! – rosna ele.

Foi um acidente, porque ele está no caminho, mas mesmo assim acredita que fiz de propósito.

– Está tentando me machucar? – resmunga.

Estou começando a esquecer como é sua voz normal, porque o tom áspero é o único que ouço há muito tempo.

– Não – digo, fixando um olhar severo nele enquanto fecho a porta e dou a volta para ficar ao lado de Tyler. – Estou tentando ser civilizada com você. Pode, pelo menos, também ser civilizado?

– Civilizado… – vocifera meu pai.

Ele até revira os olhos, como se fosse um pedido bizarro, quando, na verdade, é o mínimo que poderia pedir dele. Será que é mesmo pedir demais que fique calmo? Que simplesmente deixe a irritação de lado uma vez e apenas escute sua filha? Pelo jeito, é.

– É. Civilizado – repete Tyler, e lanço um olhar alarmado para ele, avisando para não intervir. *Por favor*, penso. *Por favor, não comece uma briga.* Felizmente, ele não começa. – Pela Eden.

– Ah, olha só – diz meu pai, cruzando os braços e dando passos largos em direção a Tyler –, é o drogado que arrastou minha filha para Portland.

Uma onda de raiva me percorre, mas lembro a mim mesma de permanecer calma, de continuar respirando fundo. Ser agressiva hoje não vai ajudar e, embora as palavras do meu pai estejam cheias de julgamento e desprezo, Tyler não reage. O fato de não vê-lo nem trincar os dentes é impressionante.

Ele aperta os lábios e dá um passo para longe do meu pai.

– Não estou aqui para falar com você, Dave – responde Tyler, calmo, mas com firmeza. – Eu já disse o que precisava dizer, e você me ignorou completamente, então não vou gastar meu fôlego tentando fazer com que goste de mim. Sou um cara do bem e, se você não consegue enxergar isso, é problema seu. Só estou aqui para conversar com minha mãe e com Jamie.

Meu pai fica um pouco surpreso com a postura dele e, quando Tyler me dá um sorriso tenso e reconfortante antes de ir até a porta da casa, posso jurar que vi um lampejo de decepção no rosto do meu pai. É quase como se estivesse *esperando* que Tyler o atacasse para que houvesse uma justificativa para seu desprezo. Mas a verdade é que não há mais motivos para meu pai detestá-lo, porque Tyler mudou. Ultimamente, a única coisa errada que fez foi dizer ao meu pai que não havia mais nada entre nós dois. Era mentira, só que estávamos mentindo para nós mesmos também, então não sei se conta.

Eu e meu pai ficamos em silêncio enquanto observamos Tyler se afastar. Sei que ele está morrendo de angústia, e vejo Ella na janela da sala, espiando pelas persianas a cena do lado de fora. No andar superior, Jamie e Chase espiam pela janela do meu quarto, mas somem quando percebem que os vi. Tyler chega à porta aberta, passa pela soleira e desaparece.

– Pai – digo, voltando o olhar para o homem à minha frente. Quando o encaro, sinto apenas uma dor no peito. Ele é meu pai. Eu deveria sentir amor, mas não sinto. – Precisamos conversar. Conversar de verdade.

– Não tenho nada para falar com você.

– Que pena, porque eu tenho *tudo* para falar com você.

Eu me viro para a casa e sigo até a porta. Atrás de mim, meu pai resmunga, depois, muito relutante, me segue pelo gramado. Acho que sabe que vai ter que conversar comigo, querendo ou não.

Em silêncio, entramos na casa, que também está silenciosa. Dou uma olhada na sala de estar quando passamos por lá. Chase está sentado na beira do sofá, remexendo as mãos, ansioso.

– Ei – digo, entrando. Ele ergue o olhar. – Cadê sua mãe e o Tyler?

– No escritório – responde Chase, dando de ombros.

– E o Jamie?

– Também.

Chase parece meio triste, como se estivesse desesperado para participar de tudo o que está acontecendo, em vez de ser constantemente deixado de fora das conversas importantes que se passam na casa. Mas a verdade é que tem muita coisa que ele não sabe sobre o passado da família e muita coisa que precisa saber. Ella sempre deixou claro que a verdade o machucaria mais do que a mentira.

– Vocês vão brigar? – pergunta ele, franzindo a testa para mim e meu pai. – Porque acho que vocês não deveriam brigar. Estou cansado de tanta briga. A gente pode só ir para a Flórida?

– Não vamos brigar – tranquilizo Chase, embora talvez seja mentira. Minha intenção é ficar calma e confiante, mas posso simplesmente explodir de raiva se meu pai me pressionar demais. – Só vamos conversar e resolver algumas coisas.

– E sua mãe e eu vamos levar Jamie e você para a Flórida – acrescenta meu pai, com gentileza, e a mudança repentina de tom é exasperante.

Quando olho por cima do ombro, ele está sorrindo para Chase. Nunca vou entender como pode ser tão legal com Jamie e Chase, mas não comigo e Tyler. Os garotos nem são filhos dele. Eu sou.

Animado, Chase quase cai do sofá. Não para de falar dessa viagem desde o Natal, então seu rosto se ilumina de felicidade.

– Sério?

– Sério – confirma meu pai. – Mas só se você ficar aqui e me deixar conversar com a Eden. Tudo bem, amigão?

Entusiasmado, Chase assente, se apressando para pegar o controle remoto da televisão. Ele a liga e zapeia pelos canais, encontrando algo para assistir e se acomodando no sofá, tentando parecer ocupado e distraído.

Ah, Chase..., penso. Ele nunca vai saber a verdade sobre o passado da família. Talvez daqui a alguns anos Ella decida contar a verdade sobre seu pai. Mas, por ora, meu pai é o pai dele.

Saio da sala e fecho a porta, então olho para meu pai. É óbvio que ele não está mais sorrindo e a carranca voltou.

– Na cozinha? – sugiro.

Não quero ir para o segundo andar porque isso vai distrair Tyler de sua própria tarefa, então vou na frente para a cozinha. É domingo, mas não há nada de sereno na casa neste momento.

Meu pai se posiciona do outro lado da ilha no centro, com as mãos em cima da bancada e os dedos tamborilando impacientemente. Com uma cara feia, olha para mim, esperando.

– Senta aí – digo.

Quero estar no controle, e o fato de ele ser muito mais alto do que eu não me deixa exatamente à vontade. Parece mais ameaçador assim, e não estou aqui para desafiá-lo. Estou aqui para ser franca.

– Não vou me sentar – retruca.

– Senta. Aí.

A firmeza no meu tom de voz continua surpreendendo meu pai, e fico aliviada por ele não causar tanta confusão. A determinação é meu combustível, e ele deve estar vendo isso no meu rosto, porque desiste muito mais rápido do que o usual. Estou tão decidida a conversar que ele nem tenta me impedir.

Derrotado, ele solta outro suspiro, puxa uma cadeira da mesa e se senta, se recostando e cruzando os braços de novo.

– Então, Eden, o que foi?

Olho para ele, analisando seu semblante com atenção. Não parece tão furioso agora que Tyler não está presente, mas seus olhos ainda estão semicerrados, transmitindo aborrecimento. Não sei por que permitimos que nossa relação chegasse a um ponto de tanta hostilidade. Muito tempo atrás, éramos próximos. Eu costumava adorá-lo, do jeito que filhas sempre deveriam se sentir em relação ao pai. Quando era mais nova, contava os dias para o fim de semana, quando ele não estaria trabalhando, porque sabia que teria arrumado algo legal para fazermos juntos. Mas tudo está tão diferente. *Nós* estamos diferentes. Três anos atrás, o objetivo da minha vinda para Santa Monica era melhorar minha relação com meu pai, mas parece que o oposto acabou acontecendo. Tudo o que consigo dizer é:

– Por que a gente é assim?

Há um silêncio constrangedor que nenhum de nós consegue interromper, porque não temos a resposta. Acho que estamos mal por causa de vários motivos que se acumularam ao longo dos anos. É difícil achar a raiz de tudo, mas meu pai não está se esforçando muito, porque só dá de ombros e responde:

– Você sabe por quê.

– Não, na verdade não sei – digo, encostada na ilha. – Pode me dizer?

Meu pai fica em silêncio de novo. Descruza os braços e esfrega o queixo, os olhos fixos no chão. Aprendi que ele não é muito bom em ser sincero e, enquanto reflete se vai ou não me dar uma resposta, aperta os lábios, depois seus olhos encontram os meus e ele solta um suspiro.

– Eden, por que você veio para cá?

– Eu vim porque não tenho uma relação com meu pai – respondo de imediato.

Diferente dele, passei muito tempo pensando nisso tudo nos últimos dias. Planejei o que falaria e as questões que gostaria de levantar, e finalmente posso me expressar.

– Eu não quero continuar assim, discutindo e brigando toda vez que estamos juntos. Eu *quero* me dar bem com você, mas não vai ser possível se você continuar me tratando desse jeito. Eu sou sua *filha*. Você deveria me apoiar, não me colocar para baixo e criticar minhas decisões, mesmo que sejam idiotas. Você deveria ficar do meu lado, não contra mim.

– Eden – começa ele.

– Não – interrompo, minha voz firme. – Me escuta. Essa família está uma bagunça e você sabe disso. Todo mundo sabe. Você insiste em colocar a culpa em mim e no Tyler, mas quer saber a verdade, pai? A verdade é que não somos o problema. Você é. *Você* causou isso. *Você* fez essa bagunça. Sua raiva está nos afastando, e você não tem motivo para ficar com raiva. Nós fomos sinceros com você e Ella, e nem imagina quanto foi apavorante vir aqui contar aquele segredo. Foi a coisa mais difícil que já fiz na vida, e você estragou tudo ao reagir daquele jeito. A gente não esperava que você concordasse com o que estávamos fazendo, mas queríamos que aceitasse. Talvez não de cara, mas um dia, e você nunca aceitou. *Por que* ficou contra nós? Por que tem tanto ódio? De onde isso veio?

Ao terminar de falar, estou sem fôlego, minhas palavras saíram de uma só vez. Minha pulsação está acelerada, porque estou desesperada por respostas. Saber a verdade da boca do meu pai é a única maneira de conseguirmos progredir, de conseguirmos superar.

– Tudo bem – diz ele, se inclinando para a frente. – Não vamos nem falar do fato de que vocês são irmãos postiços. Posso lidar com isso, mas não com minha filha ter se envolvido com alguém tão instável. Eu gostava do Dean. Um bom garoto. Ele tratava você bem. Mas o Tyler? – Ele balança a cabeça, quase enojado. – Tyler só sabe fugir de todos os problemas dele.

– Da mesma forma que você só foge de todos os seus problemas, né? – respondo, na defensiva. – Não foi você que evitou minha mãe porque não quis *tentar* consertar as coisas com ela? Que me evitou porque é mais fácil me odiar do que me aceitar? – Agora estou ficando exasperada, então me endireito e levanto as mãos. – Quantas vezes você quer que eu diga que o Tyler não é a mesma pessoa de quando tinha dezessete anos? Eu não o suportava quando nos conhecemos. Odiava tudo o que ele fazia. Então, acredite em mim, se o Tyler ainda fosse daquele jeito, eu não estaria apaixonada por ele.

– Hum – balbucia meu pai, depois de um tempo. – Então agora você está apaixonada por ele de novo, mesmo que tenha me dito várias vezes que não estava.

– Porque não estava – insisto, e um peso cresce no meu peito. – Ele me largou, pai. Foi embora e não voltou. Você *sabe* como fiquei com raiva, mas eu... eu ouvi tudo o que ele tinha a dizer, e ir embora realmente foi a melhor decisão para ele. Não posso continuar com raiva por isso, então o perdoei.

Faço uma pausa, porque sei que ainda há algo que preciso contar ao meu pai, e acho que é a hora certa para dizer.

– Não sei se Ella já contou – murmuro, remexendo as mãos, sem conseguir encará-lo –, mas eu e o Tyler estamos juntos. Estamos namorando, e vou me mudar para Portland. Vou pedir transferência para a Portland State. Minha decisão está tomada.

– Que ótimo! – exclama meu pai com um ar de sarcasmo.

– É ótimo *mesmo*, porque estou feliz. Você não deveria desejar isso para mim? Que eu estivesse feliz, satisfeita e vivendo como sempre quis?

– Eu quero que você seja feliz – admite meu pai, sua voz mais baixa e suave. – Só não acho que você vai ser feliz com Tyler.

– Como você sabe, pai? Só eu sei o que me faz feliz, e o Tyler me faz feliz.

Respiro fundo, puxando uma cadeira e me sentando também, em frente a ele. A tensão no ar parece ter se dissipado, e acho que manter a calma foi definitivamente a melhor abordagem. Não há espaço para raiva. Só sinceridade.

– Por favor, só escuta – peço em um tom suave. Olho para ele suplicante, triste, implorando para que tente entender o que estou querendo dizer. – Tyler mudou, tá? Às vezes as pessoas mudam. Mudam para melhor. Tyler... parou de usar drogas. Não tem mais raiva de tudo. Seu temperamento está sob controle. Ele está mais feliz e tranquilo. É carinhoso e atencioso. Mora sozinho. Tem um emprego. Administra um centro para jovens. Faz terapia e voltou a falar com o pai... está dando essa notícia para Ella agora mesmo. – Vejo os olhos do meu pai ficando arregalados, porque sei que nada disso combina com o Tyler que ele conhece. – E, pai, ele gosta de mim. Gosta de verdade. Nunca faria nada para me magoar.

– Um centro para jovens? – repete meu pai.

– É, e é incrível. Ele está tentando ajudar outros adolescentes que passam pela mesma coisa que ele passou – explico, e percebo que estou sorrindo, porque ainda tenho muito orgulho de Tyler. – Não tente me convencer de que ele é só um cara que não sabe o que está fazendo, porque ele sabe e transformou a vida dele por completo.

Meu pai fica calado e parado. Olha ao redor, para tudo, exceto para mim.

– Se é verdade... – diz, finalmente. – Então posso dar uma chance a ele.

Progresso, penso, mas é só isso. Apenas progresso. Tyler pode estar ganhando uma segunda chance com meu pai, mas isso não significa o mesmo para mim. Nossa relação ainda está despedaçada e, até descobrirmos por que *nós* não conseguimos nos dar bem, nada disso importa. O fato de meu pai passar a tolerar Tyler ajuda, só que não é o suficiente.

– Por que parecia que você não gostava de mim mesmo antes de descobrir sobre meu relacionamento com Tyler? Sei que a gente estava tentando e que as coisas estavam melhorando devagar, mas eu ainda sentia que você não me queria como filha. Como se você fosse mais feliz se eu não estivesse por perto. *Ainda* me sinto assim. Como é possível que você seja um ótimo pai para Jamie e Chase, e não para mim? – Minha voz fica mais fraca a cada palavra que sai da minha boca. Agora que estou verbalizando tudo isso em voz alta, começa a doer mais do que pensei que doeria. – Você *quer* me odiar?

Meu pai solta outro suspiro, como se a cada respiração ele liberasse mais a raiva. O fogo em seus olhos se apagou. Em vez disso, está ouvindo como me fez sentir, com o rosto cheio de culpa.

– Eu não odeio você. Não quero que pense isso.

– Então o que é, pai? – pergunto, e acho que vou chorar a qualquer momento.

Não esperei que meu pai fosse me ouvir hoje, mas, agora que está reagindo ao que estou dizendo, percebo que deveríamos ter tido esta conversa muito tempo atrás, porque as coisas não podem ser consertadas a não ser que haja diálogo.

– Porque com certeza não é amor – declaro.

– Não sei – diz meu pai, baixando a cabeça, olhando para o chão.

Parece envergonhado, como se *soubesse* que tem me tratado mal e agora tivesse que encarar os próprios erros.

– Me diz por quê – ordeno, embora minha voz não saia tão firme quanto eu gostaria. Estou começando a soar fraca. – Só me diz por quê, pai. Me dá um motivo para você ter sido sempre hostil comigo.

– Porque você ficou do lado da sua mãe, está bem, Eden? – confessa ele, rápido, se levantando e explodindo por causa da pressão.

Está ofegante, com as bochechas rosadas. Fecha os olhos, apertando a ponte do nariz.

Encaro-o, confusa.

– O quê?

– Entre mim e sua mãe – diz ele, devagar –, você sempre ficou do lado dela. Agia como se eu fosse o vilão, embora eu fosse um bom pai para você. Sua mãe e eu… Nós brigávamos porque éramos incompatíveis, tínhamos visões e opiniões diferentes sobre tudo, não porque eu era um babaca. Sei que ela fez parecer assim, mas não é justo que eu fique com a culpa, porque nenhum de nós dois tinha culpa. Entendo que você era nova, mas, sempre que acontecia uma discussão, você ficava do lado da sua mãe e me destratava, mesmo quando nem tinha sido eu que havia começado a briga, para começo de conversa. Eu estava vivendo um inferno também, Eden. Não só a sua mãe.

Ouvir meu pai se abrindo e dando uma explicação pela primeira vez é o suficiente para me deixar sem palavras. Nunca soube que ele se sentia assim. Nunca soube que *eu* fazia com que ele sentisse assim. Cresci acreditando que meu pai era a razão por trás do divórcio, embora eu sempre soubesse que era o simples fato de ele e minha mãe simplesmente não se entenderem mais. Era mais fácil culpar meu pai.

– Sei que fui embora sem me despedir – continua ele, andando de um lado para outro na minha frente. – Sei que errei nessa parte, mas fui embora porque sabia que todas as brigas faziam mal para você. Fui embora por sua causa, Eden, porque você merecia coisa melhor do que pais que viviam gritando um com o outro.

– Mas... – digo, sem fôlego, me levantando apesar de minhas pernas estarem dormentes. – Mas você nem me ligou.

– Porque pensei que você não queria que eu ligasse. Foi por isso que deixei vocês duas, e se está tão desesperada para saber por que é tão difícil para mim lidar com você, é porque sei que você *ainda* pensa que sou culpado pelo divórcio.

Não peço desculpas, mas estou chorando. As lágrimas escaparam, escorrendo pelas minhas bochechas enquanto tento processar o que aconteceu nos últimos minutos. *Mais progresso.* Talvez, só talvez, um dia a gente possa ter uma relação de verdade. Não agora, não ainda. Vai levar muito tempo para reconstruir nossa confiança e conquistar nosso perdão, mas é um primeiro passo. Descobrir a verdade é só o começo. Agora, começa o trabalho árduo.

– Não chora – pede meu pai, dando um passo na minha direção. Parece que quer enxugar minhas lágrimas, só que também não quer encostar em mim, então rapidamente se afasta e, ansioso, esfrega a nuca. – Olha, eu... Eu sei que errei. E sei que você errou também. Nós dois erramos. Todos erramos. Não quero brigar com você, Eden. Realmente não quero. Mas vou precisar de algum tempo para absorver tudo isso. Apesar de tudo, estou disposto a fazer um esforço se você também estiver, porque está certa. Estou fazendo mal para nossa família inteira.

– Especialmente para você e Ella – murmuro, esfregando os olhos. Abano o rosto e solto um suspiro. Já que estou sendo completamente sincera com ele, acrescento: – Ella está começando a olhar para você da mesma forma que minha mãe olhava antes do divórcio. Por favor, não estrague tudo.

– Eu sei – responde meu pai, franzindo a testa, depois passa a mão pelo cabelo grisalho, olhando o relógio na parede. – Não vou te abraçar nem nada assim – murmura –, porque ainda estou chateado por você ter fugido na semana passada. Acordar e descobrir que sua filha fugiu no meio da noite com um ex-encrenqueiro não é exatamente o que eu queria ouvir.

Então, em vez de nos abraçarmos, decidimos dar um aperto de mãos, concordando que vamos nos esforçar mais daqui em diante. Quando afasto minha mão da dele, ouço passos na escada. É Ella, com Tyler e Jamie logo atrás. Eles nos veem na cozinha e se aproximam.

Assim que Ella entra, percebo que estava chorando. Seus olhos estão vermelhos e inchados, e sua maquiagem está borrada. Não tenta esconder, apenas funga e lança um olhar questionador para mim. Sei o que está tentando perguntar. Quer saber se meu pai e eu fizemos algum progresso. Dou um pequeno aceno de cabeça que diz: "Sim, fizemos."

Tyler entra atrás dela, meio pálido, mordendo o lábio. Suas mãos estão no bolso e seus olhos encontram os meus. Trocamos sorrisos de alívio e satisfação, de orgulho e alegria. Parece que escalamos uma montanha para chegar até aqui.

Atrás de Tyler, Jamie está com os olhos e o rosto inexpressivos, em pé na entrada da cozinha, encarando algum ponto à frente. Não sei como está se sentindo, mas dá para imaginar que a notícia de que Tyler está em contato com o pai deles o afetou bastante.

Meu pai pigarreia e dá um passo em direção a Tyler.

– Parabéns – diz, e Tyler levanta uma sobrancelha, receoso e perplexo. – Pelo centro de jovens.

– Ah. Obrigado.

Tyler estende o braço e finalmente, *finalmente*, os dois apertam as mãos de maneira firme. É um passo significativo, e Ella parece tão aliviada e animada que acho que vai desmaiar a qualquer momento.

Chase deve ter ouvido toda a comoção na cozinha, porque sai da sala de estar e para na porta, ao lado de Jamie. Seus olhos estão curiosos ao nos observar, tentando avaliar se o clima está nocivo ou não. Não está. Apenas parece esperançoso.

– Temos que ir – informa Tyler, olhando para mim, segurando as chaves do carro.

Ela torce o nariz, e Chase começa a reclamar que *acabamos* de voltar. Jamie e meu pai não falam nada, principalmente porque acho que não se importam que a gente vá embora.

– Temos que visitar vocês qualquer dia – sugere Ella. Com os olhos cheios de esperança, se vira para o meu pai. – David?

Meu pai olha para mim e Tyler, e sei que é cedo demais para ele, Ella e os meninos nos visitarem em Portland, mas percebo que pensa sobre o assunto mesmo assim.

– Talvez no futuro – diz, simplesmente.

Ele abre um sorriso sem graça que revela mil palavras antes de sair para o quintal. É difícil para ele, mas gosto do fato de ter me ouvido. Acho que não consegue lidar com mais nada hoje, então está se afastando.

– Espero que Portland seja boa para vocês – comenta Ella e, embora esteja sorrindo, começa a chorar de novo.

Ela puxa Tyler para um abraço, demorado e apertado, e beija a bochecha do filho. Depois vem até a mim, passando os braços ao meu redor e me apertando.

– Obrigada – murmuro –, por tudo.

Quando se afasta, apenas assente. Ella nos apoiou o tempo todo, e vou ser eternamente grata por isso. É muito importante para mim.

Eu me viro para Jamie, mas ele se recusa a olhar para mim e Tyler. Tyler coloca a mão no ombro do irmão e o aperta firme, mas acho que vai demorar bastante para Jamie aceitar nosso relacionamento. Apesar disso, se meu pai pode mudar de ideia, qualquer um pode. Acredito muito que um dia, seja daqui a três meses ou três anos, ele não vai mais ser contra nós dois juntos.

Chase nos abraça, porque é o Chase, e ele gosta de todo mundo, independentemente do que as pessoas façam ou digam.

– Mas Portland não é tosca? – pergunta, inclinando a cabeça para um lado e me olhando com seus olhos azuis.

– Não – digo, sorrindo. – Eu estava mentindo.

Tyler ri e desliza a mão para a minha, e, enquanto andamos pelo corredor em direção à porta, Ella e Chase nos seguem. Jamie, não. Assim como meu pai, acho que já aguentou o suficiente por hoje. Algumas pessoas precisam de mais tempo que outras para aceitar certas coisas.

– Por favor, lembrem-se de ligar de vez em quando – pede Ella, com lágrimas escorrendo pelo rosto. Sempre que Tyler tem que ir embora da cidade, ela fica sentimental. A conexão entre eles é preciosa. – Ou todo dia. Não me importo.

Tyler dá mais um abraço na mãe, um abraço final, então saímos pela porta da casa que um dia foi nosso lar, mas não é mais. Portland é nosso novo lar, nossa nova aventura, nosso novo risco.

Como é domingo, a rua está calma, o calor do início da tarde abafa o bairro. Enquanto atravessamos o gramado, Tyler sorri para mim, seus olhos verdes me encarando com paixão, nossos dedos entrelaçados e nossas mãos balançando.

– Como foi? – pergunta, mas só consigo pensar em como ele parece feliz.

– Bem. Acho que finalmente vamos chegar a algum lugar. Como foi com sua mãe?

Mesmo dando de ombros, ele ainda está sorrindo, como se estivesse satisfeito e orgulhoso de si mesmo por tirar tudo que guardava em seu peito. Chega de segredos.

– Vai demorar um pouco até minha mãe aceitar tudo, mas foi melhor do que eu esperava.

– E Jamie?

– Ele não entende – responde Tyler, suspirando –, mas um dia vai compreender que as pessoas merecem uma segunda chance. Como meu pai, e eu, e a gente.

Eu sorrio, muito orgulhosa de tudo o que ele conquistou no último ano e da pessoa que se tornou. Orgulhosa de estar perto dele, ao seu lado, sabendo que finalmente ele é meu e que posso mostrá-lo ao mundo. É tudo o que sempre quis, e me aproximo mais um pouco, apertando sua mão.

Com o canto do olho, vejo o carro de Rachael estacionado na entrada da casa do outro lado da rua. Sei que não posso ir embora sem me despedir dela. Peço para Tyler me esperar, então solto sua mão, atravesso a rua e vou direto até a porta da casa da minha amiga, tocando a campainha várias vezes. Não estamos com pressa, mas há tanta energia correndo em minhas veias que não consigo parar. Felizmente, é Rachael quem abre, não seus pais e, antes de ela conseguir dizer algo, já estou me jogando em seus braços.

Dou um abraço apertado e, quando a solto, ela está com um daqueles sorrisos tristes que odeio tanto.

– Você está mesmo indo embora, né? – pergunta, fazendo beicinho.

Assinto.

– Vou voltar no fim do verão, mas agora estou indo embora, sim.

– Então é melhor você se apressar – diz ela, sorrindo –, porque o Príncipe Encantado está esperando.

Por cima do ombro, sigo o olhar de Rachael em direção a Tyler. Ele está nos observando com um sorriso e os braços cruzados, encostado no carro, me esperando pacientemente, pronto para deixar Santa Monica e começar nossa viagem para Portland. Está tão, tão lindo. É tão natural.

Quando tiro os olhos dele e encaro Rachael, estou corada.

– Boa sorte com o Snake – digo.

– Boa sorte com seu irmão postiço – responde ela, então damos risada da situação.

Sempre vou valorizar o fato de que Tyler e eu sermos irmãos postiços não importa mais, de que agora é apenas um comentário casual, uma piada, uma coisa engraçada. Nunca achei que um dia eu seria capaz de rir disso, mas estou rindo, e acho que isso reflete quanto progredimos.

Mando um beijo para Rachael, me viro e olho para Tyler. Só de vê-lo, um sorriso glorioso se espalha pelo meu rosto. Eu o amo tanto. Corro pelo gramado de Rachael até a rua, para a pessoa que sempre foi e sempre vai ser dona do meu coração.

Quando nos encontramos, meus lábios se colam aos dele em um piscar de olhos, e há tanta paixão enquanto sua boca se move em sincronia com a minha que todas as células do meu corpo estão em chamas. Arrepios percorrem minha coluna e meus braços, e sinto minhas mãos formigarem. Sorrio com os lábios encostados nos dele porque minha felicidade é tão grande que não consigo controlá-la. Quando meus olhos se abrem, o olhar cor esmeralda de Tyler brilha. Ao fundo, vejo Ella cobrindo os olhos de Chase e sorrindo. Ouço Rachael assobiando do outro lado da rua.

Quando fito Tyler outra vez, seguro seu rosto, mordendo meu lábio inferior.

– Olha para baixo – sussurro.

Devagar, ele baixa os olhos, e viro o pé para que veja os All Stars que estou usando. As palavras do verão passado estão voltadas para nós, na sua caligrafia, e quando ele olha para mim novamente, seu rosto está radiante.

Depois de todos esses anos, depois de todos os obstáculos que tivemos que superar, finalmente nos sentimos felizes. As coisas estão longe de ser perfeitas. Ainda estamos entendendo tudo, tentando consertar nossos erros e fazendo mudanças, mas vamos continuar tentando. Crescemos e aprendemos, porém o mais importante é que finalmente nos aceitamos.

Finalmente, penso. *Finalmente.*

Agradecimentos

Como sempre, agradeço a meus leitores, que desde o começo acompanham esta história com dedicação e amor. Não poderia ter feito isto sem vocês, logo sou eternamente grata. Agradeço à minha família, em especial aos meus pais, Fenella e Stuart, pela paciência e pelo apoio nos últimos cinco anos, enquanto eu trabalhava nesta trilogia. Agradeço aos meus melhores amigos, por me manterem sã. Agradeço aos meus editores, Karyn, Kristen e Janne, pela experiência e pela orientação, e pelo entusiasmo e pelo cuidado com a história de Tyler e Eden. Agradeço a todos da Black & White Publishing por todo o trabalho que cada um investiu. Acho todos vocês incríveis, e obrigada por fazerem com que eu me sentisse tão em casa no escritório nas últimas semanas de escrita deste livro. Não poderia ter encontrado um grupo melhor de pessoas com quem trabalhar e tenho muito, muito orgulho de ser uma autora da casa. Vocês tornaram meu sonho realidade. Obrigada.

CONHEÇA OS LIVROS DE ESTELLE MASKAME

Já disse que te amo?
Já disse que preciso de você?
Já disse que sinto sua falta?

Para saber mais sobre os títulos e autores da Editora Arqueiro,
visite o nosso site e siga as nossas redes sociais.
Além de informações sobre os próximos lançamentos,
você terá acesso a conteúdos exclusivos
e poderá participar de promoções e sorteios.